HEYNE‹

LORENZ STASSEN

BLUT ACKER

THRILLER

WILHELM HEYNE VERLAG
MÜNCHEN

Sollte diese Publikation Links auf Webseiten Dritter enthalten,
so übernehmen wir für deren Inhalte keine Haftung,
da wir uns diese nicht zu eigen machen, sondern lediglich
auf deren Stand zum Zeitpunkt der Erstveröffentlichung verweisen.

Verlagsgruppe Random House FSC® N001967

Vollständige deutsche Erstausgabe 12/2018
Copyright © 2018 by Lorenz Stassen
Copyright © 2018 der deutschsprachigen Ausgabe
by Wilhelm Heyne Verlag, München,
in der Verlagsgruppe Random House GmbH,
Neumarkter Str. 28, 81673 München
Redaktion: Heiko Arntz
Printed in Germany
Umschlaggestaltung: punchdesign/Johannes Wiebel
unter Verwendung von Motiven von © Shutterstock.com/
Thammanoon Khamchalee und photocase.de/marqs
Satz: Leingärtner, Nabburg
Druck und Bindung: CPI books GmbH, Leck
ISBN: 978-3-453-43944-3

www.heyne.de

1

Ein Rumpeln im Bauch des Flugzeuges verriet den Piloten, dass das Fahrwerk ausgefahren war, noch bevor die grünen Lämpchen im Cockpit aufleuchteten. Der Luftwiderstand ließ den Rumpf des dreistrahligen Großraumflugzeugs vibrieren. Regentropfen schossen wie dünne Fäden im Licht der Scheinwerfer vorbei. Weder die Anflugbefeuerung, geschweige denn eine Landebahn waren zu erkennen.

»Flaps fünfunddreißig«, verlangte der Kapitän.

»Flaps fünfunddreißig«, wiederholte der Co-Pilot und überprüfte vorsorglich die Geschwindigkeit.

»Landing Checklist«, bot er dem Kapitän an, nachdem sich die Klappen in Fünfunddreißig-Grad-Position befanden. Die einzelnen Punkte der Liste wurden abgehakt, als eine Computerstimme ertönte: »One Thousand.«

»Checked«, erwiderte der Kapitän.

Wegen des sich ändernden Windes nahm er ein wenig den Vorhaltewinkel raus. Hinter den Fenstern war es immer noch pechschwarz. Dann aber, von einer Sekunde auf die nächste, rissen die Wolken auf und das Lichtermeer der Großstadt breitete sich vor ihnen wie ein bunter Teppich aus. Die Landebahn, eine weiße Perlenkette mit zwei roten Lichtstreifen rechts und links, war deutlich zu erkennen. Der Co-Pilot betätigte die Mikrofontaste. »MD-11 is on short final.«

Aus den Kopfhörern ertönte eine Frauenstimme. Die Lotsin im Tower gab ihnen Windgeschwindigkeit und die Landebahn durch.

»Cleared to land, MD-11«, funkte der Co-Pilot zurück.

Die Triebwerke lieferten nur noch die Hälfte ihrer Leistung. Mit einer Geschwindigkeit von hundertdreißig Knoten schwebte das voll beladene Flugzeug ein. Bei fünfzig Fuß zog der Kapitän die Hebel in Richtung Leerlauf, nahm die Nase um zwei Grad höher und brach damit den Abwärtstrend des Flugzeugs. Dreihundert Meter nach Beginn der Landebahn ging ein Ruck durch das Flugzeug, die Maschine setzte etwas härter auf, was bei nasser Bahn auch so gewollt war. Bugrad absetzen, Umkehrschub entriegeln. Das automatische Bremssystem setzte ein.

Sie bogen von der Landebahn ab und fuhren über den Rollweg auf das Frachtterminal zu. Der hell erleuchtete Schriftzug *Köln Bonn Airport* ließ die Windböen sichtbar werden, die den Regen durch die Luft peitschten. Vor dem Gebäude wartete bereits der Einweiser, der mit zwei Leuchtstäben signalisierte, wann die Parkposition erreicht war.

Die zwei Turbinen drehten noch aus, als der Rumpf des Flugzeugs schon geöffnet wurde. Zwei Maschinen, die längst in der Luft hätten sein sollen, wurden gerade erst geschlossen. Drei Männer und eine Frau in leuchtend gelben Warnwesten liefen im strömenden Regen umher und sorgten dafür, dass die tonnenschweren Flugcontainer mit Spezialfahrzeugen in die Halle verfrachtet wurden. Dort begann die Vorsortierung der Pakete. Anderthalb Stunden später traf ein Lkw nach dem anderen im Verteilerzentrum Frechen, am Rande des Autobahnkreuzes, ein. Die Pakete wurden auf Bandanlagen sortiert.

Barcodes, von Computern im Bruchteil einer Sekunde erfasst, steuerten die pneumatischen Weichen, die mit lautem Zischen dafür sorgten, dass jedes Paket den Weg zum richtigen Wagen fand, um vom richtigen Fahrer an die richtige Adresse gebracht zu werden.

An Rampe siebenunddreißig belud Marco Bennitz seinen Wagen, sortierte die Pakete in die Regale. Er hatte sein eigenes System, um jede Sendung am Bestimmungsort schnell wiederzufinden. Die Barcodes ermöglichten eine lückenlose, digitale Kontrolle, aber für die Paketboten war die Auslieferung ein analoger Vorgang. Jede Sendung trug einen Namen, am Ende der Lieferkette stand ein Mensch, der sich über die Sendung freute – oder auch nicht. Hauptsache, der Empfang wurde bestätigt. Einen Knopfdruck später waren die Daten vom Großrechner erfasst, und wieder war ein Auftrag erledigt.

Marco gähnte. Seine Gedanken schweiften ab. Er dachte an Jenny, seine Freundin. Sie war drei Jahre jünger als er und verhielt sich leider oft wie ein alberner Teenager. Die Beziehung machte keinen Spaß mehr, und Marco zweifelte an der Entscheidung, dass sie so schnell zusammengezogen waren.

Zu spät. Die neue Küche war bestellt. Viel zu teuer. Sein Leben bestand aus einer Reihe von Fehlentscheidungen. Zumindest in wichtigen Dingen. Er ließ sich leicht beeinflussen, konnte schlecht »Nein« sagen, eigentlich gar nicht, warfen ihm seine Freunde vor – und nutzten ihn bei nächster Gelegenheit aus.

Kurz bevor Marco die Türen seines Transporters schloss, sah er noch mal im Auffangkorb am Ende der Metallrutsche nach, ob er auch nichts übersehen hatte. Doch. Ein schmales Packset hatte sich versteckt. Größe XS. Maximalgewicht tausend Gramm. Aber dies hier war so leicht, dass es höchstens ein oder zwei DVDs enthielt. Er schaute auf die Adresse, um es an die richtige Stelle im Regal zu legen. Dann setzte er sich hinters Lenkrad und fuhr los. Die Morgensonne färbte die Wolken am Himmel hellrot. Es hatte zum Glück aufgehört zu regnen.

Marco lag gut in der Zeit, als er in die Fußgängerzone am Kaiser-Wilhelm-Ring einbog. Ein etwa hundert Meter langer, schmaler Brunnen, gesäumt von Bäumen und Parkbänken, trennte die Hauptverkehrsstraße von der Flaniermeile mit Geschäften, Büros und Kinos. Um diese Zeit bestimmten nicht Passanten das Straßenbild, sondern Lieferwagen. Marco parkte seinen Wagen nah an einer Hauswand, um genug Platz zu lassen für andere Lieferanten. Er ging nach hinten in den Laderaum und öffnete von innen die Hecktür. Das Sonnenlicht fiel herein. Marco wusste, dass er für diese Straße zu viele Sendungen hatte, um es in einem Durchgang zu schaffen. Er fing an, die Sendungen auf zwei Stapel zu verteilen, um sie danach auf die Sackkarre zu laden.

Da ließ ihn eine Bewegung herumfahren. Marco sah zur geöffneten Tür. Gegen das Licht der Sonne war nur eine Silhouette zu erkennen. Und schon knallte die Hecktür zu. Marco erstarrte, was wollte der Mann? Ihn überkam Panik, er griff nach dem Hebel, um die Seitentür aufzuschieben.

»Stopp«, fuhr der Fremde ihn an. »Mein Kollege, der draußen steht, kann sehr unangenehm werden.«

Der Eindringling hatte einen osteuropäischen Akzent, war schmächtig, aber drahtig. Er trug eine dunkelgraue Arbeitshose mit Seitentaschen, eine schwarze Jack-Wolfskin-Regenjacke. Auf seinem Kopf eine Basecap, eine Sonnenbrille verdeckte seine Augenpartie. Marco fühlte sich wie in einem Käfig. Zusammen mit einem Raubtier. Schweiß bildete sich auf seiner Stirn und rann herunter. Er wischte ihn weg.

»Was ... was wollen Sie?«, fragte er mit zittriger Stimme.

Im fahlen Licht, das durch das Dachfenster hereinfiel, sah Marco den Anflug eines Lächelns über das Gesicht des Mannes huschen. Er hielt einen Zettel hoch. »Ein Paket, was sonst? Diese Adresse.«

Marco streckte langsam den Arm aus, um seine Bereitschaft zu signalisieren. Der Mann gab ihm den Zettel, Marco schaute drauf und wusste sofort, wo er suchen musste. Er hob beschwichtigend die Hände und trat einen Schritt zurück, ließ den Mann dabei keine Sekunde aus den Augen. Marco griff neben sich ins Regal und holte zwei Päckchen und einen Großbrief hervor, sah vorsichtshalber noch mal auf die Adressfelder, bevor er die Sendungen seinem Gegenüber reichte. Der Mann nahm sie, schaute drauf, legte den Großbrief und das andere Päckchen auf das Regal, behielt nur das Packset XS in Händen. Es war das Päckchen, das Marco beinahe vergessen hätte. Der Mann schien gefunden zu haben, wonach er suchte. Trotzdem, das Gefühl der Beruhigung währte nur einen kurzen Moment, genau so lange, bis der Mann hinter sich an den Gürtel griff und plötzlich ein Messer in der Hand hielt. Die kleine, schwarze Klinge sah man kaum. Ein Kampfmesser.

Adrenalin schoss durch Marcos Adern. Die Panik vernebelte seine Sinne. Ohne nachzudenken, stürzte er auf die Seitentür zu, hatte den Griff bereits in der Hand, als der Mann auch schon bei ihm war. Er riss Marco herum, schleuderte ihn gegen das Regal mit den Paketen. Marco schlug in Panik wild um sich, ballte die rechte Faust und schlug mit aller Kraft zu. Da spürte er den Schmerz, wo die Haut zerschnitten wurde. Die Klinge des Messers hatte sich durch Marcos Faust bis in die Handwurzel gebohrt. Blut quoll hervor. Zwei seiner Finger fielen auf den Boden, der kleine baumelte nur noch an einer Sehne. Marcos Verstand realisierte nicht, was geschehen war. Er sah das Blut, die Finger auf dem Boden. Der Mann zog die Klinge mit einem Ruck heraus, was einen noch größeren Schmerz verursachte. Marco stieß einen Schrei aus, im selben Moment blieb ihm die Luft weg. Er spürte ein Kribbeln, im Nacken beginnend, das an der Wirbelsäule abwärts wanderte. Marco sah sein Gesicht in der Spiegelung der Sonnenbrille, er folgte dem Blick des Mannes nach unten. Die Klinge kam zum Vorschein. Marco fasste an seinen Bauch und spürte, wie warmes Blut aus der Wunde strömte. Was ging hier vor? Das konnte nicht wahr sein. Er machte doch nur seinen Job. Jenny. Die Küche. Viel zu teuer. Marco sackte auf die Knie. Ihm wurde schwindelig. Sie wollten heiraten. Ihm wurde kalt. Eiskalt. In dem Moment verblassten seine Gedanken, wurden von der Gewissheit verdrängt, dass die Zukunft für ihn aufgehört hatte zu existieren. Wie im Gebet kniete er auf dem Metallboden des Transporters, die Hände vor dem Bauch gefaltet. Seine Pupillen verdrehten sich, bevor er mit dem Gesicht nach vorne aufschlug.

Der Mann machte ohne Hektik einen Schritt zur Seite, darauf bedacht, die Schuhe nicht zu beschmutzen. Die Blutlache war nicht sehr groß. Er wischte die Klinge an Marcos Kleidung ab, dann zerschnitt er das braune Klebeband, mit dem das Päckchen verschlossen war.

Dazu hatte er das Messer hervorgeholt.

2

Im Park spielten Kinder. Ihr Gekreische drang bis zu mir hinauf, ebenso der Lärm der Straße. Der Preis dafür, wenn man mitten in der Großstadt wohnte. Die Sonne spiegelte sich auf der Wasseroberfläche und glitzerte zwischen den Blättern der Bäume hindurch, die die Sicht auf den Rhein etwas verdeckten. Es war April und der Frühling zeigte sich von seiner schönsten Seite. Die Vegetation blühte auf.

Meine Kaffeetasse war leer. Ich zog zum letzten Mal an der Zigarette, bevor ich sie ausdrückte. Auch wenn ich mir das Rauchen abgewöhnen wollte, die eine am Morgen musste sein. Dann trat ich in die Wohnung, schloss die Balkontür hinter mir und ließ den Lärm der Straße draußen.

Unser Wohnbereich erstreckte sich über die ganze Etage ohne eine einzige Trennwand. Lediglich ein paar Stützpfeiler hatten die Statiker eingefordert. Der Boden war mit Bambusparkett ausgelegt, und es hallte immer noch ein wenig, weil Nina und ich uns bewusst für wenig Möbel entschieden hatten. Obwohl wir schon im Januar eingezogen waren, standen noch einige Kartons unausgepackt herum.

Ich sah auf die Uhr. Nina ließ sich heute Zeit. Oder schaffte sie es nicht, aus dem Bett zu kommen? Das sah ihr gar nicht ähnlich. Da hörte ich oben eine Tür knallen, und während ich mir mit der Maschine einen frischen Kaffee aufbrühte, kam

Nina die Wendeltreppe heruntergestapft. Sie hatte noch ihren Pyjama an und brachte ein verschlafenes »Guten Morgen« heraus, das ich mit einem Kuss erwiderte. Ich begab mich an den Frühstückstisch, während sie sich einen Orangensaft presste. Mit der Maschine. Das edle Teil hatte was gekostet, aber man konnte sie mit ganzen Orangen füllen, und unten kam der frische Saft heraus.

Nina brauchte so etwas.

Sie brauchte es wirklich, denn sie hatte nur einen Arm. Der rechte fehlte ihr seit der Geburt.

Unser gemeinsames Frühstück war ein Ritual. Nina müsste nicht aufstehen, sie hatte keine Termine, aber oft sahen wir uns für den Rest des Tages nicht mehr.

»Ich fühle mich wie gerädert«, stöhnte sie.

»Wieder geträumt?«

Sie nickte. »Bestimmt zehnmal aufgewacht, hast du nichts gemerkt?«

»Nein. Wann hast du deine nächste Sitzung?«

»Erst am Freitag.« Nina war in psychologischer Behandlung, seit fast einem Jahr. Ich hatte das Gefühl, sie machte wieder Rückschritte. Die Albträume kehrten mit konstanter Regelmäßigkeit zurück. Ihre Therapeutin meinte, wir müssten Geduld haben. Nina war vor einem Jahr in die Gewalt eines Mörders geraten und hatte um ihr Leben fürchten müssen. Die Therapie war wichtig für sie. Und trotzdem. Manchmal beschlich mich die Befürchtung, Nina könnte beeinflusst werden und eines Morgens zu der Erkenntnis gelangen, dass ich der »Mann ihrer Träume« sei – ihrer Albträume.

»Und was steht bei dir heute an?«, fragte sie, während ich ihr ein Brötchen aufschnitt. Den Rest machte Nina selbst, die

Butter stand bei uns nie im Kühlschrank und war jetzt, da es wärmer wurde, fast so weich, dass man sie mit einem Milchkännchen hätte auftragen können. Den Rand vom Käse hatte ich schon abgeschnitten und Salami ließ sich mit einer Hand aufs Brötchen legen.

»Heute kommen endlich die Möbel für den Eingangsbereich. Und zwischendrin habe ich noch ein halbes Dutzend Termine.«

Nina sah mich mit verschlafenen Augen an.

»Was?«, fragte ich.

»Lohnt sich der Stress?«

»Man muss die Segel setzen, wenn der Wind weht.«

»Aber muss es gleich ein Dreimaster sein?«

Ich grinste, zuckte mit den Schultern. »Was hätte ich machen sollen? In meinem alten Büro bleiben, die Hälfte der Mandanten ablehnen?« Ich deutete auf unsere Wohnung. »Dann könnten wir uns all das hier nicht leisten.«

»Wäre das so schlimm?«

Diese Diskussion hatten wir schon gehabt. Mehr als einmal. »Ich habe mich entschieden.« Ich stellte die Kaffeetasse etwas zu fest auf dem Tisch ab.

»Schon gut.« Nina hob beschwichtigend die Hand. »Ich mache mir nur manchmal Sorgen um deinen Blutdruck, sorry.«

»Danke. Aber ich pass auf mich auf.« Ich trank noch einen Schluck. »Du kannst ja bald mit einsteigen und mich etwas entlasten.«

»Zuerst das Examen. Dann sehen wir weiter.«

Nina haderte mit sich selbst, ihre berufliche Zukunft war ungewiss. Sie hatte Jura studiert, ein eher schlechtes erstes Staatsexamen gemacht und war während ihres Referendariats bei mir in meiner alten Kanzlei gelandet. Ausgerechnet zu dem Zeitpunkt, als ich meinen ersten Mordfall hatte. Mir war es gelungen, meinen Mandanten damals zu entlasten, ich aber war ins Visier des wahren Täters geraten. Dieser Fall hatte Nina und mich aus der gewohnten Umlaufbahn katapultiert. Mich in den Himmel, sie in die Hölle. Ihre Probleme waren also auch meine.

Nach den Vorfällen hatte Nina eine Zwangspause eingelegt. Aus gesundheitlichen Gründen gewährte man ihr bis zu einem Jahr Aufschub, bevor sie sich zum zweiten Staatsexamen anmelden musste. Offiziell war sie wieder in meiner Kanzlei als Referendarin, aber sie musste nicht arbeiten, sondern lernte lieber zu Hause.

Mein Handy vibrierte, ich sah aufs Display, meine Kollegin Julie Tewes rief an. Sie arbeitete seit einem halben Jahr in Festanstellung für mich und spezialisierte sich auf Steuer- und Wirtschaftsrecht. Durch Julie wollte ich das Spektrum meiner Kanzlei erweitern. Sie hatte am Wochenende das Notfallhandy bei sich gehabt.

»Julie, was gibt's?«

»Morgen. Ich wollte dich vorwarnen. Da ruft gleich ein neuer Mandant an, der ausschließlich mit dir reden wollte. Ich habe ihm deine Nummer gegeben.«

Ich wurde wütend. »Das sollst du doch nicht. Gib nie meine Privatnummer raus, egal an wen.«

»Ich weiß, ich weiß, aber hör mir zu. Es handelt sich um einen Baron. Georg Freiherr von Westendorff. Alter Adel. Und steinreich. Schau ihn dir mal im Internet an. Er wollte, wie gesagt, nur mit dir reden. Hätte ich auflegen sollen?«

»Was will er denn?«

»Keine Ahnung, hat er mir nicht gesagt, ich bin ja nur deine Angestellte. Aber es scheint sehr dringend zu sein.«

Mein Handy vibrierte erneut. »Julie, ich glaube, er ist dran. Wir telefonieren später weiter.«

Ich beendete das Telefonat, nahm den Anruf entgegen. »Nicholas Meller.«

»Guten Tag«, ertönte eine sonore Stimme. »Von Westendorff. Ich habe die Nummer von Ihrer Mitarbeiterin. Können wir uns sehen?«

»Stecken Sie in Schwierigkeiten? Wurden Sie verhaftet?«

»Nein. Ich erfreue mich bester Gesundheit und bin bei mir auf dem Land, in Lindlar. Es ist sehr wichtig, dass Sie vorbeikommen.«

»Um was geht es denn?«

»Das werde ich Ihnen erklären. Wann könnten Sie es einrichten?«

Mandanten, die mich wie Leibeigene behandelten, mochte ich schon mal gar nicht, egal wie sie hießen – alter Adel hin oder her. Wäre ich nicht so neugierig gewesen, was er von mir wollte, hätte ich womöglich aufgelegt. Stattdessen überlegte ich, wie lange ich bis Lindlar brauchen würde. Vielleicht eine Dreiviertelstunde reine Fahrzeit, je nach Verkehr.

»Geben Sie mir anderthalb Stunden«, sagte ich.

»Na gut.« Er klang enttäuscht, weil er wohl erwartet hatte, dass ich sofort alles stehen und liegen ließ. »Ich sende Ihnen die Adresse per SMS. In anderthalb Stunden dann. Vielen Dank.«

Das Gespräch war beendet, und ich bereute schon fast, dass ich zugesagt hatte.

Nina sah mich fragend an, als ich das Handy auf den Tisch legte.

»Schau mal bitte im Internet nach, ob du was über einen Baron Georg Freiherr von Westendorff findest.«
»Und was machst *du?*«
»Ich versuche, mir eine Krawatte zu binden.«

3

Es hatte nur drei Versuche gebraucht, bis der doppelte Windsorknoten saß und die Krawatte auch von der Länge her passte. Die Spitze hatte die Gürtelschnalle gerade zu berühren. Anzüge mochte ich, aber ohne den Strick um den Hals. Ich steckte meinen rechten Zeigefinger zwischen Hals und Hemdkragen und zerrte daran, um mir Luft zu verschaffen. Eine innere Stimme hatte mir geflüstert, dass es besser wäre, mich für diesen Termin etwas herauszuputzen. Ein dunkelgrauer Anzug, meine besten Halbschuhe passend zum schwarzen Gürtel, sowie eine himmelblaue Krawatte auf weißem Hemd. Heute durfte noch nicht mal das Einstecktuch fehlen.

Nina hatte im Internet recherchiert und einige Bilder gefunden, auf denen der Baron mit Prominenz aus Politik und Wirtschaft abgelichtet war. Seit einem Jahr gehörten zahlungskräftige Mandanten durchaus zu meiner Klientel, aber ein Baron hatte sich noch nicht zu mir verirrt. Ein Kontakt in Adelskreisen könnte mir weitere Türen öffnen. Hoffte ich.

Nach meinem ersten Mordfall, der mir landesweit Publicity verschaffte, hatte mein Telefon nicht mehr aufgehört zu klingeln. Ich stand damals vor einer schweren Entscheidung: Sollte ich mich wie bisher als Einzelkämpfer durchschlagen und dem Großteil der neuen Mandanten absagen oder eine richtige Kanzlei gründen? Ich entschied mich für Letzteres. Ein Freund half mir, den Businessplan zu erstellen, und gleich drei Banken hielten mich für kreditwürdig. Mit zweihunderttausend Euro Kontokorrentkredit ging ich an den Start und überredete Julie Tewes, eine Freundin aus dem Studium, bei mir mitzumachen. Außerdem suchte ich mir eine fähige Rechtsanwaltsfachangestellte, die die Leitung des Büros übernahm. Mein Ziel war es, mittelfristig auch Steuerhinterzieher als Mandanten zu bekommen. Auf dem Türschild stand nur mein Name, und das sollte auch so bleiben. Neben dem neuen Büro, zwei Angestellten, anständigen Klamotten und einer schicken Wohnung in der Kölner Südstadt gehörte auch ein passendes Auto zu meinem neuen Image. Die meisten erfolgreichen Anwälte fuhren Mercedes oder Jaguar, beide Marken passten nicht zu einem wie mir. Ich war jahrelang der Underdog gewesen, ein bisschen sollte davon erhalten bleiben. Eine Mitgliedschaft im Golfclub käme für mich auch nicht infrage, aber ein Aston Martin Vantage S mit V8-Motor. Dank eines ehemaligen Mandanten war ich günstig an den Wagen gekommen. In Schwarz, gebraucht, aber er sah aus wie neu.

Erfolg war auch eine Frage der inneren Einstellung. Manch anderer hätte sich vielleicht in Bescheidenheit geübt und abgewartet. Aber warum? Luxusartikel waren wie Werbeplakate. Viele Mandanten fühlten sich besser aufgehoben bei einem Anwalt, der eine teure Uhr am Handgelenk trug. Früher musste ich froh sein über jeden Klienten, der den Weg zu mir fand. Selbst die dümmsten und aussichtslosesten Fälle hatte ich annehmen müssen, um die Miete zahlen zu können. Aber damit war jetzt Schluss. Hoffte ich zumindest.

Ich trat das Gaspedal durch, sofern keine Hindernisse vor mir waren, die nicht ausweichen konnten.

Das Telefon piepte. Astrid Zollinger, meine Büroleiterin, rief an.

»Herr Meller, wo sind Sie?« Aus den Boxen der Freisprecheinrichtung klang ihre Stimme, als wäre sie der Chef und nicht ich. In gewisser Hinsicht war sie es auch. Wenn ich mich in die Organisation der Kanzlei einmischte, endete das immer im Chaos.

»Auf dem Weg nach Lindlar«, antwortete ich.

»Lindlar?« Ich stellte mir vor, wie sie in ihrem Terminkalender nachschaute und rote Flecken am Hals bekam. »Lebe ich in der falschen Woche?«

»Nein, ein neuer Mandant. Sagen Sie die Termine für heute ab. Ich weiß noch nicht, wie lange es dauert.«

Ihr Tonfall änderte sich, jetzt klang sie wie meine Mathelehrerin. »Zu Ihrer Information, Herr Meller. Hier wartet ein junger Kollege, ein Herr Probst, den Sie zu einem Vorstellungsgespräch eingeladen haben. Um zehn Uhr dreißig, um genau zu sein.«

»Oh, habe ich vergessen.« Jetzt wurde ich kleinlaut. »Machen Sie bitte einen neuen Termin mit ihm aus.«

»Wir haben den Termin bereits zweimal verschoben«, ermahnte sie mich.

»Dann soll Julie mit ihm reden.«

»Die hat einen Gerichtstermin, falls Sie es vergessen haben sollten.«

»Sagen Sie Herrn Probst, dass es mir sehr, sehr leidtut. Wirklich. Aber ich kann nichts dran ändern. Ich melde mich wieder, wenn ich aus Lindlar zurück bin.«

»Darum würde ich sehr bitten. Viel Erfolg.«

Sie beendete das Telefonat. Astrid Zollinger durfte so mit

mir reden. Sie war ein wahrer Glücksgriff. Als der Tsunami von Mandanten über mich hereinbrach, brauchte ich dringender als alles andere eine Büroleiterin. Zollinger war die beste. Sie hatte alles unter Kontrolle – nur mich nicht.

Dreißig Minuten später befand ich mich einen Kilometer vor dem Ortseingang von Lindlar, eine Zwanzigtausend-Seelen-Gemeinde im Oberbergischen Kreis. Mein Navigationsgerät wies mich auf die unscheinbare Abzweigung hin, die ich nehmen musste, und so gelangte ich auf einen schmalen Privatweg. Ich erreichte die eingegebene Adresse, war aber noch nicht am Ziel. Die elektronische Stimme meines Navis teilte mir mit, dass ich mich abseits einer regulären Straße befände. Der Privatweg war gepflastert und führte durch ein Waldstück, bis meine Fahrt vor einem kunstvoll geschmiedeten Tor endete. In dem Torgitter war das Familienwappen des Freiherrn von Westendorff verewigt. Ich sah nichts, was auf eine Klingel hindeutete, auch die Kameras waren gut versteckt. Während ich noch überlegte, was ich tun sollte, öffnete sich das Tor vor mir, und ich fuhr weiter. Nach ein paar Hundert Metern endete der Wald, und vor mir lag ein herrschaftlich anmutendes, weißes Haus inmitten eines weitläufigen Parks. Nicht übertrieben protzig, aber auch keineswegs bescheiden. Vor dem Haus wurde der Weg zu einem kreisförmigen Wendeplatz mit einer Statue in der Mitte. Ich fuhr bis direkt vor die Stufen, die zum Eingang führten, und ging das Risiko ein, dass der Butler des Hauses mich zurechtweisen könnte. Es gab keinen Butler. Als ich ausstieg und meinen Aktenkoffer vom Beifahrersitz nahm, kam mir der Hausherr persönlich entgegen. Er war etwa Mitte fünfzig, und zu meiner Verwunderung trug er Jeans und ein grünes Tweed-Jackett mit abgewetzten Ellbogenschonern. Dazu ein himmelblaues Hemd und keine Krawatte. Ich hätte mir meine am liebsten vom Hals gerissen.

»Guten Tag, Herr Meller. Von Westendorff.« Der Baron begrüßte mich mit einem sanften Händedruck.

»Guten Tag, Herr Baron«, sagte ich.

Er lächelte. »Von Westendorff reicht.«

Leicht verunsichert sah ich ihn an. »Ich muss gestehen, dass ich noch nicht oft mit Adeligen zu tun gehabt habe.«

»So furchtbar viele von uns gibt es ja auch nicht mehr. Herr Baron heiße ich ausschließlich bei meinen Leuten, also den Hausangestellten. Und ein Hausangestellter sind Sie ja nicht.«

Kaum dass er die Angestellten erwähnte, trat ein junger Mann in schwarzem Anzug, weißem Hemd und Fliege aus dem Haus. Hinter ihm folgte ein älterer Herr, der eindeutig noch mehr Wert auf seine Garderobe legte als ich. Sein grauer, fein karierter Anzug saß perfekt, wahrscheinlich maßgeschneidert, ohne jede Knitterfalte. Er war ein hagerer Typ mit ausgeprägtem Adamsapfel und erinnerte mich auf die Entfernung ein wenig an Prinz Charles. Er hielt eine Pfeife in der rechten Hand und ließ den Rauch aus seinem Mund quellen, während er am oberen Ende der Freitreppe wartete. Der junge Mann hingegen kam geradewegs auf mich zu und streckte die Hand aus. Nicht zum Gruß, wie ich nach dem Händeschütteln erfuhr, sondern weil er meinen Autoschlüssel wollte, um den Wagen in die Garage zu fahren. Der Baron ging mit einem Lächeln über meinen Fauxpas hinweg.

»Ähm, wissen Sie, wie das geht mit dem Schlüssel?«, fragte ich den jungen Mann. Der Aston Martin hatte ein spezielles System zum Starten des Motors.

Der Hausangestellte nickte stumm, ohne eine Miene zu verziehen.

»Er kennt jedes Automodell, das Sie sich vorstellen können«, sagte der Baron, und es klang eine Spur überheblich.

Wir gingen die Stufen zum Eingang hinauf. Dabei fielen mir die Löcher in der Fassade auf. An mehreren Stellen war ein Stück weggemeißelt worden, und obwohl man dies leicht hätte überputzen können, war anscheinend darauf verzichtet worden.

Ich ahnte, warum. Ich hatte im Lokalfernsehen einen Beitrag über die Geschichte einiger Häuser in Köln gesehen, an denen früher Hakenkreuze als Verzierungen gedient hatten.

»Gehörte das Haus früher mal einem Nazi?«

»Ja. Es war der Jagdsitz eines SS-Obergruppenführers. Er hatte hier bis zum bitteren Ende verweilt. Als die Amerikaner durchs Tor kamen, schoss er sich mit seiner Mauser in den Kopf. So wie es sich für einen deutschen Offizier damals gehörte.«

»Wenigstens besaß er genug Anstand, seine Frau und seine Kinder zu verschonen«, fügte der ältere Herr hinzu. »Anders als Goebbels.«

»Goebbels war ja auch kein Offizier«, erwiderte ich. Mein Gegenüber nickte zustimmend.

Die Fähigkeit zur gepflegten Konversation gehörte zu meinem neuen Image. Passende Worte an richtiger Stelle konnten manchmal mehr wert sein als die Rolex am Handgelenk.

»Darf ich vorstellen?« Von Westendorff deutete auf seinen Gast. »Dr. Eberhard Reinicken ... Nicholas Meller.«

Wir gaben uns die Hand, und ich wusste, woher mir dieses Gesicht bekannt vorkam. Reinicken war im *Anwalts-Journal* praktisch omnipräsent. Ihm gehörte eine kleine, sehr renommierte Kanzlei in Bonn. Er beschäftigte nur zwei Kollegen, aber dieses Trio heizte seinen Prozessgegnern mächtig ein. Ich würde gar nicht erst versuchen, mich mit ihm messen zu wollen. Er war eine Koryphäe, aber anscheinend nicht im Strafrecht. Sonst wäre ich jetzt nicht hier.

»Dr. Reinicken ist nicht nur mein Hausanwalt, Eberhard gehört zu meinen besten Freunden.« Von Westendorff sah zu ihm. »Nett, dass du vorbeischauen konntest.«

Reinicken wollte an seiner Pfeife ziehen, ließ es. Er hatte den Satz richtig verstanden: *Du kannst gehen!*

Der Baron setzte gönnerhaft nach. »Ich habe schon viel zu viel deiner wertvollen Zeit in Anspruch genommen.«

»Nicht schlimm. Ich habe keine Termine.«

Von Westendorff ging nicht darauf ein. Er lächelte nur und sah Reinicken erwartungsvoll an.

Ich musste mir das Lachen verkneifen und wandte den Blick ab. Auf so eine Art war ich noch nie von einem »besten Freund« hinauskomplimentiert worden. Die Situation drohte peinlich zu werden, denn es schien dem Kollegen gar nicht recht zu sein, mich mit dem Baron allein zu lassen. Doch Reinicken behielt die Contenance und verabschiedete sich von mir.

Ich folgte dem Baron ins Haus, während der Kollege Pfeife rauchend auf den Hausangestellten wartete, der ihm das Auto holte.

Mit meinen Ledersohlen musste ich aufpassen, auf dem blanken Marmorboden nicht auszurutschen. Im Eingangsbereich führte linker Hand von uns eine breite Treppe aus Eichenholz in einem Dreiviertelkreis auf die obere Etage, ausgelegt mit dunkelrotem Teppich. Die Wände um uns herum waren halbhoch mit dunklem Holz vertäfelt und darüber weiß gestrichen. Überall prangten Hirschgeweihe und exotische Jagdtrophäen. In dem Wissen, dass dies mal das Haus eines Nazis war, stellte ich mir vor, wie Parteibonzen und Offiziere nach einer erfolgreichen Jagd – auf Wildschweine und Rehe – in arischer Manier über den Endsieg schwadronierten. Männer in strammen Uniformen mit Blut an den Händen.

»Das Haus gehörte einst meiner Großmutter, wir mussten es bei Ausbruch des Krieges hergeben. Eine komplizierte Geschichte. Erst vor zehn Jahren habe ich es zurückerworben und das meiste so belassen, wie es war. Abgesehen vom Farbanstrich. Das Waldgebiet habe ich nach Blindgängern absuchen lassen. Zur Sicherheit.«

»Und? Was gefunden?«

Der Baron nickte. »Granaten, Karabiner, Munition. Sogar eine Fliegerbombe. Heute können Sie gefahrlos im Wald spazieren gehen.«

Das hatten wir hoffentlich nicht vor, denn ich hasste es, Schuhe zu putzen. Im Gegensatz zum Baron musste ich das selbst machen.

Das schwere Treppengeländer über uns wurde gestützt von zwei prächtig geschnitzten Holzpfeilern. Wir gingen zwischen ihnen hindurch auf eine große, zweiflügelige Tür zu. Von Westendorff geleitete mich in den großen Salon, von wo aus man einen fantastischen Blick auf das Bergische Land hatte. Ich wusste, dass diese Region nicht wegen ihrer Topografie so hieß, sondern den Namen einem anderen Adeligen verdankte, dem Grafen von Berg. Das Haus war nach Südwesten ausgerichtet, die Sonne würde erst in ein paar Stunden die Terrasse aus Naturstein erhellen. An den Wänden hingen altmeisterliche Gemälde in vergoldeten Rahmen. Porträts, Landschaften, Stillleben. Die Möbel wirkten antik. Mein Blick wanderte zu einem alten Barockschrank, bei dem eine Tür offen war, und ich sah, dass darin eine Schrotflinte stand.

Der Baron war meinem Blick gefolgt und lächelte. »Ich merke, ganz der Strafrechtler. Ihnen entgeht nicht, dass Waffen heutzutage anders verwahrt werden müssen.« Er zuckte mit den Schultern. »In manchen Dingen bin ich altmodisch.«

Von Westendorff deutete auf ein rotbraunes Ledersofa in der Mitte des Raumes. »Bitte, nehmen Sie Platz.« Er setzte sich in einen schweren Ohrensessel mir gegenüber.

Ich fragte mich, ob der Baron hier wohnte oder ob dies nur eine Zweitresidenz war. Wie er so dasaß, die Beine übereinandergeschlagen, wirkte er leicht feminin. Er hatte ein schmales Handgelenk und lange Finger. Die Nägel maniküert. Schwer vorstellbar, dass solch zarte Hände eine Schrotflinte abfeuerten, aber ich konnte mich auch irren. Eine Frau betrat den Salon. Ich schätzte sie auf Ende dreißig. Sie trug ein schwarzes, mittellanges Kleid, das die Knie bedeckte. Darüber eine weiße, mit Spitzen verzierte Servierschürze. Ihr Gesicht wirkte blass, wie es so von ihren schwarzen, halblangen Haaren eingerahmt wurde.

»Möchten Sie etwas trinken?«, fragte von Westendorff.

»Einen Kaffee, bitte.«

Die Frau nickte und ging wieder. Der Kaffee wurde wenig später in edelstem Porzellan serviert. Der Baron bekam ein großes Glas Wasser, in dem Eiswürfel und Minze schwammen.

»Kommen wir zum Grund meines Anrufs.«

Ich hatte mich bis jetzt bequem zurückgelehnt. Jetzt richtete ich mich auf, um meine Aufmerksamkeit zu signalisieren, holte einen Notizblock und Kugelschreiber aus dem Aktenkoffer, der neben mir auf dem Boden stand.

»Ein Freund von mir steckt in Schwierigkeiten.«

»Welche Art von Schwierigkeiten?«, fragte ich.

»Er sitzt im Gefängnis. Aber nicht hier, sondern in Moskau.«

Jetzt wusste ich, warum der Baron mich herbestellt hatte. Meine Vita als Russlanddeutscher. Ich wurde in Tomsk geboren, in Westsibirien. Erst im Alter von neun Jahren war ich nach Deutschland gekommen.

»Was wird ihm vorgeworfen?«

»Er ist sexuell beiden Geschlechtern zugeneigt.«

Ich kannte mich nur wenig mit russischen Gesetzen aus, wusste aber, dass Homosexualität an sich kein Straftatbestand war. Nicht mal in Russland kam man dafür ins Gefängnis. Es musste mehr dahinterstecken.

»Seit wann sitzt er in Haft?«

»Gestern gab es eine Razzia in einem Club. Martin war dort auf einer Party.«

»Hatte er Drogen dabei?«

»Soweit ich weiß, nicht«, erwiderte von Westendorff. »Davon war bis jetzt nicht die Rede, aber wer weiß, was denen in Moskau noch so einfällt.« Er gab mir zu verstehen, was er über die russische Justiz dachte. Dasselbe wie ich.

»Was für Maßnahmen wurden bereits ergriffen?«

»Wir haben über die deutsche Botschaft einen russischen Anwalt eingeschaltet, aber ...« Er machte eine wegwerfende Handbewegung.

»Sie trauen diesen Leuten nicht?«

Jetzt lächelte er. »Ihnen muss ich das wohl nicht erklären.«

»Zuerst möchte ich darauf hinweisen, dass ich mich mit den russischen Gesetzen nicht auskenne. Ich habe in Deutschland studiert, deutsches Recht.«

»Aber mit der Mentalität dieser Leute kennen Sie sich aus. Und Sie sprechen Russisch.«

Wir taxierten uns. Keiner wollte das, worum es in diesem Gespräch ging, zuerst aussprechen. Da ich der Anwalt war, ließ er mir den Vortritt.

»Je nachdem, wie wir vorgehen wollen, könnte die deutsche Botschaft eher hinderlich sein«, sagte ich.

»Wie meinen Sie das?«

Er wusste genau, was ich meinte. Auch er dachte an Bestechung. Einen Richter, einen Staatsanwalt ... Das kam darauf an, was in Moskau vor sich ging. Um es herauszufinden und die richtigen Mittel anzuwenden, hatte der Baron mich ins Auge gefasst. Reguläre Methoden hätte auch sein Freund Eberhard Reinicken in die Wege leiten können.

»Die Mühlen der Justiz arbeiten in Moskau langsam«, sagte ich schließlich. »Sehr langsam.«

»Was schlagen Sie vor?«

»Ich würde mich erst mal mit dem russischen Kollegen in Verbindung setzen. Die Möglichkeiten sondieren. Womöglich sollte man den Anwalt, den die Botschaft ins Spiel gebracht hat, nicht weiter beschäftigen.«

»Kennen Sie einen Anwalt in Moskau?«

»Ich nicht. Aber ich kenne einen, der viele kennt.«

Ich beugte mich vor und nahm einen Schluck von meinem Kaffee. Ich war kein großer Freund von Filterkaffee, aber der hier schmeckte wirklich ausgezeichnet.

»Das klingt doch für den Anfang ganz gut«, sagte der Baron.

Ich setzte die Tasse ab. »Ich kann Ihnen keine Versprechungen machen.«

»Ich weiß.« Er hob beschwichtigend die Hand. »Das erwartet auch niemand von Ihnen.«

Die Intonation seines Satzes verlangte ein Nachhaken. »Und was genau erwarten Sie?«

»Dass Martin so schnell wie möglich wieder freikommt und Moskau verlassen darf.«

»Was war der Grund seiner Reise?«

»Spielt das eine Rolle?«

»Vielleicht.« Ich musste es wissen. Wenn er etwas mit Drogen zu tun hatte und sei es nur als Konsument, könnte ein Bestechungsversuch in einem scheinbar harmlos wirkenden Bagatellfall schnell zum Rohrkrepierer werden.

»Martin Steinke. Den Namen schon mal gehört?«

Ich schüttelte den Kopf.

»Er ist Künstler.« Mit einem leicht herablassenden Grinsen gab der Baron zu verstehen, was er von der Kunst seines Freundes hielt. »Contemporary Art. Vor allem Videoinstallationen. Nicht ganz meine Welt. Aber in der Szene hat er einen Namen. Wie auch immer, in seiner Eigenschaft als Künstler ist er jedenfalls oft auf Reisen.«

Ich verstand. Mit Videoinstallationen Geld zu verdienen war bestimmt nicht leicht, und der brotlose Künstler hatte in dem Baron einen Mäzen gefunden. Welche Art von Freundschaft die beiden pflegten, hatte mich nicht zu interessieren. »Gab es in der Vergangenheit mal Probleme mit der russischen Justiz oder den Zollbehörden?«

»Nein. Martin hat ein Zwölf-Monats-Visum und war schon zweimal in Moskau. Es gab nie Probleme.« Der Baron trank einen Schluck von seinem Wasser, sah in sein Glas und schaute wieder zu mir. »Es darf Geld kosten, ihn da rauszuholen. Ihr Honorar setzen Sie selbst fest.«

»Ist er drogenabhängig?«

»Wirklich abhängig wohl nicht.«

Ich hakte nach. »Wovon reden wir? Kokain?«

»Ja, er nimmt manchmal Kokain, soweit ich weiß.«

»Darauf beziehen sich die Anschuldigungen aber nicht?«

»Nein. Der Anklagepunkt nennt sich«, er überlegte kurz, »›homosexuelle Propaganda‹ oder so ähnlich. Darauf stehen wohl fünfzehn Tage Arrest. Der russische Anwalt meinte, wir sollten schnell reagieren.«

Ich atmete innerlich auf. Es ging nur um Arrest. Das würde die Sache vereinfachen, was ich meinem Mandanten natürlich nicht sagte. Säbelrasseln gehörte zum Geschäft. »Homosexuelle Propaganda«, oder wie man es auch immer nannte, war mit Sicherheit ein dehnbarer Begriff und diente der russischen Justiz dazu, unliebsame Gäste einzuschüchtern.

»Hat der russische Anwalt diese Vorgehensweise ins Spiel gebracht?«

»Was für eine Vorgehensweise?«

»Bestimmte Überredungskünste anzuwenden, die den juristischen Vorgang beschleunigen könnten.«

Der Baron räusperte sich. »Das weiß ich nicht, wieso?«

»Ein sehr riskantes Spiel. Auch in Russland.« Ich musste nachlegen, um den Erfolg als meine Leistung zu verkaufen. Im Kopf hatte ich längst einen Plan, wie ich die Sache angehen würde.

»Gerade weil es riskant ist, möchte ich mich nicht auf diese Leute verlassen«, betonte der Baron. »Ich will, dass Sie das in die Hand nehmen und Martin da rausholen. Um jeden Preis.«

Ich nickte.

Der Baron sah mir in die Augen. »Hätten Sie ein Problem damit, einen Richter zu ... überreden?«

Er mied geflissentlich das Wort »Bestechung«.

»Wenn es ein deutscher Richter wäre – ja. Sogar ein großes Problem.«

»Wenn es ein deutscher Richter wäre«, wiederholte er gewichtig.

Ich nickte. »Homosexualität ist natürlich keine Straftat. Wegen seiner geschlechtlichen Orientierung sollte niemand im Gefängnis sitzen. Nirgendwo auf der Welt.«

Der Baron lächelte und reichte mir die Hand.

Ich schlug ein.

Jetzt lag es an mir zu liefern.

4

Pjotr Iowanowitsch liebte Frauen. Er liebte Luxus. Er konnte sich vieles leisten, obwohl er faul war wie ein Pandabär. Er war gerissen, intelligent, ein Zyniker. Freundschaft, für ihn ein Fremdwort, Liebe eine Illusion. Aber ich konnte mich hundertprozentig auf ihn verlassen. Denn Pjotr war eins: berechenbar. Ich musste ihn nur bei seinem Ego packen.

Meinen Aston Martin parkte ich hinter seinem weißen Mercedes SL 65 AMG, ein Cabriolet. Pjotr stand bereits in der Tür und wartete. Er wohnte in einem zweigeschossigen Neubau zur Miete. Für Immobilien als Kapitalanlage hatte er nichts übrig, denn Pjotr wollte stets in der Lage sein, von einem Tag auf den anderen verschwinden zu können, obwohl er seit fünf Jahren den Wohnort nicht gewechselt hatte. Er liebte Bargeld, teure Autos, Platin, Diamanten und – seltene Erden. Mit diesen Rohstoffen handelte er, und das Geschäft schien gut zu laufen.

Der Wohnraum verfügte über eine große Fensterfront, durch die man in den Garten sah. Alles war tadellos in Schuss, und es herrschte eine fast schon ungewöhnliche Ordnung. Umso mehr fiel daher ein herumliegender roter Slip ins Auge, den Pjotr mit dem Fuß lässig wegfegte. Zugegeben, Pjotr sah ganz gut aus – für einen Russen zumindest. Seine Gesichtszüge waren nicht so markant wie bei einigen seiner Landleute, trotz der ausgeprägten, hohen Wangenknochen. Und im Gegensatz zu vielen Russen hatte er tadellos sanierte Zähne. Die Frauen standen auf ihn, obwohl jede von ihnen wissen musste, dass sein Herz nur eine organische Pumpe war und keinerlei Gefühle beherbergte.

Pjotrs Einrichtungsstil schwankte zwischen modern und traditionell-russisch. Er hatte keinen Geschmack, er hatte nur Geld. Es passte kein Möbelstück zum anderen, geschweige denn zu den Ölschinken an der Wand. Eins der Gemälde hätte gut im Haus des Barons hängen können. Direkt darunter stand ein Flipper aus den achtziger Jahren. Der Schriftzug »Star Wars« prangte an der Glasscheibe des Kopfteils. Man sah Luke Skywalker mit seinem Lichtschwert.

Es knirschte laut, als ich auf dem beigen Ledersofa Platz nahm, das angeblich exakt denselben Farbton hatte wie das Leder in seinem Mercedes. Zumindest behauptete Pjotr das, und er schien sehr stolz darauf zu sein. Zwischen uns beiden befand sich, auf einem hässlichen Brokatteppich mit eingewebten Gold- und Silberfäden, ein Glastisch, darauf die obligatorische Flasche Champagner im Eiskübel. Pjotr trank zu jeder Tages- und Nachtzeit Champagner. Er schenkte mir ungefragt ein Glas ein.

»Ich habe eine Fünfzig-Gramm-Dose Zarenkaviar im Kühlschrank, wie wär's?«

»Beluga?« Ich schüttelte den Kopf. »Hängt mir langsam zum Hals raus.«

»Keinen scheiß Beluga. Hörst du mir nicht zu?« Pjotr war wütend über so viel Unwissenheit. »Weißer Almas. Die Körnung weniger als zwei Millimeter.«

»Was kostet die Dose?« Denn nur darauf kam es an.

»Das sage ich dir nicht, du bist mein Gast. Also?«

Ich nickte. »Da bin ich dabei.«

Pjotr stand auf und ging in die Küche. Ich hätte mich auch mit Thunfisch aus der Dose zufriedengegeben, aber das durfte ich mir nicht anmerken lassen. Pjotr mochte keine Gäste, die nicht wählerisch waren. Nach kurzer Zeit kam er mit einem Tablett zurück, die Fünfzig-Gramm-Dose auf gestoßenem Eis, den Deckel mit der Aufschrift gut sichtbar daneben liegend. Es fehlte nur das Preisschild. Ich kalkulierte den Imbiss auf zweihundertfünfzig Euro. Eigentlich hatte ich es eilig, in die Kanzlei zu kommen, aber bevor wir übers Geschäft reden konnten, musste ich mir die Zeit nehmen für Baguettebrot mit Almas und Champagner zum Nachspülen. Nach meinem ersten Bissen sah er mich erwartungsvoll an.

»Fantastisch«, sagte ich.

»Hast du was anderes erwartet?« Er lachte und schob sich eine ganze Scheibe Brot auf einmal rein. »Was gibt's?«, fragte er mit vollem Mund.

»Ich muss jemanden bestechen. In Moskau.«

»Weshalb?«

»Der Freund eines Mandanten sitzt in Arrest. Wegen homosexueller Propaganda.«

Pjotr zeigte mir den Mittelfinger. »Zwei Wochen Haft, na und? Vielleicht findet die Schwulette ein paar neue Freunde.«

Seine Reaktion überraschte mich nicht. Pjotr ließ keine Gelegenheit aus, um über Schwule herzuziehen. Mich überraschte seine Kenntnis darüber, wie hoch das Strafmaß für die sogenannte »homosexuelle Propaganda« war.

»Kennst du jemanden in Moskau?«, fragte ich.

»Was soll die Frage?« Pjotr hatte sich gerade das zweite Brot reingestopft. Ihm fielen beim Sprechen ein paar weiße Körner Almas aus dem Mund. »Natürlich. Wer ist dein Mandant?«

»Der, um den es geht, heißt Martin Steinke. Ein Videokünstler. Mein Auftraggeber ist Baron von Westendorff.«

Jetzt hustete Pjotr und hielt sich die Hand vor den Mund, bis er wieder reden konnte. »Der rote Baron?«

»Roter Baron?«

»Ja. Er hat eine kleine Ferrari-Sammlung. Aber vom Feinsten, sage ich dir. Den hast du als Mandanten?«

Ich lehnte mich zurück, machte ein demonstrativ unbekümmertes Gesicht und genoss den Kaviar vom Albino-Stör. Besser hätte das Gespräch nicht laufen können, ich hatte Pjotr am Haken. »Sind wir im Geschäft?«

»Klar.« Er tat den letzten Löffel Kaviar aufs Brot, reichte es mir.

Ich hatte Pjotr einmal verteidigt. Er schmuggelte exklusive Rohstoffe zwischen Ost und West. Ohne Zoll, ohne Steuern. Mit Drogen und Menschenhandel hatte er nichts am Hut, das versicherte er mir. Dieses Geschäft überließ er der Mafia, zu der er zwar Kontakte hatte, die ihn aber in Ruhe ließ.

Ich sah Pjotr fragend an. »Was weißt du über den Baron?«

»Nicht viel. Seine Großmutter hat in irgendeine Chemiefirma eingeheiratet, schon vor dem Ersten Weltkrieg. Daher kommt das Vermögen. Er macht nebenher in Immobilien und sammelt wie gesagt Autos.« Pjotr machte große Augen. »Und der hat einen schwulen Freund? Das darf aber keiner wissen, oder?«

»Ich habe keine Ahnung, ob der Baron schwul ist oder nicht, die können auch ganz normale Freunde sein, so wie wir. Ich rate dir jedenfalls, nichts in dieser Art rumzuerzählen.«

»Hey, du kennst mich.«

»Eben drum. Ich brauche jemanden, der zum Richter geht

und die Sache klärt. Mit dem Anwalt in Moskau, der sich bis jetzt darum gekümmert hat, habe ich auf dem Weg hierher telefoniert.«

»Schmeiß ihn raus«, fiel Pjotr mir ins Wort. »Ich arbeite nur mit meinen Leuten zusammen.«

»Ich habe ihm das Mandat bereits gekündigt. Der Kerl schien mir nicht vertrauenswürdig.«

»Es gibt keinen, dem du trauen kannst. Weder in Moskau noch hier. Es sei denn, er steht auf deiner Gehaltsliste. Wie viel darf es kosten?«

»So wenig wie möglich, so viel wie nötig. Ich verlasse mich darauf, dass du dein Honorar nicht überziehst.«

»Zwischen fünf und sieben Tausend solltest du rechnen. Dollar.«

»Kein Problem.«

»Und wie viel stellst du dem Baron in Rechnung?«

»Das weiß ich noch nicht. Ich hoffe, ihn längerfristig als Mandanten gewinnen zu können.«

In Pjotrs Kopf arbeitete es. Seine Pupillen zuckten hin und her. »Was springt für mich dabei raus?«

»Eine Provision.«

»Was, wenn ich auf die Provision verzichte und du mich mit dem Baron zusammenbringst.«

»Was willst du von ihm?«

»Autos.«

»Verarsch mich nicht. Du brauchst doch nicht seine Hilfe, um an einen Ferrari heranzukommen.«

»Nicht irgendeinen. Ich suche ein bestimmtes Modell. Das kannst du nicht einfach so kaufen. Für so eine Karre musst du dich würdig erweisen.«

Pjotrs Wortwahl sagte alles: Wenn er ein so einmaliges Auto als *Karre* bezeichnete, war er auch nicht würdig, es zu besitzen.

»Und was willst du damit?«

»Ich kenne einen Scheich, der sucht danach. Und wenn der Deal klappt, verbringe ich sechs Monate in seinem Harem. Du darfst natürlich mitkommen, wenn du willst.«

Ich lachte und leerte mein Champagnerglas. »Eins nach dem anderen. Lösen wir zuerst das Problem in Moskau, und dann sehen wir weiter.«

. Ich zog meinen Notizblock und den Kuli aus meiner Jackettinnentasche und notierte Pjotr ein paar Informationen, die ich von dem russischen Anwalt am Telefon erhalten hatte. Der einzige Nachteil unserer Zusammenarbeit war, dass Pjotr ein Gedächtnis wie ein Elefant hatte und jede Gefälligkeit eine Gegenleistung erforderte. Aber damit musste ich leben, um den Fall zügig vom Tisch zu kriegen und die Freilassung von Martin Steinke als meinen Erfolg verbuchen zu können.

5

Meine neue Kanzlei lag im ersten Stock eines Bürogebäudes am Kaiser-Wilhelm-Ring in der Kölner Neustadt. Das Parkhaus, in dem ich einen Stellplatz gemietet hatte, trennten nur hundert Meter von meinem Büro, das auf der ersten Etage war. Ich ging den Korridor entlang auf eine große Doppeltür aus Kirschbaumholz zu. Daneben hing ein Schild aus Messing:

Nicholas Meller
Fachanwalt für Strafrecht

Ich trat durch die Tür und sah mich erfreut um. Die schäbigen Möbel im Eingangsbereich, die ich für die Übergangszeit gemietet hatte, waren endlich abgeholt und die neuen Möbel geliefert worden. Allmählich nahm die Einrichtung Gestalt an. Frau Zollinger saß hinter einem Tresen aus USM-Haller-Elementen. In Dunkelblau. Und sie hatte einen neuen Schreibtisch. Für Besucher gab es drei Designerstühle im Stil der siebziger Jahre und einen kleinen Nierentisch, auf dem ein paar Zeitschriften lagen.

Zollinger hatte die neuen Möbel bereits mit Akten und Bürokram vollgestellt und zog sich gerade ihren Mantel an. »Schön, dass wir uns noch sehen. Ich muss wie jeden Montag etwas früher Feierabend machen.«

Ich sah auf meine Armbanduhr und seufzte. Fast halb vier.

Zollinger reichte mir die Postmappe, jedes Schriftstück trug den Eingangsstempel und war bereits gescannt. Kein Schriftstück, kein Dokument konnte mehr verloren gehen, dafür sorgte sie. Frau Zollinger war der eigentliche Kapitän auf unserem Schiff, ich nur Erster Offizier. Und Zahlmeister.

Ich hielt die Postmappe hoch. »Irgendwas dabei, das ich mir sofort angucken sollte?«

»Am besten alles«, sagte sie ohne jede Ironie. Sie hatte mir noch nicht verziehen, dass ich nach Lindlar gefahren war, ohne ihr Bescheid zu geben.

»Kommt der Bewerber noch mal oder habe ich ihn jetzt endgültig vergrault?«

»Er kommt noch mal. Ich weiß nicht, warum, aber Sie scheinen eine magische Anziehungskraft zu haben.«

»Oder er ist eine Niete und findet keinen anderen Job.«

»Er hat zwei Prädikatsexamen«, klärte sie mich auf.

»Das besagt gar nichts.«

Sie wusste, dass ich nur ein *Ausreichend* in beiden Examen hatte und mittlerweile stolz darauf war. Denn auf die Note kam es nicht an. Ein guter Strafverteidiger brauchte noch andere Fähigkeiten als juristische Kenntnisse.

»Was hat es mit diesem Baron von Sowieso auf sich?«, fragte sie.

»Von Westendorff. Es war nur ein Beratungsgespräch.«

Zollinger senkte den Kopf und sah mich über den Rand ihrer Brille hinweg an. Ich kannte diesen Blick. Sie wusste, dass ich ihr etwas verheimlichte. Obwohl wir erst seit sieben Monaten zusammenarbeiteten, hatte sie mich durchschaut. Ich konnte ihr nicht sagen, was der Baron von mir wollte. Alles musste sie nun auch nicht wissen.

»Hat er eine Vollmacht unterschrieben?«, fragte sie, darauf wartend, dass ich sie ihr aushändigte.

»Nein. Noch nicht.«

Sie sah mich wieder etwas verdutzt an. Normalerweise war eine Vollmacht das Erste, was ein Mandant unterschreiben musste, bevor ich überhaupt tätig wurde. Aber wie eine Vollmacht für eine Bestechung auszusehen hatte, wusste ich selbst nicht.

Ist Julie noch da?«, wechselte ich das Thema.

Zollinger schüttelte den Kopf. »Frau Tewes hat noch einen Gerichtstermin und kommt nicht mehr rein.«

»Okay. Dann wünsche ich Ihnen einen schönen Feierabend.«

»Danke, gleichfalls.« Sie schnappte sich ihre Handtasche, nahm ihren Mantel vom Garderobenständer und verschwand durch die Tür. Ich schloss hinter ihr ab.

Astrid Zollinger musste nicht arbeiten, zumindest nicht des Geldes wegen. Ihr Ehemann war ein erfolgreicher Orthopäde in Köln. Sie hatte drei Kinder großgezogen, die mittlerweile alle aus dem Haus waren und studierten. Danach wurde es ihr zu langweilig, und sie hatte sich mit neunundvierzig Jahren überlegt, wieder in ihren alten Beruf einzusteigen. Im Vorstellungsgespräch stellte sie einige Bedingungen, was mir gefiel, denn ich brauchte keine Bürokraft, ich brauchte jemanden, der mir beibrachte, wie man eine Kanzlei richtig führt. Zuvor hatte ich nur in der Amateurliga gespielt.

Die Sonne blendete mich, als ich mein Büro betrat. Ich ließ die Jalousien zur Hälfte herunter. Mein Schreibtisch war ein Import aus Kolumbien, ein wuchtiger Quader aus dunklem Tropenholz. Darauf standen nur mein großer Monitor und ein paar Gesetzestexte. Bei der Wahl des Bürostuhls hatte ich Kompromisse eingehen müssen. Ein großer, altmodischer Chefsessel hätte am besten gepasst, aber mein Rücken verlangte nach einem ergonomischen Modell. Die Sitzecke bestand aus einem Zweisitzer-Ledersofa in Schwarz und einem dazugehörigen Sessel von Le Corbusier. Manchmal beriet ich mich dort mit Mandanten oder machte einen Mittagsschlaf. Flachbildschirm und Playstation, wie früher, gab es nicht mehr. Ich war erwachsen geworden. Lediglich ein Artefakt aus meinem alten Büro hatte den Umzug überlebt: das gerahmte Foto über dem Sofa an der Wand. Vier junge Männer in einheitlich weißer Kluft, mit Bowler-Hüten auf dem Kopf, marschierten in schweren, schwarzen Stiefeln an einem künstlichen See in einer englischen Trabantenstadt entlang. Das Bild stammte aus dem Siebzigerjahre-Kultfilm *A Clockwork Orange*. In der Szene ertönte die Gedankenstimme des Anführers Alex DeLarge: »*Dann kam die Erleuchtung, und plötzlich begriff ich, dass Denken nur was für Bekloppte ist und Leute mit Grips so was wie Inspiration haben.*« Einer solchen *Inspiration* hatte ich es zu verdanken, dass ich noch unter den Lebenden weilte.

Ich sah die Post durch, als die Türglocke ertönte, ich ignorierte sie wie sonst auch. Erst nach dem zweiten Klingeln fiel mir ein, dass niemand außer mir mehr im Büro war.

Ich ging durch den Korridor auf die Eingangstür zu und sah zuerst durch den kleinen Spion, bevor ich öffnete. Vor mir standen ein Mann und eine Frau. Ich kannte beide. Hauptkommissar Thomas Rongen von der Mordkommission und seine Kollegin Oberkommissarin Ferber.

»Tag, Herr Meller.« Rongen war etwas kleiner als ich, ein sehr kompakter Typ, durchtrainiert, mit kräftiger Brust und deutlichem Bizeps. Ein typischer Polizist, fand ich. Es gab wenig Leute, denen ihr Beruf so ins Gesicht geschrieben stand. Er hatte schwarze, kurz geschnittene Haare und war heute unrasiert, trug Jeans, Freizeithemd und darüber eine schwarze Lederjacke.

»Tag«, erwiderte ich, ohne die beiden hereinzubitten. »Was verschafft mir die Ehre?«

»Da wir nicht zur Einweihungsparty eingeladen waren, dachten wir, schauen wir mal so bei Ihnen vorbei.« Rongen setzte ein bemühtes Grinsen auf.

Ich ging auf seinen flauen Scherz nicht ein.

Ferber ergriff das Wort. Rongen war Mitte vierzig, sie ein paar Jahre jünger und stand im Dienstgrad einen Rang unter ihm. Ferber war etwas dicklich, was sie durch ihre Kleidung zu kaschieren versuchte. Sie hatte braune, schulterlange Haare.

»Es geht um einen Mordfall.«

Ich sah sie überrascht an. Das war allerdings ein Argument.

»Na, dann kommen Sie doch herein.« Ich trat einen Schritt zur Seite.

Rongen ließ der Kollegin den Vortritt. Ich schloss die Tür hinter den beiden. Die Blicke der Polizisten schweiften umher.

»Nicht schlecht, Herr Anwalt«, sagte Rongen. »Sehr stilvoll.«

»Was kann ich für Sie tun?«

Rongen und Ferber sahen sich an. Sie überließ ihm das Wort.

»Erwarten Sie eine wichtige Paketsendung?«

Ich stutzte. »Nicht dass ich wüsste. Nein. Wieso?«

Ferbers Miene war ernst. »Heute Morgen um kurz vor neun wurde hundert Meter von hier ein Paketbote erstochen. Es sah zunächst nach einem missglückten Diebstahl aus. Wir haben recherchiert, und wie es aussieht, war auch ein Paket für Sie dabei, das gestohlen wurde.«

»Moment. Das haben wir gleich«, sagte ich und holte mein Handy, das in meinem Büro lag. Nach dem zweiten Freizeichen hatte ich Frau Zollinger dran.

»Herr Meller. Was gibt's?«

»Erwarten wir eine wichtige Paketsendung?«, fragte ich.

»Eine Paketsendung? Nein. Wieso denn?«

»Nicht so wichtig. Hat sich damit wohl erledigt. Schönen Feierabend!«

Ich ließ mein Handy in der Tasche verschwinden.

»Wir erwarten keine wichtige Sendung. Wurde denn nur ein Paket gestohlen?«

Rongen schüttelte den Kopf. »Nein, mehrere.«

»Na, also. Da haben Sie es.«

»Die anderen Adressaten haben wir bereits überprüft«, sagte Ferber. »Die Leute wissen, was in den gestohlenen Päckchen war, und die Absender sind echt, sozusagen. Der Absender Ihres Paketes heißt Helmuth Kubatschek. Die Adresse in Wien gibt es nicht. Einen Mann dieses Namens auch nicht.«

»Verstehen Sie?« Rongens Stimme klang fast aufrichtig besorgt, was mir gar nicht gefiel. »Der Mörder hat versucht, es wie einen missglückten Diebstahl aussehen zu lassen. Aber wir sind uns ziemlich sicher, dass es ganz gezielt um Ihr Paket ging, Herr Meller.«

»Wie groß war es?«

»Es handelte sich um ein Packset XS«, antwortete Ferber. »Ungefähr DIN-A5. Schmal. Der Name des Absenders lautet, wie gesagt, Helmuth Kubatschek. Aus Wien.«

»Und was erwarten Sie jetzt von mir?«

»Dass Sie uns helfen«, sagte Rongen. »Wir glauben, dass der Überfall mit einem Ihrer Mandanten zu tun haben könnte.«

»Verstehe«, seufzte ich.

Rongen sah Ferber an, bevor er sich erneut an mich wandte. »Der Paketbote wurde erstochen. Außerdem wurden ihm zwei Finger abgeschnitten. Der Rechtsmediziner geht davon aus, dass dies nicht post mortem geschehen ist.«

Jetzt war ich erstmals aufgeschreckt. Bisher klang die Sache wirklich wie ein missglückter Diebstahl. »Was bedeutet das?«

»Wir arbeiten noch daran.« Rongen machte eine Kunstpause, bevor er fortfuhr. »Die anderen Pakete dienten nur der Irreführung. Ein Ablenkungsmanöver. Es geht um Sie, Meller, nur um Sie.«

»Ich habe Ihnen schon gesagt, ich weiß nichts von einem Paket, das uns erreichen sollte.«

Der Kommissar reckte das Kinn. »Dann denken wir mal einen Schritt weiter. Was glauben Sie, wäre passiert, wenn der Paketbote die Sendung abgeliefert hätte?«

»Keine Ahnung. Sagen Sie es mir.«

»Dann wäre der Mörder bei Ihnen aufgekreuzt.«

Ich schüttelte den Kopf. »So ein Quatsch.«

»Helfen Sie uns«, sagte Ferber. »Überlegen Sie, mit welchem Ihrer Mandanten dieser Mord in Verbindung stehen könnte.«

»Und lassen Sie sich nicht zu viel Zeit damit«, legte Rongen nach. »Wenn Ihnen einer einfällt, rufen Sie uns an. Die Telefonnummer des Präsidiums dürften Sie ja griffbereit haben.«

Der Kommissar wandte sich ab und öffnete die Tür. Seine Kollegin folgte ihm. »Schönen Abend noch.«

Dann waren sie verschwunden. Die Tür fiel mit einem leisen Klicken ins Schloss.

6

»Hörst du mir überhaupt zu?« Nina sah mich mit diesem strafenden Blick an, der eine Antwort unnötig machte.
»Ja. Natürlich. Tut mir leid.«
»Was ist los?«
Eine Kellnerin trat an unseren Tisch und lächelte freundlich.
»Jetzt nicht«, fuhr Nina sie an. Ihr Armstumpf zappelte hin und her. Ich war den Anblick gewöhnt, die Kellnerin nicht, das verriet ihr Gesichtsausdruck. Sie machte auf dem Absatz kehrt und gab ihrer Kollegin per Handzeichen zu verstehen, dass unser Tisch eine No-Go-Area sei. Schade eigentlich, denn die neu eröffnete Tapasbar, in der wir endlich mal einen Tisch bekommen hatten, wurde in der Lokalpresse in den höchsten Tönen gelobt. Von der Einrichtung her erinnerte das Lokal an den großen spanischen Maler Picasso. Rustikale Möbel gemischt mit modernen Farbtönen. Wir hatten einen der besten Plätze ergattert, am Fenster, mit Blick auf die farbig beleuchteten Gebäude des Rheinauhafens direkt am Kai, wo vor ein paar Jahren noch Binnenschiffe angelegt hatten.

»So kriegen wir nie etwas zu essen«, beschwerte ich mich.
»Ich habe Hunger.«
»Erst sagst du mir, was los ist.«
Nina und ich waren vor drei Monaten in die gemeinsame

Wohnung eingezogen. Eine Bedingung, die Nina vor Unterzeichnung des Mietvertrags gestellt hatte, war, dass wir ehrlich zueinander sein wollten. Ehrlich hieß nicht, alles zu erzählen, was einem gerade im Kopf rumschwirrte, auch nicht, einen täglichen Rapport abzuliefern, aber Sorgen und Probleme wollten wir teilen, statt sie in uns hineinzufressen. Wenn es um Gefühle ging, sollte Offenheit herrschen.

Ich hatte Angst.

Angst, weil ich nicht wusste, was es mit diesem Paket auf sich hatte, für das ganz offensichtlich ein Mensch ermordet wurde. Ich schloss mich der Meinung der Kommissare an, dass mir irgendeine Person, die anonym bleiben wollte, ein Beweisstück oder ein Indiz gesendet hatte, irgendwas, das für einen meiner Fälle von großer Bedeutung war. Aber um welchen Fall ging es? Ich hatte keine Ahnung. Darum wusste ich auch nicht, was ich Nina antworten sollte. Ihr Blick war fordernd, unausweichlich.

»Rongen war heute bei mir.«

»Thomas Rongen? Weshalb?« Sie kannte den Hauptkommissar, besser als ich. Nach Abschluss meines Mordfalls, in den Nina auf so tragische Weise verwickelt worden war, hatten sie und Rongen oft miteinander zu tun gehabt. Der Kommissar brauchte Ninas Aussage, um den Fall abschließen zu können. Die beiden verstanden sich. Rongen konnte mich nicht ausstehen und ich ihn nicht, aber er hatte so viel Anstand, dies Nina gegenüber nicht durchblicken zu lassen.

»Ein Paketbote wurde erstochen. Nicht weit von der Kanzlei entfernt. Aus dem Transporter wurde ein Paket gestohlen.«

Nina war noch nicht zufrieden. »Ja, und?«

»Das Paket war an mich adressiert. Aber zur Beruhigung: Es sind noch weitere Pakete gestohlen worden.«

45

»Das Paket war an dich adressiert?« In Ninas Miene hielten Ärger und Besorgnis jetzt die Waage. »Geht es vielleicht ein bisschen ausführlicher?«

Es hatte keinen Zweck, ihr etwas zu verschweigen. Sie hatte Rongens Handynummer, sie würde ihn sonst anrufen.

Ich holte tief Luft. »Rongen vermutet, dass es nur um das eine Paket ging, das an mich adressiert war. Einen Absender gibt es nicht. Also, keine Person, die wirklich existiert.« Nina wollte etwas einwenden. Ich kam ihr zuvor. »Ich habe keine Ahnung, wer mir was schicken wollte.« Ich hob die Hände. »Keine Ahnung.«

»Der Paketbote wurde ermordet, weil er dir etwas bringen wollte?«

Ich versuchte ein Grinsen. »Das macht mich nicht zum Mittäter.«

»Sehr witzig.« Nina senkte den Blick, hypnotisierte das halb volle Wasserglas vor sich auf dem Tisch.

»Können wir jetzt was bestellen?« Ich wollte das Thema wechseln, um ihre Sorgen zu zerstreuen.

Nina blickte auf und sah mich vorwurfsvoll an. »Wie kannst du jetzt an Essen denken? Mir ist der Appetit vergangen.«

Sie trank ihr Wasserglas leer, stand auf, nahm ihren Mantel von der Stuhllehne und machte sich auf den Weg zur Tür, vorbei an der Kellnerin, die wohl dachte, wir hätten eine Beziehungskrise. Noch hatten wir keine, aber es könnte schnell eine draus werden. Nina war in Therapie, weil sie Todesangst durchlebt hatte. Die Wunden ihrer Seele waren noch lange nicht verheilt.

Ich zog meine Brieftasche, legte einen Zehn-Euro-Schein für die Flasche Wasser hin, das müsste reichen, dann folgte ich Nina nach draußen.

Die Luft war kühl. Am wolkenlosen Himmel leuchteten die Sterne. Nina stand am Geländer, das hier die Hafenmauer säumte. Ein Binnenschiff mit blinkenden Positionslichtern zog flussabwärts vorbei in Richtung Dom, der in hellem Lichte die Altstadt überragte. Ich trat neben Nina, legte meinen Arm um ihre Schulter. Dann spürte ich, wie ihre Anspannung nachließ. Sie lehnte ihren Kopf gegen meine Brust.

»Was könnte in dem Paket gewesen sein?«, fragte sie mit leiser Stimme.

»Ich werde es herauskriegen.«

»Wie willst du das anstellen?«

»Morgen gehe ich unsere Akten durch. So viele Mandanten sind es nicht, die infrage kommen.«

»Was meinst du mit *infrage kommen*?«

»Na ja. Ich vermute, der Mörder wollte verhindern, dass ein für einen meiner Mandanten wichtiges Beweisstück bei mir ankommt.«

Nina löste sich aus der Umarmung. Sie sah mich ratlos an.

»Da will also jemand verhindern, dass du deinen Job machst? Und wenn du es doch tust, was dann?«

Ich verstand, was sie meinte. »Die sind nicht so blöd und bringen einen Anwalt um.«

»Schön für den Anwalt. Und was ist mit seiner Freundin? Der passiert auch nichts? Sei nicht so cool. Du weißt doch noch nicht mal, wer *die* sind.«

Ich schüttelte den Kopf. »Weiß ich nicht, aber jetzt übertreibe bitte nicht. Die Täter haben ihr Ziel erreicht. Vermutlich ist die Sache damit für mich erledigt.«

»Wieso bist du dir so sicher?« Nina wandte sich um und marschierte los, stromaufwärts. Ich kannte diesen Zustand und wusste, dass sie jetzt etwas Zeit brauchte. Eine alte Wunde riss auf, und das Letzte, was ich tun durfte, war, Salz darauf zu streuen. In einem Punkt hatte Nina leider recht: Wenn ich bedroht wäre, wäre sie es auch. Und das hatten wir schon mal.

Nachdem ich ein paar Minuten wie ein treuer Hund hinter ihr hergedackelt war, holte ich mit wenigen Schritten auf und legte wieder meinen Arm um ihre Schultern. Sie ließ es zu.

Allmählich bekam offensichtlich auch Nina Hunger, denn sie steuerte die nächste Dönerbude an. Mir war es nur recht.

Wir nahmen an einem Zweiertisch Platz. Der Dönermann war äußerst freundlich und lockerte die Stimmung ein wenig auf. Ich verputzte einen Grillteller und Nina mit Hackfleisch gefüllte Auberginen. Danach war der Abend gelaufen, wir fuhren mit dem Taxi nach Hause.

Nina schlief schnell ein, was ein Zeichen dafür war, dass meine Argumente gegriffen hatten und ihre Ängste anscheinend nachließen. Nicht so bei mir. Der getötete Paketbote geisterte in meinem Kopf herum. Was ich Nina zur Beruhigung erzählt hatte, dass mit dem gestohlenen Paket die Gefahr für mich vorüber wäre, glaubte ich selbst nicht wirklich. Ich musste etwas unternehmen. Gleich morgen früh.

7

Astrid Zollinger sah mich über den Rand ihrer Brille hinweg an, was bedeutete: Sie zweifelte wieder mal an meinen Worten. Auf meine gespielte Lockerheit fiel sie nicht herein, und wahrscheinlich sah man mir an, dass ich die Nacht kaum geschlafen hatte.

»Wie lautet der Absender des Pakets?«

»Helmuth Kubatschek. Aus Wien. Adresse und Namen sind falsch, gibt es beides nicht.«

Sie tippte den Namen in den Computer ein. »Kein Mandant, der so heißt.«

»Hätte mich auch gewundert.«

»Kubatschek? Irgendwann, irgendwo habe ich den Namen schon mal gehört.«

»Wo?«

Sie schüttelte den Kopf. »Ich kann mich beim besten Willen nicht erinnern. Es gibt eine Schauspielerin, die so heißt.«

»Kubitschek«, erwiderte ich. »Aber die gehört nicht zu unseren Mandanten.«

Zollinger sah gedankenverloren zur Decke, dann wieder zu mir. »Was hält Nina davon?«

Während Frau Zollinger und ich beim »Sie« geblieben waren, duzten die beiden sich. Sie verstanden sich gut, tranken oft Kaffee zusammen, wenn Nina hier war.

»Sie ist besorgt, genau wie ich. Aber es besteht kein Grund zur Panik.«

»Wer sagt das?«

»Rongen«, antwortete ich. Die Notlüge schien mir angebracht.

»Hauptkommissar Rongen? Ausgerechnet Ihr bester Freund bearbeitet den Fall?«

»Ja, ich kann mir das leider nicht aussuchen.«

»Irgendwann müssen Sie mir mal erzählen, weshalb Sie beide sich so mögen.«

Ich reagierte mit einem Lächeln. Wenn ich ihr davon erzählen würde, müsste ich mir womöglich eine neue Bürokraft suchen. Den meisten Leuten fiel es schwer zu verstehen, dass man als Strafverteidiger hin und wieder gezwungen war, mit den Wölfen zu heulen. Ein Mandant hatte vor einem Jahr von mir gefordert, dass ich Rongen eine Fehlinformation zukommen ließ. So etwas bezeichnete man als Irreführung der Justiz. Zum Glück konnte Rongen mir das nie nachweisen, ich hätte deswegen sogar meine Zulassung verlieren können. Das Problem war: Ich hatte keine andere Wahl gehabt. Rongen hielt mich seitdem für einen miesen, kleinen Winkeladvokaten, und ich gab mir keine große Mühe mehr, ihn vom Gegenteil zu überzeugen.

»Es besteht, wie gesagt, kein Grund überzureagieren«, beruhigte ich Zollinger.

»Das hoffen wir mal«, erwiderte sie und erhob sich schwungvoll aus ihrem Bürostuhl. »Wie groß war das Paket?«

Ich zeigte ihr mit den Händen, wie groß ein »Packset XS« war.

»Also passte kein Aktenordner rein?«

»Nein. Vielleicht eine DVD oder Fotos oder so etwas. Oder ein paar Seiten Papier. Jemand wollte uns Informationen zukommen lassen, so viel steht fest. Wir müssen nach einem Mandanten suchen, bei dem ein entscheidender Hinweis fehlt. Mir fällt da spontan nur einer ein.«

»Udo Boltkamp«, sagte sie.

Ich nickte. Boltkamp war Mitglied einer Rockergruppe. Ein sogenannter »One-Percenter«. So bezeichneten sich Rocker seit den fünfziger Jahren in den USA und zunehmend auch in Europa, die den Rechtsstaat nicht akzeptierten und lieber als Outlaws nach ihren eigenen Regeln lebten. Zu der Bezeichnung war es gekommen, nachdem der amerikanische Motorradsport-Verband verkündet hatte, dass neunundneunzig Prozent aller Motorradfahrer brave Bürger seien, von denen keine Gefahr ausgehe. Blieb also ein Prozent übrig, von denen eine Gefahr ausging, zu ihnen gehörte Udo Boltkamp. Deswegen saß er in Rheinbach in U-Haft. Er hatte einen Kontrahenten mit einem Barhocker fast zu Tode geprügelt.

»Ich werde ihn fragen, wie er über die Sache denkt. Suchen Sie mir bitte seine Akte heraus.«

»Da muss ich nicht suchen. Ein Knopfdruck reicht.«

Ich überging ihre schnippische Bemerkung.

»Wann wollen Sie in die JVA nach Rheinbach?«

»Wenn es der Terminkalender zulässt, noch heute Vormittag.«

»Ich glaube, heute Vormittag sieht gut aus. Ich schau gleich nach.«

Zollinger wandte sich ihrem Monitor zu, und ich begab mich in mein Büro, hatte mich gerade an den Schreibtisch gesetzt, als das Telefon piepte. Frau Zollinger teilte mir mit, dass Rongen in der Leitung sei, die Verbindung kam zustande.

»Meller, guten Morgen«, sagte ich, bemüht um einen unbeschwerten Tonfall.

»Rongen. Wie geht es Ihnen?«

So schnell hatte ich nicht mit einem Anruf von ihm gerechnet. Ich verzichtete auf Small Talk. »Gibt es etwas Neues?« Insgeheim hoffte ich, dass er über Nacht den Fall gelöst hatte.

»Die KTU wertet noch Spuren aus. Aber das Ergebnis des Rechtsmediziners ist da. Das Messer war extrem scharf und hatte eine Klingenlänge von nur zehn Zentimetern.«

Ich verstand nicht, was er mir damit sagen wollte. »Ja, und?«

»Der Täter hat mit einem einzigen Stich die Aorta verletzt, wodurch das Opfer innerlich verblutete. Die Aorta verläuft hinten an der Wirbelsäule entlang. Die Mindestlänge einer Klinge für so eine Verletzung beträgt zehn Zentimeter. Egal ob Sie von der Seite oder von vorne zustechen.«

»Und was schließen Sie daraus?«

»Sie oder ich hätten das nicht hingekriegt. Bei dem Täter handelt es sich höchstwahrscheinlich um einen Profi, der sein Handwerk versteht.«

»Wo kann man denn so ein Handwerk lernen?«

»Beim Militär. Oder Spezialeinheiten. Ich tippe auf einen Auftragskiller. Die Aorta hat den Vorteil, dass das Blut in den Bauchraum sickert und nicht herumspritzt. Der Täter sah danach nicht aus wie ein Metzger und konnte unerkannt entkommen. Wir haben keine Zeugen.« Rongen machte eine kurze Pause. »Wer könnte einen Auftragskiller angeheuert haben, um Ihr Paket zu stehlen?«

Ich erhob mich aus meinem Stuhl und sah aus dem Fenster zu dem lang gezogenen Brunnen, der die Hauptstraße von der Fußgängerzone trennte. Dort unten war es passiert, vor etwas mehr als vierundzwanzig Stunden.

»Sind Sie noch dran?«, fragte Rongen.

»Ja.«

»Ist Ihnen jemand eingefallen, der etwas mit der Sache zu tun haben könnte?«

»Ich überprüfe das noch.«

»Und wenn Sie es überprüft haben, rufen Sie mich dann an und weihen mich in Ihre Erkenntnisse ein?«

»Das muss ich erst mit der Anwaltskammer besprechen.«

»Machen Sie sich nicht lächerlich, Meller.«

Ich räusperte mich. »Ich werde nicht meine Zulassung riskieren.«

Rongen lachte bitter auf. »Jetzt, wo der Laden bei Ihnen brummt, kann ich das sogar verstehen.«

Ich ließ mich wieder in meinen Bürostuhl fallen. »Mit so viel Verständnis Ihrerseits hätte ich gar nicht gerechnet. Aber im Ernst. Solange ich nicht weiß, womit wir es hier zu tun haben, darf ich Ihnen keine Informationen zu einem meiner Mandanten offenlegen. Der Paketbote ist tot, und nichts macht ihn wieder lebendig. Sollte ich von einer geplanten Straftat erfahren, informiere ich Sie natürlich sofort.«

»Was, wenn der Täter weitermacht, weil er sein Ziel noch nicht erreicht hat?«

»Gibt es dafür einen konkreten Hinweis?«

»Noch nicht. Wollen wir darauf warten?«

Ich antwortete nicht darauf. »Haben Sie herausgefunden, warum dem Paketboten die Finger abgetrennt wurden?«, fragte ich stattdessen.

»Vielleicht eine Botschaft an Sie? Eine Warnung, die Finger von dem Fall zu lassen.«

Der Gedanke war mir auch schon gekommen. Doch noch

53

immer sträubte sich in mir alles gegen die Vorstellung, dass ich persönlich in Gefahr sein könnte. »Wenn ich nicht weiß, um welchen Fall und um welchen Mandanten es sich handelt, ist die Warnung sinnlos.«

»Es hat sich also niemand bei Ihnen gemeldet?«

»Nein.«

»Kommt vielleicht noch.«

Ich durchschaute Rongens Taktik. Er wollte mir Angst machen. »Sonst noch was?«

»Haben Sie was zu schreiben?«

»Immer«, sagte ich und griff nach einem Kugelschreiber.

»Ich gebe Ihnen meine Handynummer«, sagte er. »Wenn was sein sollte, wenn Sie sich bedroht fühlen, rufen Sie an. Jederzeit.«

Ich notierte die Nummer. Rongen spekulierte offenbar darauf, dass der Täter früher oder später auch mich bedrohen würde. Spätestens dann könnte ich bedenkenlos mit der Polizei kooperieren. Bis dahin aber musste ich achtgeben, denn auch aus Unwissenheit durfte ich nicht gegen die Schweigepflicht verstoßen.

Nachdem wir das Telefonat beendet hatten, speicherte ich Rongens Nummer in meinem Handy. Als Namen gab ich »AAA« ein. So stand er von nun an ganz oben in meiner Liste.

8

Es war eine Art Konfrontationstherapie. Ich musste mittlerweile so häufig in die Justizvollzugsanstalt, dass mir schmale Korridore, enge Räume und vergitterte Fenster nur noch wenig ausmachten. Fahrstühle hingegen mied ich nach wie vor wie der Teufel das Weihwasser. In meiner Kindheit war ich eine Nacht lang in einem dunklen Verlies eingesperrt. Dies auch noch aus eigener Dummheit. Erst am nächsten Tag hatte mich meine Mutter in dem verlassenen Haus gefunden, wobei sie mir ausdrücklich verboten hatte, dort zu spielen. Es war die schlimmste Nacht meines Lebens, ich hatte Todesängste ausgestanden. Jahre später meldeten sich die längst überwunden geglaubten Ängste wieder zurück, als ich einmal in einem Fahrstuhl feststeckte. Mich ergriff entsetzliche Panik, ich fühlte mich damals wie gelähmt, der Schweiß brach aus. Diese Reaktion war mir unendlich peinlich, ich hatte mich geschämt für mein irrationales Verhalten und mied von da an Fahrstühle rigoros. Trotz besagter Konfrontationstherapie hatte ich mein Trauma noch nicht vollständig überwunden.

Ich wartete seit knapp fünf Minuten in dem kahlen, tristen Besucherraum, als hinter mir die Tür geöffnet wurde. Ich drehte mich um. Ein Wärter ließ Udo Boltkamp herein. Gleich darauf fiel die Tür wieder krachend ins Schloss. Ich zuckte unwillkürlich zusammen.

Boltkamp kam auf mich zu und grinste. »Ein bisschen schreckhaft, wie?«

Er war einen Kopf größer als ich, seine fleischige Pranke umschloss meine Hand. Er wirkte wie immer sehr gepflegt, frisch rasiert. Boltkamp trug zivile Kleidung, Jeans und ein weißes T-Shirt, unter dem sich seine tätowierten Muskelpakete abzeichneten. Ihm konnte das Gefängnis nicht viel anhaben. Wer sich mit ihm anlegte, hatte ein Problem.

Wir nahmen an dem kleinen Tisch Platz, der mitten im Raum stand. Bevor Boltkamp sich setzte, kramte er eine Zigarettenschachtel aus der hinteren Hosentasche und bot mir eine an. Obwohl er wusste, dass ich aufhören wollte zu rauchen.

»Nein, danke«, sagte ich und hob abwehrend die Hände.

»Na, kommen Sie«, sagte er. »Ist gut für die Nerven. Sie wirken angespannt.«

Da hatte er allerdings recht. Ich nahm eine. Boltkamp gab mir Feuer. Der erste Zug war immer der beste. Ich inhalierte, blies den Rauch durch die Nase aus. Es tat wirklich gut.

Zum Glück war der Barhocker, mit dem Boltkamp seinen Gegner verprügelt hatte, rechtzeitig zu Bruch gegangen, sonst würde die Anklage Totschlag lauten. Die Staatsanwaltschaft wollte eine versuchte Tötung daraus machen, ich sah darin höchstens eine Körperverletzung. Was einen Unterschied von mehreren Jahren Haft ausmachen konnte. In der Kneipe, wo die Schlägerei stattgefunden hatte, gab es eine Webcam zur Überwachung des Thekenpersonals. Wahrscheinlich zeigte die Videoaufnahme den Moment, als die Schlägerei losging, und vielleicht zeigte das Video auch, zu wem das Messer gehörte, das die Polizei vor Ort gefunden hatte. Es konnte keinem der

Kontrahenten eindeutig zugeordnet werden. Beide behaupteten, die Waffe gehöre dem jeweils anderen.

Leider existierte das Video nicht mehr. Es war auf dem Server gelöscht worden. Ich sah zwei Möglichkeiten: Entweder die Aufnahme zeigte Boltkamp, wie er das Messer zog, und Boltkamp hatte selbst dafür gesorgt, dass das Video gelöscht wurde. Oder der andere hatte das Messer gezogen, und die gegnerische Partei war im Besitz der Aufnahme. In diesem Fall hätte Boltkamp in Notwehr gehandelt, und das könnte einen Freispruch bedeuten. Ich hoffte, dass irgendwo noch eine Kopie des Videos existierte. Vielleicht war es in dem Paket gewesen, für das der arme Postzusteller sein Leben lassen musste. Wenn, dann gäbe es einen Verdächtigen in dem Fall, und die Information könnte ich an Rongen weitergeben, denn die Lösung des Falls käme meinem Mandanten zugute.

»Haben Sie Freunde in Wien?«, fragte ich.

Boltkamp nickte.

»Und Feinde?«

Er grinste. »Wo Freunde sind, sind auch Feinde.«

»Helmuth Kubatschek, sagt Ihnen der Name etwas?«

Boltkamp schüttelte den Kopf.

»Vielleicht ist es ein Pseudonym oder ein Code.«

»Tut mir leid. Sagt mir gar nichts. Wieso?«

»Haben Sie heute Zeitung gelesen? Der Paketbote, der ermordet wurde?«

Boltkamp nickte.

»Es wurde ein Paket entwendet, und das war an mich adressiert.«

Boltkamp verstand. »Sie glauben, es geht dabei um meinen Fall?« Seine Stimme verriet Skepsis.

»Wäre doch möglich. Was, wenn das Video von der Schlägerei noch existiert? Und was, wenn es mir jemand zuschicken wollte. Aber leider ist die Sache rausgekommen, und jemand hat im letzten Moment verhindert, dass das Paket ausgeliefert wird?«

Boltkamp schüttelte langsam den Kopf. »Wieso sollte jemand ein Paket wegen einer SD-Karte verschicken? Haben Sie keine E-Mail-Adresse?«

Diese Möglichkeit hatte ich überhaupt noch nicht bedacht. Womöglich weil ich so sehr darauf gehofft hatte, hier eine Lösung zu finden.

»Das Paket kam aus Wien?«, hakte Boltkamp nach.

Ich nickte.

Der Hüne schüttelte erneut den Kopf. »Wie sollte das Video nach Wien gekommen sein? Und warum? Das ist doch Quatsch.« Sein Tonfall nahm mir jede Hoffnung.

»Ganz ehrlich«, fuhr er fort. »Wenn jemand das Scheißvideo hat und Sie es kriegen sollen, kommt er bei Ihnen vorbei, und gut ist. So läuft das bei uns.«

Er hatte leider recht. Ich stand auf.

Boltkamp sah mich überrascht an. »Wie? Das war's schon? Eine Frage, eine Kippe? Deswegen sind Sie extra hier rausgefahren?«

»Es war ein Versuch.« Ich ärgerte mich über die Zeit, die ich sinnlos verplempert hatte.

Boltkamp erhob sich ebenfalls. »Sie haben Schiss, oder?«, sagte er und legte den Kopf schief.

Typen wie er konnten Angstschweiß riechen. Es gehörte zu ihrem Geschäftsmodell.

Ich zuckte mit den Schultern. »Kein besonders schönes Gefühl, wenn da draußen jemand ist, der einem die Post klaut und deswegen auch noch Leute umbringt.«

»Wenn Sie Hilfe brauchen, sagen Sie Bescheid.«

»Hilfe, in welcher Form?«

»Ich schicke Ihnen ein paar Jungs vorbei.«

»Danke, aber für so etwas ist die Polizei zuständig.«

»Das sind Nieten. Setzen Sie nicht auf die.«

Ich hatte genug gehört, verabschiedete mich und klopfte an die Tür.

Direkt vor der JVA Rheinbach befand sich ein Rondell mit einem Blumenmeer darin. Die Blüten leuchteten in der Frühlingssonne. Ein harter Kontrast zu der öden Betonmauer, an der ich entlang zu meinem Aston Martin ging. Ich genoss den kurzen Weg an der frischen Luft, atmete tief durch. Kaum saß ich im Auto, klingelte auch schon mein Handy. Das Display zeigte Pjotr an.

»Hi. Was gibt's?«

»Ich schätze, die brauchen morgen eine gute Klimaanlage in der Business Class.«

Ich glaubte, dass Pjotr die falsche Nummer gewählt hatte.

»Stopp. Hier ist Nicholas«, unterbrach ich ihn. »Wen wolltest du anrufen?«

»Dich«, sagte er. »Der warme Kumpel von deinem Baron fliegt morgen mit der ersten Maschine von Moskau nach Frankfurt.«

Jetzt fiel der Groschen. Pjotrs obligatorischer Schwulenhasserwitz. Erst im nächsten Moment wurde mir klar, was er mir da mitteilte. »Moment, ist das wahr?«

»Er verbringt die Nacht noch in Moskau im Hotel. Morgen früh geht's zum Flughafen.«

»Bist du dir da sicher?«

»Hundert Pro.«

»Wie viel hat es gekostet?«

»Nur viertausend Dollar, zuzüglich meiner Provisionen.«

»Ich bring dir das Geld morgen vorbei. Wie viel willst du?«

»Zwanzig Prozent. Aber das Geld ist nur das eine. Du vergisst hoffentlich nicht, dass du mir noch was schuldest.«

»Natürlich. Verlass dich auf mich. Wenn sich eine Gelegenheit ergibt, werde ich den Baron auf seine Ferraris ansprechen.«

Pjtor war nicht zufrieden. »He, so läuft das nicht, Towarischtsch. Du musst mich mit ihm zusammenbringen.«

»Ich werde sehen, was ich machen kann.« Wenn Pjotr mich »Genosse« nannte, war klar, dass die Sache ihm ernst war.

Ich beließ es bei einer unverbindlichen Zusage.

»Eins noch«, sagte Pjotr. »Meine Leute haben dem Kerl gesagt, er soll sich auf sein Hotelzimmer zurückziehen und die Klappe halten. Auch nicht telefonieren. Es fehlt nämlich noch, dass er irgendwem von der Sache erzählt.«

»Heißt das, ich sollte dem Baron die gute Nachricht besser noch nicht mitteilen?«

»Doch. Aber wundert euch nicht, wenn er sich nicht meldet. Steinke fliegt morgen mit der ersten Lufthansa-Maschine von Moskau nach Frankfurt, die landet gegen Mittag.«

»Danke«, sagte ich und beendete das Gespräch.

Ich konnte mir sicher sein, dass alles klappte. Wenn Pjotr einem ein Wort gab, hatte das mehr Gewicht als die getrocknete Tinte auf einem Vertrag.

Als ich auf der Autobahn zurück nach Köln fuhr, wählte ich die Festnetznummer des Barons. Sein Hausangestellter hob ab und brachte von Westendorff den Hörer.

»Herr Meller, ich grüße Sie.«

»Guten Tag. Ich möchte Ihnen mitteilen, dass Martin Steinke aus der Haft entlassen wurde und in einem Moskauer Hotel ist. Morgen früh wird er gegen Mittag in Frankfurt am Main landen.«

»Ich wusste es, Herr Meller.« Seine Stimme klang hocherfreut. »Sie sind ein Hasardeur.«

»Danke. Herr Steinke wird sich heute noch nicht bei Ihnen melden. Mein Kontaktmann hat angeraten, Telefonate vorerst zu unterlassen.«

»Gut. Vergessen Sie nicht, mir eine adäquate Rechnung zu stellen. Ach ja, und da wäre noch etwas.«

Er machte eine Kunstpause. In Gedanken malte ich mir schon ein neues Mandat aus.

»Haben Sie am Wochenende Zeit?«

»Am Wochenende?« Ich musste überlegen. »Ich glaube, da steht noch nichts in meinem Terminkalender.«

»Ich möchte mich in ganz besonderer Form bei Ihnen bedanken und Sie auf ein Landschloss in der Eifel einladen. Natürlich mit Begleitung, wenn es da jemanden gibt.«

»Gibt es.«

»Schön. Sagen Sie mir bitte ihren Namen?«

»Nina Vonhoegen.«

»Von Högen?« Er zögerte. »Der Familienname schreibt sich H-Ö-G-E-N?«

Ich musste unwillkürlich grinsen. »Nein, der Nachname schreibt sich mit ›Von‹ und ›oe‹ in einem Wort. Kein alter Landadel.«

Der Baron lachte. »Verstehe. Nun gut. Wir werden ein Wochenende mit guten Freunden auf einem Schloss in Adenau verbringen, in der Nähe des Nürburgrings. Die Rennstrecke haben wir einen halben Tag für uns allein. Sind Sie die Nordschleife schon mal gefahren?«

»Ja.«

»Na, umso besser. Die Einladung wird morgen bei Ihnen sein.«

»Danke. Vielen Dank.«

»Nein, Herr Meller. Ich danke Ihnen. Wir hören voneinander. Bis bald.«

Das Telefonat war vorbei.

Mit einem Knopfdruck schaltete ich den Stoßdämpfer meines Aston Martin aus. Jede Bodenwelle übertrug sich nun auf meinen Sitz und sorgte für ein besonderes Fahrgefühl. Dazu hörte ich meinen aktuellen Lieblingssong: »Heroes« in der Coverversion von Motörhead. Alle toten Paketboten und penetranten Hauptkommissare waren für einen Moment vergessen.

Eine halbe Stunde später erreichte ich das Autobahnkreuz Köln-West und fuhr in Lövenich raus. Die Abfahrt hatte mehrere Spuren. Ich näherte mich der roten Ampel für Rechtsabbieger und sah, bevor ich auf die Bremse trat, in den Rückspiegel. Mir fiel ein schwarzer Golf auf, der sich hinter mir einreihte. Zwischen uns fuhr noch ein anderes Fahrzeug. Ich hatte so etwas wie ein Déjà-vu, das Gefühl, den Golf heute schon mal irgendwo gesehen zu haben. Ja. Auf dem Weg zur JVA nach Rheinbach. Schwarze Golfs gab es wie Sand am Meer, aber er fiel mir auf, weil er ziemlich verdreckt war. Blütenstaub hatte sich wie Puderzucker über die Karosserie gelegt, als wenn der Wagen länger unter einem Baum gestanden hätte.

Ich drehte die Musik leiser.

Sollte ich Rongen anrufen? Noch nicht. Ich wollte mir keine Blöße geben und erst sicher sein, dass der Wagen mir auch wirklich folgte. Die Ampel schaltete auf Grün. Langsam setzte sich die Autoschlange vor mir in Bewegung. Der Golf schaffte es in derselben Grünphase wie ich. In der Rechtskurve konnte ich sehen, dass zwei kräftige Männer im Auto saßen. Ich merkte mir das Kennzeichen.

Wir fuhren Richtung Innenstadt. Andere Autos überholten mich. Egal wie langsam ich war, der Golf blieb hinter mir. Eigentlich hatte ich vorgehabt, eine andere Strecke zu nehmen, aber ich bog bei der nächsten Gelegenheit nach rechts in eine Querstraße. Natürlich ohne zu blinken. Der Golf folgte mir. Ich trat aufs Gas, spürte mein Herz klopfen. Die Tachonadel stieg auf siebzig, obwohl ich durch eine Wohngegend fuhr. Im Rückspiegel sah ich, wie der Abstand zu dem Golf größer wurde, dann setzte er den Blinker. Tatsächlich bog er auch ab, und ich stieg erst mal auf die Bremse. Es gab keinen Grund mehr zu rasen. Hatte ich mir die Verfolger nur eingebildet? Natürlich. Rongen wollte mir mit seinen Sprüchen Angst machen, und das war ihm gelungen.

»Ganz ruhig, Nicholas. Ruhig«, sagte ich zu mir, atmete tief ein und wieder aus. Den Rückspiegel behielt ich im Auge, während ich in angemessenem Tempo weiterfuhr. Ein silberner Skoda näherte sich hinter mir, am Steuer saß eine Frau, neben ihr ein Mann. Ich fuhr geradeaus, obwohl ich nach links hätte abbiegen müssen. An der nächsten Querstraße folgte wieder ein spontanes Abbiegemanöver, wieder ohne Blinker, die Frau im Skoda hupte und fuhr geradeaus weiter. Leute, die einen verfolgten, hupten für gewöhnlich nicht. Ein gutes Zeichen. Ich fuhr um den Block, rechts und noch mal rechts, bis ich erneut zu der Straße kam, von der ich ursprünglich abgebogen war. Ich sah in den Rückspiegel, hinter mir überquerte eine

Frau mit Kinderwagen die Straße. Allmählich kam ich mir albern vor. Mein Pulsschlag hatte sich normalisiert, und ich war froh, Rongen nicht angerufen zu haben. Wie peinlich wäre das gewesen. Es gab zurzeit sicherlich Hunderte mit Blütenstaub bedeckte Golfs.

Ich setzte den Blinker, um auf die Hauptstraße abzubiegen. Es dauerte, da viel Verkehr war. Die Musik drehte ich wieder lauter und sah, dass sich eine Lücke in der Autoschlange auftun würde.

Da entdeckte ich den Golf. Er kam aus der gegenüberliegenden Seitenstraße und musste ebenfalls warten.

Nein. Das konnte kein Zufall mehr sein.

Ich nutzte die Lücke, reihte mich in den fließenden Verkehr ein und suchte mit zittriger Hand nach dem ersten Namen in meiner Telefonliste: *AAA*.

9

Der Pförtner hinter der Panzerglasscheibe begriff nicht, warum ich so aufgewühlt war. In aller Ruhe griff er zum Telefonhörer, wählte Rongens Durchwahl und meldete dem Kommissar, dass ein Herr Meller unten auf ihn warte. Es dauerte keine fünf Minuten, bis Rongen durch die Glastür in den Eingangsbereich trat.

»Ein schwarzer Golf hat Sie also verfolgt.«

Ich hatte ihm das Kennzeichen bereits am Telefon durchgegeben. »Ja. Konnten Sie den Halter ermitteln?«

Rongen antwortete nicht, stieß die Eingangstür auf und ging nach draußen. Ich folgte ihm, ohne eine Ahnung, was er vorhatte. Die Sonne wurde durch dichte Quellbewölkung gedämpft, trotzdem war es warm. Rongen blieb vor meinem Aston Martin stehen, der in einer der Parkbuchten direkt vor dem Gebäude Nummer sechs stand.

»Was ist los?«, fuhr ich ihn an. Die Frage beantwortete sich wie von selbst, als ein mit Blütenstaub überzogener, schwarzer Golf von der Straße einbog und in einer der Parkbuchten hielt.

Ich begriff. »Das waren Ihre Kollegen?«

Rongen nickte. Sie hatten inzwischen ein neues Nummernschild angebracht. Zwei kräftige Männer stiegen aus und sahen zu uns herüber.

»Anstatt nur das Kennzeichen zu wechseln, hätten sie mal in die Waschanlage fahren sollen.«

»Das ist Ihnen aufgefallen? Kompliment. Sie sind ja sehr wachsam«, sagte Rongen.

Meine Angst wich einem anderen Gefühl, Wut. »Was sollte das?«

»Die Observation diente nur Ihrer Sicherheit.«

»Dann wäre es keine Observation, sondern Personenschutz.«

»Nennen Sie es, wie Sie wollen.«

»War das Ihre Idee?«

»Ja.«

»Sie wissen, dass das nicht erlaubt ist?«

»Ist es nicht?«, fragte er scheinheilig.

»Paragraf 160a StPO. Ermittlungsmaßnahmen gegen einen Anwalt sind unzulässig, es sei denn, Sie unterstellen mir, dass ich an der Straftat beteiligt sei.«

»Jetzt beruhigen Sie sich wieder.«

»Nein. Durch eine Observation werde ich an der Ausübung meines Berufes gehindert. Es geht Sie nichts an, welchen Mandanten ich wann und wo treffe!« Ich baute mich vor Rongen auf. Der Kommissar war ein durchtrainierter Typ mit breiter Brust. Jetzt duckte er sich merklich weg. »Polizeitaktische Maßnahmen gegenüber Personen mit Zeugnisverweigerungsrecht sind nicht erlaubt, Erkenntnisse aus solchen Ermittlungen müssen sofort vernichtet werden.«

»Wir haben Ihr Umfeld beobachtet, um zu sehen, ob sich jemand für Sie interessiert«, erwiderte Rongen halbherzig.

»Und? Was ist dabei herausgekommen?«

Er zuckte mit den Schultern. »Bis jetzt noch nichts. Aber wir stehen erst am Anfang der Ermittlung.«

Ich lachte bitter auf. »Sie haben hoffentlich noch ein paar andere Tricks auf Lager, als mich zu observieren.«

Rongen sah mich herausfordernd an. »Sie klingen, als ob Sie kein großes Interesse hätten, dass wir den Mörder finden.«
»O doch. Mit der Observation ist trotzdem Schluss.«
Rongen sah mich ernst an. »Einverstanden. Wenn Ihnen das nächste Mal jemand folgt, sind nicht wir das. Versprochen! Meine Handynummer haben Sie ja. Viel Glück.«
Damit wandte er sich um und ging zurück ins Gebäude. Ich sah ihm nach. Was, wenn er recht hatte? Wenn der Paketmörder noch nicht zufrieden war mit dem Ergebnis?
Ich stieg ins Auto und fuhr los. Niemand folgte mir.

Das Schild an der Einfahrt war verrostet und hing auf halb acht, eine gute Werbung für einen Schrottplatz. Ich stellte den Aston Martin vor der Werkstatt auf einem Parkplatz für Besucher ab. Das war besser so. Auch wenn selbst der dümmste Mitarbeiter kapieren dürfte, dass ein wie neu aussehender Aston Martin nicht in die Schrottpresse gehörte – sicher ist sicher. Ich stieg aus, ging zum Kofferraum und holte die Überreste einer zwei Wochen alten Zeitung heraus, nahm sie mit.

Aleksandr Sokolow saß in seinem kleinen Büro hinter dem Schreibtisch. Die Scheiben waren so verdreckt, dass kaum Licht hereinfiel. Vor allem aber konnte man nicht von draußen hineinsehen, und das dürfte sehr in Aleksandrs Interesse liegen. Die Besucherstühle waren genauso schmutzig wie alles andere in diesem Büro. Ich legte die alte Zeitung auf die Sitzfläche, bevor ich Platz nahm. Aleksandr kommentierte das mit einem Grinsen, wodurch seine Narbe noch deutlicher hervortrat. Sie verlief von unterhalb des rechten Auges bis zur Kinnspitze und wurde von seinem Vollbart zum Teil verdeckt. Früher war ich nicht so pingelig. »Kleider machen Leute«, hieß es, aber sie tun es nicht von heute auf morgen. Ich musste erst noch in die neuen Anzüge hineinwachsen. Sokolow wusste das, weil er mich besser kannte als jeder andere.

Von der Werkstatt her hörte man das Surren der pneumatischen Schraubendreher. In der Luft hing durchdringender Benzingeruch. Aleksandr schien das nicht zu stören.

Er betrieb eine Autoteileverwertung mit Werkstatt, und ich hatte ihn in der Vergangenheit vor Gericht vertreten. Vor drei Jahren das erste Mal. Sein Schrottplatz hatte ein paar geklaute Fahrzeuge beherbergt. Auf meinen Rat hin versuchten wir es erst gar nicht mit einer anderen Darstellung der Situation, sondern Aleksandr spielte den Dorftrottel von Vogelsang – so hieß dieser Stadtteil. Wir konnten die Staatsanwaltschaft überzeugen, dass Aleksandr etwas naiv sei, von den hier geltenden Gesetzen keinen blassen Schimmer hatte und nicht gewusst habe, dass seine Geschäftspartner mit geklauten Autos handelten. In Wahrheit war Aleksandr alles andere als ein Trottel. Bei der zweiten Anklage, ein Jahr später, ließ sich die Staatsanwältin nicht mehr so leicht hinters Licht führen, aber der Richter. So etwas gab es fast nur in Köln: Eine Justiz, die so sehr an das Gute im Menschen glaubte und mir den Job dadurch umso leichter machte. Der Richter hatte in Aleksandr den typischen Mitläufer gesehen, und so kam er noch mal mit einer Bewährungsstrafe davon. Auf eine dritte Anklage dürfte er es allerdings nicht ankommen lassen oder wir müssten die Verteidigungsstrategie ändern. Ich wusste, dass Aleksandr mit Leuten zu tun hatte, auf deren Bekanntschaft ich gerne verzichtete und die ich auch nicht als Mandanten haben wollte. Jeder Strafverteidiger mit ein bisschen Erfahrung sollte wissen, dass es gewisse Kreise gab, von denen man sich besser fernhielt, egal wie viel Geld sie einem boten.

Ich erzählte Aleksandr, was passiert war, und wollte seine Einschätzung hören. Er kannte Hauptkommissar Rongen.

»Die Idee ist nicht schlecht«, sagte Aleksandr.

»Was meinst du?«

»Dass der Bulle dich beschatten lässt.«

»Das tut er jetzt nicht mehr. Warum sollte mich jemand beobachten?« Ich kannte die Antwort, wollte sie aber nicht hören.

»Wenn ich einen umbringe, der dir ein Paket schickt, würde ich wissen wollen, wie viel du bereits über den Inhalt des Pakets weißt und was du als Nächstes machst.«

Ich versuchte, cool zu bleiben, aber Aleksandr kannte mich, er wusste, wie ich mich fühlte.

»Ich könnte dir jemanden empfehlen«, sagte er. »Michail. Er hat gerade nichts zu tun.«

»Und was macht er sonst so?«

»Das ist doch egal.«

Es hatte mich nicht zu interessieren. »Und was kostet mich der Spaß?«

»Was ist dir deine Sicherheit wert?«

»Ich glaube nicht, dass ich wirklich in Gefahr bin.«

»Das hast du damals auch gedacht.« Er hustete taktvoll, um mich an letztes Jahr zu erinnern. Meinetwegen hatte Aleksandr zwei Kugeln abgekriegt, ich dagegen nur eine. Er in die Brust, ich in die linke Schulter. Zum Glück war Aleksandr nicht nachtragend, und sein perforiertes Rippenfell war auch wieder geheilt.

Aus der Werkstatt drang ein furchtbarer Lärm zu uns.

»Hey!«, schrie Aleksandr so laut, dass ich zusammenzuckte. »Macht Feierabend!«

Seine Mechaniker gehorchten aufs Wort. Ich sah auf die Uhr, es war schon nach fünf.

»Michail hat einen Bruder, Boris. Die beiden arbeiten zusammen, wechseln sich ab, und du lässt, sagen wir mal, achthundert am Tag springen. In zwei, drei Tagen wissen wir, ob jemand hinter dir her ist oder nicht. Wenn ja, dann kannst du dir immer noch überlegen, ob du den Fall der Polizei überlässt oder ... Na ja, Michail und sein Bruder können das Problem auch aus der Welt schaffen.«

»Einverstanden.« Ich nickte. »Die beiden sollen vor allem ein Auge auf Nina haben.« Sie war meine größte Sorge. Nina durfte durch mich nicht noch einmal in Gefahr geraten.

Ich stand auf, die Zeitung ließ ich für den nächsten Besucher liegen. Aleksandr kam um seinen Schreibtisch herum und reichte mir die Hand. Ich schlug ein.

Als ich zu meinem Wagen zurückging, blieb ich kurz stehen und sah zu den ausgeschlachteten Karosserien, die zu imposanten Türmen aufgeschichtet waren. Irgendwo unter den Blechmassen befand sich auch mein alter Alfa Romeo. Ich hatte ihn seit der Gründung meiner kleinen Kanzlei gehabt, viele Jahre, in denen ich mich nur mühsam über Wasser gehalten hatte und ein Aston Martin wie ein unerreichbarer Traum schien. Mein Leben hatte sich im rasanten Tempo verändert. Als ich Aleksandr die Schlüssel zu meinem Alfa Romeo gegeben hatte, wohlwissend, dass er den Wagen nicht verkaufen, sondern ausschlachten würde, fühlte sich das an, wie einen guten Freund zu verlieren.

Mein Handy piepte. Ich erwartete Nina, aber es war Frau Zollinger.

»Hallo. Was Dringendes?«, fragte ich.
»Ja. Können Sie schnell in die Kanzlei kommen? Bitte.« Ihre Stimme klang alarmierend.
»Was ist passiert?«
»Ich habe ihn gefunden.«
»Wen?«
»Helmuth Kubatschek. Wen sonst?«

10

Ich stand hinter Astrid Zollinger und sah auf den Monitor vor uns. Sie hatte den Terminkalender für diese Woche durchgeschaut und war auf *H. Kubatschek* gestoßen. »Ich wusste, dass ich den Namen schon mal irgendwann gehört habe.«

Er war im Terminkalender für Donnerstag eingetragen, also übermorgen, aber hinter dem Namen prangte ein Sternchen.

»Was bedeutet das Sternchen?«

»Der Termin wurde telefonisch vereinbart und nicht bestätigt.« Sie klickte auf den Namen. Ein Textfeld erschien, in dem der Inhalt des Telefonates kurz skizziert war.

»Kubatschek wollte einen Beratungstermin. Ein Anwalt sollte ihn am Donnerstag zu einer Zwangsversteigerung begleiten. Ich habe ihm gesagt, dass wir das nur machen, wenn ein Vorschuss gezahlt wird. Er ist daraufhin nicht erschienen und hat sich auch nicht mehr gemeldet.«

»Vielleicht kommt er ja morgen noch rein.«

»Glauben Sie daran?«

»Nein. Um was geht es bei dieser Zwangsversteigerung?«

»Ein Grundstück.« Sie reichte mir einen DIN-A4-Ausdruck, die Bekanntmachung vom Amtsgericht, wie man sie im Internet finden konnte. Das Ergebnis einer kurzen Recherche.

»Etwa drei Hektar Land in Godorf. Der Acker liegt direkt am Rhein und gehört zum gesetzlich vorgeschriebenen Überschwemmungsgebiet. In dem Wertgutachten wird ausdrücklich darauf hingewiesen, dass es sich nicht um Bauland handelt. Außerdem befindet sich in unmittelbarer Nähe eine Raffinerie.«

»Wem gehört das Grundstück?«

»Das steht nicht in der Bekanntmachung. Da müssten Sie sich morgen kundig machen. Ich habe getan, was ich konnte.« Offensichtlich war Zollinger der Ansicht, dass Kubatschek meine Privatsache sei und nicht in ihre Zuständigkeit fiel.

»Das klären wir dann morgen«, sagte ich ausweichend. »Auf jeden Fall sehr gute Arbeit. Vielen Dank.«

»Bei dem Chaos, das hier herrschte, als ich bei Ihnen angefangen habe, wären Sie bestimmt nicht darauf gestoßen.«

»Sicher nicht.«

Zollinger nickte. Ihr Gesichtsausdruck gefiel mir nicht, so hatte ich sie in den sieben Monaten, die wir zusammenarbeiteten, noch nie erlebt.

»Was ist los? Ich spüre doch, dass Sie etwas bedrückt.«

»Leiten Sie diese Information an Hauptkommissar Rongen weiter?«

»Das überlege ich mir noch.«

»Warum?«

»Ich habe meine Gründe.«

»Ich würde mich wesentlich wohler fühlen, wenn die Polizei den Mörder bald schnappt.«

Jetzt begriff ich, was los war. Sie hatte genau so viel Angst wie ich. Zollinger sah mich ernst an. »Und ich würde gerne den Rest der Woche freinehmen.«

»Den Rest der Woche?« Ich sah sie mit offenem Mund an.

Zollinger zog ein Kölner Revolverblatt aus ihrer Handtasche

und breitete es auf dem Tisch aus. Ich kannte die Schlagzeile, es ging um den Mord an dem Paketboten.

»Mir ist die Sache mehr als unheimlich. Und ich werde das Gefühl nicht los, Sie nehmen das nicht wirklich ernst.«

Ich protestierte. »O doch. Ich habe heute den ganzen Tag damit verbracht, Dinge in die Wege zu leiten, um für unsere Sicherheit zu sorgen. Auf meinem Schreibtisch stapeln sich die Akten, aber ich fahre nur durch die Gegend!« Ich schlug mit der Hand auf die Zeitung. »Deswegen.«

»Und? Haben Sie etwas erreicht?«

Ich holte mir einen der Designerstühle aus dem Wartebereich und setzte mich.

»Was ich Ihnen jetzt erzähle, bleibt bitte unter uns. Also. Ich bin unter anderem bei einem Mandanten gewesen. Aleksandr Sokolow. Rufen Sie seine Akte auf.«

Zollinger wandte sich der Tastatur zu und tippte den Namen ein, Sokolows Akte erschien auf dem Bildschirm, dazu ein Bild von ihm, auf dem er wirklich aussah wie ein Gangster.

»Zweimal verurteilt wegen Hehlerei. Beide Male mit Bewährung davongekommen«, sagte ich. »Weil die Richter annahmen, er sei ein argloser Erfüllungsgehilfe, der nur auf die falschen Leute reingefallen ist.«

»Und?« Sie sah mich neugierig an.

»Dieser Mann ist alles andere als arglos. Ab sofort kümmert er sich um unsere Sicherheit. Ich will die Polizei erst einschalten, wenn ich selbst weiß, was sich hinter der Sache verbirgt.«

Zollinger seufzte, ihr Blick signalisierte Verständnis für meine Situation. Ich erwartete weitere Fragen, die aber nicht kamen.

»Wollen Sie immer noch den Rest der Woche freihaben?«
Zollinger schüttelte den Kopf. Sie faltete die Zeitung zusammen, tat sie reumütig in ihre Handtasche zurück. »Tut mir leid. Ich war den ganzen Tag allein hier, weil Frau Tewes sich freigenommen hatte. Da macht man sich so seine Gedanken und ...«
»Schon gut. Aber wir sind nicht in Gefahr, vertrauen Sie mir.«
Sie nickte stumm.
Ich gab ihr eine Visitenkarte, die ich bei Aleksandr mitgenommen hatte. »Falls ich einmal nicht zu erreichen bin und Sie Hilfe benötigen, rufen Sie diese Nummer an. Der junge Mann heißt Michail, er spricht Deutsch, und er sagt Ihnen dann, was zu tun ist.«
Zollinger speicherte Michails Nummer in ihr Handy, gab mir die Visitenkarte zurück. Sie lächelte tapfer. »Danke. Ich habe wohl wirklich etwas die Nerven verloren.«
»Reden wir nicht mehr davon. Es ist wichtig, dass wir uns absolut normal verhalten.«
Sie nickte wieder. »Aber reden Sie auch irgendwann mit Frau Tewes, sie sollte auch wissen, was los ist.«
»Wenn ich sie sehe. Versprochen.« Ich stellte den Stuhl zurück. »Jetzt sollten Sie schleunigst Feierabend machen.«
Astrid Zollinger lächelte.

Es war kurz vor acht, als ich nach einem anstrengenden Tag nach Hause kam. Auf dem Esstisch stapelten sich Bücher, Ordner und Skripte. Nina hatte den ganzen Tag fleißig gelernt, jetzt fläzte sie sich auf der Couch, zwischen ihren Zehen steckten Wattepads, weil sie sich die Nägel frisch lackiert hatte – blauviolett. Aus dem Fernseher ertönte die Intro-Melodie der

Tagesschau. Ich ließ meinen Aktenkoffer an der Garderobe stehen, ging zu ihr und gab Nina einen Kuss.

»Schon was gegessen?«, fragte sie.

»Und du?«

Nina richtete sich auf. »In der Küche steht noch was. Ein Kartoffelauflauf. Leider ein wenig versalzen.«

»Bist du verliebt?«

Nina reagierte nicht darauf. Ich ging in die Küche. Im Kühlschrank fand sich eine angebrochene Flasche Chardonnay. Ich goss mir ein Glas ein. Nina humpelte mit den Wattepads zwischen den Zehen auf mich zu.

»Auch ein Glas?«

Sie nahm mir mein Weinglas aus der Hand, anstatt sich selbst einzuschenken. Ich musste daran denken, wie es mit uns angefangen hatte. Das war auch in einer Küche gewesen, in meiner alten Kanzlei.

»Woran denkst du gerade?« Ninas Blick sprach Bände. Sie gab mir das Glas zurück.

Ich trank einen Schluck. »An dasselbe wie du vielleicht?«

»Meine Nägel müssen erst trocknen.«

Ich grinste und gab ihr einen Kuss.

»Gibt es was Neues im Fall des Paketboten?«

Ich berichtete ihr in groben Zügen, was ich unternommen hatte. Die Brüder Michail und Boris, die von nun an ein Auge auf uns hatten, verschwieg ich. Aleksandr wollte es so. Je normaler wir unseren Alltag führten, desto besser, denn wenn uns jemand beobachtete, sollte ihm nichts an unserem Verhalten auffallen.

»Hast du am Donnerstag was vor?«, fragte ich.

»Wieso?«

»Ich muss zu einer Zwangsversteigerung. Wäre gut, wenn du mitkommst.«

»Wieso? Was soll ich da?«

»Zollinger hat einen Hinweis gefunden. Der Absender des Pakets hatte mit ihr telefoniert, weil er wollte, dass ein Anwalt ihn zu einer Zwangsversteigerung begleitet. Es geht um ein Grundstück in Godorf.«

»Und was soll ich dabei machen?«

»Ich möchte dich bitten zu recherchieren, da ich auf jeden Fall zu der Versteigerung gehen werde. Je mehr Informationen wir haben, was es mit diesem Grundstück auf sich hat, umso besser. Kannst du dir die Sache morgen mal ansehen? Ich habe so verdammt viel zu tun.«

»Morgen früh geht nicht, da habe ich was vor.«

»Was denn?«

»Da habe ich was vor.«

Ich stutzte. Aber ich kannte Nina gut genug, um zu wissen, dass es sinnlos war, weiterzubohren.

»Ab zwei Uhr hätte ich Zeit.«

»Dann um zwei. Am Wochenende sind wir übrigens eingeladen bei Baron von Westendorff. Auf einem Schloss in der Eifel.«

Nina sah mich erstaunt an. »Wie kommen wir zu der Ehre?«

»Ich habe für ihn ein kleines Problem aus der Welt geschafft, und als Dankeschön verbringen wir zusammen mit ihm und ein paar anderen illustren Gästen ein Wochenende auf dem Schloss. Hast du Lust?«

Sie machte eine blasierte Miene. »Nun, ich denke, ich kann ein bisschen Zeit für den Herrn Baron erübrigen.« Dann sah sie zu ihren Füßen herunter. Ihr Blick hellte sich auf. »Ich glaube, meine Nägel sind trocken.«

Nina ging in Richtung Wendeltreppe und öffnete im Gehen den Gürtel ihrer Hose. Bevor sie die erste Stufe betrat, hatte sie die Jeans ausgezogen. Ich leerte das Glas und folgte ihr. Auf der obersten Stufe lag ihr Slip.

11

Die Hochhäuser der Bankenmetropole leuchteten in der Morgensonne wie aus Gold und überragten den feinen Dunstschleier, der über Frankfurt lag. Martin Steinke hatte einen Platz am Fenster, in Reihe drei. Sein rechtes Bein wippte auf und ab, wie immer, wenn er nervös war. Er sah in seine Brieftasche, die Fächer für die Scheine waren leer, nur das Kleingeld hatte man ihm gelassen. Auch das Ladegerät des Handys war verschwunden, als er seine Sachen im Gefängnis zurückbekam, und der Akku war leer. Er konnte es kaum erwarten, wieder deutschen Boden zu betreten. Die zwei Nächte in russischer Haft waren ein Albtraum gewesen. Zwei Nächte lang hatte er so gut wie nicht geschlafen, obwohl er erschöpft war. Von der Botschaft ließ sich niemand blicken. Keiner sprach Deutsch, und das Englisch der Wärter war so gut wie nicht zu verstehen. Ein Mann in Uniform hatte ihm radebrechend erklärt, dass er für mindestens zwei Wochen in Arrest sei. Zwei Wochen! Er war wie gelähmt. Von dem Essen brachte er nichts runter.

Am zweiten Tag waren schließlich zwei Männer zu ihm in die triste Zelle gekommen, der eine in Uniform, der andere trug einen schwarzen Anzug, weißes Hemd, Krawatte. Er sprach ein verständliches Englisch und sagte, dass er gehen könne. Jetzt, sofort. Man fuhr ihn mit einem Streifenwagen zu einem Hotel ganz in der Nähe des Flughafens. Der Mann in dem Anzug erklärte ihm, dass er sich still verhalten, im Hotelzimmer bleiben und mit niemandem telefonieren sollte. Morgen würde man ihn zum Flughafen bringen. Es sei alles organisiert. Der Portier am Tresen behielt seinen Reisepass ein.

Er verbrachte den Abend allein mit einer Flasche Wodka und schwor sich, nie wieder einen Fuß in dieses verdammte Land zu setzen. Dann schloss er die Augen. Endlich konnte er schlafen.

Am Morgen wurde er telefonisch geweckt, bekam an der Rezeption seinen Reisepass zurück. Das Taxi wartete bereits. An der Passkontrolle am Flughafen wünschte man ihm eine gute Heimreise. Erst als die Maschine wirklich abhob und die Häuser, der Fluss, die Stadt unter ihm immer kleiner wurden, ließ die Angst etwas nach. Jetzt, vier Stunden später, war er nur noch aufgeregt.

Das Flugzeug setzte mit einem Ruck auf und bremste ab. Zwanzig Minuten später stand Martin am Gepäckband, nahm seine Tasche und ging durch die Zollkontrolle. Er trat in die Ankunftshalle. Viele Wartende. Männer, Frauen, Kinder, die mit suchenden Blicken Ausschau hielten. Martin entdeckte niemanden, den er kannte. Da fiel ihm sein Name ins Auge. Auf einem Schild stand: *M. Steinke*. Er ging auf den jungen Mann in der Uniform einer Autovermietung zu und stellte sich vor. Der Mann bat ihn, ihm zu folgen, und führte ihn zu einem Schalter der Autovermietung. Dort saß eine Frau hinter dem Tresen.

»Guten Tag«, begrüßte sie ihn mit einem freundlichen Lächeln. Der junge Mann verschwand wieder.

»Ich heiße Martin Steinke.«

Neben der Frau lagen ein paar große Umschläge, sie schaute nach und fand den richtigen.

»Für Sie wurde ein Fahrzeug reserviert, ich bräuchte nur Ihren Führerschein.«

»Wer hat den Wagen reserviert?«

Die Frau reichte ihm einen Briefumschlag über den Tresen, er gab ihr im Gegenzug seinen Führerschein. Während sie die Formalitäten erledigte, riss Steinke den Umschlag auf und holte einen Brief heraus, faltete ihn auseinander. Der Text war in Großbuchstaben geschrieben: ICH HABE MICH UM DEINE FREILASSUNG UND UM EIN VERSTECK GEKÜMMERT. SAG KEINEM, DASS DU WIEDER DA BIST. KEINE TELEFONATE. UND KOMM ZUM TREFFPUNKT (S. U.). ICH WARTE DORT. RUF NIEMANDEN AN. IN LIEBE ... Unterschrieben war der Brief mit einem Kussmund. Darunter stand das Ziel in Form von GPS-Koordinaten.

Die Mitarbeiterin der Autovermietung reichte ihm ein Klemmbrett mit einem Formular. Er unterschrieb, bekam seinen Führerschein und den Autoschlüssel sowie eine genaue Wegbeschreibung, wo der Mietwagen sich befand.

Es dauerte zehn Minuten, bis er den VW Golf in dem Parkhaus gefunden hatte. Martin setzte sich hinters Steuer und tippte die Koordinaten ins Navigationsgerät ein. Das Ziel befand sich in einem Wald in der Eifel, nicht weit vom Laacher See entfernt. Er startete den Motor.

Tausend Gedanken ließen die Fahrzeit wie im Flug vergehen. Was war geschehen in seiner Abwesenheit? Wieso hatte man ihn verhaftet? In der Hoffnung, auf alles bald eine Antwort zu bekommen, folgte er den Anweisungen des Navigationsgeräts und fuhr von der Autobahn ab, folgte der Landstraße, die ihn nach wenigen Kilometern durch einen dichten Nadelwald führte. Die Bäume schluckten fast alles Licht und die Scheinwerfer schalteten sich automatisch an. Es ging leicht bergauf, Martin näherte sich einer Anhöhe, es wurde wieder heller. Das Navigationsgerät zeigte an, dass er in einem Kilometer rechts abbiegen musste, aber Martin sah keine Querstraße. Erst kurz vor der Stelle entdeckte er den schmalen Weg, der noch tiefer in den Wald hineinführte. Allmählich kamen ihm Zweifel, ob das Navigationsgerät ihn an den richtigen Ort leitete, aber dann lichtete sich der Wald vor ihm. Der Weg führte an einem Acker vorbei, und hinter Büschen, umringt von ein paar kargen Bäumen, die nur wenig Blätter trugen, befand sich ein frei stehendes, weißes Haus. Es war schlicht, typische Fünfziger-Jahre-Architektur. Martin fuhr langsamer, kam zum Stehen.

Einen Moment lang blieb er noch sitzen. Kein anderes Auto weit und breit, keine Menschenseele. Ein Haus mitten in der Einöde. Ein ideales Versteck, wenn man keine hohen Ansprüche stellte. Martin stieg aus, nahm seine Reisetasche vom Rücksitz und ging auf den Eingang zu. Das Haus sah unbewohnt aus. Die Fenster waren stark verdreckt, aber die Scheiben noch alle intakt. Der weiße Putz wies einige Löcher auf, am meisten beschädigt war das Dach. Etliche Dachziegel hatten sich gelöst und lagen um das Haus herum. Martin betätigte die Klinke. Mit einem Knarren schwang die Tür auf, und er sah in einen schmalen, dunklen Korridor. Rechts führte eine Treppe steil nach oben.

»Hallo? Ist jemand da?«

Keine Antwort. Martin betätigte den Lichtschalter, aber es blieb dunkel. Womöglich gab es keinen Strom. Er ließ die Haustür offen stehen, ging durch den Korridor bis zur nächsten Tür und fand dort noch einen Lichtschalter. Der funktionierte.

Eine nackte Glühbirne an der Decke erhellte den Raum, durch die verdreckten Fenster fiel nur spärlich Tageslicht herein. Martin stellte seine Tasche ab. Das Wohnzimmer war eingerichtet mit Möbeln wie vom Sperrmüll. Kein Fernseher, er hatte auch keine Satellitenschüssel am Haus gesehen. Kein Telefon. Direkt ans Wohnzimmer grenzte eine altmodisch anmutende Küche. Eichenmöbel. Auf dem Boden rote Fliesen. Ein alter Elektroherd, eine Spüle, in der ein paar Teller standen. Auf ihnen hatte sich Schimmel gebildet. Das einzig Moderne war der Kühlschrank. Martin schaute hinein. Er war gefüllt mit Lebensmitteln, Obst, Aufschnitt, Wurst, Käse, ein paar Flaschen Bier. Martin nahm eine, sie war schön kalt. In diesem Moment hörte er, wie die Haustür zufiel.

»Hallo?«

Schritte näherten sich.

»Schatz, bist du es?«

In dem Moment trat ein Mann in den Raum. Er trug eine schwarze Jacke über einem weißen T-Shirt, Jeans und schwarze, klobige Stiefel. Hinter ihm erschien ein zweiter Mann, etwas jünger. Martin schätzte ihn auf Ende dreißig, seine Muskeln zeichneten sich unter einem Lonsdale-T-Shirt ab, der Schädel war kahl rasiert. Der Ältere ging auf die Fünfzig zu, hatte seine grauschwarzen Haare zur Seite frisiert und trug einen Dreitagebart.

»Wer sind Sie?« Martin versuchte, selbstsicher zu klingen.

»Tarek«, antwortete der Ältere mit einem osteuropäischen Akzent und wies auf den anderen. »Kushtrim.«

Der junge Mann nickte.

Martin hatte die beiden noch nie gesehen.

»Brauchen Sie einen Öffner?«, fragte Kushtrim, auch er hatte einen Akzent, aber kaum merklich.

»Einen Öffner?«

»Die Bierflasche.«

Martin hatte vergessen, dass er sie in der Hand hielt. Er nickte.

Kushtrim kam näher, holte einen Öffner aus der Tasche und machte die Bierflasche auf. Den Kronkorken warf er in einen Mülleimer. Der Ältere stand mit verschränkten Armen dabei.

»Trinken Sie«, forderte Tarek ihn auf.

Das kalte Bier tat gut, Martin nahm einen langen Schluck. Nachdem er die Flasche abgesetzt hatte, sah er zu den geschlossenen Fenstern. »Finden Sie nicht auch, dass es hier drinnen ziemlich warm ist?«

Tarek zuckte nur mit den Schultern.

Martin stellte die Bierflasche auf den Tisch, ging zum Fenster und sah, dass der Hebel ein Schloss hatte. Der Schließzylinder war reingedrückt, der Fensterhebel ließ sich nicht drehen.

»Lassen Sie uns das machen«, sagte Tarek und gab Kushtrim ein Zeichen. Er kam näher, und Martin trat ein Stück zur Seite. Kushtrim stellte sich vor das Fenster, ohne Anstalten zu machen, es zu öffnen.

Tarek nahm die Bierflasche vom Tisch, reichte sie Martin. »Trinken Sie.«

Er schüttelte den Kopf. »Wer ... wer sind Sie? Was wollen Sie?« Martin wusste genau, wer die Männer waren und was sie von ihm wollten.

Tarek stellte die Flasche wieder hin, zeigte zu einem Küchenbuffet. »Öffnen Sie die linke Schublade.«

Martin zögerte.

»Na, los. Machen Sie schon.«

Er ging zu dem alten Möbel, öffnete die Schublade vorsichtig einen Spaltbreit.

»Machen Sie sie auf!«, fuhr Tarek ihn an.

Martin öffnete die Schublade. Darin lag ein gelbes, schmales Paket. Ein Packset XS. Auf dem Adressfeld klebte Blut. Jetzt konnte Martin seine Angst nicht mehr verbergen. Er sah zu Tarek. »Das Blut. Von wem ist das?«

»Machen Sie es auf!«

Martin zögerte, er wollte das Paket noch nicht mal anfassen. Tarek wurde laut. »Na los, schauen Sie nach!«

Mit zittrigen Händen nahm Martin das Paket aus der Schublade, fühlte, dass es nicht leer war. Er glaubte zu wissen, was sich darin befand, klappte das Paket auf und ließ es im selben Augenblick fallen. Angewidert trat er einen Schritt zurück. Zwei abgetrennte Finger lagen auf dem Boden und blutverschmiertes Zeitungspapier.

»Schauen Sie ruhig hin«, knurrte Tarek.

Martin fing an zu zittern, sein Körper bebte. An den Wundrändern der Finger klebte getrocknetes Blut. Ihm wurde übel. Seine Stimme krächzte. »Von wem sind die?«

Tarek zeigte vor sich auf den Boden. »Was glauben Sie? Von wem könnten die sein?« Langsam trat Tarek näher.

»Ich weiß es nicht.« Martin mochte sich nicht ausmalen, was passiert war. Was hatten die beiden mit dem Empfänger des Pakets angestellt?

»Es war ein Fehler, das mit dem Paket.« Tarek griff in seine Jackentasche und holte einen USB-Stick hervor. »Wie viele davon haben Sie noch verschickt?«

»Keinen mehr. Ich schwöre es. Es gab nur das eine Paket. Sie haben jetzt alles. Alles, was ich hatte.«

Tareks Schlag traf ihn ohne Vorwarnung. Ein Leberhaken. Martin blieb die Luft weg, seine Knie gaben augenblicklich nach, und er fiel der Länge nach auf den gekachelten Boden. Tarek zog einen Stuhl heran, klemmte Martins Körper zwischen den Stuhlbeinen ein und setzte sich.

Steinke schnappte nach Luft. Tarek sah auf ihn herab. »Wir nehmen uns jetzt Zeit füreinander. Du erzählst uns alles.«

Erstmals meldete sich Kushtrim zu Wort. »Und keine dreckigen Lügen, verstehst du?«

Aus seiner Jackentasche holte er eine nagelneue Gartenschere hervor. Kushtrim hob einen der beiden Finger vom Boden auf, betrachtete ihn. Dann setzte er die Gartenschere an, und es gab ein hässliches Geräusch, als die scharfen Klingen die Fingerknochen und Sehnen zerteilten. Kushtrim gefiel das. Er lobte die gute Qualität der Schere, deutsche Wertarbeit, und probierte sie gleich noch mal aus. Und noch mal. Eine Fingerkuppe fiel direkt neben Martins Kopf auf den Boden. Der Anblick ließ ihn erschaudern. Er wünschte sich in seine Zelle nach Moskau zurück.

12

Eigentlich hatte ich keine Zeit, um Nachforschungen anzustellen. Auf meinem Schreibtisch türmten sich Akten, und deshalb war ich froh, dass Nina mich am Nachmittag unterstützen würde. Es fuchste mich, dass sie mit keinem Wort gesagt hatte, was am Vormittag so Wichtiges bei ihr anstand, weshalb sie nicht früher kommen konnte. Auch beim Frühstück – kein Wort darüber.

Nachdem ich die Postmappe durchgearbeitet, einen Mandanten beraten und zwei Schriftsätze abgearbeitet hatte, klopfte es an der Tür. Zollinger trat ein. Sie hielt einen weißen Umschlag in der Hand.

Ich sah sie fragend an. »Eine Nachricht von Kubatschek?«

»Nein.«

Ich spürte Erleichterung, als sie mir den Umschlag reichte, auf dem das Familienwappen des Barons von Westendorff gedruckt war. »Hat ein Bote persönlich vorbeigebracht.«

»Danke. Wenn Nina kommt, sagen Sie mir bitte Bescheid.«

»Sie ist schon da. Im Konferenzraum.«

Ich sah auf die Uhr, es war bereits halb drei. Die Zeit verging wie im Flug.

Nina saß am Kopfende des großen Tisches, an dem acht Personen Platz fanden. Ich brauchte den Raum manchmal für Besprechungen mit Mandanten, aber meistens wurde er für Recherchen genutzt, weil man sich auf der großen Tischplatte gut ausbreiten konnte. An der einen Wand stand ein prall gefülltes Bücherregal mit Fachliteratur. Nina hatte einen Laptop vor sich stehen und daneben einen Notizblock.

»Und?«

Nina sah auf, legte den Stift beiseite. »Setz dich.«

Ich nahm ihr gegenüber am Konferenztisch Platz.

»Es geht morgen bei der Zwangsversteigerung um einen Acker in der Nähe des Godorfer Hafens. Das Grundstück gehört einem Landwirt namens Volker Hinrichs. Die Versteigerung ist von seiner Hausbank veranlasst worden. Der Verkehrswert des Ackers wurde von einem Gutachter …« Nina deutete auf den Briefumschlag in meiner Hand. »Was hast du da?«

»Die Einladung für Samstag.« Ich zog die Karte aus dem Umschlag. Darauf war ein kleines Landschloss abgebildet, wo das Gala-Dinner stattfinden würde. Auf einem Schriftfeld darunter befanden sich das Datum und unsere Namen. Ich reichte die Einladung Nina. »Freiherr von Westendorff empfängt uns am Wochenende auf seinem Landschloss.«

Nina sah sich das Schreiben an und lächelte. Sie fächerte sich wie eine Comtesse mit der Karte Luft zu. »Da muss ich wohl noch mal shoppen gehen. Wann mache ich das nur?«

»Morgen nach der Versteigerung. Oder Freitag. Du hast doch Zeit.«

Nina hörte auf zu fächern und sah mich böse an. Es war nicht das, was ich gesagt hatte, sondern mein Tonfall, auf den sie so empfindlich reagierte. »Was willst du mir damit sagen?«

Ich hob beschwichtigend die Hände. »Nichts. Ich meinte nur, du bist schließlich nicht so eingebunden, also jobmäßig …«

Nina fiel mir ins Wort. »Glaub nicht, dass das immer so bleiben wird.«

Ich war verunsichert. »Was soll das heißen?«

»Mehr sag ich dazu nicht. Erst wenn es spruchreif ist.«

Nina gab mir die Einladung zurück. Ich war neugierig, welche Zukunftspläne sie hatte, aber es war besser, das Thema ruhen zu lassen. Erst jetzt bemerkte ich, dass noch etwas in dem Briefumschlag war, ein zusammengefaltetes Blatt Papier. Ich nahm es heraus, ein mit schwarzer Tinte handgeschriebener Brief vom Baron.

»Hier, hör dir das an.« Ich räusperte mich. Die expressive Schrift des Barons war nicht leicht zu entziffern. »›Sehr geehrter Herr Meller. Ich freue mich über Ihre am Telefon geäußerte Zusage und darauf, Ihre Begleiterin Nina Vonhoegen kennenzulernen ...‹ Name korrekt geschrieben. ›Bei unserem ersten Zusammentreffen deuteten Sie an, wenig Erfahrung mit Adeligen zu haben. Sollten Sie sich diesbezüglich unsicher fühlen, wenden Sie sich bitte an Christiane Maria Gräfin von Ebenrode, eine gute Freundin von mir. Ich möchte, dass Sie sich am Wochenende in unserem Kreis wohlfühlen. Mit besonders herzlichen Grüßen. Ihr Georg Freiherr von Westendorff.‹«

Nina sah mich ungläubig an. Ich konnte ein Kichern nicht unterdrücken. Unter dem Text klebte eine Visitenkarte. Auch die las ich vor: »Christiane Maria Gräfin von Ebenrode – Adelsexpertin.«

Nina legte den Stift weg, auf dem sie bis gerade herumgekaut hatte. »Das ist jetzt ein Scherz, oder?«

»Ich glaube nicht. Wieso?«

»Was ist das denn für ein feiner Pinkel? Er lädt uns ein, aber nur wenn wir vorher zu so einer Trulla gehen und einen Benimmkurs machen? Was glaubt der, wer wir sind?«

»Jetzt beruhige dich. So ist das nicht gemeint.«

»Doch. *Falls Sie sich unsicher fühlen*«, äffte sie den Text nach. »Auf gut Deutsch: Bleibt besser zu Hause, ihr Prolls.«

Das sah ich anders. »Ich finde es gar nicht so schlecht, sich ein paar Tipps abzuholen. Weißt du, welches Besteck man bei einem Fünf-Gänge-Menü benutzt?«

»Ich benutze es bekanntlich nicht mal bei einem Ein-Gänge-Menü.« Sie hob ihren Stumpf. »Auf so eine Party kannst du allein gehen.«

Ich hatte keine Lust zu streiten. »Lass uns später darüber reden.«

»Vergiss es! Ich gehe zu keinem Benimmkurs. Entweder erträgst du mich, wie ich bin – mit Arm ab und schlechten Manieren – oder nimm Pjotr mit.«

»Dann kann ich gleich mit einer Dampfwalze vorfahren.«

»Dein Problem.«

Ich beließ es dabei. »Was ist mit dem Grundstück? Du warst beim Verkehrswert stehen geblieben.«

Nina sah auf ihren Notizblock. »82 000 Euro. Das Grundstück, ist 27 000 Quadratmeter groß, also fast drei Hektar. Es ist kein Bauland, weil es zum gesetzlich vorgeschriebenen Überschwemmungsgebiet bei Hochwasser gehört.«

»Und wieso hat die Bank die Zwangsversteigerung anberaumt?«

»Da bin ich noch dran. Ich habe versucht, den Landwirt zu erreichen, um ihn zu fragen. Bisher ohne Erfolg. Ich würde mal schätzen, auf dem Grundstück lastet eine Hypothek und die Bank hat dem Landwirt die Kreditlinie gestrichen. Nehme ich an. Banken tun so etwas schon mal.«

»Okay.« Ich stand auf und wendete mich der Tür zu. »Wenn du was Neues hast, ich bin in meinem Büro. Viel Erfolg.«

Ich setzte mich nicht sofort wieder an meinen Schreibtisch, sondern stellte mich ans Fenster, sah zu dem Brunnen mit seinen Parkbänken. Auf einer Bank saß ein junger Mann mit Knöpfen im Ohr. Er starrte auf sein Handy, trug ein dunkles Jackett, darunter ein schwarzes Shirt, und ich meinte, kyrillische Buchstaben darauf erkennen zu können. Ein kurzes Telefonat mit Aleksandr, und ich wusste, dass Michail vor meiner Tür wachte. Ich rief Zollinger zu mir und zeigte ihr den jungen Mann. Es fühlte sich gut an, dass jemand ein Auge auf uns hatte und dieser Jemand nicht Hauptkommissar Rongen war.

»Nina weiß nichts davon?«, fragte Zollinger.

»Wenn Sie ihr nichts gesagt haben, nein. Und sie macht sich auch viel weniger Gedanken als wir beiden.«

»Vielleicht liegt das am Alter.«

In diesem Moment klingelte es an der Eingangstür. Zollinger verließ das Büro, ich setzte mich an den Schreibtisch. Kurz darauf klopfte es zaghaft an der Tür.

»Ja bitte?«

Die Tür ging auf und Franka Naumann trat ein. Ich stand auf und ging ihr entgegen.

»Hey, das ist ja eine Überraschung.« Wir umarmten uns.

Franka löste noch immer widersprüchliche Gefühle in mir aus. »Wie geht es dir?«, fragte ich.

»Gut. Und selbst?«

»Viel zu tun.« Ich bot ihr einen Platz auf der Ledercouch an und setzte mich gegenüber in den Sessel. Sie trug eine Jeans und einen Pulli mit Rollkragen, darüber ein helles Jackett. Sie sah gut aus. »Was führt dich her?«

»Die pure Neugier«, antwortete Franka mit einem Lächeln. Ihr Blick schweifte umher. »Ich wollte mal deine Kanzlei sehen.«

Ich spürte, wie mir das Blut in den Kopf schoss. Hatte ich doch glatt vergessen, sie mal einzuladen. »Tut mir leid, dass ich mich nicht gemeldet habe. Es ist so viel passiert, seitdem wir hier sind. Ich wollte immer anrufen, aber ...«

»Schon gut«, unterbrach sie mich und lächelte. Ein hinreißendes Lächeln.

»Möchtest du einen Kaffee?«, sagte ich erleichtert.

»Wenn du deine alte Maschine noch hast.«

»Nein. Die hat den Geist aufgegeben und war auch zu laut.«

»Schade. Wenn ich dich nicht von der Arbeit abhalte, trinke ich trotzdem gerne einen.«

Ich ging zum Telefon und bestellte bei Frau Zollinger Kaffee. Normalerweise war sie für solche Dienste nicht zuständig, jeder kümmerte sich selbst darum, aber bei besonderen Anlässen sprang sie gerne ein. Ich ging zu meinem Sessel zurück, ließ mich hineinfallen. »Und wie ist es bei dir so gelaufen?«

»Nicht besonders gut.« Wir hatten uns in den letzten Monaten ein Mal gesehen. Zufällig in einem Café, sie hatte ihre Kinder dabei, und die ganze Umgebung ließ kein vernünftiges Gespräch zu. Franka war Staatsanwältin in Köln, wir hatten uns bei dem Fall kennengelernt, der mir zum Durchbruch verholfen hatte. Sie selbst hatte allerdings einen herben beruflichen Rückschlag erlitten, den man als Karriereknick bezeichnen konnte. Zumindest wenn das, was ich von Kollegen so gehört hatte, stimmte.

»Arbeitet Nina auch hier?«

»Nur sporadisch. Heute zum Beispiel. Sie macht ihr Referendariat zu Ende, aber ich lasse sie die meiste Zeit lernen.«

Wir schwiegen einen Moment. Franka war Anfang vierzig und alleinerziehende Mutter. Ihr Ehemann hatte die Familie wegen einer anderen sitzen lassen, und das nagte immer noch sehr an ihrem Selbstbewusstsein. Ich wusste, dass sie mich mochte. Sie hatte mir irgendwann deutliche Avancen gemacht. Zu dem Zeitpunkt war aber schon Nina in mein Leben getreten. Das Gespräch geriet leicht ins Stocken, da trat zum Glück Frau Zollinger ein und brachte uns den Kaffee.

Wir rührten in unseren Tassen. Franka sah mir in die Augen.

»Du wirkst gestresst.«

»Das ist der Preis des Erfolgs.«

»Sonst alles in Ordnung?«

Ich hatte keine Lust, mit ihr über meine Probleme zu reden, und sie wusste offensichtlich nicht, dass der Mord an dem Paketboten mit mir zu tun hatte. Darüber gelesen hatte sie bestimmt, es stand in allen Zeitungen.

»Ja. Und bei dir?«

»Die Hölle«, seufzte sie. »Kannst du noch eine Anwältin brauchen?«

Sie lächelte, aber ich war mir nicht sicher, ob es nur ein Scherz war.

»Was ist los?«

Sie stieß Luft zwischen den Lippen aus. »Es muss sich was ändern, sonst drehe ich durch. Die Stimmung ist im Keller. Ich gelte als die Königsmörderin, weil ich meinen Chef zu Fall gebracht habe.«

»Nein«, erwiderte ich kopfschüttelnd. »Das hat er ganz allein hingekriegt, der Idiot.«

»Des einen Freud, des anderen Leid. Schön, dass du es zu was gebracht hast. Der Erfolg steht dir gut.«

Ich hatte das Gefühl, so etwas wie Neid in ihrer Stimme mitschwingen zu hören. Sie machte eine gequälte Miene.

»Es tut mir leid, dass es dir so schlecht geht.«

»Nein, nein. So schlimm ist es nicht. Ich bin ein großes Mädchen ...«

Die erste Träne kullerte ihr über die Wange. Frankas Lippen bebten leicht. Ich stand auf, setzte mich zu ihr auf die Zweiercouch und legte meinen Arm um sie. Hielt sie fest. Ich spürte ihren Körper. Ihre Wärme.

In diesem Moment ging die Tür auf. Ich wusste, ohne hinzusehen, wer es war. Nina klopfte nie an. Franka löste sich sofort von mir, und ich erhob mich. Nina stand wie angewurzelt im Türrahmen. Ich gab ihr mimisch zu verstehen, dass es gerade sehr ungünstig sei, und sie verschwand wieder. Ohne ein Wort. Franka hatte bereits ein Taschentuch hervorgeholt und putzte sich laut die Nase.

»Es tut mir leid. Es war blöd, einfach so herzukommen.« Sie kramte einen Schminkspiegel aus der Handtasche und schaute, ob ihr Lidschatten verschmiert war.

»Nein, war es nicht. Mir tut es leid, dass ich dich ignoriert habe.«

»Was wird Nina jetzt denken.«

»Nichts. Weil nichts passiert ist, worüber sie sich Gedanken machen müsste.«

Franka klappte den Schminkspiegel zu, ließ ihn wieder in der Handtasche verschwinden. Sie stand auf, machte Anstalten zu gehen.

»Ich kann dich so nicht gehen lassen«, sagte ich.

»Wieso nicht?«, erwiderte sie.

»Nicht, bevor du mir sagst, was los ist.« Ich trat dicht zu ihr. Wir sahen uns an, bis Franka den Kopf senkte.

»Mein Problem ist, dass ich zu oft an andere denke. Und

mich selbst dabei vergesse. Im Moment fühlt es sich so an, als ob alle an mir vorbeiziehen. Nur ich trete auf der Stelle.«

Wen meinte sie mit »alle«? Doch dann glaubte ich zu verstehen. »Dein Mann. Er heiratet wieder?«

Franka starrte mich mit großen Augen an. »Woher weißt du das?«

»Nur so eine Vermutung.«

Sie nickte. »Ja. In einer Woche. Sie nimmt sogar seinen Namen an. Dann heißen wir beide Naumann.«

Ich konnte mir vorstellen, wie ihr zumute war. Die Besichtigung der Kanzlei war nicht der Grund, der sie hergeführt hatte. Dessen war ich mir auf einmal sicher.

»Kann ich irgendwas für dich tun?«

Sie nickte. »Ich wäre an dem Tag ungern allein. Meine Kinder werden auf der Hochzeit sein.«

»Wann ist das?«

»Freitag in einer Woche.«

»Okay. Ich halte mir den Tag frei.«

13

Mein Büro hatte einen winzigen Stahlbalkon, der als Notausgang diente und von dem man eine Leiter herablassen konnte. Der ideale Platz, um ungestört eine Zigarette zu rauchen. Ich grübelte darüber nach, was ich Nina sagen sollte. Frankas Gefühlsausbruch hatte nichts mit mir zu tun gehabt, aber Nina könnte das denken, und ich wollte dieses Missverständnis unbedingt klären. Vor einem Jahr waren Franka und ich uns mal sehr kurz sehr nahegekommen, aber mein Herz hatte sich bereits für Nina entschieden. Und daran hatte sich auch bis heute nichts geändert.

Die Zigarette war aufgeraucht. Ich machte mich auf den Weg in den Konferenzraum, es gab genug zu tun.

Nina sah mich fragend an, als ich eintrat. »Was war das denn gerade?«

»Franka hatte einen Weinkrampf.« Ich setzte mich wieder an den Konferenztisch.

»Sie war hier, um sich bei dir auszuheulen?«

»Nein, sie wollte mal die Kanzlei sehen, und dann habe ich die falsche Frage gestellt.«

»Die da wäre?«

»Wie es ihr geht.«

Nina grinste humorlos. Dann wurde ihre Miene wieder ernst.

Ich setzte zu einer Erklärung an. »Die Stimmung in der

Staatsanwaltschaft ist miserabel. Ihr wird vorgeworfen, dass sie ihren Chef gestürzt hätte. Und dann heiratet nächsten Freitag auch noch ihr Exmann. Eine Jüngere.«

»Und warum kommt sie mit solchen Geschichten zu dir? Hat sie sonst keine Freunde?«

»Das weiß ich nicht. Ich kann dir nur versichern, dass zwischen uns nichts läuft. Und auch nicht laufen wird.«

»Was empfindest du für sie?«

Ich holte tief Luft. Was sollte ich darauf antworten? »Mitleid.« Das war nicht gelogen. »Sie ist beruflich wie privat in einer beschissenen Situation, sonst würde sie nicht losheulen, wenn man nur nach ihrem Befinden fragt. Vielleicht sollten wir mal zusammen mit ihr essen gehen.«

»Nein. Ich glaube nicht, dass ich ihr eine große Stütze bin. Verabrede dich ruhig mit ihr.«

»Im Ernst?« Ich sah sie ungläubig an.

»Ja«, sagte sie und zuckte mit den Schultern, versuchte ein Lächeln. »Ich vertraue dir schließlich.«

Ich erhob mich von meinem Stuhl, gab ihr einen Kuss, der meine Worte bekräftigen sollte, dass Franka und ich lediglich ein freundschaftliches Verhältnis hatten.

Der Kuss fiel entsprechend leidenschaftlich aus. Schließlich schob Nina mich von sich weg. »Es reicht. Du kennst meine eiserne Regel.«

»Nicht im Büro, ich weiß.« Ich setzte mich wieder. »Hast du was entdeckt?«

»Ich habe mit dem Landwirt telefoniert. Es zumindest versucht, er ist nicht sehr gesprächig.«

»Und?«

»Ich habe mich als Interessentin ausgegeben und ein paar

Fragen zu dem Grundstück gestellt. Da hat er ein bisschen erzählt. Es ist, wie ich vermutet hatte. Auf dem Grundstück lastet eine Hypothek, darum konnte die Bank die Zwangsversteigerung anberaumen. Ich habe natürlich nachgefragt, wieso die Bank das macht? Da hat er irgendwas genuschelt, ihm sei eine Scheune abgebrannt. Mehr wollte er nicht dazu sagen und hat schließlich aufgelegt.«

»Das ist doch schon was«, lobte ich sie.

»Es kommt noch besser. Ich habe im Internet recherchiert. Vor zwei Monaten ist in Godorf tatsächlich eine Scheune abgefackelt. Brandstiftung.«

Nina schob mir den Ausdruck eines Online-Artikels herüber, in dem etwas über den Brand stand. Ich überflog den Text. Mehrere Löschzüge waren im Einsatz gewesen, weil Anwohner zuerst dachten, dass es in der Raffinerie brennt.

»Das Feuer und die Zwangsversteigerung – wie hängt das zusammen?«, fragte ich.

»Das weiß ich nicht.«

Ich stand auf. »Wir fahren dahin.«

»Wohin?«

»Zu dem Landwirt. Ich möchte ihm ein paar Fragen stellen.«

»Hatte ich erwähnt, dass er nicht sehr gesprächig ist?«

Ich lächelte. »Dann musst du eben deinen ganzen Charme spielen lassen.«

Wir gingen die Wendeltreppe hinunter in die Tiefgarage und waren auf dem Weg zu meinem Wagen, als hinter mir das Wummern eines Achtzylindermotors von den kahlen Betonwänden widerhallte. Ich drehte mich um. Ein Ford Mustang, mattschwarz, mit getönten Scheiben, fuhr im Schritttempo hinter uns. Nina sah mich fragend an. Ich legte ihr einen Arm um die Schultern, und wir gingen zügigen Schritts weiter. Ich wollte sie meine Angst nicht spüren lassen. Keiner von uns sagte ein Wort, das Wummern des Motors schwoll an. Ich betätigte den Funkschlüssel, die Blinker des Aston Martin leuchteten auf. Da röhrte hinter uns der Motor des Mustang auf, der Wagen kam schnell näher. Ich bugsierte Nina rasch auf den Beifahrersitz und wollte gerade um das Auto herumgehen, als ich Michail sah. Er stand hinter einer der Betonsäulen, hielt seine rechte Hand hinter dem Rücken versteckt. Ich war mir sicher, dass er eine Waffe trug. Der Mustang fuhr an uns vorbei, dann leuchteten die Bremslichter auf. Er bog in eine der Parkbuchten ein, direkt am Aufgang *Gereonshof.* Das Wummern erstarb. Die Beifahrertür schwang auf, und zuerst sah ich nur die hochhackigen Schuhe, dann die dürren Beine der Frau in einer goldenen Stretchhose. Sie hatte lange blonde Haare, die ihr bis zum Po reichten, ihr Gesicht war stark geschminkt. Dann stieg der Fahrer aus, ein muskelbepackter Latino mit kahl geschorenem Schädel. Ich blieb an der Fahrertür meines Wagens stehen und wartete. Er gab seiner Frau einen Klaps auf den Hintern und sie kicherte, sagte etwas auf Spanisch. Vielleicht auch Mexikanisch. Dann waren sie über die Wendeltreppe nach oben verschwunden. Mein Blick ging zu Michail, der die Hand nicht mehr hinter dem Rücken hielt. Er wandte sich ab und ging.

Ich setzte mich ans Steuer. Die Tür schloss sich mit einem leisen Klack.

Ich holte tief Luft, warf Nina einen Blick zu. Sie lächelte, aber ich sah ihr an, dass auch sie sich erschreckt hatte. Ich startete den Motor und fuhr rückwärts aus der Parkbucht, tuckerte langsam zur Ausfahrt, um Michail die Chance zu geben, uns zu folgen. Nina wusste noch immer nicht, dass wir einen Aufpasser hatten.

Sollte ich es ihr sagen, um sie zu beruhigen? Nein. Morgen nach der Zwangsversteigerung würde ich Michail treffen, und ich ging fest davon aus, dass er mir nichts Neues zu berichten haben würde.

Nun, ich sollte mich irren.

14

Nach einer halben Stunde waren wir kurz vor dem Ziel. Ein Weg, gerade breit genug für einen Traktor, führte zu dem Bauernhof von Volker Hinrichs. Ich parkte den Aston Martin neben einem Ford-Pickup. Das Bauernhaus war ein schmuckloses Backsteingebäude, zwei Etagen mit Schrägdach. In einem Anbau befand sich eine Halle mit Gerätschaften, gegenüber ein Stall für Rinder. Hinrichs betrieb Viehzucht, so viel hatte Nina bei dem Telefonat herausgekriegt, seine Felder dienten der Futtergewinnung.

Nina klingelte. Wir hörten Geräusche hinter der Tür, dann ging sie auf. Der Hausherr stand vor uns. Hinrichs war von schmaler Statur, ich schätzte ihn auf Mitte fünfzig. Seine Gesichtshaut war wettergegerbt. Seine Bartstoppeln wirkten wie Überbleibsel einer missglückten Rasur. Nina lächelte ihn an, er starrte etwas irritiert auf ihren Stumpf.

»Guten Tag, Nina Vonhoegen, wir haben eben telefoniert.« Sie hielt ihm ihre linke Hand hin. Er wollte nicht unhöflich sein, gab ihr die Hand.

»Ich habe Ihnen doch am Telefon gesagt, dass ich nicht über die Sache reden will. Warum sind Sie hier?«

»Die Zwangsversteigerung morgen hat mit einem Fall zu tun, an dem wir arbeiten«, sagte ich. »Ich möchte mich entschuldigen. Meine Kollegin hat mir natürlich mitgeteilt, dass

Sie alles gesagt hätten, aber womöglich ... vielleicht kommt Ihnen unser Gespräch auch zugute.«

»Wieso? Was für ein Fall ist das denn?«

Ich ignorierte die Frage. »Wir würden gerne wissen, ob der Brand Ihrer Scheune und die Zwangsversteigerung in direktem Zusammenhang stehen?«

»Vertreten Sie noch andere Mandanten, die von ihrer Bank über den Tisch gezogen werden?«

»Genau«, log ich. »Darum geht es.«

Wir hatten ihn am Haken, aber noch nicht so weit, dass er uns hereinbat.

»Das ist eine ausgemachte Sauerei. Seit dreißig Jahren bin ich Kunde bei denen, habe immer meine Zinsen gezahlt. Bin denen nie was schuldig geblieben.« Er redete sich in Rage. »Dann ist das mit der Scheune passiert, und die Versicherung hat bis jetzt keinen Euro bezahlt. Deshalb wurde es etwas eng, ich hatte Maschinen da drin stehen und brauchte Ersatz, musste mir was leihen. Und dann, wirklich von einem Tag auf den anderen, sollte ich meinen Kredit bei der Bank ausgleichen. Wie soll das gehen? Und dann haben die sehr schnell die Versteigerung anberaumt.«

»Und weshalb zahlt die Versicherung nicht?«, fragte ich.

Er schluckte. »Die behaupten, sie müssten den Fall erst eingehend prüfen. Wahrscheinlich glauben die, ich hätte die Scheune heiß saniert.«

»Könnten wir uns das mal ansehen?«, fragte Nina und lächelte.

»Was? Die Scheune?«

Wir nickten.

Ich konnte spüren, dass er neugierig wurde. »Warten Sie. Ich ziehe mir eben Schuhe an.« Er lehnte die Tür an verschwand im Korridor.

»Gut gemacht«, sagte ich leise.

Nina grinste. »Wenn er uns nicht hereinbittet, müssen wir ihn eben rauslocken.«

Hinrichs kam aus dem Haus, zog die Tür hinter sich zu und streifte sich im Gehen eine warme Weste über. Wir kamen zu einem Traktor. Hinrichs bat uns, in die Fahrerkabine zu klettern. Ich zögerte einen Moment, weil ich einen nagelneuen Anzug anhatte und den nicht versauen wollte. Nina warf mir einen strafenden Blick zu, also kletterte ich hinauf, klopfte den gepolsterten Sitz auf einem der Radkästen sauber, bevor ich mich hinsetzte.

»Sei nicht so etepetete«, sagte sie leise.

»Der Anzug hat achthundert gekostet.« Es ging mir nicht ums Geld. Mein neues Outfit färbte auf meine Persönlichkeit ab, und Nina schien das nicht zu gefallen.

Hinrichs schwang sich auf den Fahrersitz. »Es sind nur ein paar Hundert Meter bis dahin.«

Wir fuhren vom Gelände und dann über einen Feldweg, näherten uns den kläglichen Überresten einer abgebrannten Scheune. Die Metallkonstruktion war durch die extreme Hitze des Feuers wie ein Kartenhaus in sich zusammengefallen. Spitze Metallträger ragten aus den Trümmern heraus. Der Bauer hielt den Traktor an, wir durften wieder absteigen.

»Die Polizei sagt, es wurde Benzin als Brandbeschleuniger verwendet. Die Täter konnten nicht ermittelt werden.«

»War die Scheune baufällig?«, fragte ich.

»Unfug! Das haben die Heinis von der Versicherung behauptet. Ein Statiker konnte nachweisen, dass keine Einsturzgefahr bestand, nur das Fundament hatte sich ein paar Zentimeter abgesenkt.«

»Das heißt aber, Sie hätten langfristig investieren müssen?«, fragte Nina.

»Irgendwann vielleicht.« Er wurde misstrauisch. »Warum fragen Sie das? Glauben Sie, ich habe das Feuer selbst gelegt?«

Ich intervenierte sofort. »Nein, nein, um Gottes willen. Haben Sie denn einen Verdacht, wer es gewesen sein könnte?«

Er schüttelte den Kopf. »Absolut nicht. Keine Ahnung. Wir Bauern hier in der Gegend verstehen uns alle gut.« Dann sah er mich erwartungsvoll an. »Erzählen Sie mal von Ihren Fällen. Wie viele Mandanten vertreten Sie, denen etwas Ähnliches wie mir passiert ist?«

»Ihr Fall ist wirklich einzigartig«, wich ich ihm aus und wechselte das Thema. »Ist es weit bis zu dem Acker?«

»Zehn Minuten. Wieso?«

»Das würden wir uns auch gerne mal ansehen.«

Wir kletterten wieder auf den Traktor und fuhren Richtung Rheinufer. Die Sonne, die sich bereits dem Horizont entgegenneigte, tauchte die Gegend in ein unwirkliches Orange. Hinter uns erhoben sich die beleuchteten Türme der Raffinerie in den tiefblauen Abendhimmel. Der Geruch von Treibstoffen und Chemie lag in der Luft.

Als wir etwa zehn Minuten, zuerst über Nebenstraßen, dann über schlammige Feldwege gefahren waren, hielt Hinrichs an. Wir befanden uns direkt am Rhein.

»Hier beginnt der Acker«, sagte er und zeigte auf die schwarze Erde vor uns, »und endet etwa zweihundert Meter weiter, wo der Weg langführt. Wollen Sie absteigen?«

»Ja, bitte.«

Ich stieg hinunter. Als ich Nina helfen wollte, lehnte sie ab. Es war nichts Außergewöhnliches zu sehen, nichts, was mein Interesse weckte. Nur ein Stück Land, brachliegender Acker.

»Bei Hochwasser ist dieses Gebiet überschwemmt?«, fragte Nina.

»Ja. Das kommt schon mal vor.«

»Ist irgendwann mal jemand an Sie herangetreten und hat Ihnen einen Kaufangebot gemacht?«, fragte ich.

»Ja«, sagte Hinrichs. »Die von der Raffinerie. Aber denen verkaufe ich das nicht. Aus Prinzip. Diese Dreckschweine. Holen Sie mal tief Luft, wie das hier stinkt.«

»Lieber nicht«, sagte Nina und wedelte mit der linken Hand vor der Nase.

»Als mein Großvater anfing, das Land zu bestellen, konnte man die Anlagen von hier noch nicht mal sehen. Jetzt rücken sie immer näher und verpesten die Luft.«

Ich hakte nach. »Und außer der Raffinerie? Hat sich sonst noch jemand für das Grundstück interessiert?«

»Im letzten Jahr standen ein paar Immobilienfirmen auf der Matte. Die haben mir sogar einen guten Preis geboten, ich habe trotzdem abgelehnt.«

»Warum?«, wollte Nina wissen.

»Die wollten mir nicht sagen, was sie mit dem Grundstück vorhaben. Ich wette, dass sie es sofort weiterverkauft hätten an die Raffinerie. Das waren nur Strohmänner. Darum habe ich nicht verkauft.«

»Verstehe«, sagte ich. »Sie haben das Grundstück beliehen?«

»Ja. Als Landwirt brauchen Sie einen Kreditrahmen, es gibt immer Liquiditätsengpässe.«

Ich nickte. »Ist in meinem Beruf nicht anders.«

»Dann hoffe ich, dass Sie bei einer besseren Bank sind als ich.«

Ich lächelte. »Das hoffe ich auch.«

Mein Kreditrahmen lag bei zweihunderttausend Euro, ich hatte ihn aber noch nie ganz ausgeschöpft. Als ich den Entschluss gefasst hatte, meine Kanzlei zu vergrößern, waren mir die finanziellen Belastungen nicht bewusst gewesen.

Wir hatten genug gesehen, stiegen wieder auf den Traktor und fuhren zurück. Der Bauer fragte noch mal, wieso wir uns so sehr für seinen Fall interessierten. Ich redete mich heraus, dass ich aufgrund der Schweigepflicht nichts darüber sagen dürfe.

Nachdem wir uns verabschiedet hatten und wieder im Auto saßen, konnten wir offen reden. Weder Nina noch ich glaubten an einen Zufall. Die Brandstiftung hatte dazu geführt, dass der Landwirt seinen Acker hergeben musste, obwohl er einem Verkauf bisher nicht zugestimmt hatte. Aber was hatte dies alles mit dem Inhalt des Pakets zu tun? Ich hoffte, morgen eine Antwort darauf zu bekommen.

15

Die Zwangsversteigerung fand am Reichenspergerplatz statt. Das Justizgebäude, in dem Generalstaatsanwaltschaft und das Oberlandesgericht residierten, war zu Beginn des letzten Jahrhunderts erbaut worden und hatte beide Kriege überlebt. Große Säulen rechts und links des Haupteingangs erinnerten an die Wilhelminische Kaiserzeit. Eine ideale Filmkulisse, weshalb auch heute mal wieder ein Drehteam die Parkplätze blockierte. Wohin man sah, überall Lkws und die obligatorischen Wohnwagen für die Schauspieler. Filmleute waren leicht zu identifizieren. Sie trugen Headsets, hatten Funkgeräte am Gürtel, standen faul herum, rauchten und kamen sich dabei wichtig vor. Im Schritttempo fuhr ich an einem Beleuchter vorbei, der einen Scheinwerfer, grell wie eine künstliche Sonne, in Position brachte. Ein echter Knochenjob. Wenigstens einer, der arbeitete, dachte ich.

Nina stupste mich an. »Was will der da vorne?«

Ich sah einen jungen Mann, der uns zuwinkte. Er trug ein Headset und deutete auf einen Parkplatz.

»Meint der uns?«, fragte Nina.

»Scheint so.«

Er stellte einen Pylon zur Seite, und ich fuhr in die für die Filmleute reservierte Parklücke. Nina und ich sahen heute nicht aus wie typische Anwälte. Ich trug Jeans, Turnschuhe und eine braune Lederjacke. Nina hatte ein schlichtes Kleid an und die Haare hochgesteckt. Der Parkeinweiser blickte sie etwas irritiert an, als wir ausstiegen.

»Ist was?«, fragte Nina barsch.

»Äh, nein, ich ...« Er sah auf sein Klemmbrett. »Sie sind aber sehr früh. Wir brauchen den Wagen erst in Bild vierunddreißig.«

Nina und ich begriffen in derselben Sekunde und mussten uns das Lachen verkneifen.

»Sie sind doch Karl Meyer, oder?«, fragte er.

»Ja, klar. Mir wurde gesagt, ich solle etwas früher hier sein, weil der Wagen noch poliert werden muss.«

»Ach so, ja.« Er lächelte anbiedernd und reichte mir die Hand. »Ich bin Frank. Hier am Set sind wir alle per Du.«

Ich schüttelte ihm die Hand. »Karl. Das ist Nina, meine Freundin.«

Er sah zu ihr, beließ es bei einem kurzen Kopfnicken.

»Wir gehen mal einen Kaffee trinken«, sagte ich, um das Gespräch zu beenden. Noch ein paar dumme Fragen und er würde merken, dass wir uns den Parkplatz erschlichen hatten.

»Da vorne beim Cateringwagen.« Frank zeigte zu einem Imbisswagen. »Bedienen Sie sich einfach.«

Wir gingen ein paar Schritte, ich hörte noch, wie er in sein Mikro sprach. »Ist jemand da, um den Aston Martin zu polieren?«

Nina warf mir einen strafenden Blick zu. »Du musst es immer übertreiben. Der Parkplatz allein hat nicht gereicht?«

»Man muss die Gelegenheiten beim Schopfe packen.«

Wir erreichten den Cateringwagen. Zum Kaffee gab es Brötchen und Gebäck. Alle um uns herum waren auffallend nett, obwohl wir keinen kannten. Vielleicht waren Filmleute ja doch nicht so übel.

Wir beendeten das Frühstück, passierten die Sicherheitskontrolle am Eingang, bevor wir das imposante Treppenhaus betraten. Das Dach war eine Kuppel. Die Sonne fiel durch viele kleine Fenster und schuf ein Mosaik aus Licht und Schatten. Dominiert wurde der Raum von der großen Marmortreppe, die zur ersten Etage führte, von dort aus verzweigten sich die Aufgänge und Korridore zu einem wahren Labyrinth. Ich hatte mich schon mal hier verlaufen. Wir gingen in die dritte Etage und begaben uns zum Saal 301. Die Versteigerung würde erst in einer halben Stunde beginnen. Wir setzten uns auf einen der grauen Klappstühle im Korridor und warteten. Nach und nach fanden sich zehn Personen ein. Zwei sahen aus wie Anwälte, die wahrscheinlich als Bevollmächtigte für einen Mandanten hier waren. Dann noch ein Ehepaar, das betucht wirkte, sowie verschiedene Einzelpersonen in legerer Kleidung. Ein älterer und ein jüngerer Mann saßen nebeneinander. Die beiden sahen aus wie Landwirte. Vielleicht Vater und Sohn.

»Guten Tag, Herr Meller«, hörte ich eine vertraute Stimme neben mir und sah auf. Dort stand Dr. Eberhard Reinicken, der Anwalt und Freund des Barons. Ich erhob mich, Nina ebenfalls.

»Guten Tag, Herr Dr. Reinicken.«

»Lassen Sie den Doktor bitte weg.« Er lächelte zu Nina und gab ihr die linke Hand. »Reinicken.«

»Nina Vonhoegen.«

»Freut mich sehr«, sagte er.

Reinicken war wie bei unserer ersten Begegnung perfekt gekleidet. Kariertes Jackett, dunkelblaue Hose und Einstecktuch.

»Sind Sie wegen der Zwangsversteigerung hier?«, fragte er.

Ich nickte. »Ja.«

»Als Bevollmächtigter?«, hakte er nach.

»Nein. Zuschauer.«

Er hob verwundert die Augenbrauen. Reinicken war ein Profi, er fragte nicht weiter.

»Und Sie?«

»Als Bevollmächtigter.« Er wandte sich Nina zu. »Sie sind eine auffallend schöne Frau, wenn ich das sagen darf.«

Nina lächelte. »Danke. Vor allem auffallend.«

»Sie tragen den Makel mit Würde. Sonst hätte ich niemals gewagt, Sie darauf anzusprechen.«

Nina schmolz dahin, das wusste ich. Sie liebte Komplimente – wenn sie glaubwürdig waren.

»Würden Sie sagen, der Verkehrswert des Grundstücks wurde richtig eingeschätzt?«, wechselte ich das Thema. Das brachte Reinicken kurz aus dem Konzept.

»Davon gehe ich doch aus.« Er lächelte. »Der Gutachter ist ein Freund von mir. Wir spielen zusammen Golf. Übrigens, Kompliment. Wie Sie das hingekriegt haben mit Moskau.«

»Ich habe nur meine Kontakte spielen lassen.«

»Solche Kontakte muss man aber erst einmal haben. Darf ich Ihnen einen Rat geben?«

»Bitte.«

»Der Baron ist außer sich vor Freude, und er weiß genau, was Sie geleistet haben. Stellen Sie Ihr Licht nicht unter den Scheffel.«

Jetzt war auch ich ein wenig gerührt. Ein Anwalt seines Formates sagte so etwas bestimmt nicht zu jedem.

»Er hat uns eingeladen übers Wochenende«, sagte ich. »Auf sein Schloss.«

»Ich weiß«, sagte Reinicken mit einem Lächeln und sah zu Nina. »Werden Sie auch mitkommen?«

»Natürlich«, sagte sie.

Ich warf Nina einen überraschten Blick zu. Das Thema hatten wir gestern nicht mehr angeschnitten. Umso mehr freute es mich, dass sie sich anders entschieden hatte.

Hinter uns gingen die Türen zum Saal 301 auf.

»Entschuldigen Sie mich«, sagte Reinicken. »Ich muss noch einmal kurz telefonieren.«

»Interessanter Typ«, sagte Nina, als Reinicken mit dem Handy am Ohr davoneilte.

»Dr. Eberhard Reinicken. Er hat eine kleine, sehr renommierte Kanzlei in Bonn.«

»Ich weiß. Von ihm gibt es mehrere Kommentare zum Wirtschaftsrecht, die habe ich vor meinem Examen auswendig gelernt.«

»Dann bist du ja besser im Bilde als ich.«

»Allerdings. Ein Professor an der Uni war sogar mit ihm befreundet. Kennst du die Geschichte mit seiner Frau?«

»Nein.«

»Sie ist verstorben, schon ein paar Jahre her. Die Ärzte haben ein Blutgerinnsel in ihrem Kopf übersehen, sie ist deshalb an einem Hirnschlag gestorben. Er hat die Ärzte verklagt, aber nach vier Jahren Prozessieren verloren.«

»Was sagt uns das? Egal wie gut du als Anwalt bist, vor Gericht weißt du nie, wie es ausgeht.«

»Ruf die Gräfin an«, sagte Nina.

Ich sah sie fragend an.

»Die den Benimmkurs veranstaltet. Mach einen Termin aus.«

111

»Jetzt wirklich?« Ich konnte ihren Sinneswandel kaum glauben.

»Ja. Ich will mich am Wochenende nicht blamieren. Das könnte wirklich interessant werden.«

Wir gingen in den Gerichtssaal und setzten uns in die hinterste von vier Sitzreihen. Die Wände waren bis auf Schulterhöhe mit Kirschbaumholz verkleidet. Aus irgendeinem Grund hing ein großes Steuerrad von einem Schiff an der Wand gegenüber den Fenstern und hinter uns ein wuchtiger Anker. Der maritime Touch passte überhaupt nicht in diesen Gerichtssaal. Die holzgeschnitzte Figur irgendeines Heiligen dagegen schon. Sie befand sich direkt hinter der Richterin in einer Wandnische. Der Tisch, an dem die Vorsitzende und eine Rechtspflegerin Platz nahmen, war unscheinbar modern.

Sitzplätze gab es für zwanzig Personen. Das reichte auch für die Anzahl der Anwesenden. Einige zogen es trotzdem lieber vor zu stehen. Insgesamt zählte ich jetzt – mit uns – dreizehn Personen. An dem Tisch der Anwälte nahm ein Kollege Platz. Der Eigentümer Volker Hinrichs war nicht erschienen.

Die Richterin spulte ihr Pflichtprogramm ab. Zuerst wurde der Grund unseres Zusammenseins verlesen. Die Bank hatte die Zwangsversteigerung veranlasst, weil auf der Liegenschaft eine Grundschuld lastete. Die Richterin wies auf die gesetzlichen Regeln hin und erklärte den Ablauf der Versteigerung. Ein Gebot wurde nur dann akzeptiert, wenn der Bieter sich ausweisen konnte und zehn Prozent des Verkehrswertes sofort aufbrachte, in Form eines Schecks oder einer Bankbürgschaft oder er hatte den Betrag bereits vorab an die Gerichtskasse überwiesen. Bargeld wurde nicht akzeptiert. Wenn man für eine andere Person steigerte, bedurfte es einer notariellen Vollmacht. Im Fall, dass ein Bevollmächtigter eine Kapitalgesellschaft vertrat, musste dazu noch der Handelsregisterauszug erbracht werden. Der Verkehrswert des etwa drei Hektar großen Grundstückes belief sich auf 82 000 Euro, was einem Preis von etwa drei Euro für den Quadratmeter entsprach. Die Richterin betonte ausdrücklich, dass das Grundstück zum Überschwemmungsgebiet bei Hochwasser gehörte und es sich daher nicht um ausgewiesenes Bauland handelte. Eine Baugenehmigung, auch für gewerbliche Nutzung, sei äußerst unwahrscheinlich. Die Richterin erklärte, dass die Grundschuld 40 000 Euro betrug. Der Käufer würde die Grundschuld übernehmen, weshalb sie von dem Verkehrswert abgezogen wurde. Das Mindestgebot lag daher, nach Abzug der Grundschuld, bei 28 000 Euro, was den üblichen »sieben Zehntel« entsprach. Beim ersten Termin einer Zwangsversteigerung konnte der Eigentümer noch auf Minimum siebzig Prozent des Verkehrswertes hoffen, erst beim dritten Termin würde das Grundstück zu jedem Preis weggehen.

Die Richterin setzte eine Bieterzeit von dreißig Minuten an, in denen sie Angebote annahm. Vier, fünf Minuten lang tat sich nichts. Schließlich erbarmte sich der Erste, stand auf, ging zum Richtertisch und gab ein Gebot ab. Die Richterin kontrollierte den Ausweis, den Scheck in Höhe von zehn Prozent des Verkehrswertes, 8200 Euro. Der Bieter setzte sich wieder. Die Richterin verkündete: »Es liegt ein Gebot von Herrn Hofstädter in Höhe von dreißigtausend Euro vor. Das Gebot ist zugelassen.«

Wieder tat sich lange nichts, bis der ältere der beiden Männer, die ich für Landwirte hielt, sich erhob und ebenfalls ein Angebot abgab. Nach Prüfung der Personalien und Unterlagen verkündete die Richterin, dass das neue Angebot von Herrn Kessler in Höhe von 35 000 Euro zugelassen sei. Jedes Mal wurden die Nachnamen der Bieter laut vorgelesen. Es waren noch zehn Minuten bis zum Ende der Halbstundenfrist.

Schließlich stand Reinicken auf, trat zum Richtertisch und legte seine Unterlagen vor. Kurz darauf verkündete die Richterin das aktuelle Angebot von 45 000 Euro und nannte den Namen der Firma, in deren Auftrag Reinicken hier war: die EKZO Bau- und Immobilien GmbH & Co. KG. Nina notierte sich den Namen der Firma. Das Gebot wurde zugelassen.

Der ältere und der jüngere Bauer berieten sich kurz, dann standen sie auf und verließen den Saal. Ihnen folgten noch zwei weitere Besucher, die bisher kein Gebot abgegeben hatten. Schließlich stand ein Mann in Jeans, dunkelblauem Hemd und mit einem roten Jackett auf, ging zur Richterin, um ein Angebot abzugeben. Ich schätzte ihn auf Ende fünfzig. Er war schlank und groß gewachsen. Nachdem er fertig war, kehrte er an seinen Platz zurück, setzte sich wieder.

Die Richterin verkündete: »Es liegt ein neues Gebot von Herrn Stefan Berlinghausen vor. Fünfundfünfzigtausend Euro. Das Gebot ist zugelassen.«

Die Summe des Mindestgebotes hatte sich damit bereits verdoppelt. Zuzüglich der Grundschuld und der Gerichtskosten würde Herr Berlinghausen knapp hunderttausend Euro zahlen müssen. Der vom Gutachter festgelegte Verkehrswert war damit erstmals überschritten.

Wir warteten. Die Richterin sah auf die Uhr.

»Die Halbstundenfrist ist in wenigen Minuten vorbei. Wenn Sie noch ein Gebot abgeben möchten, bitte ich Sie, dies jetzt zu tun.«

Es war still im Saal. Sollte es das gewesen sein? Da hob Reinicken die Hand. »Siebzigtausend.«

Die Richterin sah kurz in ihre Unterlagen. »Die EKZO Bau- und Immobilien GmbH und Co. KG bietet siebzigtausend Euro. Das Gebot ist zugelassen.«

Berlinghausen würdigte Reinicken keines Blickes, als er die Hand hob. »Hunderttausend.«

Die Richterin sah wieder in ihre Unterlagen. »Herr Berlinghausen hat das Angebot erhöht auf hunderttausend Euro. Das Gebot ist zugelassen.«

Reinicken drehte den Kopf, um zu sehen, wer gegen ihn bot. Dann schaute er wieder nach vorne. Eine Weile herrschte Schweigen.

Die Richterin sah sich im Saal um. »Ich verkünde hiermit das Gebot von hunderttausend Euro zum Ersten.« Die Richterin ließ ihre Worte verhallen und wartete. »Ich verkünde hiermit das Gebot von ...«

Reinicken hob die Hand. »Hundertfünfzig.«

»Einhundertfünfzigtausend?«, fragte die Richterin nach.

Reinicken nickte, und noch bevor die Richterin das neue Gebot ansagen konnte, hob Berlinghausen die Hand. Alle Blicke waren auf ihn gerichtet.

»Hundertachtzigtausend.«

Die Richterin verkündete das neue Angebot. Sie rief das Angebot zum Ersten aus, machte eine Pause. Als sie das Angebot zum Zweiten verkündete, hob Reinicken die Hand. »Zweihundertzwanzigtausend.«

Und sofort hob Berlinghausen die Hand. »Zweihundertachtzigtausend.«

Die Richterin verkündete das neue Gebot.

»Dürfte ich um eine kurze Unterbrechung bitten, ich müsste telefonieren«, sagte Reinicken.

»Ich verlängere hiermit die Bieterfrist um zehn Minuten«, verkündete die Richterin. »Das aktuelle Gebot von Herrn Stefan Berlinghausen beträgt zweihundertachtzigtausend Euro. Das Gebot ist zugelassen.«

Reinicken verließ den Saal. Berlinghausen blieb sitzen, holte sein Handy aus der Tasche und schaute aufs Display.

»Was geht hier ab?«, tuschelte Nina.

»Der Acker ist offensichtlich alles andere als wertlos«, sagte ich.

»Und was hat das mit dem Paket oder dem Mord zu tun?«

»Das sollten wir herausfinden.«

Berlinghausen nahm ein Telefonat entgegen. Zur gleichen Zeit ging die Tür auf. Reinicken kam zurück in den Saal. Er hatte sein Telefonat beendet und kein Handy am Ohr. Berlinghausen telefonierte weiter, ihm blieben noch ein paar Minuten. Zum ersten Mal nahm Berlinghausen Blickkontakt mit seinem Kontrahenten auf. Dann beendete er das Telefonat, ließ sein Handy wieder in der Jacketttasche verschwinden. Er wirkte nachdenklich, starrte vor sich auf den Boden.

Ich wurde das Gefühl nicht los, dass irgendeine Verbindung zwischen Berlinghausen und Reinicken bestand. Vielleicht kannten die beiden sich, vielleicht war dieses Wettbieten sogar ein abgekartetes Spiel.

»Die Zeit ist um«, sagte die Richterin zu Reinicken. »Wenn Sie noch ein Angebot machen wollen, müssen Sie dies jetzt tun.«

Er hob die Hand. »Dreihundertzwanzigtausend.«

Berlinghausen zeigte keine Reaktion, starrte weiter vor sich auf den Boden.

Die Richterin verkündete das neue Angebot und ließ Berlinghausen etwas Bedenkzeit.

»Ich verkünde das Angebot der EKZO GmbH und Co. KG zum Ersten.« Sie machte eine Pause, sah zu Berlinghausen, der sich nicht rührte. »Ich verkünde das Angebot der EKZO GmbH und Co. KG zum Zweiten.« Sie machte wieder eine Pause. »Dann verkünde ich ...«

»Dreihundertfünfzigtausend«, rief Berlinghausen in den Saal, ohne den Blick zu heben.

Leider konnte ich den Gesichtsausdruck von Reinicken nicht sehen, er saß mit dem Rücken zu uns, aber er hob die Hand und sagte mit gewohnt ruhiger Stimme: »Vierhunderttausend.«

Wir hatten das Fünffache des Verkehrswertes erreicht. Für einen Acker im Schatten einer stinkenden Raffinerie, der bei Hochwasser überschwemmt wurde.

»Die beiden scheinen zu wissen, was das Grundstück für verborgene Qualitäten hat«, flüsterte Nina.

»Und Helmuth Kubatschek weiß es auch. Ich wette, dass in dem Paket Informationen über dieses Grundstück waren.«

Die Richterin erhob das Wort. »Ich verkünde das Angebot von vierhunderttausend Euro zum Ersten.« Es folgte eine Pause. Alle Augenpaare waren auf Berlinghausen gerichtet, nur Reinicken sah weiterhin nach vorn. »Ich verkünde das Angebot der EKZO GmbH und Co. KG in Höhe von vierhunderttausend Euro zum Zweiten.« Die Richterin sah zu Berlinghausen, der sich nicht regte und nur auf den Boden starrte. »Ich verkünde das Angebot der EKZO GmbH und Co. KG zum Dritten. Das Gebot ist zugelassen, der Zuschlag erfolgt. Die Versteigerung ist damit beendet.«

Berlinghausen stand auf und ging hinter unserer Stuhlreihe nach draußen. Ich erhob mich ebenfalls, sagte Nina, sie solle draußen auf mich warten, und folgte ihm. Reinicken trat unterdessen zum Richtertisch, um die Formalitäten zu erledigen.

Berlinghausen ging zügig die Treppe runter. Ich hatte Mühe, mit ihm Schritt zu halten.

»Entschuldigen Sie«, rief ich.

Berlinghausen blieb auf einer Stufe stehen und drehte sich zu mir um. Er hatte blonde Haare, Seitenscheitel, ein schütterer Bart umrandete seinen Mund. Auffallend war seine leicht getönte Brille, die mit Sicherheit nicht billig war.

»Nicholas Meller. Ich bin Rechtsanwalt«, stellte ich mich vor und hielt ihm die Hand hin.

Er ergriff sie nicht. »Was wollen Sie?«

»Dürfte ich Ihnen eine Frage stellen?«

Er zuckte mit den Schultern.

»Was ist so Besonderes an dem Acker, dass Sie fast das Fünffache des Verkehrswertes geboten haben?«

»Warum fragen Sie?«

»Ich würde es gerne wissen.«

»Ist das Ihre erste Zwangsversteigerung?«

»Und wenn?«

»Manchmal will man sehen, wie weit der andere bereit ist, zu gehen.«

»Und dafür riskieren Sie so viel Geld?«

»Der eine pokert, der andere bringt die Kohle auf der Rennbahn durch. Außerdem: Was ist viel und was ist wenig Geld? Ich kann es mir leisten. Einen schönen Tag noch.«

Er wandte sich ab und ging die Stufen nach unten.

»Es wurde ein Mensch ermordet«, sagte ich und sah mich um, ob niemand sonst mithörte.

Berlinghausen verharrte, drehte sich um und kam die Stufen wieder hoch.

»Was haben Sie da gesagt?« Seine Stimme war nur ein Flüstern. »Wer wurde ermordet?«

»Ein Paketbote. Sie haben es vielleicht in der Zeitung gelesen.«

Sein Blick verriet, dass er wusste, von welchem Fall ich redete. Er versuchte, sich nichts anmerken zu lassen. »Und, was hat das mit dieser Versteigerung hier zu tun?«

»Das versuche ich gerade herauszufinden.«

»Sie wissen es also nicht?«

Ich schüttelte den Kopf. »Sie vielleicht?«

»Nein. Sie sagten, dass Sie Rechtsanwalt sind. Ist ein Mandant von Ihnen betroffen?«

Ich blieb ihm die Antwort schuldig und sah ihm nur in die Augen.

»Wie war noch mal Ihr Name?«, fragte er.

»Meller. Nicholas Meller. Hier ist meine Karte.«

Ich reichte ihm meine Visitenkarte, er nahm sie, wendete sich ab und ging.

Oben an der Balustrade stand Nina zusammen mit Reinicken. Ich ging die Stufen hoch, aber als ich bei Nina ankam, war Reinicken bereits in einem der Korridore verschwunden.

»Hat er dir gesagt, wieso er so hoch geboten hat?«, fragte ich sie.

»Nein. Ich habe auch nicht danach gefragt.«

»Wieso nicht?«

»Er hätte es mir eh nicht gesagt. Vielleicht ergibt sich am

Wochenende die Möglichkeit, es herauszufinden. Während du auf der Rennstrecke bist.«

»Das nenne ich einen Plan.«

Wir verließen das Gebäude. Der Himmel hatte sich zugezogen, aber draußen war es trotzdem hell wie bei schönstem Wetter. Dank der riesigen Scheinwerfer der Filmleute. Wir mussten aufpassen, nicht über Kabel zu stolpern, und bahnten uns einen Weg durch das Gewusel von Menschen. Mein Aston Martin erstrahlte frisch poliert in vollem Glanz.

»Wow«, sagte ich.

Frank kam zu uns. »Ja, was so ein bisschen Politur ausmacht.«

»Wahnsinn.« Ich betätigte den Schlüssel und öffnete die Tür. »Leider habe ich schlechte Neuigkeiten. Du bist einem Betrüger aufgesessen.«

Frank lächelte. »Wie meinst du das?«

»Karl kommt erst später. Ich hoffe, dass sein Wagen auch so schön glänzt. Nichts für ungut.«

»Und danke für den Kaffee«, sagte Nina mit einem Lächeln.

Frank sah uns verständnislos an. Wir stiegen ein, ich fuhr rückwärts aus der Parklücke und winkte ihm zum Abschied freundlich zu.

16

Er bekam keine Luft mehr. Martin zerrte an den Fesseln, die sich tiefer und tiefer in die Haut schnitten. Sie gossen immer wieder Wasser auf das Handtuch, das über seinem Mund und der Nase lag. Als er bereits das Gefühl hatte, alles sei zu Ende, und er beinahe das Bewusstsein verlor, rissen sie das Handtuch weg. Er schnappte nach Luft, keuchte, schluckte, hustete. Das Husten wurde zum Würgen, und sein Magen entleerte sich in einem Schwall. Er warf den Kopf herum. Sein Puls raste.

»Was ... was wollt ihr denn noch?« Er stöhnte. »Ich habe euch alles gesagt. Mehr weiß ich nicht.«

Kushtrim füllte erneut den Eimer mit Wasser. Er trug eine Plastikschürze und hatte Gummistiefel an. Tarek hielt sich im Hintergrund, ließ den Jüngeren die Drecksarbeit machen. Der Boden, mit einer Plane ausgelegt, war nass und voll mit Erbrochenem. Tarek gab Kushtrim ein Handzeichen, der drehte daraufhin den Wasserhahn zu.

Es schien, als legten sie wieder mal eine Pause ein. Oder war es vorbei? Sein Pulsschlag verlangsamte sich, er fand wieder zu einem normalen Atemrhythmus. Martin schloss die Augen. Er hatte kein Gefühl dafür, wie lange. Als er sie wieder öffnete, sah er die beiden nicht mehr. Wo mochten sie sein? Da hörte er Schritte hinter sich, sie kamen zurück. Das Geräusch der

Gartenschere drang an sein Ohr. Wie sie auf und wieder zu ging. Die Gartenschere.

Tarek stellte sich vor ihn. Martin spürte das Metall der Schere am untersten Glied seines kleinen Fingers. Sie würden ihn abschneiden. Diesmal. Diesmal würde Kushtrim es tun.

»Fangen wir noch mal von vorne an«, sagte Tarek in ruhigem Tonfall.

»Nein«, flehte Martin. »Bitte nicht. Ich habe Ihnen alles gesagt. Die ganze Wahrheit.«

»Wusste der Anwalt von dem Paket?«

»Wie meinen Sie das?«

»Wartet er darauf?«

»Nein. Nein, nicht, wirklich nicht.«

»Warum hast du es ihm dann geschickt?«

»Er sollte es nur aufbewahren. Solange ich weg bin.«

»Und wenn dir was zugestoßen wäre? Was wäre dann mit dem Paket geschehen?«

Er schwieg.

Tarek machte weiter. »Seid ihr euch jemals begegnet, du und der Anwalt?«

»Nein. Niemals.«

»Wieso ausgerechnet er?«

Martin atmete schwer.

»Wieso ausgerechnet er?«, wiederholte Tarek die Frage. In seiner Stimme lag eine bedrohliche Ruhe.

»Ich kannte den Namen aus der Zeitung.«

»Ihr habt nie miteinander telefoniert?«

»Nein.«

»Du warst nie bei ihm?«

»Nein.«

»Was bedeutet der Name Kubatschek?«
»Gar nichts. Habe ich mir ausgedacht.«
»Ich frage dich jetzt ein letztes Mal. Hattest du wirklich nie Kontakt mit Nicholas Meller?«

Martin spürte die scharfe Klinge der Gartenschere an seinem rechten, kleinen Finger. Die Panik stieg in ihm auf, er bekam kaum noch Luft. Es gab nur einen Ausweg. Er musste ihnen etwas sagen, das sie hören wollten. Die Wahrheit.

»Ich hatte einen Termin bei ihm.«

»Na also.« Tarek tätschelte ihm das Gesicht und kniff ihm sanft in die Wange. »Geht doch.«

Martin atmete auf.

»Du hattest also einen Termin. Warum?«

»Er sollte mich zu einer Versteigerung begleiten. Als mein Rechtsbeistand.«

Tarek wirkte nicht sehr verwundert, er schien bereits im Bilde zu sein. Wer könnte ihm was gesagt haben? Der Anwalt? Hatten sie ihn auch gefoltert? Tarek beugte sich vor, kam nah an Steinkes Ohr. »Es gibt da noch jemanden, der heute im Gerichtssaal war, bei der Versteigerung. Sagst du mir freiwillig seinen Namen?«

Martin spürte wieder die Gartenschere an seinem kleinen Finger. Lügen wäre zwecklos. Er zitterte am ganzen Leib. »Stefan Berlinghausen.«

Tarek nickte. »Warum war er da? Was weiß er?«

Martin heulte, der Speichel lief ihm aus dem Mund. Er wollte niemanden verraten, aber seine Angst vor der Schere und den Schmerzen war zu groß. Berlinghausen würde das gleiche Schicksal ereilen, aber Martin konnte nichts dagegen tun. Er spürte, wie der warme Urin an seinem linken Bein hinunterrann.

»Ja. Er weiß von dem Grundstück.«

Tarek hielt den USB-Stick hoch. »Hat er eine Kopie hiervon?«

Martin schüttelte den Kopf. »Nein. Wirklich nicht.«

»Aber er weiß, was da drauf ist?«

Steinke nickte.

»Gibt es sonst noch eine Kopie?«

Er schüttelte den Kopf. »Nein. Nur in meiner Cloud, und die haben Sie ja schon.« Er heulte. »Das ist die Wahrheit. Das ist die Wahrheit. Ich habe euch alles gesagt.«

Martin hörte das Geräusch der Gartenschere, aber der Schmerz blieb aus. Kushtrim ließ sie auf und wieder zu schnappen, hielt ihm die Schere vors Gesicht. Martin zuckte zurück. Sein Blick fiel auf Tarek, der jetzt mit einer Spritze in der Hand vor ihm stand. Steinke spürte den Einstich der Nadel an seinem linken Arm. Eine Sekunde später waren alle Schmerzen wie weggeblasen, genau so die Übelkeit. In seinem Körper breitete sich ein fast wohliges Kribbeln aus, sein Blick verschwamm. Dann wurde ihm schwarz vor Augen.

Als er wieder zu sich kam, saß er aufrecht in einem bequemen Sessel, so schien es ihm jedenfalls. Nur langsam wurde ihm klar, dass er sich in einem Auto befand. Hinter dem Steuerrad. Die Fahrertür stand offen, kühle Luft wehte herein. Jetzt erst nahm Martin den beißenden Geruch wahr. Er hatte sich erbrochen, seine urindurchnässte Hose stank. Vor sich auf dem Lenkrad sah er vier silberne Ringe. Wo waren seine Peiniger? Er sah sie nicht. Draußen – irgendwo in der Dunkelheit? Die Lichtkegel der Scheinwerfer erhellten den Boden und verloren sich im Nichts. Dann hörte er Schritte neben sich. Der Ältere der beiden kam zu ihm.

»Gebt mir was zu trinken, bitte«, flehte Martin. Tarek rief seinem Partner etwas zu, das Martin nicht verstand. Kurz darauf näherte sich Kushtrim mit einer Flasche Wasser, schraubte sie auf, reichte sie ihm. Er trank wie ein Verdurstender. Als er die Flasche absetzte, sah er, dass Tarek ein kleines Glasröhrchen in der Hand hielt. Er öffnete es und schüttete etwas von dem weißen Pulver in einen Esslöffel. Er gab Flüssigkeit dazu, erhitzte den Löffel mit einem Feuerzeug, bis die Mischung anfing zu brodeln und sich das weiße Pulver vollständig auflöste. Martin sah gebannt zu. Es würde die Erlösung sein.

Tarek zog die Flüssigkeit in die Spritze, während Kushtrim seinem Opfer ein Stauband am Oberarm anlegte. Die Vene in der Armbeuge trat hervor. Es war leicht, sie zu treffen. Tarek versenkte die Nadel und drückte den Inhalt der Spritze langsam in die Blutgefäße. Martin stöhnte. Das Kinn sackte ihm auf die Brust. Die silbernen Ringe auf dem Lenkrad vervielfachten sich vor seinen Augen und fingen an zu tanzen. Das Rad drehte sich dabei wie von Geisterhand ...

Tarek warf den Löffel und die Spritze auf den Beifahrersitz, lockerte das Stauband ein wenig. In der Ferne zuckte ein Blitz am Nachthimmel. Das Gewitter kam ihnen gelegen. Der Regen würde alle Spuren verwischen. Tarek schob sich neben Steinke auf den Fahrersitz, trat auf die Bremse, um den Motor per Knopfdruck zu starten. Dann löste er die Feststellbremse und drückte den Schalthebel auf Position »D«. Der Wagen setzte sich in Bewegung. Tarek sprang ab, schlug die Fahrertür zu. Im Schritttempo entfernte sich der SUV. Jeden Moment würde er die Kante des Steinbruchs erreichen und in den Abgrund stürzen. Ein Junkie, der einen Wagen geklaut und sich einen Schuss gesetzt hatte. Im Delirium musste er wohl an den Ganghebel gekommen sein und war langsam in den Abgrund gerollt. Oder ein Suizidkandidat, der auf Nummer sicher gehen wollte. An einen Mord würde man eher nicht denken.

Da leuchteten die Bremslichter auf. Der SUV blieb abrupt stehen.

Das ist nicht möglich, dachte Tarek. Er hatte Steinke eine hohe Dosis verpasst. Die zweite in kurzem Abstand. Unmöglich, dass er so schnell wieder zur Besinnung gekommen war. Ausgeschlossen.

Das weiße Licht des Rückwärtsgangs leuchtete grell auf und blendete sie.

Verdammt! Der Überlebenstrieb war anscheinend stärker als die Droge. Tarek fluchte, er und Kushtrim verständigten sich wortlos, liefen gemeinsam auf den SUV zu. Der Wagen setzte sich rückwärts in Bewegung, kam näher, wurde schneller, raste auf sie zu. Sie mussten nach rechts und links ausweichen, um nicht erfasst zu werden. Tarek sah im Vorbeifahren, wie Steinke sich am Lenkrad festkrallte, die Augen weit aufgerissen. Kushtrim rannte ihm hinterher, geblendet von den Frontscheinwerfern, während Tarek zu seinem Landrover lief. Sollte Steinke versuchen zu fliehen und den Feldweg bis zur Landstraße finden, musste er ihn spätestens dort stoppen.

Der SUV kam nicht weit. Begleitet von einem Knirschen von Metall und dem Splittern der Rücklichter wurde der Wagen gestoppt, er war gegen ein Hindernis gerammt. Ein Felsbrocken, vermutete Kushtrim. Das war seine Chance. Noch zehn Meter trennten ihn von dem Wagen, noch fünf ... Da heulte der Motor auf, und der SUV machte einen Satz nach vorn. Kushtrim blieb abrupt stehen, versuchte auszuweichen. Zu spät. Der Wagen erfasste ihn. Kushtrim stürzte vornüber auf die Motorhaube, sein Schädel klatschte auf die Windschutzscheibe, der leblose Körper wurde über das Dach katapultiert. Er landete in einem formlosen Haufen auf dem regennassen Boden. Auf der zersprungenen Windschutzscheibe hinterließ er einen satten Blutfleck.

Tarek hatte den Landrover erreicht, ohne etwas von dem Zusammenprall mitzubekommen. Er setzte sich hinters Steuer und startete den Motor des Landrover. Der SUV war bereits an ihm vorbeigefahren. Er sah nur noch die Rücklichter, die sich in der Dunkelheit verloren. Tarek trat aufs Gaspedal. Der Wagen vor ihm fand den Weg zur Landstraße nicht, änderte die Richtung und fuhr auf die Abbruchkante des Steinbruchs zu. Das war die Chance. Tarek beschleunigte, um ihn zu rammen, damit er in die Tiefe stürzte, aber im letzten Moment riss Steinke das Lenkrad herum. Tarek trat auf die Bremse, geriet ins Schleudern. Kurz vor dem Abgrund kam der Landrover zum Stehen und soff ab.

Als Tarek den Wagen wieder gestartet und gewendet hatte, sah er ihn im Lichtkegel der Scheinwerfer – Kushtrim. Sein Gesicht war nur noch eine blutige Masse. Tarek blickte sich hektisch um. Wo war der SUV? Er konnte ihn nicht sehen. Hatte Steinke das Licht ausgemacht? Oder hatte er den Wagen abgestellt und war zu Fuß geflüchtet? Tarek umfuhr einmal das Areal, um mit den Scheinwerfern die Gegend abzusuchen. Nichts.

Kurz entschlossen fuhr er den Feldweg entlang, bis zur Landstraße. Rechts oder links? Rechts ging es Richtung Autobahn. Tarek trat das Gaspedal durch.

Und dann sah er sie, die roten Lichter in der Dunkelheit.

Tarek fuhr darauf zu. Der SUV war im Straßengraben gelandet. Die Fahrertür stand offen. Tarek trat auf die Bremse, ließ den Motor laufen und stieg aus. Steinke war verschwunden. Ihn in der Dunkelheit suchen zu wollen war völlig aussichtslos. Er konnte überall sein. Tarek fluchte laut. Was sollte er jetzt tun? Steinke war eine Gefahr. Er durfte ihn nicht davonkommen lassen.

Da hatte Tarek die zündende Idee. Er konnte seinen Kameraden nicht mehr lebendig machen, aber Kushtrim war seine Rettung. Er musste sich beeilen. Tarek stieg wieder in den Landrover und fuhr zurück.

Zurück zum Steinbruch.

17

Es war Freitag. Nina hatte am Vormittag eine Therapiestunde und wollte danach in die Stadt gehen, um fürs Wochenende einzukaufen. Der Termin bei der Gräfin von Ebenrode war für neunzehn Uhr vereinbart.

Am Morgen hatte ich einen Gerichtstermin in einem anderen Fall und schaute danach kurz bei Franka Naumann in der Staatsanwaltschaft vorbei. Wir tranken einen Kaffee zusammen. Ihr war es immer noch etwas peinlich, dass sie beim Besuch in meiner Kanzlei angefangen hatte zu heulen und Nina ausgerechnet in diesem Moment hereingeplatzt war. Ich beruhigte sie. Auch wenn wir uns in letzter Zeit kaum gesehen hatten, war Franka für mich eine gute Freundin und hatte das Recht, sich an meiner Schulter auszuweinen. Ich würde nächsten Freitag mit ihr essen gehen und sagte ihr, dass Nina nichts dagegen hatte.

Zurück im Büro lag ein Online-Handelsregisterauszug der EKZO Bau- und Immobilien GmbH & Co. KG auf meinem Schreibtisch. Ich hatte Frau Zollinger darum gebeten, ihn zu beschaffen. Die Firma, als deren Bevollmächtigter Dr. Eberhard Reinicken gestern das Grundstück ersteigert hatte, war vornehmlich mit der Sanierung von Altimmobilien beschäftigt. Keiner der Namen auf dem Handelsregisterblatt, vom Geschäftsführer bis zum Kommanditisten, sagte mir etwas. Ich rief dort an, ließ mich mit dem Geschäftsführer verbinden und gab mich als Journalist aus, der wissen wollte, wieso die EKZO einen so hohen Preis für das Grundstück bezahlt hatte. Immerhin das Fünffache vom Verkehrswert. Der Geschäftsführer wollte sich nicht äußern, gab mir aber einen Tipp: Ich solle mir das Grundstück doch mal auf einer Karte genauer anschauen.

Das tat ich. Der Godorfer Hafen lag nicht weit von dem Acker entfernt, Luftlinie etwa ein bis zwei Kilometer. In der Lokalpresse fanden sich etliche Artikel, dass dieser Hafen im Süden Kölns ausgebaut werden sollte. Noch war nichts entschieden, das Planfeststellungsverfahren lief seit Jahren. Einen Moment lang war ich versucht, an eine klassische Immobilienspekulation zu glauben. Die EKZO erhoffte sich eine Wertsteigerung, sollte der Godorfer Hafen ausgebaut werden. Diesen Eindruck hatte der Geschäftsführer am Telefon hinterlassen. Hinterlassen wollen. Ich stieß auf einen weiteren Zeitungsartikel. Dort war das Areal eingezeichnet, bis wohin sich der Godorfer Hafen ausdehnen würde, sollte es denn so weit kommen. Der versteigerte Acker reichte nicht annähernd an diese Fläche heran. Der hohe Kaufpreis hatte also nichts mit einer möglichen Erweiterung des Godorfer Hafens zu tun. Blieb noch die Möglichkeit, dass die EKZO eine Strohfirma war und den Acker an die chemische Industrie weiterverkaufen wollte. Aber auch das ergab keinen Sinn, dann hätte die Raffineriegesellschaft selbst mitsteigern können. Es blieb also ein Rätsel, weshalb die EKZO das Grundstück erworben und so viel dafür bezahlt hatte.

Dennoch war ich mir sicher, dass die Sache mit dem Verschwinden des Pakets und dem Mord zu tun hatte.

Mein Blick ging erst aus dem Fenster, dann zum Telefon.

Sollte ich Rongen in Kenntnis setzen? Über die Versteigerung, die Brandstiftung? Aber was sollte ich ihm sagen? Ich entschied mich dagegen, es war noch zu früh. Ich wollte erst weitere Nachforschungen anstellen und hoffte insgeheim darauf, dass meine Worte, die ich mit Berlinghausen im Treppenhaus gewechselt hatte, Wirkung zeigten und er sich vielleicht bei mir melden würde.

Um vierzehn Uhr hatte ich eine Verabredung mit Aleksandr und Michail auf dem Schrottplatz. Als ich eintraf, waren seine Mitarbeiter schon ins Wochenende gegangen, und die Ruhe in der Werkstatt war so ungewohnt, dass sie wie ein eigenes Geräusch klang. Ich begrüßte Aleksandr in seinem Büro, hatte wie gewohnt eine Zeitung dabei, um sie auf den verdreckten Stuhl zu legen, bevor ich Platz nahm. Kurz darauf ging erneut das Tor auf, und Michail kam herein. Er hatte Knöpfe im Ohr und hörte laut irgendeine Speed-Metal-Band. Ich sah ihn zum ersten Mal aus der Nähe. Er war jünger, als ich gedacht hatte. Höchstens Anfang zwanzig, schätzte ich.

»Michail Kusnezow«, stellte Aleksandr uns vor. »Nicholas Meller.«

Wir gaben uns die Hand. Michail zog sich einen Stuhl heran und setzte sich.

»Und?« Meine Frage richtete sich an beide. »Gibt es etwas, worüber ich mir Sorgen machen müsste?«

Aleksandr nickte Michail zu.

»Es verfolgt Sie niemand«, sagte der.

»Sicher?«

»Absolut. Das in der Tiefgarage war falscher Alarm.«

»Tiefgarage?«, fragte Aleksandr.

»Ein Zuhälter mit seiner Nutte hat einen Parkplatz gesucht. Mehr nicht«, erklärte Michail.

»Der Kerl hat mir einen verdammten Schrecken eingejagt.«

»Aber es war nichts«, betonte Michail. »Keiner, der Sie verfolgt. Niemand, der sich für Sie interessiert. Mein Bruder und ich haben Sie und Ihre Frau nicht aus den Augen gelassen.«

»Wir sind nicht verheiratet. Freundin ist okay«, wandte ich ein.

Michail wich meinem Blick aus, als ich ihn ansah.

Ich wurde misstrauisch. »Sonst noch was?«

»Sag es ihm«, befahl Aleksandr. Offensichtlich war er bereits im Bilde.

Michail sah mich an. »Ihre Freundin hat sich vorgestern mit einem Typen getroffen. Zum Frühstück. In einem Café in der Nähe, wo Sie wohnen.«

Die Info traf mich wie eine Ohrfeige. Jetzt hatte ich die Antwort, wieso Nina erst am Nachmittag in die Kanzlei kommen konnte.

»Was für ein Mann?« Mein Herz begann schneller zu klopfen.

Michail zog ein Foto aus der Tasche, reichte es mir. Darauf war Nina mit einem jungen Mann zu sehen, etwa in Ninas Alter, schätzte ich, Mitte bis Ende zwanzig. Ich hatte ihn noch nie gesehen. Die beiden saßen sich an einem Zweiertisch gegenüber und lachten, wirkten vergnügt. Er sah gut aus. Sportlich, kurze blonde Haare. Tausend Gedanken schossen mir durch den Kopf. Ninas Geheimniskrämerei, ihr seltsames Verhalten, die Bemerkung, dass sich bald etwas in ihrem Leben ändern würde. Was hatte sie damit gemeint? Das!

»Pass auf, was du mit der Information anfängst«, ermahnte mich Aleksandr. »Das muss nichts bedeuten.«

»Und wenn doch?«

Michail stand auf und wollte gehen.

»Hey, hiergeblieben«, fuhr Aleksandr ihn an. Michail setzte sich wieder.

»Ich ... ich sollte ihr sagen, dass ich es weiß«, stammelte ich.

»Und woher weißt du es?«

»Ich habe sie beobachten lassen. Als Vorsichtsmaßnahme. Ist doch wohl verständlich.«

»Ach ja?« Aleksandr hob die Augenbrauen und sah zu Michail. Die beiden schienen sich einig zu sein.

»Ihr meint, ich soll so tun, als wäre nichts?«

»Wie war das, als du Rongen erwischt hast, weil er dich beschatten ließ? Wie hast du da reagiert?«

»Das war was anderes. Ich bin Anwalt, er ist Polizist.«

»Und sie ist deine Freundin«, hielt Aleksandr dagegen. »Denk doch mal nach, Junge. Du heuerst zwei Typen an, die sie beschatten sollen, und sagst ihr nichts davon.«

Er hatte recht. Ich musste die Fotos und das Wissen erst mal für mich behalten und auf die richtige Gelegenheit warten. Nina und ich wollten morgen zusammen wegfahren, es wäre der ungünstigste Zeitpunkt für die Wahrheit.

»Du darfst eins nicht vergessen, mein Freund«, sagte Aleksandr. »Sie ist behindert.«

Ich sprang wütend auf. »Was willst du damit sagen?« Ich kannte seine Meinung zu Behinderten. In dem Land, das er als seine Heimat betrachtete, wurden behinderte Menschen wie Aussätzige behandelt.

»Ich habe was vergessen«, sagte Michail schnell. »Man sieht es auf dem Foto nicht, aber der Typ ist auch behindert. Seine linke Hand. Er kann sie nicht richtig benutzen.«

»So meinte ich das«, rechtfertigte Aleksandr seine Bemerkung. Ich hatte ihn trotzdem noch nicht verstanden. »Und was soll das heißen?«

»Deine Freundin ist ... *anders*. Anders als du und ich. Auch wenn du alles tust, um sie das nicht spüren zu lassen. Sie spürt es. Sie hat Augen im Kopf. Sie ist nicht blöd, oder?«

Aleksandr überraschte mich immer wieder. Der ruppige Schrottplatzbesitzer mit den ewig schmutzigen Fingernägeln war eine einzige Tarnung. Ich vermutete, auch die versifften Stühle, über die ich mich jedes Mal ärgerte, gehörten dazu. Denn wenn ich ehrlich war, nannte er die Dinge einfach beim Namen, sprach Wahrheiten aus, die sich der brave Bürger nicht gern eingestand.

Ich betrachtete das Foto. Der Mann hatte einen ähnlichen Makel wie Nina. Egal wie sehr ich mich anstrengte, ich konnte mich nicht in ihre Lage versetzen – wie es war, nur mit einem Arm zu leben. Er würde es können. Besser als ich.

Die Eifersucht übermannte mich. »Das akzeptiere ich nicht. Nein. So einfach ist das nicht.«

»Ich habe auch nicht gesagt, dass es einfach ist«, erwiderte Aleksandr.

Das Problem unserer Beziehung war, dass Nina und ich keine normale Phase des Kennenlernens erlebt hatten. Ich war kurze Zeit ihr Chef gewesen. Etwas überstürzt hatten wir eine erste gemeinsame Nacht miteinander verbracht. Und dann war die Situation außer Kontrolle geraten. Dinge waren geschehen, die keiner von uns zu verantworten hatte.

Ich sah zu Michail. »Die beiden haben zusammen gefrühstückt und dann?«

»Haben sie sich verabschiedet.«

»Wie?«
»Sich umarmt. Keinen Kuss.«
»Ganz sicher?«
Michail nickte. »Ich kann herauskriegen, wer der Mann ist. Sein Name, die Adresse.«
»Und wie?«
»Ich habe sein Kennzeichen. Er war mit dem Auto da.«
»Geben Sie mir das Kennzeichen. Ich kümmere mich selbst darum.«

Dann griff ich in die Innentasche meiner Lederjacke und holte einen Umschlag heraus, legte ihn vor Aleksandr auf den Tisch. Zweieinhalbtausend Euro. Wie vereinbart.

18

Tarek hatte das Haus gereinigt, als draußen bereits die Sonne unterging und ein wenig warmes Licht durch die verdreckten Fenster hereinfiel. Es sah wieder so aus, als wäre seit Monaten niemand mehr hier gewesen. Wasser, Erbrochenes, Urin und Blut hatte Tarek mitsamt der Plane nach draußen befördert, den Boden aufgewischt und war mit einem starken Desinfektionsmittel durch die Räume gegangen. Jetzt fühlte er sich hundemüde, aber er durfte nicht schlafen. Steinke war immer noch verschwunden. Eigentlich sollte er jetzt in den Tiefen des Steinbruchs verfaulen. Dass er das nicht tat, war ganz allein sein, Tareks, Fehler gewesen.

Sich das eingestehen zu müssen war das Schlimmste. Er hatte den Gegner einen kurzen Moment lang unterschätzt. Das miese Schwein, das für all das verantwortlich war, lief irgendwo da draußen herum. Tarek hatte seine Auftraggeber noch in derselben Nacht informiert und sie von seinem neuen Plan überzeugen können. Steinke war verschwunden, aber die Polizei suchte nach ihm, und wenn sie ihn fanden, würde Tarek es erfahren. Egal was Steinke der Polizei erzählte, man würde ihm nicht glauben, denn er hatte am Steuer des SUV gesessen, mit dem ein Mensch überfahren worden war. Tarek hatte den Leichnam seines Kameraden an der Landstraße abgelegt. Der Rest ergab sich wie von selbst.

Kushtrims Leiche war am frühen Morgen, als die Sonne aufging, am Rande der Landstraße gefunden worden, das Unfallfahrzeug schon ein paar Stunden früher. Die Polizei hatte das Blut an der Windschutzscheibe als das des Toten am Straßenrand identifiziert. Im Wagen waren Fingerabdrücke und DNA des Flüchtigen. Kushtrim hatte keine Papiere bei sich, und seine Fingerabdrücke dürften in keinem Polizeicomputer gespeichert sein. Er hatte noch nie in Haft gesessen, war noch nie angeklagt worden. Tarek drehte das Funkgerät lauter. Er wartete sehnsüchtig auf eine Verhaftung.

Das Satellitentelefon piepte, auf dem Display wurde keine Nummer angezeigt, Tarek wusste, wer anrief.

»Ja?«

»Wo sind Sie?«, ertönte die Stimme seines Auftraggebers.

»Im Haus.«

»Gibt es Neuigkeiten?«

»Die Polizei hat ihn noch nicht gefunden, was wohl bedeutet, dass er sich versteckt hält. Sobald er festgenommen wird oder sich stellt, werde ich mich um ihn kümmern.«

»Gut«, drang es aus dem Telefon. »Hat Steinke Ihnen die Wahrheit gesagt?«

»Das Problem bei dieser Art von Verhör ist, dass die Leute einem das sagen, was man hören will.«

»Deshalb möchte ich Ihre Einschätzung hören.«

»Ich halte den Anwalt für den größten Risikofaktor.«

»Nicht Berlinghausen?«

»Um ihn müssen wir uns auch kümmern. Aber das ist einfacher.«

»Wieso?«

»Weil wir seine Schwachstelle kennen. Berlinghausen ist berechenbar, Meller nicht.«

»Dann kümmern Sie sich um Berlinghausen. Wir übernehmen den Anwalt.«

Martin stank erbärmlich. Seine Kleidung war verdreckt und zum Teil vollgekotzt. Die Hose hatte er gegen eine andere aus einem Altkleidersack gewechselt. Trotz allem, was passiert war, konnte er sich glücklich schätzen, denn es grenzte an ein Wunder, dass er noch lebte. Er hatte kein Geld. Kein Telefon. Und selbst wenn er eins gehabt hätte, wen sollte er anrufen? In einem Punkt hatte er es geschafft, die Wahrheit zu verschweigen. Trotz aller Schmerzen und Todesangst. Darauf war er stolz. Eine Person hatte er beschützt. Sie hatten nach ihr gefragt, sie wussten von ihr, aber er hatte beteuert, dass sie nicht im Bilde sei. Und sie hatten ihm geglaubt. Martin musste sie weiterhin schützen, deshalb durfte er sich nicht bei ihr melden. Noch nicht.

Zum Glück hatte er einen neuen Freund gefunden. Kurt und dessen Promenadenmischung namens *Schoko*. Die beiden wohnten unter einer Fußgängerbrücke, die über einen schmalen Bach führte. Martin war in der letzten Nacht kurz nach seiner Flucht dort vorbeigekommen. Schoko hatte zu knurren begonnen und dann laut gebellt. Sein Herrchen war davon aufgewacht. Martin hatte den Alten angesprochen und um Hilfe gebeten. Schoko wurde ganz ruhig, schmiegte sich sogar an Martin an, und Kurt sagte, dass der Hund ein gutes Gespür für Menschen habe. Da der Hund den Fremden mochte, mochte Herrchen ihn auch. Martin war irgendwann eingeschlafen. Als er wieder aufwachte, war es bereits hell. Sie verbrachten den Tag zu dritt – Kurt, Schoko und Martin. Zwischendurch trafen sie noch andere Obdachlose. Einer von ihnen erzählte, dass die

Polizei nach einem Drogensüchtigen fahndete. Einem Autodieb, der jemand überfahren haben soll. Martin wusste, dass er gemeint war.

Am Abend fanden sie sich wieder unter der Brücke ein. Kurt saß neben seinem Hund, sah Martin gutmütig an und reichte ihm ein Brötchen.

»Hab ich beim Bäcker geschnorrt. Schluck Wein dazu?« Er hob eine große Flasche hoch.

»Ja.«

Kurt reichte sie ihm. Er hatte außerdem noch ein Stück Wurst in seinem Rucksack und schnitt Martin mit einem Klappmesser eine dicke Scheibe ab.

Sie redeten – belangloses Zeug, wie üblich. Kurt stellte keine Fragen, wo Martin herkam oder hinwollte. Aber dann wurde er immer stiller, Kurt hatte doch noch eine Frage. »Was hältst du von dieser Sache mit dem Drogensüchtigen, der ein Auto geklaut hat?«

»Was soll ich davon halten?«

Kurt sah ihn ernst an. »Ich möchte keinen Ärger mit den Bullen, verstehst du? Schoko mag dich. Deshalb will ich gar nicht wissen, was gelaufen ist.«

»Wie kommst du darauf, dass die nach mir suchen?«

»Als Erik davon erzählt hat, habe ich es dir angemerkt. Du bist kein guter Lügner. Ich habe es sofort gemerkt.«

»Glaub mir. Ich habe den Mann nicht überfahren. Und ich bin auch nicht drogensüchtig.«

»Selbst wenn, wäre mir das egal. Ich will nur keinen Ärger mit den Bullen.«

Martin verstand, in welche Richtung das Gespräch ging. »Darf ich heute Nacht noch hierbleiben?«

»Klar. Morgen ist Samstag, da machst du dich besser wieder auf den Weg. Am besten in eine ganz andere Gegend. Wo niemand nach dir sucht.«

Kurt reichte ihm erneut die Weinflasche, und Martin trank einen großen Schluck.

19

Der Aston Martin beschleunigte von null auf hundert in unter fünf Sekunden. Die hügelige Landschaft der Eifel war wie eine Spielwiese für einen Sportwagen. Mal einen Lkw, mal ein Wohnwagengespann, irgendwas gab es immer zum Überholen. Die Nadel des Drehzahlmessers schnellte herauf und fiel herab, je nachdem, wie ich die Tiptronic am Lenkrad bediente. Nina hatte keine Einwände, wenn ich das Gaspedal durchtrat. Die Kraft der Beschleunigung drückte uns jedes Mal in die Sitze. Das Verdeck war offen, zum ersten Mal seitdem ich den Wagen hatte, war es warm genug. Ninas blonde Haare wehten im Wind. Das Fahrgefühl stimmte, mein Bauchgefühl nicht.

Seitdem ich von meinen russischen Freunden erfahren hatte, dass Nina sich heimlich mit einem anderen Mann traf, wartete ich insgeheim darauf, dass sie mir von ihm erzählte. Wenn er nicht von Bedeutung wäre, wieso hatte Nina mir nicht einfach gesagt, dass sie sich am Mittwoch zum Frühstück mit ihm traf? Die Art, wie sie meiner Nachfrage ausgewichen war, machte mir am meisten zu schaffen.

Ich reagierte mich hinter dem Lenkrad ab, bis wir in den Ort Adenau kamen, wo ich den Fuß vom Gas nahm und abbremste. Man konnte erahnen, dass wir uns in der Nähe des Nürburgrings befanden, denn die Bürgersteige waren hier wie »Curbs« auf einer Rennstrecke rot-weiß gestrichen.

Schließlich mussten wir an einer roten Ampel halten. Nina sah zu mir herüber und schob die Sonnenbrille in ihr Haar. Sie schien zu spüren, dass mich irgendwas bedrückte.

»Was ist los?«, fragte sie.

»Was soll sein?«

»Du bist irgendwie komisch drauf.«

Es wäre die Gelegenheit. Oder auch nicht. Einen Streit wollte ich unter allen Umständen vermeiden. Wir waren auf dem Weg zu einem gemeinsamen Wochenende unter fremden Leuten.

Also behalf ich mir mit Ausflüchten. »Ich bin ein bisschen nervös. Wer weiß, was uns da erwartet.«

»Was erwartest du denn?«

»Neue Leute kennenlernen. Leute, die Geld haben und vielleicht einen Anwalt brauchen.«

»Und wo liegt das Problem?«

»Kein Problem. Ich möchte nur eine gute Figur abgeben.«

Nina grinste verschmitzt. »Sei ganz beruhigt. Wir sind doch bestens vorbereitet.«

Das waren wir allerdings. Das »Etikette-Seminar«, wie Christiane Maria von Ebenrode es selbst nannte, war sehr interessant gewesen. Nachdem wir uns begrüßt und die Garderobe abgelegt hatten, führte uns die Gräfin durch ihre Räumlichkeiten. Wir betraten schließlich ein für das Seminar vorbereitetes Esszimmer. Der Boden war ausgelegt mit hellem Parkett und einem quadratischen Teppich. Die Wände in einem warmen Rostrot gestrichen, die Decke weiß und mit einem üppigen Kronleuchter bestückt. In der Mitte des Raumes stand ein festlich gedeckter, runder Tisch mit weißer Tischdecke, der für zwei Personen und ein Fünf-Gänge-Menü gedeckt war: Vorspeise, Suppe, Hauptgang, Käse, Dessert. Eine antike Kommode stand an der einen Wand, eine Art Anrichte für Getränke und Speisen, bestückt mit silbernem Interieur. Die Gräfin erklärte uns, dass dieses Möbelstück aus dem achtzehnten Jahrhundert stammte, aus der Zeit vor der Französischen Revolution. Ihre Ausführungen wirkten nie angeberisch, weil sie zu allem eine kleine Geschichte zu erzählen hatte. Über der Anrichte befand sich ein Ölgemälde, ein Landschaftsmotiv. An der gegenüberliegenden Wand hing ein großer Spiegel in einem goldenen, barocken Rahmen.

Graf von Ebenrode stieß kurz dazu, um sich vorzustellen. Wie vor ihm schon die Gräfin, reagierte er auf Ninas fehlenden Arm, als sei es das Natürlichste auf der Welt. Nina gefiel das, das spürte ich. Dann verschwand er wieder.

Ich schätzte die Gräfin auf Mitte fünfzig. Ihre Haare waren bereits vollständig ergraut und im Ganzen nach hinten frisiert. Sie stand offensichtlich zu ihrem Alter, die Falten um die Augen waren Teil ihrer Persönlichkeit. Sie konnte es sich erlauben, ein figurbetontes Kostüm zu tragen, das mir in den Farben etwas gewagt erschien: Zitronengelb mit beigen Applikationen, dazu eine Perlenkette, die Perlen so groß wie Murmeln. Am rechten Ringfinger trug sie wie viele einen Ehering und darüber einen voluminösen, goldenen Ring mit einem ovalen Rubin. Die Gräfin erklärte uns, ihre Familie gehöre zum ostpreußischen Adel, und da sie über keine nennenswerten Besitztümer mehr verfügten, seien sie »verarmt«. Die Gräfin musste selbst schmunzeln, als sie das sagte, denn ihr Haus und die Einrichtung sahen nicht aus wie bei armen Leuten. Der Graf ging einem bürgerlichen Beruf nach, er war Steuerberater und Wirtschaftsprüfer.

Die entscheidende Frage, um die es den ganzen Abend ging,

war die, was den Unterschied ausmachte zwischen Adel und Leuten wie uns: dem einfachen Volk.

Das wichtigste Wort des Abends war »vornehm«. Was genau es damit auf sich hatte, sollten wir erst noch lernen. Vornehme Leute, erklärte uns die Gräfin, gehörten in der Regel der Oberschicht an und brachten dies durch ihre Kleidung, gute Manieren und auch Statussymbole zum Ausdruck. Manieren waren in Adelskreisen seit jeher ein typischer Bestandteil der Tradition. Eine Tradition, die es zu wahren galt. Unter Adeligen wurde besonders viel Wert gelegt auf Zurückhaltung und Taktgefühl. »Vornehm« zu sein, beschrieb somit ein Wesensmerkmal des Adels.

Die Gräfin betonte, dass es einen großen Unterschied mache, ob man Manieren von Kindesbeinen an beigebracht bekomme oder erst dann, wenn man meinte, dazu gezwungen zu sein. Auch heutzutage konnten gute Manieren ein entscheidender Vorteil im Geschäftsleben sein. Die Gräfin wusste, wovon sie sprach, denn viele ihrer Kunden waren Leute, die sich durch das Coaching mehr Erfolg im Beruf versprachen. Und damit war sie bei ihrem Lieblingsthema angekommen: Snobs. Sie warnte uns vor diesem Menschenschlag. Wir würden am Wochenende sicher einigen begegnen. Snobs, so die Gräfin, verhielten sich oft wie Konvertiten, die zu einer neuen Religion gefunden hatten. Beseelt von dem Wunsch, alles besonders richtig machen zu wollen, um jedem zu beweisen, dass sie jetzt, da sie die Lebensweise der feinen Gesellschaft angenommen hatten, auch dazugehörten. Aber so funktioniere das nicht, und die Gräfin unterstrich ihre Aussage mit einem Schmunzeln. Der Versuch, jemand anders sein zu wollen, scheiterte meist an kleinen Details, kleinen Fehlern und vor allem – am Übereifer. Die Gräfin fing an zu lachen, als sie erzählte, dass einige sogar die Marotten manch Adeliger imitierten, obwohl die zu kopieren wahrlich keine gute Idee sei. Snobs hatten den tieferen Sinn von guten Manieren nicht begriffen. Sie schauten sich Dinge ab, um anderen, die diese Gepflogenheiten nicht kannten, zu imponieren oder sie herabwürdigen zu können. Dies diente nur dem Eigennutz und niemals dem besseren gesellschaftlichen Zusammenleben. Viele von denen, schloss die Gräfin das Thema ab, definierten sich außerdem nur über ihren Reichtum und Statussymbole.

Nina lachte leise und sah mich spöttisch an. Ich glaubte zu wissen, was sie gerade dachte: dass ich mich angesprochen fühlen sollte. Im Gegensatz zu mir blieb Nina von Statussymbolen unbeeindruckt. Beim Kauf des Aston Martin war sie einverstanden gewesen, weil ihr der Wagen gefiel und die Alternativen zu spießig oder zu langweilig gewesen wären. Die Marke an sich bedeutete ihr nichts. Mir schon.

Besitztümer könne man erwerben, betonte die Gräfin, aber sich dieser Dinge als würdig zu erweisen verlangte nach einem höheren Prinzip. Ein wirklich vornehmer Mensch zeichnete sich dadurch aus, dass er seinen Stolz und sein Ego den guten Manieren unterordnete und der Status seinen Gepflogenheiten entsprach. Status konnte man sich nicht kaufen, der wurde einem verliehen, so wie ein Titel. Schon aus diesem Grund sei der Erwerb von Adelstiteln nicht nur lächerlich, sondern völlig sinnlos.

Zum Abschied gab uns die Gräfin einen guten Rat. Es sei nicht wichtig, jedes Detail der feinen Gesellschaft zu kennen oder gar jemanden nachzuahmen, sondern es komme nur darauf an, die Gepflogenheiten des Gastgebers zu respektieren. Ein guter Gastgeber verdiente gute Gäste – und umgekehrt.

Auf dem Heimweg hatte Nina zugegeben, dass das Seminar eine gute Idee war. Die Tatsache, dass es zu der Einladung gehörte und uns nichts kostete, hatte auch etwas zu sagen. Es konnte nur bedeuten, dass der Baron an meiner Person interessiert zu sein schien. Über den Grund, warum, machte ich mir keine Gedanken. Nina auch nicht, obwohl bei ihr der Instinkt meist zuerst erwachte.

Die Ampel schaltete auf Grün. Ich fuhr los. Laut Navi waren wir nur noch fünf Kilometer von unserem Ziel entfernt. Vor mir tuckerte im gemächlichen Tempo ein frisch polierter, schwarzer Mercedes-Oldtimer. Ein Viersitzer, ich vermutete aus den sechziger Jahren. Obwohl er mir viel zu langsam fuhr, entschied ich, ihn nicht zu überholen. Wie ich mir bereits dachte, hatte der Fahrer dasselbe Ziel wie wir.

20

Wir näherten uns einem Anwesen, das von einer großen Mauer aus Lavastein umgeben war. Die schmale asphaltierte Privatstraße führte direkt auf ein hohes schmiedeeisernes Tor zu. Der Mercedes-Oldtimer vor uns bremste ab. Wir folgten ihm im Schritttempo. Hinter dem Tor tat sich eine parkähnliche Fläche auf. In etwa Hundert Metern Entfernung das Landschloss, davor ein gepflasterter Weg, der kreisförmig um einen Brunnen führte. Dort parkten Autos. Ich zählte allein sechs Ferraris. Der Gastgeber machte seinem Spitznamen »Roter Baron« alle Ehre.

Das Landschloss umfasste vier Gebäude, eins davon war eine kleine Kapelle mit Glockenturm. Neben dem Hauptgebäude mit Erkern und spitzen Türmchen waren rechts die ehemaligen Stallungen und ein Wirtschaftsgebäude, wo früher die Bediensteten wohnten. Alles schiefergedeckt. Etwa zwanzig Personen hatten sich vor der Freitreppe zum Hauptgebäude versammelt und tranken Champagner. Der Mercedes-Oldtimer wurde noch langsamer und parkte neben einem blauen Ford Capri. Ich fuhr weiter, vorbei an den herumstehenden Gästen. Zwischen einem BMW-Oldtimer und einem Bentley fand sich noch eine Parklücke.

Ich stieg aus, ging um den Aston Martin herum und öffnete die Beifahrertür. »So, wenn ich bitten darf.«

Nina grinste.

Ich sah etwas wehmütig zu dem Bentley. Vor einem Jahr durfte ich einen Tag lang so einen Wagen fahren, ein pures Vergnügen. Leider kostete das Auto so viel wie ein kleines Einfamilienhaus im Grünen, und ich fragte mich, wie man so an Geschmacksverirrung leiden konnte, diesen Wagen rot-metallic zu lackieren.

Nina hakte sich bei mit unter, und dann gingen wir langsam an den anderen Autos vorbei. Einige Fahrzeuge gehörten eher ins Museum als auf die Straße.

Der Fahrer des Mercedes-Oldtimers war bereits bei den anderen Gästen eingetroffen. Er trug eine rote Hose, ein kariertes Hemd und eine Tweedjacke. So waren die meisten Männer gekleidet. Der Dresscode auf der Einladung hatte *smart casual* gelautet, weshalb ich mich für einen beigen Anzug und ein weißes Hemd ohne Krawatte entschieden hatte. Dazu hellbraune, sportliche Schuhe. Nina trug zu einer weißen Jeans einen Pullover in Dunkelpink mit knallgelben Ellbogenschonern. In den rechten Ärmel hatte sie einen Knoten gemacht, sodass man ihren fehlenden Arm nicht übersehen konnte. Ich blickte mich um. Bei den Männern war Tweed eindeutig der Stoff der ersten Wahl, daneben gab es aber einige grüne Janker mit Hirschhornknöpfen. Aus den Brusttaschen schauten gelegentlich bunt gemusterte Seidentücher hervor. In meinem Outfit stach ich ein wenig heraus, ohne aber komplett danebenzuliegen. Die Frauen übertrumpften sich in legerer Designerkleidung.

Der Mercedesfahrer, der etwa so alt war wie sein Auto, schüttelte zahlreiche Hände. Jeder schien ihn zu kennen. Einig sprachen ihn gut gelaunt mit »Kaiser Friedrich« an. Als wir in seine Nähe kamen, drehte er sich zu Nina und mir um.

»Hallo. Wir kennen uns noch nicht.« Er reichte Nina die linke Hand. »Fritz Kaiser.«

Nina schüttelte ihm die Hand. »Nina Vonhoegen.«

Fritz Kaiser gab auch mir die Hand, die rechte. »Nicholas Meller.«

»Wieso nennt man Sie Kaiser Friedrich?«, fragte Nina.

Er lächelte, das gefiel ihm. Wir schienen die Einzigen zu sein, die nichts von seiner Prominenz wussten. »Ich war mal Rennfahrer.«

»Davon hat man auf dem Weg hierher aber nichts gemerkt«, erwiderte ich.

Er lachte. »Mein Wagen ist fast fünfzig Jahre alt. Mit einem alten Gaul reitet man keine Rennen mehr. Ich fahre immer dem Anlass entsprechend.«

Da fiel mir ein, wer er war. »Dann sind Sie der Kaiser der Nordschleife? Sie haben als Erster die Nordschleife unter sieben Minuten gefahren.«

Er nickte. »Ja. Aber ich habe den Rekord nicht lange gehalten. Achim Bellek hat mir den Thron streitig gemacht.« Er seufzte. »Leider konnten wir unseren Wettstreit um die schnellste Runde nicht mehr lange fortsetzen.«

»Wieso nicht?«, fragte Nina.

»Achim konnte seinerzeit der Versuchung nicht widerstehen, in die Formel Eins zu gehen. Ich bin bei den Tourenwagen geblieben. Das Problem bei der Formel Eins ist, man erwirbt entweder unsterblichen Ruhm oder geht unter. Den Wechsel in eine andere Klasse muss jeder für sich selbst entscheiden. Bellek hatte sich entschieden. Beim sechsten Lauf zur Weltmeisterschaft 1984 verunglückte er in Monte Carlo tödlich.«

»Oh«, sagte Nina betroffen.

»Tja, das kam damals leider öfter vor. Die Formel Eins war und ist die Königsklasse, früher ein lebensgefährliches Geschäft.«

»Man muss dazu sagen«, warf ich ein, »die Nordschleife hat es auch in sich. Sie ist eine der anspruchsvollsten Rennstrecken der Welt.«

»Die schwierigste und die gefährlichste«, fügte Kaiser hinzu. Nina sah erschrocken zu mir. Kaiser interpretierte ihren Blick richtig. »Keine Sorge, junge Dame. Ihrem Mann passiert nichts. Wir sind ja nur zum Spaß hier.«

»Das hoffe ich.« Nina klang nicht wirklich überzeugt.

Da drehte sich eine Mittfünfzigerin zu uns um, deren aufdringliches Parfüm mir schon in die Nase gestiegen war. Es fiel schwer, ihr nicht ins Dekolleté zu starren. Ihre Brüste quollen fast über. Sie hatte eine blonde Mähne und zu viel Make-up aufgetragen. Ihre Lippen sahen leicht aufgespritzt aus.

»Erst letztes Jahr hat es einen schweren Unfall gegeben«, sagte sie.

Der Kaiser schüttelte den Kopf und machte einen Gesichtsausdruck in Richtung Nina, dass man nicht alles glauben solle, was geredet wurde. »Ach was, nur eine spontane Kaltverformung. Es wurde niemand verletzt.«

»Und wieso wurde er dann mit dem Krankenwagen abgeholt?« Die Frau ließ nicht locker.

»Reine Vorsichtsmaßnahme.«

»Keine Verbrennungen? Der Wagen stand nach dem Unfall lichterloh in Flammen.«

»Der Wagen ja, aber der Fahrer nicht.« Kaiser Friedrich grinste, auch ich musste lachen. Nina nicht. Sie blieb todernst.

»Nein, wirklich«, beschwichtigte der Kaiser. »Es ist nichts

passiert. Man muss dazu sagen, dass er auch ein miserabler Fahrer war, und der Baron hat ihn dieses Jahr nicht eingeladen.« Er sah zu mir. »Kennen Sie die Nordschleife?«

»Ja. Ist aber ein paar Jahre her. Als ich zwanzig war, hatte ich bei einem Preisausschreiben ein Rennwochenende gewonnen und bekam am Ende sogar eine A-Lizenz. Dann habe ich mir einen Golf GTI zusammengespart und den in einer der vielen Leitplanken versenkt. Das war es dann mit meiner Rennfahrerkarriere.«

Kaiser lächelte und klopfte mir auf die Schulter. »Dann werden Sie heute die Chance haben, es noch mal allen zu zeigen.«

Er wendete sich ab und schüttelte weiter viele Hände. Die Frau, die sich in unser Gespräch eingemischt hatte, winkte einer Kellnerin mit einem Tablett zu.

Nina sah mich ernst an. »Du versprichst mir, vorsichtig zu fahren.«

»Du hast es gehört, wir sind nur zum Spaß hier.«

»Männer und schnelle Autos sind eine gefährliche Mischung. Außerdem kenne ich dich.«

Die Kellnerin mit dem Tablett kam zu uns, wir nahmen uns jeder ein Glas. Die Damen je einen Champagner, ich trank lieber Orangensaft, weil das Rennen in einer Stunde losgehen sollte. Unsere neue Bekanntschaft mit dem aufdringlichen Parfüm stellte sich als Petra Wagner vor – sie war offensichtlich Stammgast beim Baron. Durch sie fanden wir schnell Anschluss zu weiteren Gästen. Es war unmöglich, sich die vielen Namen zu merken, darum versuchte ich es erst gar nicht. Wir erfuhren, dass für die Frauen ein Extraprogramm vorgesehen war, aber niemand wusste, was der Baron diesmal geplant hatte. Petra Wagner merkte nur an, dass das Frauenpicknick beim letzten Mal sterbenslangweilig gewesen sei. Als Nina ihr Glas geleert hatte, fragte sie nach den Waschräumen, und Petra Wagner zeigte ihr den Weg. Den Baron hatte ich bis jetzt nicht ausmachen können. Dafür sah ich jetzt den Kollegen Reinicken auf mich zukommen. Wir begrüßten uns.

»Schön, dass Sie hier sind. Ihre Partnerin habe ich auch schon gesehen.«

»Wir freuen uns sehr über die Einladung. Ist der Baron noch nicht da?«

»Doch, doch. Er ist im Haus. Er muss noch ein paar Vorbereitungen treffen, wird aber jeden Moment zu uns stoßen.«

»Und der Künstler?«

Reinicken wirkte irritiert, wusste nicht, wen ich meinte.

»Martin Steinke. Unser Mann in Moskau.«

»Ach so, ja.« Reinicken schien, als habe er den Fall längst aus seinem Kopf gestrichen. »Nein. Er kann leider nicht. Ich habe gehört, er muss sich von dem Schock erholen. Die zwei Tage in russischer Haft haben ihm wohl ziemlich zugesetzt.«

Ein Mann flanierte nun an uns vorbei. Er trug als einziger einen dunkelblauen Anzug, dazu ein weißes Hemd und eine dunkelrote Krawatte. Er war mir schon vorher aufgefallen, weil er jedes Mal, wenn sich unsere Blicke trafen, rasch weggesehen hatte.

»Herr Löbig«, sprach Reinicken ihn jetzt an. Der Mann drehte sich um. »Darf ich Ihnen Nicholas Meller vorstellen. Ein Kollege von mir.«

Wir gaben uns die Hand.

»Werner Löbig«, murmelte er. »Angenehm.«

Er verzog kaum eine Miene und machte erst recht keine Anstalten, ein Gespräch in Gang zu bringen. Löbig war einen Kopf größer als ich und hatte breite Schultern. Der maßgeschneiderte Anzug kaschierte den Wohlstandsbauch. Das dunkelblonde Haar trug er spießig zur Seite frisiert, insgesamt gab er das Bild eines freudlosen Sparkassendirektors ab. Löbig schaute sich suchend um, als halte er Ausschau nach einem interessanteren Gesprächspartner.

Reinicken sprang in die Bresche. »Herr Meller ist ein erfolgreicher Strafverteidiger und zum ersten Mal dabei«, sagte er in einem Tonfall, als müsse er meine Anwesenheit rechtfertigen.

Löbig rang sich ein Grinsen ab, nickt mir zu. »Mit welchem Auto sind Sie da?«

»Der Aston Martin.« Ich zeigte zu dem Platz, wo er stand.

»V8 oder V12?«

»V8«, antwortete ich.

Sein Gesichtsausdruck sprach Bände. Ein Zwölfzylinder hätte es aus seiner Sicht wohl getan, ein V8 anscheinend nicht. Löbig sah auf die Uhr und wandte sich an Reinicken. »Können wir kurz was besprechen, bevor es losgeht?«

»Sicher.«

Reinicken verabschiedete mich mit einem Kopfnicken. Löbig würdigte mich keines weiteren Blickes. Die beiden gingen davon.

Eine Kellnerin mit einem Tablett näherte sich. Ich kam ihr entgegen, diesmal nahm ich ein Champagnerglas und leerte es auf ex. Typen wie Löbig brachten mich auf die Palme. Mir kamen die Worte der Gräfin in den Sinn, was sie über Emporkömmlinge gesagt hatte: *Sie imitierten andere, um den Eindruck zu erwecken, vornehm zu sein.* Löbig war alles andere als vornehm, er war ein Snob. Ohne Manieren. Von so jemandem wollte ich mir nicht den Tag verderben lassen.

Das Schlimmste war, dass ich jetzt allein herumstand. Ich machte mich auf die Suche nach Nina, meine Wut ließ etwas nach. Sie stand mit Petra Wagner und einer ihrer Freundinnen zusammen. Die drei Frauen unterhielten sich angeregt, da wollte ich nicht stören. In diesem Moment wurde dreimal laut in die Hände geklatscht, und alle sahen sich um. Der Baron stand auf der obersten Stufe der Freitreppe und bat seine Gäste mit einer einladenden Geste, ins Haus zu kommen. Die Gruppe, die sich jetzt dorthin begab, war auf etwa dreißig Personen angewachsen. Nina und ich fanden uns in der Menge wieder, ich nahm ihre Hand. Als ich mich noch einmal umsah, entdeckte ich Werner Löbig, der ganz allein auf der Grünfläche bei den Ferraris stand. Unsere Blicke trafen sich. Ich legte demonstrativ meinen Arm um Ninas Schulter, bevor wir das Schloss betraten.

Wir gingen durch die Eingangshalle in den angrenzenden Saal, wo jede Menge Bedienstete mit Getränken und Kanapees auf uns warteten. Für die Rennfahrer wurden Cocktails ohne Alkohol gereicht. Nina sprach weiterhin dem Champagner zu, und ich merkte ihr an, dass sie mindestens schon drei Gläser intus hatte.

Dann trat Georg Freiherr von Westendorff in die Mitte der Gesellschaft, ein leeres Glas in der Hand, das er mit einem Löffel dreimal anschlug. Er begrüßte seine Gäste in aller Form und hielt eine kleine Willkommensrede. Er trug eine braune Cordhose und darüber einen olivgrünen Janker. Nina und ich erfuhren, dass es dieses Treffen schon seit vielen Jahren gab. Zunächst waren nur engste Freunde des Barons geladen, später kamen weitere hinzu. Die Veranstaltung war sehr beliebt und zog immer größere Kreise. Sie fand bereits zum zehnten Mal statt.

»Kommen wir zum Wesentlichen«, sagte von Westendorff. »Was werden unsere Frauen in der Zeit machen, während ihre Männer auf der Nordschleife ihr Leben riskieren?«

Nina warf mir einen nervösen Blick zu. Ich flüsterte: »Das war nur ein Scherz.«

Der Baron sah in die Runde. »Es gibt zwei Möglichkeiten. Auf dem Parkplatz ›Am Brünnchen‹, direkt an der Strecke, steht ein Zelt bereit, wo es etwas zu trinken geben wird. Für Kanapees ist ebenfalls gesorgt. Dort können sich auch die Herrschaften einfinden, die nicht mit auf die Rennstrecke wollen.«

Nina flüsterte mir ins Ohr. »Klingt ziemlich öde.«

»Es gibt aber noch eine andere Möglichkeit«, fuhr der Baron fort. »In zwei Wochen werde ich unweit von hier ein neues Hotel eröffnen. Dort werden Sie auch heute nächtigen.«

Ich hatte mich schon gefragt, wo er uns in dem Schloss alle unterbringen wollte.

»Wie es sich gehört, besitzt das Hotel einen Wellnessbereich. Er war bislang noch nie in Betrieb. Ich weiß also nicht, ob er den Wünschen eines anspruchsvollen Publikums entsprechen wird. Bitte, meine Damen, schauen Sie sich doch da mal um. Tun Sie mir den Gefallen.«

Die Reaktion war tosender Applaus. Petra Wagner trat mit einer Freundin zu uns. »Eine deutliche Steigerung zum letztem Mal.«

»Sehe ich auch so«, schaltete sich Petras Bekannte ein, die sich mir als Veronika Schönberger vorstellte. Sie hatte einen lasziven Blick und taxierte mich, als wären wir in einer lauschigen Bar für Singles. Es schien sie dabei nicht zu stören, dass Nina neben mir stand.

Der Baron hob die Hand, und es wurde wieder still.

»Sollten einige der Herren es vorziehen, den Damen in der Sauna Gesellschaft zu leisten, anstatt mit zur Rennstrecke zu kommen, ist dies natürlich erlaubt.«

Ein amüsiertes Raunen ging durch den Saal, einige Frauen protestierten halbherzig, andere hielten scherzend dagegen.

»Meine Herren«, schritt der Baron ein. »Vergessen Sie bitte nicht, dass Sie eingeladen sind für einen Tag auf der Rennstrecke und nicht auf dem Laufband.« Seine Stimme bekam eine Ernsthaftigkeit, die keinen Zweifel an seinen Worten zuließ. »Hierzu würde ich gegebenenfalls gesondert einladen, wenn Sie verstehen, was ich meine.«

Die Menge lachte laut und applaudierte zustimmend.

Petra erklärte uns, was die Worte des Barons bedeuteten. »Er meint damit, dass jeder Mann, der sich für die Sauna entscheidet, nächstes Jahr mit Sicherheit nicht wieder eingeladen sein wird. Und diese Drohung ist absolut ernst zu nehmen.«

Der Blick des Barons schweifte durch die Reihen und verharrte bei mir. Von Westendorff lächelte, als er mich sah, und hob zur Begrüßung den rechten Daumen. Ich nickte ihm zu. Als er einen Schritt zur Seite trat, fiel mein Blick auf Werner Löbig. Er starrte mich an und schien bemerkt zu haben, dass der Gruß des Barons mir gegolten hatte. Ich wurde den Verdacht nicht los, dass ich Löbig aus irgendeinem Grund höchstpersönlich ein Dorn im Auge war.

Irgendwie freute mich das.

21

In der Luft schwebte der Geruch von Abgasen, Benzin und verbranntem Gummi. Besser als jedes Parfüm. Unser Gastgeber hatte absolut an alles gedacht. Für den »Track-Day« auf der Nordschleife standen zehn Porsche 911 GT 3 zur Verfügung. Wir waren zehn Teilnehmer, der Baron mit eingeschlossen. Die anderen Männer hatten es vorgezogen, irgendwo am Rande der Rennstrecke Champagner zu schlürfen. Wir fuhren ausdrücklich kein Rennen, der Gegner war die Uhr, sonst niemand. Um uns auf der Strecke nicht zu behindern und das Risiko eines Unfalls zu minimieren, würden wir im Abstand von zwei Minuten auf die Strecke gelassen. Bevor wir die Rennoveralls, Nackenstütze und Helme anzogen, musste jeder ein Formular unterschreiben, dass er auf eigenes Risiko fuhr und keine Ansprüche gegenüber dem Veranstalter geltend machen konnte. Die Rennwagen waren versichert, trotzdem sollten wir sie besser nicht zu Schrott fahren, denn ein Totalschaden auf der Nordschleife bedeutete in der Regel auch einen Freiflug in einem Rettungshubschrauber.

Von Westendorff legte seinem Freund Fritz Kaiser einen Arm um die Schulter und führte ihn zu mir.

»Das ist Nicholas Meller«, stellte der Baron mich vor. »Ein erfolgreicher Strafverteidiger.«

»Wir hatten bereits das Vergnügen«, sagte Kaiser. »Und er kennt die Nordschleife, hat er gesagt.«

»Na, umso besser. Herr Meller, ich möchte Ihnen Ihren Instruktor vorstellen – Fritz Kaiser. Er wird Sie bei der ersten Runde in die Geheimnisse der Nordschleife einweisen.«

»Ist mir eine Ehre.« Und das war es wirklich.

Kaiser nahm auf dem Beifahrersitz Platz, ich setzte mich hinters Steuer, schnallte mich an. Jedes Antippen des Gaspedals erzeugte ein sattes Röhren, der Wagen wollte auf die Piste, ich auch. Noch schöner wäre es gewesen, wenn ich nicht Ninas Worte im Ohr gehabt hätte, die mir bis zum Schluss abgeraten hatte, an dem Track-Day teilzunehmen. Aber man kann nicht alles haben.

»Na, dann mal los«, sagte Kaiser.

Ich fuhr auf die Einfahrt zu und gab Gas. Es folgten ein paar Kurven, die ich, wie ich fand, souverän meisterte. Kaiser schwieg, registrierte nur meinen Fahrstil. Als wir uns der Quiddelbacher Höhe näherten, sah er mich lächelnd an.

»Also schön, Herr Meller, ich merke, Sie sind ein verantwortungsvoller Verkehrsteilnehmer.«

Mehr musste er nicht sagen. Ich trat das Gaspedal durch, die Beschleunigung drückte uns in die Sitze.

»Na also, geht doch.«

In der nächsten Rechtskurve spürte ich meine linke Schulter, ließ deshalb aber im Tempo nicht nach. Meine Supraspinatus-Sehne war vor einem Jahr gerissen und musste damals operiert werden. Die Schulter tat noch manchmal weh, wenn ich schwer hob oder wie jetzt, wenn ich ein Lenkrad bändigen musste, das ein Eigenleben zu führen schien.

»Wir sind jetzt in der Fuchsröhre«, sagte Kaiser. »Gleich kommen zwei Kurven dicht hintereinander, versuchen Sie nah an den Curbs zu bleiben.«

Kaum hatte ich die Stelle hinter mir, gab es ein Lob vom Profi. Ich sorgte für ordentlich Durchfluss in der Benzinleitung, nahm eine Kurve nach der nächsten in der Gewissheit, dass niemand vor mir auf der Strecke sein konnte, denn wir waren die Ersten, die losgefahren waren. Es gab nur Streckenposten, die gegebenenfalls mit Fahnen auf ein Problem aufmerksam machten. Aber es gab keine Probleme, nur den Asphalt vor mir, den Motor im Heck, das Gaspedal unter meinem Fuß und das Lenkrad in meinen Händen.

Wir kamen an der Ausfahrt Breitscheid vorbei, die sich etwa auf der Mitte der Strecke befand. Kaiser kündigte an, dass die »Lauda-Kurve« nicht mehr weit sei. Auch wenn die Stelle nicht offiziell so hieß, war die Kurve jedem Rennfahrer bekannt – der Ort, an dem Niki Lauda 1977 seinen schweren Unfall hatte und beinahe verbrannt wäre. Als wir die Kurve erreichten, ging ich absichtlich kurz vom Gas, um der Rennfahrerlegende zu gedenken, dann beschleunigte ich wieder. Wir passierten das *Caracciola-Karussell*, eine Hundertachtzig-Grad-Steilkurve, aus aneinandergelegten Betonplatten. Es rumpelte wie die Londoner U-Bahn. Gleich hinter dem Karussell gab ich wieder Vollgas, kurz danach erreichten wir den Besucherparkplatz »Am Brünnchen«. Die Strecke war an dieser Stelle abschüssig, und man musste eine Haarnadelkurve passieren. Hinter Absperrungen hatten sich zahlreiche Schaulustige auf dem Parkplatz versammelt, die Gäste des Barons standen etwas abseits unter einem weißen Zelt.

»Vorsicht.« Kaiser wies mich darauf hin, dass der Fahrbahnbelag an dieser Stelle rutschig war und der Wagen leicht ausbrechen konnte.

Es folgte eine Kombination von Kurven, dann der Schwalbenschwanz, und dann waren wir schon wieder auf der Start-Ziel-Geraden. Die analoge Stoppuhr in der Mitte des Armaturenbretts zeigte zehn Minuten und vierzig Sekunden an. Kaiser deutete zu der Uhr. »Wenn Sie am Anfang nicht so getrödelt hätten, stünde wahrscheinlich eine Neun vorne.«

Ich stellte den Wagen ab, wir stiegen aus. Meine Schulter war ziemlich verspannt, und ich machte ein paar Lockerungsübungen.

Von Westendorff kam auf uns zu. »Und, Herr Kaiser? Was sagen Sie zu unserem Newcomer?«

»Er kennt die Strecke und weiß, wie man fährt. Das hatte durchaus Hand und Fuß.«

»Dann fahren Sie ab sofort in meinem Team. Rot.« Dann ging er zum nächsten Fahrer.

Ich hatte mir meinen Status erkämpft. Nun wurde es ernst. In der nächsten Runde bekamen wir dieselben Fahrzeuge. Die Teilnehmer vom Team Rot wurden aber im Abstand von nur einer Minute auf die Strecke gelassen. Das bedeutete, man konnte andere Fahrer auf der Strecke ein- und überholen. Die Instruktoren fuhren nicht mehr mit.

Ich erhielt die Startposition zwei. Der Baron war die Nummer drei, würde also gleich nach mir starten. Als Erster auf die Strecke ging Dr. Lutz Schönberger, Zahnarzt und Ehegatte von Veronika Schönberger, Ninas neuer Freundin. Mein Ehrgeiz war es, ihn einzuholen, und ich ging davon aus, dass der Baron dasselbe mit mir vorhatte. Das verriet sein schelmisches Grinsen, bevor er den Helm aufsetzte.

Zehn Minuten später war es so weit. Vor mir war Schönberger gestartet. Eine Minute später fuhr ich erneut auf die Strecke. Sofort schoss das Adrenalin wieder durch meine Adern.

Nina hatte recht: Männer und schnelle Autos ergaben eine Mischung wie Nitro und Glycerin.

Ich nahm jede Kurve mit maximaler Geschwindigkeit, spürte, wie das Heck mehrmals drohte auszubrechen. Aber ich hielt den Wagen unter Kontrolle. Schon nach ein paar Kilometern, etwa in Höhe vom Schwedenkreuz, erblickte ich erstmalig die Rücklichter des vorausfahrenden Porsche. Schönberger war kein guter Fahrer. Weshalb er als Erster starten durfte, konnte nur einen Grund haben: Es musste schließlich jemanden geben, den man überholen konnte. Ich näherte mich ihm unaufhaltsam von Kurve zu Kurve. Auf der Höhe vom Adenauer Forst setzte Schönberger den rechten Blinker, ich zog an ihm vorbei. Jetzt hatte ich die Strecke vor mir ganz für mich allein und konnte mich auf die Kombination von Kurven und Geraden konzentrieren. Ich fühlte mich in meine Jugend zurückversetzt. Was wäre wohl aus mir geworden, wenn ich meinen Golf GTI damals nicht in die Leitplanke gesetzt hätte?

Ein Blick in den Rückspiegel – die Strecke hinter mir war frei. Ich fuhr durch das Caracciola-Karrusell, und als ich wieder Vollgas geben konnte, sah ich einen Wagen hinter mir im Rückspiegel. Der Baron hatte die Verfolgung aufgenommen. Durch den Zahnarzt hatte ich wertvolle Zeit verloren, den Baron hatte er wahrscheinlich sofort vorbeigelassen. Ich trat das Gaspedal noch weiter durch. Doch es wurde ungemütlich. Egal wie gut ich die nächsten Kurven nahm, der Porsche hinter mir kam näher. Noch näher. Der Baron kannte die Strecke besser als ich. Mir war klar, dass ich es niemals schaffen würde, ihn auf Distanz zu halten. Bei der nächsten Geraden setzte ich den rechten Blinker, um ihn vorbeizulassen, aber der Baron machte keine Anstalten, mich zu überholen. Ganz offensichtlich hatte er vor, mich zu jagen.

Ich beschleunigte, raste auf die nächste Kurve zu, fuhr von weit rechts bis nah an die Curbs heran und beschleunigte aus der Kurve heraus. Ich sah in den Rückspiegel. Der Abstand zwischen unseren Wagen war konstant geblieben. Warum griff er nicht an, worauf wartete er?

Die Antwort ließ nicht lange auf sich warten. Als ich wieder einen Blick in den Rückspiegel riskierte, sah ich, wie er aufholte. Wir waren kurz vor dem Parkplatz »Am Brünnchen«, wo die Zuschauer standen. Das war es also: Er wollte seinen Gästen ein Spektakel bieten. Brot und Spiele. Ich fühlte mich wie ein Gladiator. Die Stelle war gefährlich, der Kaiser hatte mich gewarnt, dass der Belag rutschig sei. Etliche Fahrer flogen an der Stelle raus, weshalb sich Am Brünnchen auch immer viele Schaulustige versammelten.

Ich fuhr auf die kritische Stelle zu, sah in den Rückspiegel. Der Baron hatte sich etwas zurückfallen lassen, doch jetzt griff er an. Da die Straße hier abfiel, konnte man gut beschleunigen, mit dem Risiko, die Haarnadelkurve nicht zu kriegen. Ich spürte, wie meine Reifen an Haftung verloren, und musste abbremsen. Ich sah in den Rückspiegel. Der Baron fuhr aus meinem Windschatten heraus. Wie ein Ungetüm tauchte er neben mir auf, als ich in die zweite Kurve einbog. Ich trat auf die Bremse, was ein schwerer Fehler war. Der Porsche neben mir zog vorbei, ich geriet ins Schleudern und drehte mich ein Mal im Kreis, immer noch auf einer abschüssigen Strecke. Die Leitplanke kam rasend schnell auf mich zu, ich schleuderte noch immer, trat auf die Bremse und kam zum Stehen, als der Porsche mit der linken Seite gegen die Leitplanke krachte. Ein heftiger Ruck ging durch meinen Körper, ich spürte den stechenden Schmerz in meiner linken Schulter. Der Porsche des Barons verschwand vor mir um die lang gezogene Rechtskurve. Er hatte das Duell gewonnen.

War es das – ein Duell? Ich fühlte mich einen Moment wie betäubt, konnte kaum klar denken, stand auf dem Grünstreifen. Die Schaulustigen fragten sich womöglich, ob ich noch lebte. Vielleicht hatte schon jemand die Streckenposten verständigt. Gegen den Baron zu verlieren, damit konnte ich leben, aber der Zahnarzt sollte nicht vor mir ins Ziel kommen. Ich trat wieder aufs Gas. Beschleunigte. Nach kurzer Zeit tauchten die Rücklichter des Porsche GT 3 vor mir auf. Der Baron hatte auf mich gewartet. Er hatte noch nicht genug.

Wir kamen zum Schwalbenschwanz, noch eine Wende und dann gab es nur noch zwei Kurven bis zur Zielgeraden. Ich beschleunigte in einem Moment, als der Baron nicht damit rechnete. In der vorletzten Kurve kam ich noch nicht nah genug an ihn heran, aber dann war es so weit, und ich setzte mich neben ihn, nicht bereit, noch einen Millimeter zu weichen. Der Baron befand sich in der besseren Position, drückte mich nach außen, und ich musste hart auf die Bremse treten, was wieder einen Schmerz in meiner Schulter verursachte.

Wir fuhren hintereinander auf die Zielgerade. So erreichten wir schließlich die Ausfahrt. Ich rollte aus, und wir stellten unsere Wagen nebeneinander ab. Mein Puls raste, ich war völlig verschwitzt. Ein Instruktor half mir aus dem Wagen. Die Tür war verbeult und die ganze Seite des Autos mit Kratzern überzogen. Der Spiegel zerborsten. Meine linke Schulter tat höllisch weh, auch wegen des Aufpralls an der Leitplanke. Ich hatte Mühe, den Helm abzuziehen, wollte mir aber auch nichts anmerken lassen. Als ich es geschafft hatte, stand der Baron vor mir.

»Ich danke Ihnen für das fantastische Rennen. Sie sind beim nächsten Mal auf jeden Fall wieder eingeladen.«

Er klopfte mir auf die Schulter. Der Schmerz ließ mich zusammenzucken.

»Sind Sie verletzt?«

»Nein. Es geht schon.«

»Sicher?«

»Nicht der Rede wert. Hat nichts mit dem Rennen zu tun.«

Er ließ nicht locker, hakte nach, deswegen erzählte ich ihm, was mit meiner Schulter passiert war. »Eine alte Kriegsverletzung. Ich habe vor einem Jahr eine Kugel abbekommen, in die Schulter. Manchmal tut es halt noch weh.«

»Eine Kugel?« Der Baron lächelte. »Wenn sich Herr Meller verletzt, dann mit Format. Andere stürzen mit dem Fahrrad oder fallen von der Treppenleiter. Herr Meller fängt sich eine Kugel ein.«

Wir lachten beide.

»Sie wollten mich vorbeilassen«, sagte der Baron. »Warum?«

»Weil Sie der bessere Fahrer sind.«

»Na und? Wo bleibt da der Sportsgeist?« Er sah mich herausfordernd an. »Wissen Sie, warum Sie verloren haben?«

»Ich habe mich in der Kurve verbremst.«

»Und warum?« Wieder dieser herausfordernde Blick.

»Ich habe mein Können wohl überschätzt.«

»Nein«, sagte von Westendorff. »Das war es nicht.«

»Sondern?«

»Sie haben in den Rückspiegel geschaut.« Er lächelte verschmitzt. »Stimmt's?«

Ich sah den Baron an. Was wollte er von mir? Was hatte er auf der Rennbahn von mir gewollt? War das seine übliche Art, mit seinen Gästen Spielchen zu treiben?

»Sie sind vorneweg gefahren«, setze er nach. »Sie hatten das Ziel direkt vor Augen, trotzdem haben Sie in den Rückspiegel gesehen.« Er sah mich unvermittelt ernst an. »So etwas würde ich niemals tun.«

Damit wandte er sich ab und ging zu den anderen Fahrern, die inzwischen eingetroffen waren.

Ich fragte mich, warum der Baron so ein Risiko gefahren war. Übertriebener Ehrgeiz, Angeberei vor seinen Gästen oder einfach nur Leichtsinn? Mir kamen wieder die Worte der Gräfin in den Sinn, als sie über die besonderen Spielereien des Adels kritisch reflektierte. Diejenigen, die reich seien, meinten, sich alles erlauben zu können. Da sei kein Auto zu schnell, kein Tiefschneehang zu gefährlich und kein Stück Großwild zu angriffslustig.

Ich war mir auf einmal unsicher, was Baron von Westendorff betraf. Er schien genau zu dieser Sorte zu gehören.

Ein anderer Grund dafür, dass er mich beinahe ins Krankenhaus befördert hätte, kam mir im Moment nicht in den Sinn.

22

Die Bedienung brachte zwei Gläser Kir Royal, neun Teile Champagner auf ein Teil Crème de Cassis. Sie stellte sie auf den kleinen Tisch zwischen Ninas Liege und der von Veronika. Die beiden hatten sich für eine Joghurtmaske entschieden und waren daher zum Nichtstun verdammt. Zumindest noch für die nächsten fünf Minuten. Aus den Lautsprechern drang asiatische Meditationsmusik, und ein kleiner Wasserfall in der Badelandschaft erzeugte ein angenehmes Grundrauschen.

Nina fühlte sich pudelwohl. Nach dem zweiten Saunagang hatte sie sich eine halbstündige Massage gegönnt und war ordentlich durchgeknetet worden. Sie genoss die Gesichtsmaske und die köstlichen Getränke und war, wenn sie ehrlich war, schon ziemlich betrunken. Veronika hatte sich rechts von ihr auf einer Liege niedergelassen, Petra links. Petra war allerdings noch einmal in der Sauna verschwunden.

Veronika achtete sehr auf Körperpflege und kannte sich bestens aus mit den neuesten Anti-Aging-Produkten. Sie trieb auch viel Sport, aber der Alkohol, den sie anscheinend nicht nur heute im Überfluss zu sich nahm, schmälerte das Endergebnis. Veronika sah genau so alt aus, wie sie war, fand Nina. Zweiundvierzig Jahre. Veronika schien trotz Wohlstand und extrem viel Freizeit nicht zufrieden mit sich und ihrem Leben zu sein. Sie klagte Nina ihr Leid. »Ich wusste, worauf ich mich einließ, als wir geheiratet haben.«

»Was genau meinst du?«

»Er ist ein Langweiler mit viel Geld. Unromantisch. Leidenschaftslos. Und ich weiß, dass er andere Frauen vögelt.«

»Warum seid ihr noch zusammen, wegen des Geldes?«

»Wir könnten uns scheiden lassen, aber was soll's. Ich mache ja auch rum.«

Aus dem Augenwinkel sah Nina, dass Veronika ihr Glas schon wieder fast leer hatte. Ihr Leben als Zahnarztfrau bestand daraus, die vierundzwanzig Stunden eines Tages irgendwie rumzukriegen. Sie hatten ein großes Haus und keine Kinder, einen Gärtner, eine Hausangestellte, und wenn sie Partys feierten, mieteten sie sich Personal bis hin zum Koch. Nina hatte etwas Mitleid mit ihr, niemals wollte sie so enden.

»Was ich dich fragen wollte«, sagte Veronika zögerlich. »Ich nehme an, es nervt dich bestimmt ...«

»Du willst wissen, wie das Leben mit nur einem Arm ist?«

»Ja. War es ein Unfall?«

»Nein. Von Geburt an.«

»Und, wie war das als Kind?«, fragte Veronika weiter. »Bist du oft gehänselt worden?«

»Als Kind ging es noch, abgesehen von den komischen Blicken. Irgendwann gewöhnst du dich dran. Die Pubertät war richtig scheiße. Entweder die Jungs ignorieren dich, oder sie machen einen auf Mitleid, was genau so schlimm ist.«

»Wann hattest du deinen ersten Freund?«

»Mit zwanzig.«

»War er auch ... behindert?«

»Nein. Er war ein Idiot.«

Sie lachten.

Petra kam zurück. Sie sah gerötet aus. »Worüber lacht ihr?«

»Ninas erster Freund war ein Idiot.«

»Sind das nicht alle Männer?«, erwiderte Petra. Sie zog ihren Bademantel aus und legte sich nackt auf die Liege neben Nina. »Ich lasse mir auch eine Gesichtsmaske verpassen. Aber ich habe was anderes bestellt.«

Eine Mitarbeiterin kam zu ihnen und brachte eine dunkle Masse mit, die aussah wie Nutella, und spachtelte sie Petra aufs Gesicht. Danach entfernte sie die Joghurtmaske bei Nina und Veronika.

»Arbeitest du mit deinem Freund zusammen?«, fragte Veronika, als die Angestellte wieder weg war.

»Nicht wirklich. Ich mache mein Referendariat und bald mein zweites Staatsexamen, aber eigentlich bin ich den Tag über zu Hause und lerne.«

»Und wenn du das Examen hast? Steigst du bei ihm in der Kanzlei ein?«

»Mal sehen.«

Veronika grinste vielsagend. »Verstehe. Man weiß nie, was die Zukunft noch so bringt.«

»Genau«, warf Petra ein, lauter als nötig. Der Alkohol machte sich auch bei ihr bemerkbar. »Als ich Biologie studiert habe, hätte ich mir auch nie träumen lassen, dass ich eines Tages eine eigene Firma leite.«

Veronika hob den Kopf, sah ihre Freundin an. »Apropos Biologie. Was macht dein Sexleben?«

»Ich habe keins. Und bei dir?«

Veronika warf Nina einen neckischen Blick zu. »Was wir hier sprechen, bleibt unter uns.«

»Dann sollte Petra etwas leiser reden«, schlug Nina vor.

»Wieso?«, fragte sie verwundert. »Bin ich etwa zu laut?«

»Ja«, sagte Veronika. »Ich sage dir das auch immer. Glaubst es ja nicht.«

»Okay«, flüsterte sie. »Also – erzähl.«

Veronika lächelte verschwörerisch. »Ich habe bei Tinder in letzter Zeit ein paar gute Treffer gelandet.«

»Echt?« Petra richtete sich auf. »Bei mir waren es immer nur Nieten. Ich habe mich wieder abgemeldet. Aufschneider und Lügner. Manchmal stimmte nicht mal das Foto.«

Veronika schwieg vielsagend.

»Meinst du, es liegt an mir?«, fragte Petra schließlich.

»Vielleicht solltest du dein Profil ändern.«

»Du meinst, ich soll auch lügen? Ein falsches Foto einstellen?«

Nina musste sich das Lachen verkneifen. Petra war Anfang fünfzig und somit fast zehn Jahre älter als Veronika. Wenn sie nicht gerade eine Schokoladengesichtsmaske trug, war nicht zu übersehen, dass die Haut geliftet worden war. Ihre Tränensäcke traten deshalb noch deutlicher hervor. Petra legte sich wieder hin.

»Geh zum Fotografen«, schlug Veronika vor. »Ein guter Fotograf kann Wunder vollbringen.«

»Was meinst du, Nina? Bin ich für Tinder ein bisschen zu alt?«

»Ich halte mich da raus.«

Veronika und Petra lachten.

»Haben wir alten Schachteln dich verschreckt?« Petra lachte noch lauter. »Du sollst keinen falschen Eindruck von uns kriegen. Wir reden doch nur.«

»Ich nicht.« Veronika nahm den letzten Schluck Kir Royal.

»Ich weiß«, erwiderte Petra und richtete sich auf. Dem Halt ihrer Gesichtsmaske war das nicht dienlich. Die braune Masse tropfte auf ihre Brüste. »Das Gerücht macht bereits die Runde.«

Veronika beugte sich auch nach vorne, um Petra in die Augen zu sehen. »Wovon redest du?«

»Martin Steinke. Ihr seid zusammen gesehen worden.«

Nina brauchte einen Moment, bis ihr einfiel, woher sie den Namen kannte. »Steinke?«

Petra nickte. »Kennst du ihn etwa auch?«

Nina schüttelte den Kopf. »Nein. Hab nur den Namen irgendwo gehört.« Es ging ihre Freundinnen nichts an, dass Nicholas mit ihm zu tun gehabt hatte.

Petra flüsterte wieder. »Hast du ihn auch auf Tinder kennengelernt?«

Veronika schüttelte den Kopf. »Nein, da war nichts.«

»Rede keinen Quatsch, das glaube ich dir nicht.« Petra lachte dreckig. »Na, komm. Es bleibt auch unter uns.«

Veronika überlegte einen Moment, dann schmunzelte sie. »Ja, auf Tinder.«

»Wo ist er?«, hakte Petra nach. »Ich hatte eigentlich erwartet, ihn hier zu treffen, habe ihn aber noch nicht gesehen.«

»Keine Ahnung. Es ist, wie soll ich sagen, es war nur eine Affäre, mehr nicht.«

Nina schaltete sich ein. »Klärt mich doch mal auf, wer dieser Martin ist.« Sie wollte hören, was die beiden über ihn zu erzählen hatten.

»Martin ist ein Freund vom Baron«, sagte Petra. »Obwohl, wie es um die Freundschaft steht, weiß auch keiner. Vielleicht ist das der Grund, weshalb er nicht hier ist.«

Veronika wurde neugierig. »Weißt du irgendwas darüber?«

»Die Gerüchteküche sagt, dass Martin beim Baron in Ungnade gefallen ist. Und du weißt ja, was das heißt.«

»Was denn?«, hakte Nina nach.

»Der Baron ist manchmal sehr schnell darin, Leute wie eine heiße Kartoffel fallen zu lassen. Die Gründe dafür kennt meist nur er selbst.«

Nina wollte es genau wissen. »Haben die beiden ein ... Verhältnis?«

»Dazu äußere ich mich nicht«, sagte Petra und schaute zu Veronika. »Haben Martin und der Baron ein Verhältnis?«

»Woher soll ich das wissen?«

»Du hast mit ihm gevögelt. Ist Martin schwul oder bi?«

Veronika schluckte. »Können wir vielleicht mal über was anderes reden?«

Petra richtete sich erneut auf. »Du hast mit dem Thema angefangen. Jetzt bin ich auch neugierig.«

Nina intervenierte. »Wenn ihr weiter über diesen ominösen Martin und die Gerüchteküche plaudert, möchte ich zuerst wissen, wer dieser Kerl ist.«

Petra fing bereitwillig an zu erzählen. Nina hörte aufmerksam zu. Veronika stand auf und verschwand in der Sauna.

23

Im Kamin knisterte ein Feuer. Davor lag ein flauschiger Teppich, der wie alles andere in diesem Hotelzimmer noch nie von einem anderen Gast benutzt worden war. Nina und ich hatten uns darauf geliebt. Jetzt lag ich nackt und erschöpft auf dem Rücken, während sie im Badezimmer war. Meine linke Schulter war wieder deutlich zu spüren. Das erinnerte mich an das Rennen mit Baron von Westendorff. Sein Fahrstil war alles andere als vornehm gewesen. Leichtsinnig traf es eher. So ein Verhalten hätte ich nicht von ihm erwartet. Ich setzte mich auf und sah den Flammen zu, wie sie an den drei Holzscheiten nagten, spürte die Wärme der Glut auf meiner Haut.

Seit wir im Hotel angekommen waren, hatte ich die Gedanken an den fremden Mann verdrängt. Jetzt war er wieder da, als ob er neben mir auf dem Teppich säße und mich hämisch angrinste.

Wer bist du?, hätte ich ihn gerne gefragt. *Was willst du von Nina?* Und vor allem: *Was will sie von dir?*

Ich überlegte, wann ich das Thema anschneiden sollte. Morgen auf der Rückfahrt oder erst Montag? Oder Freitag. In einer Woche. Wann war der richtige Zeitpunkt? Heute auf jeden Fall nicht. In einer Stunde würde uns der Shuttlebus zum Schloss bringen. Dinner in Abendkleid und Smoking.

Das Rauschen der Dusche verstummte. Von Dampfschwaden umgeben trat Nina aus dem Bad. Sie hatte sich das Handtuch umgebunden.

»Veronika hat übrigens eine Affäre mit diesem Videokünstler.«

»Videokünstler?«

»Martin Steinke.«

»Wer ist jetzt noch mal Veronika?«

»Nicht die mit den Botoxlippen, sondern die andere. Die Zahnarztfrau.«

»Ihren Mann habe ich heute auf der Rennstrecke überholt.«

»Großartig«, sagte sie mit einem ironischen Unterton. Nina ging zum Bett, wo ihre Kleider lagen, und zog ihren Slip an.

»Findest du das nicht seltsam, dass Steinke nicht hier ist?«

Ich erhob mich von meinem lauschigen Plätzchen. »Angeblich muss er sich von den Strapazen erholen.«

»Veronika wusste nichts von der Reise nach Moskau.«

Ein ungutes Gefühl beschlich mich. »Du hast diesen Tratschweibern doch wohl nichts erzählt?«

Nina sah mich strafend an. »Für wie blöd hältst du mich eigentlich?«

Ich hob entschuldigend die Hand.

Nina fuhr fort. »Veronika sagt, dass die Affäre vorbei sei, weil Martin sich nicht mehr bei ihr gemeldet hat. Er ist wie vom Erdboden verschluckt, heißt es.«

Ich zuckte nur mit den Schultern. »Das kann einen ganz simplen Grund haben. Ghosting nennt man so was. Nichts mehr von sich hören lassen. Er will Schluss machen und traut sich nicht, es ihr ins Gesicht zu sagen.«

Nina schüttelte den Kopf. »Das glaube ich nicht.«

»Warum nicht?« Ich wurde neugierig, setzte mich auf die Bettkante.

»Petra hat erzählt, dass es da irgendein Problem gab zwischen Steinke und dem Baron. Es sei etwas vorgefallen. Er und der Baron hatten Streit. Nichts Genaues weiß man nicht. Und plötzlich ist er spurlos verschwunden.«

»Weil er in Moskau im Knast saß.«

»Wann hast du ihn rausgeholt?«

»Dienstag wurde er entlassen. Mittwoch soll er in Frankfurt gelandet sein. Ich habe das nicht weiter überprüft, aber wenn Pjotr das sagt, kann man sich darauf verlassen.«

Nina wirkte mit einem Mal sehr nachdenklich. »Heute ist Samstag. Drei Tage und Martin Steinke hat sich noch immer nicht bei Veronika gemeldet.«

»Ich sage doch. Vielleicht hat er es sich anders überlegt und keinen Bock mehr auf sie.«

»Würdest du das machen?«

»Was?«

»Mich so hängen lassen. Einfach nicht mehr melden. Funkstille?«

»Nein! Aber ich bin auch kein *Videokünstler*. Manche Typen sind so. Große Klappe, nichts dahinter. Leben auf Kosten anderer Leute ... Aber lass uns das Thema beenden. Was geht es uns an?«

»Du hast dich für ihn eingesetzt.« Ninas Tonfall klang ein wenig vorwurfsvoll. »Was, wenn er verschwunden ist? Geht dich das dann nichts an?«

»Reinicken hat mir gesagt, dass er sich schonen muss. Ich frage ihn noch mal, wenn es dich beruhigt. Und jetzt muss ich mich fertig machen. Ich möchte nicht, dass wir zu spät kommen.«

Ich verschwand im Bad.

24

Vom Hotel aus ging es mit einem Shuttlebus bis direkt vor den Eingang des Schlosses. Mehrere Limousinen, Maybach und S-Klasse, näherten sich in einem langsamen Tross vom Eingangstor. Einige Gäste schienen nur zum Abendessen anzureisen. Fackeln säumten den Weg. Hier und da erhellten einzelne Strahler und Laternen die Fassade. Ansonsten herrschte Dunkelheit. Die Szenerie hatte etwas Gespenstisches, als wären wir zum Treffen einer Freimaurerloge geladen.

Die Männer trugen Smoking, weißes Hemd, schwarze Fliege und Lackschuhe. Die Frauen übertrafen sich gegenseitig in ihren eleganten Cocktailkleidern. Nina hatte sich für ein helles Gelb entschieden, mit freier Schulter und selbstverständlich ohne Ärmel. Die Aufmachung hatte tausend Euro gekostet.

Alle männlichen Bediensteten trugen, um sich von den Smokings der Gäste zu unterscheiden, weiße Jacketts, die bis zum Hals geschlossen waren. Als ich direkt vor einem der Bediensteten stand, sah ich, dass die silbernen Knöpfe das Familienwappen der von Westendorffs trugen. Das hatte uns die Gräfin auch erzählt: Wer in Adelskreisen etwas auf sich hielt, trug das Wappen nicht selbst, sondern das war dem Personal überlassen. Die weiblichen Bediensteten trugen schwarze, langärmlige Kleider ohne Ausschnitt, dazu weiße Schürzen und weiße Handschuhe.

Wir defilierten am Baron und seiner Frau vorbei, die ich zum ersten Mal sah. Sie wirkte älter als er, ich schätzte sie auf über sechzig. Sie hatte grau meliertes, fülliges Haar und trug wie die anderen Frauen ein dreiviertellanges Cocktailkleid. Hinter ihnen standen mehrere Herren im Smoking und deren Frauen, die offensichtlich zur Familie des Barons gehörten und erst am Abend mit den Limousinen eingetroffen waren. Sie gehörten zu den weiteren Gästen, die diesem Abend mehr Glanz verleihen sollten. Der Baron stellte seiner Frau jeden einzelnen Gast mit Namen vor. Petra Wagner war ohne Begleitung gekommen, und ich hörte bei der Vorstellung, dass sie einen Doktortitel hatte. Sie war Gründerin einer Biotech-Firma, die medizinische Schnelltests entwickelte. Veronika und Dr. Lutz Schönberger gingen direkt vor uns. Dann waren wir an der Reihe.

»Nicholas Meller und Nina Vonhoegen aus Köln«, stellte der Baron uns vor. »Herr Meller ist Rechtsanwalt mit eigener Kanzlei, Frau Vonhoegen studiert Jura.«

Die Baronin lächelte und reichte Nina die linke Hand.

Nach der Begrüßung wurde uns Champagner gereicht. Wir standen mit Ninas neuen Freundinnen Petra und Veronika sowie deren Mann, Dr. Lutz Schönberger, zusammen. Während am Nachmittag das Thema Beruf und Karriere vermieden wurde, war es jetzt gestattet, darüber zu reden. So erfuhren wir, dass Dr. Schönberger eine eigene Zahnklinik hatte. Er war spezialisiert auf Implantate, seine Patienten reisten aus der ganzen Welt an, zunehmend auch aus dem Nahen Osten. Schönberger redete und redete und kam zu keinem Ende. Irgendwann flüsterte Veronika ihm etwas ins Ohr, und er verstummte. Endlich. Zum Glück würden wir beim Essen nicht zusammensitzen.

Auf einem Plan, der am Eingang zum großen Saal hing, war zu ersehen, wo sich unser Tisch befand und mit wem wir zusammensaßen. Ein Name auf der Liste stach mir sofort ins Auge – Werner Löbig. Er würde zu unseren Tischnachbarn gehören. Ausgerechnet.

In diesem Moment gingen die Türen zum Speisesaal auf, und alle strebten hinein. Ein Pianist spielte auf einem Flügel leichte Klassik, die im allgemeinen Stimmengewirr fast unterging. Nina und ich nahmen an einem runden Achtertisch Platz, nachdem wir uns bei den bereits Anwesenden vorgestellt hatten. Namenskärtchen legten die Sitzordnung fest. Ein Prinz von Weilheim saß rechts von mir, seine Frau zwischen uns. Der Stuhl von Löbig, mir gegenüber auf der anderen Seite des Tisches, war noch frei. Ich hoffte, er hätte es sich anders überlegt und sei abgereist. Links neben Nina saß ein Unternehmer aus Limburg, der irgendwelche Teile für die Autoindustrie herstellte. Er hatte eine angenehme Stimme und redete nicht mehr als nötig. Es wurde ruhiger im Saal, weil Baron von Westendorff und seine Frau hereinkamen. Da erschien auch Werner Löbig. Er war ohne Begleitung. Alle anderen an unserem Tisch schienen ihn zu kennen und freuten sich über seine Anwesenheit. Er ließ sich dazu herab, mir zuzunicken. Der Tisch war zum Glück eine ausreichend große Barriere, um nicht in die Verlegenheit zu kommen, miteinander reden zu müssen.

Der Gastgeber erhob sich. Zu unserer Überraschung hielt der Baron keine Rede, sondern sprach stattdessen ein Gebet. Kaum dass alle »Amen« gesagt hatten und der Baron sich wieder setzte, walteten die Bediensteten ihres Amtes und servierten den ersten von fünf Gängen.

Der Etikette-Kurs zahlte sich aus. Ich arbeitete mich souverän durch das Besteck, das neben den Tellern aufgereiht lag wie für einen mittelschweren chirurgischen Eingriff. Für Nina wurde jeder Gang in zerteilten Portionen serviert. Sie kam mit einem Arm zurecht. Die Gräfin hatte sich während des Seminars auch über das Thema Behinderung ausgelassen. »*Der Herr gibt, der Herr nimmt*«, so stand es in der Bibel. Eine Behinderung war daher kein Grund, viel Aufhebens darum zu machen. Nina gefiel es, dass sie völlig normal behandelt wurde und nie das Gefühl hatte, wegen ihres Armes angestarrt zu werden.

Als der dritte Gang abgeräumt wurde, sah ich auf und merkte, dass Werner Löbig mich anstarrte. Zu meiner Überraschung griff er nach seinem Weinglas, hob es an und prostete mir mit ernstem Gesichtsausdruck zu. Ich erhob ebenfalls mein Glas. Wir tranken, dann wendeten wir uns beide wieder unseren Tischnachbarn zu. Der Prinz von Weilheim besaß Ländereien in Süddeutschland. Er war passionierter Jäger und verstand viel von Forstwirtschaft. Beides Themen, bei denen ich nicht punkten konnte, darum redeten wir über eine Leidenschaft, die uns verband: Autos.

Nach dem Dessert verspürte ich das dringende Bedürfnis nach einer Zigarette. Nina hatte nichts dagegen, dass ich sie allein ließ. Sie unterhielt sich gut mit dem Unternehmer aus Limburg zu ihrer Linken. Also ging ich in Richtung Terrasse.

Eine der großen Flügeltüren stand offen, ich trat hinaus. Anstatt einer Schachtel hatte ich ein Etui dabei, holte eine Zigarette heraus und machte sie an. Es war eine sternenklare Nacht. Je länger ich hinaufsah, desto mehr weiße Punkte schienen hinzuzukommen. Der Wind erzeugte ein sanftes Rauschen, als er durch die Bäume strich. Ich zog an der Zigarette, blies durch die Nase aus und sah zu, wie der Wind den Rauch davontrieb. Wie schnell sich Dinge doch ändern konnten. Von einer Woche auf die nächste gehörte ich zum erlauchten Kreise der Freunde des Freiherrn von Westendorff. Von einem Jahr auf das nächste war aus dem Underdog Nicholas Meller ein erfolgreicher Anwalt geworden. Von einem Tag auf den nächsten hatte ich erfahren, dass Nina sich heimlich mit einem anderen Mann traf. Ich sah wieder zu den Sternen hinauf. Was wohl als Nächstes kommen würde? Ich war kein gläubiger Mensch, empfand keine Befriedigung dabei, mir über eine höhere Macht und deren Einfluss auf mich und mein Leben den Kopf zu zerbrechen. Ich genoss meinen Erfolg, ein weiterer Aufstieg war nur eine Frage der Zeit. Womöglich würde ich den jungen Kollegen, Herrn Probst, einstellen, die Rechtsgebiete meiner Kanzlei erweitern, noch mehr Mandanten ranschaffen, noch mehr Geld verdienen. Die Segel setzen, wenn der Wind wehte. Da hörte ich hinter mir Schritte und drehte mich um.

»Sie müssen zum Rauchen nicht rausgehen.« Werner Löbig trat zu mir auf die Terrasse. »Beim Baron ist das auch drinnen erlaubt.«

»Ein bisschen frische Luft schadet nicht«, erwiderte ich, nahm noch einen letzten Zug und drückte meine Zigarette aus. Löbig entzündete ein langes Streichholz und hielt es an das Ende seiner Zigarre, eine Cohiba, aber nicht so nah, dass die Flamme das Deckblatt ankokelte. Er wirkte wie ein passionierter Zigarrenraucher. Als das Streichholz abgebrannt war, betrachtete Löbig sein Werk, pustete ein Mal in die Glut, bevor er die Zigarre zum Mund führte und einen tiefen Zug nahm. Der Rauch wehte an mir vorbei. Ich mochte den Geruch einer guten Zigarre, die Person, die sie rauchte, mochte ich nicht. Ich wollte mich gerade mit einer Floskel verabschieden, als Löbig eine weitere Zigarre aus der Innentasche seines Jacketts hervorzauberte und mir hinhielt. »Wollen Sie?«

Ich zögerte. Dann zuckte ich mit den Schultern. »Gerne.« Die Cohiba war bereits angeschnitten. Löbig schien gewusst zu haben, dass ich Ja sagen würde. Er zündete die Zigarre mit dem Streichholz an und reichte sie mir. Nach dem ersten Zug musste ich husten. Ich hatte instinktiv auf Lunge geraucht.

Löbig grinste. »Ja, ja, die Zigarettenraucher. Wissen Sie eigentlich, dass in einer Zigarre so viel Nikotin steckt wie in einer ganzen Schachtel?«

»Nein, wusste ich nicht.« Ich hustete noch mal, dann war es wieder gut. Beim nächsten Zug paffte ich nur und fühlte mich zur Konversation verpflichtet. »Was verschlägt Sie hierher?«

»Der Baron und ich sind Geschäftspartner. Wir sind wie zwei Seiten einer Medaille.«

»Inwiefern?«

»Ich bin jemand, der sich jeden Euro hart erarbeitet hat, von Westendorff wurde das Geld in die Wiege gelegt. Eine perfekte Symbiose.«

»Woher stammt sein Vermögen?«

»Er hat es von seiner Großmutter geerbt. Sie hat in die ANORGA-Chemie eingeheiratet, IG Farben. Da wurde richtig Geld gemacht. Er hätte es nicht nötig zu arbeiten, aber von Westendorff möchte der Erste aus seiner Generation sein, der es schafft, sein Vermögen nicht nur zu halten, sondern es zu vermehren. Dazu braucht er mich.«

»In welcher Branche sind Sie tätig?«

»Immobilien. Projektentwicklung.«

Auf einmal wusste ich, wer mir die Zigarre spendiert hatte. Werner Löbig – sein Name hätte mir ein Begriff sein müssen. Er war ein Generalunternehmer in der Baubranche, ein Immobilien-Tycoon, der einige publicityträchtige Projekte in der Kölner Region realisiert hatte.

»Und wozu brauchen Sie Baron von Westendorff?«

»Drehen Sie sich mal um.« Er zeigte in den Saal, wo sich die Tischordnung langsam aufzulösen schien. Zu dem Pianisten hatten sich zwei weitere Musiker gesellt, die gerade einen Foxtrott anstimmten. Die ersten Gäste begaben sich auf die Tanzfläche.

»All diese Leute da drinnen verbindet eins«, erklärte Löbig. »Sie haben Geld. Sie können sich fast alles leisten. Aber eben nur fast. Für einen Abend wie diesen gibt es keine Eintrittskarte. Man muss gebeten werden. Es ist eine Ehre, hier sein zu dürfen. Darauf sind manche Leute sehr erpicht.« Er zog an seiner Zigarre, die Glut trat in der Dunkelheit hervor. »Mich persönlich haben solche Gesellschaften noch nie gejuckt. Ich fühle mich in einer Eckkneipe, ehrlich gesagt, wohler.«

Ich sah ihn fragend an. »Und was ist der Preis für eine Einladung?«

»Kein Preis. Nur ein Gegenwert. Wir schauen alle nur nach vorne – und werden reich dabei.«

»Das verstehe ich nicht.«

»Vielleicht liegt es daran, dass Sie zu oft in den Rückspiegel schauen.« Er lächelte.

»Von Westendorff hat also mit Ihnen über mich gesprochen? Was hat er noch so erzählt?«

»Sie haben von Köln aus einen Richter in Moskau bestochen. Chapeau. So etwas wäre nicht mal mir gelungen.«

Löbig war komplett im Bilde, was meine Beziehung zum Baron betraf. Es schien mir eine gute Gelegenheit, um zu erfragen, wo Martin Steinke abgeblieben war.

»Ich habe gehört, dass er in einer Klinik ist. Eine Klinik, wo sie einem an der Pforte das Handy wegnehmen und die Tür von außen abschließen, wenn Sie verstehen, was ich meine.«

»Eine Entzugsklinik?«, hakte ich nach.

»Ja, genau. Alkohol, Kokain – das volle Programm. Ich habe sowieso nie verstanden, was der Baron an dem Kerl findet. Nichts Sexuelles auf jeden Fall. Auch wenn manche das glauben.«

»Hätte ich jetzt auch gedacht.«

»Nein, nein. Von Westendorff ist nicht schwul. Ganz und gar nicht.« Er lachte kurz. »Aber er hat so ein Faible für schräge Typen. Hofnarren. Bunte Vögel.«

»Ihren Worten entnehme ich, dass Sie Herrn Steinke nicht sonderlich schätzen.«

»Der Typ ist mir egal. Uninteressant.« Er sah mich an. »Reden wir lieber über Sie. Sie sind Strafverteidiger?«

Ich nickte, zog eine Visitenkarte aus der Brusttasche und reichte sie ihm. »Brauchen Sie einen Anwalt?«

Er grinste. »Als Bauunternehmer stehen Sie mit einem Fuß immer im Knast.« Er steckte die Karte ein. »Ich bin bei Schmitt & Holgräf. Sagt Ihnen die Kanzlei was?«

»Ja, wir kennen uns.«

Den Kollegen Ludger Schmitt hatte ich vor ein paar Jahren während einer Benefizveranstaltung kennengelernt. Da er mich aus irgendeinem Grund sympathisch fand, überließ er mir damals ein paar Mandanten. Solche, die für ihn uninteressant waren. Vor einem Jahr war ich noch auf Almosen dieser Art angewiesen, weil bei mir keiner Schlange gestanden hatte und ich dringend Geld brauchte.

»Keine sehr gute Kanzlei«, sagte Löbig. »Ich hoffe, Sie sind besser.«

»Das will ich doch meinen.«

»Vielleicht sollten wir uns mal unterhalten.« Er schien es ernst zu meinen. »Wie wäre es mit einem Mittagessen. Hätten Sie am Montag Zeit? Im Hotel Excelsior am Dom. Hanse-Stube um dreizehn Uhr?«

»Das lässt sich einrichten.« Ich erinnerte mich zwar, dass um die Mittagszeit das Vorstellungsgespräch mit dem jungen Kollegen Probst stattfinden sollte, das schon mehrfach verschoben wurde, aber Löbig schien mir wichtiger.

»Ist die Zigarre ein Vorschuss?«, fragte ich.

»Nein, ein Geschenk.«

In dem Moment kam ein Bediensteter auf die Terrasse und brachte jedem von uns ein Glas Whiskey. Aus Löbigs Reaktion schloss ich, dass er den zuvor bestellt hatte. Der Bedienstete ließ uns wieder allein. Wir prosteten uns zu. Der Whiskey schmeckte fantastisch. Achtzehn Jahre alt, wie Löbig betonte.

Eine Weile schwiegen wir. Dann kam mir ein Gedanke. »Ist eine Ihrer Firmen am Ausbau des Godorfer Hafens beteiligt?«

Löbig deutete zum Nachthimmel. »Ob dieser Hafen jemals vergrößert wird, steht in den Sternen. Und selbst wenn, dieses Projekt interessiert mich nicht.«

»Warum nicht?«

»Peanuts.«

»Peanuts? Es geht um ein Volumen von siebzig Millionen Euro, habe ich gelesen.«

»Man erwirtschaftet mit so einem Projekt aber keine siebzig Millionen. Das ist der Haken.« Er sah mich fragend an.

»Warum interessiert Sie der Hafen?«

»Was würden Sie sagen, wenn eine Liegenschaft in der Nähe des Godorfer Hafens ...«

»Was für eine Liegenschaft?«, unterbrach er mich.

»Ein Acker, ein Stück Land mit einem Verkehrswert von etwa achtzigtausend Euro. Etwa drei Hektar groß.«

»Gut. Was ist damit?«

»Bei einer Zwangsversteigerung hat dieser Acker den fünffachen Preis des Verkehrswertes eingebracht. Vierhunderttausend Euro.«

Löbig zuckte gleichgültig mit den Schultern. »So etwas kommt vor. Darum ist es eine Versteigerung.«

»Aber es muss doch einen Grund geben, wieso jemand so viel Geld für so einen Acker ausgibt.«

»Natürlich. Es gibt immer einen Grund. Für alles. Ich kann Ihnen da Geschichten erzählen.« Er machte eine wegwerfende Handbewegung. »Am Montag. Am Montag erzähle ich Ihnen davon. Nach dem Mittagessen bei einer guten Zigarre. Jetzt sollten Sie Ihre hübsche Begleiterin nicht länger allein lassen.«

Löbig legte die zur Hälfte gerauchte Cohiba in den Aschenbecher, um sie ausglühen zu lassen. Ich tat dasselbe mit meiner. Dann gingen wir zurück in den Saal.

Die Tanzfläche war inzwischen gut gefüllt. Nina hatte sich offensichtlich nicht gelangweilt. Sie unterhielt sich lebhaft mit einer älteren Dame. Während ich auf die beiden zuging, wurde mir klar, dass ich mich erneut in einer Person geirrt hatte. Baron von Westendorff erschien mir bei unserer ersten Begegnung als durch und durch sympathisch, doch seit dem Erlebnis auf der Rennstrecke kamen mir Zweifel. Bei Löbig hingegen war es genau umgekehrt. Ich ärgerte mich darüber, ihn zu schnell in eine Schublade gesteckt zu haben, und nahm mir vor, mich in Zukunft nicht zu sehr auf den ersten Eindruck zu verlassen. Womöglich hatte Löbig nur Hemmungen, auf Leute, die er nicht kannte, zuzugehen. Deshalb musste er noch kein Snob sein, auch wenn es bei unserer ersten Begegnung genau danach aussah.

Nina und ich verbrachten einen herrlichen Abend. Wir tanzten sogar Walzer, den einzigen Standardtanz, den ich halbwegs beherrschte. Sie legte ihren Stumpf in meine linke Hand.

»Weißt du, woran mich das hier erinnert?«, fragte sie, während wir uns im Kreis drehten.

»An was?«

»*Titanic*. Als Jack Dawson aus der dritten Klasse einen Abend in der ersten Klasse verbringt.«

Ich grinste. »Stimmt. Nur sind wir zum Glück nicht auf Kollisionskurs mit einem Eisberg.«

Das glaubte ich zumindest. Noch eine Einschätzung, bei der ich danebenlag.

25

Die schwarze Mercedes-Limousine hielt direkt vor dem Hotel. Es war ein Funktaxi ohne Aufschrift. Tarek hatte seinen Audi A6, älteres Baujahr, an der Straße geparkt und sah, wie Stefan Berlinghausen zuerst ausstieg und seiner hübschen Begleiterin galant aus dem Wagen half. Sie war höchstens zwanzig, schätzte Tarek. Ihr glattes, schwarzes Haar fiel ihr über die Schultern. Sie trug einen dunkelroten Mantel, passend zu ihrem Lippenstift. Die beiden verschwanden durch die Drehtür.

Tarek startete den Motor, fuhr an den wartenden Taxen vorbei und bog ab in die Tiefgarage. An einem Sonntagmittag waren noch viele Plätze frei, er parkte den Audi in der Nähe des Ausgangs, lief zügig durchs Treppenhaus nach oben ins Erdgeschoss. Als er in die Lobby trat, stand Berlinghausen noch an der Rezeption und erledigte die Formalitäten, während seine hübsche Begleiterin in einem der hellbraunen Ledersessel wartete. Eine Escort-Nutte. Tarek wusste, für welche Agentur sie arbeitete und dass sie sich »Janina« nannte.

Jetzt erschien Berlinghausen neben ihr, mit einer Zimmerkarte in der Hand. Sie nahmen zunächst die Rolltreppe auf die Empore, um von da in einen der gläsernen Fahrstühle zu steigen. Tarek betrat den Fahrstuhl daneben und sah, wie die beiden auf der dritten Etage die gläserne Kabine verließen. Er folgte ihnen, sie hatten Zimmer 311 gemietet. Ein paar Minuten wartete er ab, um sicherzugehen, dass Janina – oder wie immer sie heißen mochte – es sich nicht doch noch anders überlegte. Dem war nicht so. Jetzt hieß es warten.

Im Atrium des Hotels befand sich eine gehobene Kölschkneipe. Tarek nahm an einem der Tische Platz und bestellte einen Kaffee. Die Mindestbuchungsdauer bei der Escort-Agentur war eine Stunde. Es könnte aber auch länger dauern. Tarek machte es nichts aus zu warten. Das hatte er gelernt. Als Soldat. Stundenlang auf einer Stelle ausharren, bei Wind und Wetter, in der Nacht bei Eiseskälte. Hier konnte er wenigstens gemütlich sitzen und bekam sogar einen Kaffee.

Die Stunde verging wie im Flug, Tarek zahlte und fuhr wieder hinauf in den dritten Stock. Sein Timing war perfekt. Fünf Minuten später öffnete sich die Zimmertür, und Janina trat ohne ihren Kunden heraus. Sie erreichte den Fahrstuhl, Tarek trat neben sie. Die Frau sah erschrocken auf.

Sie klang nervös. »Wer sind Sie?«

»Ich möchte Ihnen ein Angebot machen.«

»Ein Angebot?«

»Tausend Euro.«

Die Fahrstuhltür ging auf, Janina zögerte. »Tausend Euro? Für was?«

»Das ist nur die Anzahlung.«

Der Mann war ihr unheimlich. »Sorry, ich habe es nicht so mit Osteuropäern.«

Sie betrat den Fahrstuhl, Tarek folgte ihr. Der Fahrstuhl setzte sich in Bewegung. Janina fühlte sich nur deshalb sicher, weil die Kabine aus Glas war und sie jeder sehen konnte. Andernfalls wäre sie sofort wieder ausgestiegen.

»Der Mann, bei dem Sie gerade waren, ist er Ihnen sympathisch?«

»Was geht Sie das an?«

»Sehr viel. Er ist verheiratet. Und zwar mit meiner Schwester. Sie ahnt von nichts.«

Jetzt sah die junge Frau ihn mit unverhohlenem Interesse an. Sie waren im Erdgeschoss angekommen, und da niemand einstieg, drückte Tarek den Knopf für die oberste Etage.

Er seufzte demonstrativ. »Ich möchte, dass meine Schwester ... seine Frau ... dass sie endlich kapiert, was für ein Arschloch er ist.«

Janina schien nachzudenken.

Tarek machte eine geknickte Miene. »Ich liebe meine Schwester. Und er ruiniert ihr Leben. Ich möchte, dass er auf die Schnauze fällt. Und zwar mit Anlauf. So richtig. Bitte, helfen Sie mir.« Er sah sie flehend an.

Die Fahrstuhltür ging wieder auf. Janina zögerte einen Moment, dann drückte sie auf den Knopf für das Erdgeschoss.

In dem Moment wusste Tarek, dass er gewonnen hatte. »Tausend Euro heute. Sie rufen ihn an, geben ihm Ihre Telefonnummer und sagen, dass Sie ihn wiedersehen wollen. Ohne Agentur. Bei Ihnen zu Hause.«

»Er hat mir seine Telefonnummer aber nicht gegeben.«

»Hat er Ihnen erzählt, was er beruflich macht?«

Sie nickte. »Irgendwas mit Immobilien.«

»Sie haben seine Nummer im Internet gefunden, da ist er auf einem Foto zu sehen. So sind sie an seine Nummer gelangt.« Tarek reichte ihr einen Zettel, auf dem Berlinghausens Handynummer stand. »Wenn alles so läuft, wie ich mir das vorstelle, kriegen Sie noch einmal tausend Euro.«

Er hielt ihr fünf Hunderteuroscheine hin, seine Finger zitterten. »Die Hälfte jetzt, die andere Hälfte, wenn Sie das nächste Date haben. Und die Tausend extra, wenn meine Schwester ihn zum Teufel jagt.«

Janina nahm das Geld und ließ es in ihrer Tasche verschwinden. Sie lächelte ihn an, fast, als wollte sie ihn trösten. Tarek musste sich bemühen, nicht laut loszulachen. Die Menschen glaubten, was sie glauben wollten. Janina hatte fünfhundert Euro in der Tasche und das gute Gefühl im Bauch, dass sie es diesem Kerl, der sie gerade wie eine billige Straßennutte behandelt hatte, heimzahlen konnte. Nichtahnend, in welcher Gefahr sie schwebte.

26

Wir hatten lange geschlafen, ausgiebig gefrühstückt und waren gegen Mittag losgefahren. Wir genossen die Fahrt durch die Eifel bei sonnigem Wetter, offenem Verdeck und lästerten über die Leute, die wir kennengelernt hatten. Ich erzählte Nina von dem Gespräch mit Werner Löbig und dass ich morgen mit ihm zum Essen verabredet war. Als ich die Kanzlei Schmitt & Holgräf erwähnte und die Möglichkeit, ihnen einen guten Mandanten abzuluchsen, grinste Nina, denn Schmitt & Holgräf hatte uns beide gewissermaßen zusammengebracht. Eine von Ninas Kommilitonen hatte dort gearbeitet und ihr meine Kanzlei empfohlen, weil es bei mir damals nicht viel zu tun gab. Nina wollte die Zeit nutzen, um für ihr zweites Examen zu lernen. Außerdem lag mein Büro nur vier Bahnstationen von ihrer Haustür entfernt, ein weiterer Grund, sich bei mir vorzustellen. Dann aber war alles anders gekommen, als wir beide erwartet hatten.

Nina fiel meine Fahrweise auf. »Ermüdungserscheinungen?«

Ich grinste. »Ja. Bin am Wochenende genug gerast.«

»Geht es deiner Schulter besser?«

Ich nickte.

»Was ist auf der Rennstrecke genau passiert?«

Ich sah sie an, sie mich. Lügen wäre zwecklos. »Ich bin in die Leitplanke gerauscht, volle Breitseite.«

»War es deine Schuld?«

»Der Baron hat mich an einer heiklen Stelle überholt.«

»Du hast dir also ein Rennen mit ihm geliefert?«

Ich schüttelte den Kopf.»Er mit mir. Ich hätte ihn vorbeigelassen, er wollte mich aber auf dem Schlachtfeld der Ehre besiegen.«

Nina wirkte entsetzt.»Ich dachte, das sollte alles nur Spaß sein.«

»Dachte ich auch.«

»Und, hat es Spaß gemacht?«

»Nein.« Ich sah sie wieder an.»Ganz ehrlich, nein. Bin danach auch nicht mehr gefahren.«

»Warum macht der Baron so etwas?«

»Leichtsinn? Übertriebener Sportsgeist? Keine Ahnung.«

»Vielleicht wollte er dich ja umbringen.« Nichts in ihrer Stimme deutete auf einen Scherz hin. Vor meinem geistigen Auge ließ ich den Moment des Überholvorgangs Revue passieren. Mindestens hundert Zeugen hatten hinter der Absperrung gestanden, die später behauptet hätten, dass es nur ein Überholmanöver war. Wäre ich frontal in die Leitplanke gekracht, wäre dies tragisch gewesen, mehr nicht. Jeder Teilnehmer musste vorher unterschreiben, dass er sich der Risiken bewusst war und keinerlei Anspruch gegen den Veranstalter geltend machen würde.

Blieb nur noch die Frage nach dem Motiv: Warum sollte der Baron mich umbringen wollen? Das ergab keinen Sinn.

»Quatsch«, sagte ich.

Nina zuckte mit den Schultern.»Vermutlich hast du recht.« Bevor wir die Autobahn erreichten, hielt ich an und ließ das Verdeck hochfahren.

»Wirst du deine neuen Freundinnen noch mal wiedersehen?«

»Veronika, ja. Die war nett. Petra auf keinen Fall. Zu anstrengend die Frau.«

»Sollte sich Martin Steinke noch mal bei Veronika melden, würde sie es dir sagen?«

»Wenn ich sie frage, bestimmt. Wieso?«

»Weil ich ein neugieriger Mensch bin, das weißt du doch.«

Nina schob ihre Sonnenbrille ins Haar und sah mich an. »Gut, dass du das Thema ansprichst. Ich habe mich gestern nochmal mit Veronika unterhalten. Sie gab sich ganz locker, tat so, als hätte sie die Beziehung mit Martin abgehakt, aber ich glaube, dass sie sich ernsthaft Sorgen um ihn macht.«

»Oder sie ist frustriert und will nicht wahrhaben, dass er sie sitzen gelassen hat.«

Nina schüttelte den Kopf. »Glaube mir. Ich kann bei einer Frau unterscheiden zwischen Frust und Sorge. Irgendwas stimmt da nicht.«

Ich ließ ein paar Kilometer Asphalt hinter uns, bevor ich was dazu sagte. »Löbig meinte, Martin Steinke hätte ein Drogenproblem, Alkohol und Kokain, und deshalb sei er in einer Entzugsklinik.«

»Niemals.«

Ich sah sie an. »Woher willst du das wissen?«

»Alkohol vielleicht. Veronika trinkt auch gern und nicht gerade wenig. Aber harte Drogen sind für sie No-Gos. Sie würde sich nicht mit einem Süchtigen einlassen. Und zum Baron passt so einer schon mal gar nicht.«

Wir schwiegen eine Weile. Bis Nina wieder das Wort ergriff. »Ich finde das alles äußerst seltsam. Du holst jemanden in Moskau aus dem Knast, weil er da wegen so einem fadenscheinigen Grund einsaß. Und dann verschwindet er spurlos.«

Ich hatte genug von der Diskussion, betätigte das Drehrad in der Konsole, suchte das Telefonverzeichnis und wählte den ersten Eintrag: »AAA«.

Nina sah mich fragend an. »Wen rufst du an?«

»Wart's ab.«

Nach dem dritten Freizeichen ertönte seine Stimme über die Freisprecheinrichtung.

»Rongen.«

»Meller hier, entschuldigen Sie die Störung am heiligen Sonntag.«

»Ist etwas passiert?«

»Nein. Es verfolgt mich niemand, wenn Sie das meinen. Aber ich möchte Ihnen einen Namen durchgeben. Haben Sie etwas zu schreiben?«

»Ja. Was für einen Namen?«

»Er ist der Liebhaber einer guten Bekannten. Und er ist abgetaucht oder verschwunden ... was weiß ich. Ich mach mir Sorgen um ihn.«

»Verdammt noch mal, Meller«, dröhnte es aus der Freisprecheinrichtung. »Hat das irgendwas mit unserem Mord zu tun?«

»Bis jetzt noch nicht.« Ich wartete auf eine Reaktion von ihm, die aber ausblieb. Also redete ich weiter. »Sein Name ist Martin Steinke. Seit letzten Mittwoch verschwunden.«

»Haben Sie den letzten Aufenthaltsort?«

»Am Mittwoch gegen zwölf Uhr ist er in Frankfurt am Main gelandet. Mit der Lufthansamaschine aus Moskau.«

»Moskau?«

»Die russische Hauptstadt.«

Rongen ließ sich etwas Zeit mit der nächsten Frage. »Moskau, und weiter?«

»Von da an verliert sich seine Spur.«
»Der Name war Martin ...«
»Steinke.« Ich buchstabierte es ihm.
»Ein Geburtsdatum?«
»Leider nein, könnte ich aber rauskriegen.«
»Nicht nötig. Gibt es eine Vermisstenanzeige?«
»Ich glaube nicht.«
»Gut, habe ich notiert. Aber ich warne Sie, Meller. Wenn das wieder so ein mieser Trick ist wie letztes Jahr, garantiere ich Ihnen, dass Sie dafür bezahlen ...«
»Schönen Sonntag noch«, fiel ich ihm ins Wort und beendete das Telefonat.

Nina sah mich fragend an. »Was für einen Trick meinte er?«

Bis heute hatte ich ihr die Sache zwischen Rongen und mir verschwiegen.

»Ich habe ihn mal reingelegt, deshalb ist er immer noch sauer auf mich.«

»Was hast du gemacht?«

»Ich habe ihm eine Fehlinformation gesteckt.«

»Und warum?«

»Darum. Ich bin nicht stolz darauf, okay?«

Die Autobahn war frei. Ich beschleunigte. Die Tachonadel erreichte die Zweihundert und ging darüber hinaus. Zweihundertzwanzig. Zweihundertvierzig. Nina wusste: Was meine Kontakte zu gewissen Leuten aus der russischen Community anging, musste ich mich ihr gegenüber bedeckt halten. Es war besser so.

»Wie hast du Rongen verarscht?« Nina würde nicht aufhören zu fragen, das verriet ihr Blick. Also erzählte ich es ihr. Aleksandr Sokolow, mein Freund und Mandant, hatte vor etwa einem Jahr von mir verlangt, dass ich Rongen anrufen sollte, um in dem Telefonat aus Versehen einen Namen zu erwähnen. Einen Namen, den ich eigentlich gar nicht wissen konnte – es sei denn, dass ich etwas über den Mord an einer osteuropäischen Prostituierten wusste. Aleksandr hatte definitiv nichts mit diesem Mord zu tun, das wusste ich, aber Rongen sollte genau das glauben. Während der Hauptkommissar sich an Aleksandr Sokolow abarbeitete, verging wertvolle Zeit, die der wahre Täter wahrscheinlich genutzt hatte, um Spuren zu verwischen. Juristisch war das eindeutig Beihilfe zur Verdeckung einer Straftat. Ich wusste nichts über die Hintergründe, ich war nur eine Marionette in einem Spiel, ohne einen blassen Schimmer, wer die Fäden im Hintergrund zog. Rongen hatte den Trick schnell durchschaut. Er konnte mir mein Fehlverhalten zum Glück nicht nachweisen, sonst hätte das ernste Konsequenzen für mich haben können. Als Anwalt durfte man nicht bewusst lügen, auch wenn ein Mandant das von mir verlangte. Besonders schlimm empfand ich es, dass der Mord an Ivana, so hieß die Prostituierte, bis heute nicht gelöst war.

Nina reagierte auf meine Beichte anders, als ich erwartet hatte. Sie zeigte Verständnis. Weil sie Aleksandr kannte, ihn nicht mochte und genau wusste, dass er ein äußerst unangenehmer Mensch sein konnte.

Sie schob die Sonnenbrille wieder vor die Augen. »Verstehst du jetzt, warum ich keine Strafverteidigerin werden will?«

Ich nickte.

Manchmal konnte ich Ninas Haltung sehr gut verstehen.

27

Marienburg gehörte zu den besseren Vierteln Kölns. Die Bewohner lebten im wahrsten Sinne des Wortes zurückgezogen, ihre Grundstücke lagen verborgen hinter Hecken, massiven Zäunen oder waren durch eine Mauer von der Straße getrennt. Kein Haus glich dem anderen. Unterschiedliche Baustile und Epochen. Tarek verstand nicht viel von Architektur, aber er wusste, wie man ein Haus mit eigenen Händen erbaute. Das hatte er von seinem Vater gelernt. In dem Dorf Likoshan im Kosovo, wo er geboren wurde. Die Menschen dort mochten arm sein und ein karges Leben fristen, aber dort baute ein Mann das Heim für seine Familie noch selbst. Zerstört hatten es andere, die Serben, was Tarek im Alter von einundzwanzig Jahren in die Arme der UCK-Rebellen trieb, die Befreiungsarmee des Kosovo, wie sie sich nannte. In ihrer Anfangsphase galten sie nicht als nationale Armee, sondern wurden als Terrororganisation eingestuft, vergleichbar mit der ETA oder der IRA. Erst mit Beginn des Kosovokrieges wurde die UCK zu einem Verbündeten der NATO, und Tarek erhielt eine Scharfschützenausbildung durch britische Elitesoldaten der SAS. Das Wichtigste, was man als Scharfschütze können musste, war, in das Gebiet des Gegners einzusickern. Unsichtbar zu sein. Um nah an die Zielperson heranzukommen. Mit Kriegsende 1999 gab die UCK alle Waffen und Tarek sein Dargunow-

Scharfschützengewehr an die amerikanischen Marines ab. Die erworbenen Fähigkeiten konnte ihm aber niemand mehr nehmen.

Die Goethestraße war zugeparkt mit Autos, die von der Preiskategorie her zu den Häusern passten. Allesamt deutsche Fabrikate. Keins älter als drei Jahre, schätzte Tarek. Er saß in seinem Audi und beobachtete das Haus, vor dem der silberne Mercedes SLK stand. Endlich tat sich was. Eine Haustür ging auf, Stefan Berlinghausen kam heraus. Er trug einen grauen Anzug und ein weißes Hemd, trat durch das schmiedeeiserne Tor auf die Straße und stieg in seinen Mercedes ein. Der Wagen setzte sich in Bewegung, und Tarek folgte ihm. An jeder Kreuzung rechts vor links achtend, fuhr Berlinghausen im gemächlichem Tempo durch die 30er-Zone, bis er schließlich die zweispurige Hauptsraße, den Militärring, erreichte. Er bog ab zum Bonner Verteiler, ein großer Kreisverkehr, und von da aus ging es auf die Autobahn. Tarek hielt den nötigen Abstand. Neben ihm auf dem Beifahrersitz lag der Tablet-Computer, auf dem die Straßenkarte der Region zu sehen war und ein blauer Punkt, der sich bewegte. Tarek hatte den GPS-Sender unter der vorderen Stoßstangenverkleidung angebracht. Hinter Godorf durchquerten sie eine Industrieanlage, die Autobahn verlief mitten durch eine gigantisch anmutende Raffinerieanlage. Linker Hand ragten Destilliertürme in den wolkenbedeckten Himmel, kilometerlange Rohrleitungen waren ineinander verschlungen, der Geruch von Kerosin, wie am Flughafen, lag in der Luft. Tarck betätigte die Klimaautomatik, sodass keine Luft mehr von außen in den Wagen drang. Der Anblick moderner Industrieanlagen faszinierte ihn. Rechter Hand standen riesige Schwimmdeckeltanks und kugelförmige Gasbehälter, die weiß gestrichen und rostrot angelaufen waren. Schließlich ließen sie die Raffinerie hinter sich, die Strecke führte vorbei an Feldern und Äckern, bis der Mercedes vor ihm das Autobahnkreuz im Norden Bonns erreichte, von wo aus es weiter in Richtung Osten ging. In vorgeschriebenem Tempo überquerten sie den Rhein, der an dieser Stelle relativ schmal war. Eine Viertelstunde und mehrere Autobahnwechsel später bog der Mercedes an der Abfahrt Sankt Augustin ab, und nach zwei Kilometern erreichten sie das Stadtzentrum von Siegburg.

Neben dem Rathaus und der Kreisverwaltung befand sich ein Parkhaus. Zwischen Tarek und dem Mercedes fuhr noch ein weiteres Fahrzeug im Schritttempo. Berlinghausen war auf der Suche nach einer Parklücke. Tarek stellte seinen Audi in der Nähe der Ausfahrt auf einem Behindertenparkplatz ab und legte einen gefälschten Ausweis gut sichtbar aufs Armaturenbrett. Jetzt musste er nur noch am Ausgang bei den Kassenautomaten auf Berlinghausen warten. Tarek ahnte bereits, wo seine Zielperson hinwollte.

Berlinghausen ließ nicht lange auf sich warten. Er schien sich nicht verfolgt zu fühlen, drehte sich nicht suchend um oder änderte plötzlich die Richtung. Tarek blieb weiterhin auf Abstand. Vor ihnen lag ein mächtiger Stahlbetonbau mit einer dunklen Glasfassade. In dem Gebäude befand sich die Kreisverwaltung Siegburg, im Erdgeschoss das Straßenverkehrsamt. Der Wartebereich war voller Besucher. Berlinghausen ging zielstrebig zu den Fahrstühlen, vor denen bereits mehrere Leute warteten. Die Tür öffnete sich. Leute stiegen aus, und als Berlinghausen eintrat, sah Tarek, wie er den Knopf für die dritte Etage drückte.

Tarek entschied sich, die Treppe zu nehmen. Als er im dritten Stock ankam, schloss sich die Fahrstuhltür gerade wieder. Berlinghausen ging in einen der sternförmig abgehenden Korridore. Die Wände waren mit weißen Klinkersteinen verziert, der graue Teppichboden hatte einen breiten, orangeroten Strich in der Mitte. Das erinnerte Tarek an seine Tage im Gefängnis. Als Häftling hatte er solchen Strichen am Boden folgen müssen. Zum Glück nicht lange, denn der Versuch der Brüsseler Staatsanwaltschaft, ihm einen Mord nachzuweisen, war vor zwei Jahren kläglich gescheitert.

Berlinghausen blieb vor einer der Bürotüren stehen, klopfte und trat ein. Tarek sah auf das Schild neben der Tür: *Katasteramt*.

Im Korridor verteilt gab es mehrere Sitzgelegenheiten, Tarek nahm auf einem Stuhl Platz und wartete. Besucher und Angestellte gingen vorbei, keiner nahm Notiz von ihm. Eine halbe Stunde später öffnete sich die Bürotür wieder. Berlinghausen trat in den Korridor, ging an Tarek vorbei, ohne ihm Beachtung zu schenken.

Tarek konnte sich Zeit lassen am Kassenautomaten, denn Berlinghausens Mercedes stand weiter weg. Er ging zu seinem Audi, setzte sich ans Steuer und wartete. Nicht lange, dann sah er den Mercedes im Rückspiegel die Auffahrt hinunterrollen, und der blaue Punkt auf dem Tablet-Computer bewegte sich wieder. Berlinghausen nahm denselben Weg zurück, woher sie gekommen waren. Aber dann, auf der Autobahn kurz vor der Rheinbrücke, setzte er den Blinker und fuhr in Bonn-Beuel ab. Sie befanden sich noch auf der rechten Rheinseite, es ging über die Landstraße in Richtung Köln. Kilometer um Kilometer tat sich nichts, aber dann änderte der Mercedes den Kurs. Anstatt auf dem kürzesten Weg weiter nach Köln zu fahren, bog

Berlinghausen ab, und sie kamen durch den Ort Lülsdorf. Die Straße führte weiter nach Ranzel, vorbei an gelb blühenden Rapsfeldern, grünen Wiesen und braunen Ackerflächen. An einer abknickenden Vorfahrtsstraße bog der Mercedes in Richtung Rheinufer ab. Ein Schild deutete darauf hin, dass sie sich in einer Sackgasse befanden. Tarek wurde langsamer, vergrößerte den Abstand. Noch zweihundert Meter, dann würde auch der Mercedes gezwungen sein anzuhalten.

Tarek trat auf die Bremse, blieb stehen, wendete den Audi und stieg aus. Mit einem kleinen Fernglas hielt er Ausschau nach Berlinghausen, der mittlerweile auch angehalten hatte und ausgestiegen war. Die Zielperson ging zu Fuß weiter in Richtung Rheinufer. Dann blieb er stehen. Vor einem Feld. Berlinghausen hatte einen Fotoapparat dabei und schoss Bilder von dem Acker. Dann ging er weiter zum Rheinufer, verschwand hinter Bäumen und Gestrüpp. Tarek war an seinem Wagen stehen geblieben, nahm den Tablet-Computer vom Beifahrersitz und sah sich das Gebiet auf der Karte an. Nun wusste er, was Berlinghausen hier suchte, was er sich ansah und fotografierte. Am gegenüberliegenden Rheinufer befand sich der Godorfer Hafen und die Raffinerieanlage, an der sie auf dem Hinweg vorbeigekommen waren. Die Exkursion ergab einen Sinn. Tarek nahm sein Handy ans Ohr und wartete darauf, dass eine Verbindung zustande kam.

»Er war beim Katasteramt in Siegburg. Jetzt ist er am Rheinufer, am Kilometerstein 673. Er schießt Fotos.«

»673?« Die Stimme des Auftraggeber klang besorgt. »Er ist nicht zum Spaß da, würde ich sagen.«

»Wohl nicht.«

»Können Sie ihn stoppen?«

»Natürlich.«
»So schnell wie möglich. Aber es muss sicher ablaufen. Kein Risiko.«
»Es ist alles vorbereitet«, beruhigte Tarek ihn. »Ich warte nur auf Ihren Befehl.«
»Der ist hiermit erteilt. Schalten Sie diesen verdammten Mistkerl aus.«
Endlich, dachte Tarek, als er das Handy wieder in seiner Tasche verschwinden ließ. Seine Auftraggeber waren von Anfang an zu zögerlich gewesen, hatten nicht auf seine Ratschläge gehört. Das war das Problem mit diesen Typen in ihren teuren Anzügen. Zivilisten.

28

Vor der Tür des Hotel Excelsior stand wie immer ein Page in Uniform. Direkt gegenüber vom Kölner Dom gelegen, war es das beste Haus am Platze. Zentraler konnte man nicht residieren. Sobald man durch die große Drehtür kam, ließ man den Trubel der Großstadt hinter sich und betrat eine Oase der Ruhe.

Astrid Zollinger war nicht begeistert, dass ich das Vorstellungsgespräch mit Herrn Probst schon wieder abgesagt hatte, aber mein Treffen mit Werner Löbig hatte Priorität. Ich ging auf die Hanse-Stube zu, ein Restaurant, das bis vor Kurzem noch einen Stern gehabt hatte. Die Empfangsdame lächelte, und ich sagte ihr, mit wem ich verabredet war. Löbig saß an einem Vierertisch auf einer Bank. Wir begrüßten uns mit Handschlag, dann nahm ich gegenüber von ihm Platz. Meinen Aktenkoffer stellte ich unter den Tisch. Der Kellner schenkte mir ungefragt ein Glas Wasser aus einer Karaffe ein und reichte mir die geöffnete Speisekarte. Löbig hatte schon bestellt. Ich entschied mich für Label-Rouge-Perlhuhn mit Trüffeljuis.

»Wollen wir Wein trinken? Ich bin ein großer Rieslingfreund.«

»Einen Riesling, sehr gerne.«

»Forster Ungeheuer! Das ist was Vernünftiges und klingt gut, finden Sie nicht?«

Ich musste lachen. »Ja, klingt sehr gut.«

Der Kellner kam mit der Flasche Riesling, Löbig probierte und befand ihn für gut. Der Kellner schenkte uns ein und stellte die Flasche in einen Kühler neben dem Tisch. Dann plauderten wir ein wenig über das Wochenende, sprachen über die Leute, die wir getroffen hatten, auch über das Rennen, an dem Löbig nicht teilgenommen hatte. Er machte sich nicht viel aus Autos. Warum er mich bei unserer ersten Begegnung so arrogant hatte abblitzen lassen, war mir immer noch ein Rätsel, denn es erschien ihm völlig unwichtig, ob ich einen V8 oder V12 fuhr. Er war kein Snob, wie ich anfangs gedacht hatte, ihm gefiel es aber, für andere schwer einschätzbar zu sein. Das Gespräch blieb unverbindlich. Es war klar, dass Löbig erst das Essen hinter sich bringen wollte, bevor er zum geschäftlichen Teil überging.

Kurz darauf brachte unser Kellner das Essen. Eine Portion, die auf dem großen Teller noch kleiner wirkte, als sie war. Das Perlhuhn musste man suchen, dafür schmeckte es ausgezeichnet. Wir schlossen das Essen mit einem Kaffee ab.

Als die dampfenden Tassen vor uns standen, lehnte Löbig sich auf seinem Stuhl zurück und sah mich an. »Sie haben mich am Samstag gefragt, was es mit dieser Versteigerung auf sich hat«, fing er an. »Ich habe mich kundig gemacht. Es ging um irgendeinen Acker in Sürth, richtig?«

»In der Nähe des Godorfer Hafens«, fügte ich hinzu. »Dr. Reinicken hatte im Auftrag einer Firma namens EKZO das höchste Gebot abgegeben.«

Er nickte. »Reinicken arbeitet schon lange für die. Ich halte nichts von der Firma. Nun, eine Versteigerung hat den Vorteil, dass der Verkauf einer Immobilie schneller vonstattengeht als sonst. Alle Interessenten sitzen zusammen und können bieten. Der Makler wird durch einen Richter ersetzt. Das Risiko für den Verkäufer bei einer Versteigerung ist abschätzbar, weil ein Mindestgebot festgesetzt wird und der Verkäufer zweimal das Ergebnis ablehnen darf. Der Vorteil ist, dass man auch einen höheren Preis erzielen kann, vor allem, wenn ein Interessent und der Verkäufer gemeinsame Sache machen.«

Ich hob die Hand. »Moment, Sie meinen, der Interessent, der den Preis in die Höhe getrieben hat, steckte mit dem Verkäufer unter einer Decke?«

Löbig grinste nur, zuckte mit den Schultern. »Nur eine Möglichkeit.«

»Aber das ist illegal.«

»Legal, illegal, scheißegal. Wo kein Kläger, da kein Richter. Allerdings darf man auch nicht übertreiben, sonst fällt es auf. Das ist die Kunst dabei. Auf diese Weise kommen manchmal absurde Beträge zustande.«

»Die EKZO hat also viel zu viel für das Grundstück bezahlt?«

Löbig zuckte wieder mit den Schultern. »So etwas kommt vor. Mal gewinnt man, mal verliert man.«

Löbig schenkte uns Wein nach. »Bleibt nur noch eine Frage ...« Er trank einen Schluck. »Warum waren Sie bei dieser Versteigerung?«

Eigentlich hätte ich mit dieser Frage rechnen müssen. Ich geriet ein wenig ins Stottern. »Ein Mandant hat mich gebeten, ihn zu der Versteigerung zu begleiten, aber der Mandant ist nicht erschienen.«

Löbig nickte. Dann hellte sich seine Miene auf. »Lassen Sie uns über wichtige Dinge reden.«

»Und das wäre?«

»Ihre Zukunft.«

Ich sah ihn fragend an.

»Ich habe heute morgen bei Schmitt & Holgräf gekündigt«, fuhr Löbig fort. »Die waren natürlich entsetzt, und Herr Schmitt wollte wissen, warum. Als ich Ihren Namen nannte, war er noch mehr entsetzt.«

Ich musste grinsen. Löbig ebenfalls, und dann fingen wir beide an zu lachen.

»Die Akten sind quasi schon auf dem Weg zu Ihnen. Nehmen Sie das Mandat an?«

»Ja, natürlich.«

Löbig erhob das Glas, und wir stießen auf eine erfolgreiche Zusammenarbeit an.

»Haben Sie eine Vollmacht dabei?«

Ich nahm meinen Aktenkoffer unter dem Tisch hervor und holte eine Vollmacht für Mandanten heraus. Löbig unterschrieb, ohne eine Zeile zu lesen. Das Wochenende in der Eifel hatte sich für mich gelohnt.

»Um was für Fälle handelt es sich?« Ich stellte den Koffer wieder unter den Tisch.

»Nichts Besonderes. Ich sagte Ihnen ja bereits – als Bauunternehmer steht man mit einem Fuß immer im Knast. Aber lassen Sie uns darüber reden, wenn Sie die Akten gelesen haben. Zur Feier des Tages sollten wir jetzt eine Zigarre rauchen«, schlug er vor.

»Aber nur, wenn ich bezahlen darf.«

»Gerne. Das Essen und der Wein gehen auf mich, die Zigarren auf Sie.«

Das Excelsior hatte eine Raucherlounge, und wir gönnten uns jeder eine Partagás, Robusto-Format, Serie D, No. 4. Löbig bestellte noch einen Rum dazu. Er zog an seiner Zigarre, der Rauch hüllte sein Gesicht ein, und die Wolke waberte durch den Raum, bis sie sich langsam auflöste.

»Woher kennen Sie und der Baron sich?«, fragte ich.

»Das ist schon so lange her, ich weiß es gar nicht mehr. Wir sind Geschäftspartner. Ich habe Projekte organisiert, er hat den Kontakt zu Investoren und Banken. Der Name von Westendorff kann einem Türen öffnen, die sonst verschlossen blieben.«

Löbig machte eine Pause, um an der Zigarre zu ziehen. »Der Baron hält große Stücke auf Sie. Ihnen steht eine rosige Zukunft bevor. Wenn Sie es richtig angehen.«

Ich nahm das Lob an und hörte aufmerksam zu.

»Ich spreche da aus Erfahrung. Westendorff und ich sind eine fruchtbare Symbiose eingegangen. Unsere Kapitalanleger wissen nicht, wohin mit ihrem Geld. Sie wollen etwas erschaffen, und sie wollen dazugehören, zu einem erlesenen Kreis.«

Löbig holte sein Smartphone heraus und zeigte mir Fotos von Immobilien, die er gebaut oder saniert hatte. Insgesamt gehörten zu seinem Imperium fünf Firmen. Keine der Immobilien lag unter einem Wert von zwanzig Millionen Euro. Alles darunter interessierte ihn nicht. Mehrmals betonte er, dass er aus einfachen, bürgerlichen Verhältnissen stammte. Genau wie ich hatte er als Kind seinen Vater verloren. Die Mutter musste schwer schuften, um die Familie zu ernähren. Es hatte noch zwei kleine Schwestern und eine Großmutter gegeben, und Löbig hatte sich damals schon geschworen, dass er sich aus den ärmlichen Verhältnissen befreien würde. Er hatte es geschafft. Seither war er resistent gegen Anfeindungen von Leuten, die einst auf ihn herabgesehen hatten. Löbig strahlte genau die Form von Selbstbewusstsein aus, die mir manchmal fehlte. Die

Erinnerungen an arrogante Kollegen, hochnäsige Richter und Staatsanwälte, ließen mich nicht los. Ich wusste, dass ich mich von meiner Vergangenheit frei machen musste, um so selbstsicher auftreten zu können wie er.

»Wir haben noch einen Platz frei im Boot«, sagte Löbig und riss mich aus meiner Gedankenwelt. »Aber das Schiff legt bald ab.«

»Was meinen Sie damit?«

»Ein geschlossener Immobilienfonds. Neuntausend Quadratmeter beste Bürolage in Düsseldorf. Direkt am Rhein. Der Mietpreis ist festgesetzt auf zweiundzwanzig Euro den Quadratmeter für die nächsten zehn Jahre. Die Mindesteinlage beträgt eine halbe Million Euro. Das Agio senken wir von fünf auf zwei Prozent.«

»Danke für das Angebot. Aber ich habe keine halbe Million.«

»Wer hat die schon?« Löbig lachte. »Das Geld liefert die Bank. Sie zeichnen, die Bank gewährt Ihnen einen Kredit. Sie sparen Steuern. Der Kredit ist abgesichert. Bedeutet: kein Risiko. Nur Steuerersparnis und Rendite. Das machen alle so. Reichtum nährt sich aus sich selbst heraus.«

»Und wieso ist noch ein Platz frei?«

»Wir sind ein kleiner Kreis, und es ist jemand ausgefallen, den wir nicht mehr mögen. Unser Geschäftsmodell funktioniert als Gemeinschaft. Ich muss mich auf meine Investoren verlassen können.«

»Und Sie vertrauen mir?«

»Sonst hätte ich die Vollmacht nicht unterschrieben.«

Ich fühlte mich geschmeichelt. »Und wieso ist mein Vorgänger in Ungnade gefallen?«

»Er hat die falsche Frau gevögelt. So etwas tun wir nicht untereinander. Der Typ ist raus. Er tritt von dem Vertrag zurück, sein Platz wird frei.«

Jetzt holte Löbig seinen Aktenkoffer hervor, öffnete ihn und reichte mir einen Vertragsentwurf zu dem Immobilienfonds.

»Wie lange bleibt mir Zeit, mich zu entscheiden?«

»Sagen wir Mittwoch. Ich komme zu Ihnen in die Kanzlei, dann können wir auch über meine Fälle reden.«

Einerseits war ich fasziniert von Löbigs direkter Art. Er redete über eine Investition von einer halben Million Euro, als könnte man sich das Geld eben am Geldautomaten ziehen. Auch wenn er mir weismachen wollte, dass ich kein eigenes Kapital bräuchte, weil die Bank alles über einen Kredit finanzierte, meine momentane Finanzlage ließ solche Eskapaden nicht zu. Aber es wäre taktisch unklug gewesen, sofort abzusagen. Darum lächelte ich und genoss einen intensiven Zug an meiner Zigarre.

29

Etwas benebelt vom Nikotin und Alkohol kam ich gegen halb vier zurück in die Kanzlei und überreichte Zollinger die Vollmacht unseres neuen Mandanten Werner Löbig. Sie würde heute noch die Akten bei der Staatsanwaltschaft anfordern. Zollinger reichte mir wie üblich die Unterschriftenmappe und teilte mir mit, dass mein Banker versucht hatte, mich zu erreichen.

Ich wollte gerade zu meinem Büro gehen, als ein Kurierfahrer eintraf und mit einem Karton hereinkam. Es waren Kopien von Löbigs Akten, die freundlicherweise von der Kanzlei Schmitt & Holgräf gebracht wurden. Allgemein war dies nicht üblich. Bei einem solchen Wechsel des Mandats hatte sich der neue Anwalt selbst darum zu kümmern, die Akten bei der Staatsanwaltschaft zu besorgen, was ein bis zwei Wochen dauern konnte. Aber Löbig hatte anscheinend Druck ausgeübt, und mit einem Mandanten wie ihm wollte es sich Schmitt & Holgräf auch dann nicht verscherzen, wenn er bereits gekündigt hatte. Ich quittierte den Empfang, der Bote verschwand wieder.

»Soll ich trotzdem die Akten bei der Staatsanwaltschaft anfordern?«, fragte Zollinger.

»Ja. Wir können nicht sicher sein, dass alles vollständig ist. Aber das ist schon mal ein Anfang. Machen Sie bitte auch Kopien für Frau Tewes. Ich würde mich gerne morgen früh mit ihr zusammensetzen, um über die Fälle zu reden.«

Im Büro ließ ich die Jalousien halb herunter, da die Sonne um diese Uhrzeit genau auf meinen Schreibtisch knallte. Das Telefonat mit meinem Banker, Herrn Sander, begann mit dem üblichen Small Talk. Er war wie ich ein Fan des 1. FC Köln, und wir mimten beide die Experten, die wir nicht waren. Als wir zum Geschäftlichen kamen, vernahm ich an seiner Stimme, dass irgendwas nicht in Ordnung war. Sander hatte sich meine BWA, die Gewinn- und Verlustrechnung, der letzten drei Quartale schicken lassen. Nichts Ungewöhnliches, wenn man einen Kredit in sechsstelliger Höhe hatte. Dem Banker war aufgefallen, was auch mein Steuerberater bei unserem letzten Termin zu mir gesagt hatte. Die Umsätze sahen gut aus, wir hatten viele Mandanten, aber es blieb im Schnitt zu wenig übrig. Kurz gesagt: Die Ausgaben waren zu hoch. Sander klang noch nicht wirklich besorgt, aber das würde sich ändern, wenn es so weiterging oder der Strom der Mandanten aus irgendeinem Grund nachließe. Insgeheim wartete ich darauf, dass er auf meinen Aston Martin zu sprechen käme. Aber das Thema verkniff der Banker sich, und ich wusste, warum: Autos der Kunden waren ein heikles, sehr sensibles Thema. Und der Nutzen eines Fahrzeugs ließ sich nicht immer in Zahlen abbilden. Es machte nun mal einen Unterschied, ob man bei seinem Mandanten mit einem VW Passat oder einem Aston Martin vorfuhr. Um das Gespräch nicht mit einem faden Beigeschmack zu beenden, erzählte ich ihm, warum ich eben nicht erreichbar war. Der Name Werner Löbig zeigte Wirkung. Sander gratulierte mir zu dem neuen Mandanten. Somit endete das Gespräch für beide Seiten erfreulich.

Kaum hatte ich den Hörer aufgelegt, klopfte es an der Tür. Zollinger trat ein.

»Hauptkommissar Rongen ist hier. Er möchte sie unbedingt sprechen. Es scheint sehr wichtig zu sein.«

»Soll reinkommen.«

Zollinger verschwand wieder, und Rongen betrat mein Büro. Ich erhob mich der Höflichkeit halber und deutete auf einen der Stühle für Mandanten. »Guten Abend. Nehmen Sie doch Platz.«

Rongen ignorierte meine Aufforderung. Ich ließ mich wieder in meinen Bürostuhl plumpsen, aber es fühlte sich nicht gut an, dass er auf mich herabsah. Seine Schultern wirkten aus dieser Perspektive noch breiter als sonst.

»Und? Was verschafft mir die Ehre?«

Seine Stimme klang leicht angesäuert, wie die eines Lehrers, der einen beim Abschreiben der Hausaufgaben erwischt hat.

»Haben Sie mir vielleicht irgendwas mitzuteilen?«

Er schien mal wieder zu glauben, dass ich ihm wichtige Informationen vorenthielt, aber ich war mir keiner Schuld bewusst »Nein. Was meinen Sie?« Ich deutete noch einmal auf den Stuhl. »Setzen Sie sich doch. Frau Zollinger kann uns auch einen Kaffee bringen.«

Er blieb stehen und stützte sich mit beiden Händen auf der Stuhllehne ab. »Sie haben mir den Namen Martin Steinke durchgegeben. Wieso?«

»Das habe ich doch gesagt. Er ist der Lover einer Bekannten von mir. Sie sucht nach ihm.«

»Sonst nichts?« Er sah mir in die Augen und wartete. Worauf, wusste ich nicht. Endlich sprach er es aus. »Sie sind nicht der Einzige, der nach Martin Steinke sucht.«

»Wer noch?«

»Kollegen vom Kommissariat Eins der Kriminalinspektion in Mayen. In der Eifel. Es hat dort einen Autounfall gegeben am Wochenende.« Rongen machte eine bedeutungsschwere Pause. Ich hasste es, wenn jemand in Rätseln sprach. Unter Polizisten war das eine gängige Methode, um das Gespräch in die Länge zu ziehen und auf die Reaktion des Gegenübers zu achten. Aber wir waren hier nicht bei einem Verhör, sondern in meinem Büro, in meiner Kanzlei. Ich versuchte, mir meinen Ärger nicht anmerken zu lassen, und schwieg.

»Ein Mann wurde überfahren, mit einem gestohlenen Wagen. Das Unfallopfer ist tot.«

Ich hielt es nicht mehr aus, dass er auf mich herabsah, und stand auf. »Kommen Sie endlich zur Sache.«

»Die Kollegen haben Fingerabdrücke am Lenkrad sichergestellt. Von Martin Steinke.«

»Wieso haben Sie Steinkes Fingerabdrücke gespeichert?«

»Er hat eine Vorstrafe. War an einer Erpressung beteiligt vor sechs Jahren. Damals wurde er erkennungsdienstlich behandelt.«

»Und wer ist bei dem Unfall gestorben?«

»Ein Südländer, er hatte keine Papiere bei sich. Wir konnten ihn bis jetzt noch nicht identifizieren.«

»Na ja«, sagte ich. »Der Unfall ist dann wohl die Erklärung dafür, weshalb Steinke untergetaucht ist. Er kann sich denken, dass nach ihm gefahndet wird.«

»Und was haben Sie damit zu tun? Ist er Ihr Mandant?«

»Nein. Ich ... ich habe ihm mal aus der Patsche geholfen.«

Rongen sah mich scharf an. »Geht es etwas konkreter?«

Eigentlich nicht, dachte ich. Die Bestechung eines Moskauer Richters verschwieg ich, berichtete ihm aber von der Festnahme in Moskau aus fadenscheinigen Gründen.

»Sie übernehmen also auch Fälle in Moskau?«

»Wenn es die Situation erfordert.«

»Und woher kannten Sie sich?«

»Steinke und ich? Wir sind uns nie begegnet.«

»Verstehe«, erwiderte Rongen schnippisch. »Als er in Moskau festgenommen wurde, hat Steinke sich das Branchenbuch von Köln bringen lassen, oder wie?«

Ich schwieg. Einen Moment zu lange. Rongen schlug mit der Hand auf den Tisch, dass ich zusammenzuckte. »Nun reden Sie schon. Und kommen Sie mir nicht wieder mit der Schweigepflicht.«

Rongen hatte sich durch seine Reaktion verraten. Es gab noch etwas anderes, das ihn so wütend machte, das spürte ich. Er glaubte, ich sei bereits im Bilde, und er wollte es aus meinem Mund hören. Die Geschichte mit dem Verkehrsunfall hätte er mir auch am Telefon erzählen können.

»Um was geht es hier wirklich?«, fragte ich.

»Zuerst Sie. Woher kennen Sie Steinke?«

»Ein Freund von ihm hat mich beauftragt, die Sache in Moskau zu erledigen. Dieser Freund bezahlt meine Rechnung und möchte nicht genannt werden.«

Die Antwort schien ihm zu gefallen, was er mit einem Lächeln bekundete. Rongen holte ein gebundenes Notizbüchlein aus der Jackentasche, löste das Gummiband, das es geschlossen hielt, und fing an zu blättern, bis er die richtige Seite gefunden hatte. Er murmelte vor sich hin. »LH 1453. Genau wie Sie sagten. Steinke kam letzten Mittwoch aus Moskau, wo er in der Woche davor hingeflogen ist. An einem Samstag.« Rongen sah mich wieder an.

»Ja, und?«

Er klappte sein Notizbüchlein zu, verschloss es mit dem Gummiband, steckte es in die Tasche. Es war nichts weiter als eine Verzögerungstaktik, um meine Reaktion zu testen.

»Sie wissen wirklich nicht, von wo aus der Flieger nach Moskau gestartet ist?«

»Nein. Aber Sie offensichtlich. Kommen Sie zur Sache.« Seine Gesprächsführung trieb mich in den Wahnsinn.

»Steinke ist zuerst von Köln nach Wien geflogen.«

»Wien?«

Rongen nickte. »Und von dort weiter nach Moskau. Am vorletzten Samstag. Das Paket wurde an der Poststelle am Flughafen aufgegeben. Am Samstag. Der Mädchenname von Steinkes Mutter ist Kubatschek, sein Vater heißt Helmuth. Glauben Sie da noch an einen Zufall?«

Meine Gedanken rotierten. Diese Erkenntnis musste ich erst verarbeiten. Rongen ließ mir die Zeit nicht. »Dieser Freund, der Ihre Rechnungen bezahlt, wer ist das? Hat er womöglich mit dem Mord an dem Paketboten zu tun?«

Ich schüttelte heftig den Kopf. Denn das konnte ich mir beim besten Willen nicht vorstellen: Baron von Westendorff, wie er den Auftrag erteilt haben könnte, einen Paketboten zu ermorden. Das ergab alles keinen Sinn.

»Wissen Sie inzwischen, was in dem Paket war oder gewesen sein könnte?«

»Nein.« Ich sah ihn an. »Wirklich nicht. Ich würde es Ihnen sagen.«

»Fällt mir schwer, das zu glauben.« Rongens Gesichtsausdruck war unerbittlich. Meine Gedanken spielten Pingpong zwischen rechter und linker Gehirnhälfte. Es gab etwas, das ich ihm mitteilen konnte. Ich musste es ihm sagen. »Da war eine

Zwangsversteigerung. Letzten Donnerstag, im Amtsgericht Köln. Ein Grundstück, etwa drei Hektar groß, in der Nähe des Godorfer Hafens.«

»Und?«

»Ich war dort, weil Helmuth Kubatschek ein paar Tage zuvor bei meiner Sekretärin angerufen hatte, um einen Termin zu machen. Er wollte, dass ihn ein Anwalt zu der Versteigerung begleitet.«

Rongen stampfte mit dem Fuß auf. »Und das sagen Sie mir erst jetzt?«

Ich berichtete ihm in groben Zügen, wie die Versteigerung abgelaufen war, und erwähnte auch die Brandstiftung. Er würde es selber recherchieren können. »Ich kann Ihnen nicht sagen, wie das alles zusammenhängt«, beendete ich meine Erklärung, »aber es hat etwas zu bedeuten.«

Rongen nickte. »Mit Sicherheit. Und wieder mal ist wertvolle Zeit verstrichen, in der die Mörder Zeit hatten, Spuren zu verwischen.«

»Wieder mal?«

»Sie wissen genau, was ich meine. Der Vedunja-Fall, die tote Prostituierte. Ivana. Der Mord an ihr ist immer noch nicht gelöst. Und ich weiß, dass Sie das mit zu verantworten haben.«

»Das ist Unsinn. Machen Sie Ihren Job, und ich mache meinen. Ihre moralische Überheblichkeit können Sie sich sparen.«

Wir standen uns gegenüber. Jeder wartete darauf, dass der andere etwas sagte. Den Gefallen tat ich ihm nicht. Schließlich wandte Rongen sich ab, ging zur Tür und verschwand ohne ein weiteres Wort.

Ich bewegte mich zum Fenster und schaute hinaus zum Brunnen, der seit heute in Betrieb war. Weiße Fontänen sprudelten in die Höhe und erzeugten ein monotones Plätschern, das ich nur hörte, wenn die Schallschutzfenster geöffnet waren. Es hatten sich schon ein paar Enten am Wasser eingefunden ...

Steinke war Kubatschek.

Davon musste ich ausgehen.

Steinke hatte mir das Paket geschickt, bevor er nach Moskau geflogen war. Als Baron von Westendorff mich letzten Montagmorgen anrief, war der Paketbote bereits tot. Nicht meine Russischkenntnisse waren der Grund, weshalb von Westendorff mich ausgewählt hatte. Das Anwalt-Mandanten-Verhältnis band mich an die Schweigepflicht. Werner Löbig versuchte gerade dasselbe mit mir. Dieser Gedanke ließ mich nicht mehr los. Er und der Baron könnten Mörder sein – und ich war ihr Handlanger.

30

Um neun Uhr kam ich nach Hause. Nina bereitete gerade einen Salat zu, was auch mit nur einer Hand machbar war. Um Gemüse zu schneiden, hatten wir ein Küchenbrett aus weichem Kunststoff. Mit einem Messer konnte sie zum Beispiel Tomaten darauf fixieren, um sie dann Stück für Stück in Scheiben zu schneiden. Zwiebelschälen übernahm ich. Für Mais und Thunfisch hatten wir einen elektrischen Dosenöffner, der Eisbergsalat kam heute aus der Tüte. Das Dressing mixte Nina wie ein Barkeeper locker mit einer Hand, während ich ihr von Rongens Besuch erzählte. Nina hörte auf zu schütteln, als ich ihr die neue Erkenntnis über Martin Steinke mitteilte. Sie sah mich entsetzt an. »Er hat das Paket geschickt?«

Ich nickte.

»Jetzt mal langsam, was bedeutet das?«

»Dass ich seit einer Woche verarscht werde. Löbig, der Baron ... sie spielen falsch.«

»Glaubst du, die haben den Mord an dem Paketboten in Auftrag gegeben?«

Ich zuckte mit den Schultern, wollte mich nicht zu einer klaren Aussage hinreißen lassen.

»Lebt Steinke noch? Oder haben die ihn auch ermordet?«

»Wer immer *die* sind, ich weiß es nicht. Ich hoffe, dass Steinke nur untergetaucht ist, weil die Polizei nach ihm fahndet. Er ist womöglich der Einzige, der uns sagen kann, was in dem Paket war. Du musst dich deshalb unbedingt mit Veronika treffen, sie ausquetschen.«

»Ich habe mit ihr telefoniert. Wir wollen morgen zusammen mittagessen gehen, ich fahre zu ihr nach Hause.«

»Gut. Aber sei vorsichtig, was du ihr erzählst.«

Nina verdrehte die Augen. »Ich weiß, die Schweigepflicht.«

»Nein, nicht deshalb. Wir wissen nicht, wie weit sie in die ganzen Vorgänge involviert ist.«

Nina übergoss den Salat mit Vinaigrette-Senfsoße, und wir aßen am Küchentisch. Sie überflog Löbigs Vertrag für den Immobilienfonds und schaute auf. »Du unterschreibst das hoffentlich nicht.«

»Hatte ich nicht vor.«

»Petra Wagner hat mehrere solcher geschlossenen Fonds gezeichnet. Das Ganze ist ein billiges Bauherrenmodell.«

»Billig würde ich es nicht nennen. Immerhin eine halbe Million Euro Mindesteinlage.«

»Mein Vater ist mal auf so einen Quatsch reingefallen, als er gerade Chefarzt wurde. Da hatte er keine Zeit gehabt, sich um seine Finanzen zu kümmern, und ein Makler hat ihm so was aufgeschwatzt. Es geht um Steuerersparnis, die Rendite ist hundsmiserabel. Die Einzigen, die dabei reich werden, sind Löbig und der Baron.« Sie tippte mit dem Zeigefinger auf den Vertrag. »Petra Wagner musste lange warten, bevor sie so ein Angebot bekam. Sie hat mit ihrer Firma viel Geld gemacht. Eine halbe Million zu investieren war für sie ein Klacks, aber glaubst du, das hätte jemanden interessiert?«

Ich sah sie fragend an. »Was meinst du damit?«

»Löbig und der Baron haben eine Warteliste, aber selbst

wenn du ganz oben stehst, heißt das noch nicht, dass du als Erstes drankommst. Du musst dich als würdig erweisen, wenn du zum erlauchten Kreis des Herrn Baron gehören willst.«

Nina nahm den Vertrag und warf ihn verächtlich ans andere Ende des Tisches. »Und als Petra endlich an der Reihe war, unterschrieb sie jeden Mist. Das ist das Geschäftsmodell: Eitelkeit tötet Verstand. Dabeisein ist alles.«

Ich erhob mich von meinem Stuhl, um den Vertrag an mich zu nehmen. Ich überflog ihn.

»Warum stehst du nicht auf der Warteliste und kriegst sofort so ein Angebot?« Nina gab sich die Antwort selbst. »Wenn du unterschreibst, bist du finanziell abhängig von denen. Kündigst du den Vertrag, nimmt Löbig dich in die Zange. Die wollen dich kaufen.«

Mir fiel kein Argument ein, ihr zu widersprechen. Löbig und der Baron hatten mich bereits gekauft. Ich war ihr Anwalt, der Vertrag wäre nur ein weiteres Druckmittel. Aber warum? Was steckte in dem Paket? Wovor hatten diese Leute Angst?

Heute Morgen beim Frühstück hatte ich mich noch wie ein erfolgreicher Anwalt gefühlt, der auf der Karriereleiter auf dem Weg nach oben war. Jetzt wurde mir klar, dass nur eine einzige Sprosse brechen musste und ich abstürzen würde. Meinen Ärger spülte ich mit einem Glas Wein herunter.

»Was wirst du jetzt tun?« In Ninas Stimme schwang Besorgnis mit.

»Öfter in den Rückspiegel schauen.«

31

Der Wetterbericht im Frühstücksfernsehen hatte einen sonnigen Tag versprochen. Mit vereinzelten Wolken. Stefan Berlinghausen freute das. Sonnenstrahlen auf seiner Haut weckten seine Libido. Er hielt es für kein Klischee, dass Südländer mehr Sex hatten als Deutsche oder Skandinavier. Sonne produzierte nicht nur Vitamin D, sondern brachte auch die Hormone in Wallung.

Berlinghausen stellte seinen Mercedes etwa hundert Meter von Hausnummer 57 entfernt am Straßenrand ab und stieg aus. Er sah auf seine goldene Armbanduhr, es war kurz vor zehn. Gemächlich schlenderte er über den Bürgersteig, der im Schatten lag. Eine schöne Wohngegend, fand er. Die Häuser hatten vier Etagen mit Dachgeschoss. Die meisten stammten aus der Zeit vor dem Krieg. Hier hatten keine Bomben eingeschlagen, manche Stadtviertel waren verschont geblieben. Jedes Haus hatte eine individuelle Fassade, manche mit Verzierungen. Berlinghausen taxierte die Objekte – eine Berufskrankheit, die er wohl nicht mehr los werden würde. Er sah wieder auf die Uhr, dann ging er zur Tür, schaute auf die Klingelleiste und drückte den zweiten Knopf von unten. Erst jetzt fiel ihm auf, dass die Tür nur angelehnt war. Berlinghausen trat ein, ohne auf das Surren zu warten. Langsam ging er die Stufen hoch. Das Treppenhaus sah gepflegt aus, hier wohnten anständige Mieter, dafür hatte er einen Blick. Nur eine Mieterin war nicht ganz so anständig, und das war auch gut so. Berlinghausen erreichte die zweite Etage, die Wohnungstür zur Linken war verschlossen, die rechte nur angelehnt. Er klopfte an und trat ein.

»Janina?«

Er bekam keine Antwort, hörte das Rauschen der Dusche aus dem Badezimmer. Berlinghausen schloss die Tür. Die Wohnung war klein, zwei Zimmer. Ein Wohnraum mit Küchenzeile, ein Bad, und hinter der verschlossenen Tür vermutete er das Schlafzimmer. Für einen Single-Haushalt völlig ausreichend. Wenn man es sich leisten konnte. Für die geschätzten vierzig Quadratmeter musste man auch schon an die sechshundert Euro Miete hinlegen. Berlinghausen überlegte, ob er sich bemerkbar machen sollte, entschied sich dagegen. Auf dem Wohnzimmertisch stand ein Sektkühler mit einer Flasche darin. Daneben zwei Gläser. Eins schon benutzt, Spuren von Lippenstift an dem Glas und ein kleiner Rest Sekt darin. Berlinghausen schenkte sich ein Glas ein und trank einen Schluck. Der Sekt prickelte und hatte exakt die richtige Temperatur.

An der einen Wand stand ein hellgrünes Sofa, darüber ein geschmackvolles Schwarz-Weiß-Foto, auf dem ein nackter, athletischer Männerkörper abgebildet war. Über der Armlehne des Sofas lagen Janinas Kleider. Eine Jeans, ein T-Shirt, ein dunkelroter BH und der passende Slip dazu. Berlinghausen nahm den Slip, überlegte, legte ihn wieder zu den anderen Sachen. Er nahm die getönte Brille ab und ließ sie in einem Etui verschwinden. Dann entkleidete er sich. Das Jackett, die Hose, das Poloshirt. Seinen Slip behielt er an und ging zur Badezimmertür, klopfte und machte sie auf.

»Nicht erschrecken, ich bin's.« Nebelschwaden kamen ihm entgegen, der Spiegel war beschlagen. Die Dusche rauschte.

»Janina?«

Er bekam keine Antwort. Mit einem Ruck schob er den schwarzen Duschvorhang zur Seite.

In der Badewanne war nur Wasser – das zu langsam ablief. Er drehte den Hahn ab, das Wasser war heiß. Er kippte das Fenster und ließ kühle Luft hereinströmen, die Nebelschwaden kondensierten. Jetzt sah er die Blutspuren auf dem Boden. Dicke Spritzer, die sich leuchtend rot auf den weißen Fliesen abzeichneten.

Berlinghausen stürmte aus dem Bad ins Wohnzimmer, zog sich hektisch an. Was sollte er tun? Was hatte das zu bedeuten? Er verharrte. Ganz still. War da ein Geräusch? Er zog sich weiter an, betrat den Flur und öffnete die Wohnungstür. Schon fast im Treppenhaus drehte er sich noch mal um und sah zu der verschlossenen Tür, hinter der er das Schlafzimmer vermutete. Sein Gewissen meldete sich zurück. Was, wenn sie in Not war? Er konnte nicht gehen, ohne nachzuschauen. Berlinghausen ließ die Wohnungstür vorsichtshalber offen stehen, damit ein Hilfeschrei durchs ganze Haus dringen würde. Langsam schlich er am Bad vorbei durch den Flur zu der verschlossenen Tür. Berlinghausen umfasste die Klinke. Dann öffnete er die Tür.

Für einen kurzen Moment setzte sein Herzschlag aus. Die Jalousien waren heruntergelassen, aber das Sonnenlicht fiel in Streifen auf das zerwühlte Bett. Janina lag auf dem Bauch. Sie rührte sich nicht. Sie hatte ein T-Shirt an, sonst nichts. Ihre Beine waren weit gespreizt, und er sah sofort, dass etwas in ihrem Anus steckte. Auf ihren hellen, weißen Pobacken war Blut. Auf dem Boden lag eine leere Sektflasche. Mit Blut daran.

Berlinghausen schnappte nach Luft, wollte rausrennen. Seine Knie fühlten sich weich wie Pudding an. Er besiegte den Fluchtinstinkt, machte einen Schritt auf das Bett zu. Noch einen, dann stand er vor ihr, nahm die Decke und legte sie über ihren entblößten, blutverschmierten Po, aus dem ein schwarzes Plastikteil herausragte. Berlinghausen griff nach dem Handgelenk und tastete nach dem Puls. Eine Welle der Erleichterung schoss durch seinen Körper.

Sie lebte.

Da ließ ihn ein Geräusch herumfahren. Es kam aus dem Flur. Er war nicht allein.

32

Wie immer, wenn ich morgens in die Kanzlei kam, saß Frau Zollinger schon hinter ihrem Schreibtisch. Es war mir bisher erst ein Mal gelungen, vor ihr da zu sein.

»Haben wir schon einen neuen Termin mit Herrn Probst?«

»Ja.« Sie sah auf ihren Bildschirm.

»Sagen Sie ihm ab.«

»Aha. Und warum diesmal?«

»Ich kann mir vorerst keine weiteren Mitarbeiter leisten. Sagen Sie ihm, wir behalten seine Bewerbung in der Kartei. Tut uns leid und so. Blabla.«

In dem Moment trat Julie aus ihrem Büro. Zollinger sah mich fragend an. »Geht es der Kanzlei etwa nicht gut?«

»Nein, nein, machen Sie sich keine Sorgen.«

Julie kam näher, sah mich fragend an. »Ist was passiert, das ich wissen sollte?«

»Nein. Wir müssen nur Kosten sparen. Hattest du schon Zeit, in die Akten von Werner Löbig zu schauen?«

»Ja. Das meiste ist Kleinkram, Verkehrsdelikte, ein Unfall auf einer Baustelle, bei dem jemand tödlich verletzt wurde. Nur ein Fall ist etwas heikel.«

»Okay. Lass uns reden.«

»Jetzt sofort?«

»Ja.«

Julie holte die Kopien von ihrem Schreibtisch, und wir trafen uns in meinem Büro. Sie setzte sich auf die Zweisitzercouch, ich nahm ihr gegenüber in dem Sessel Platz. Sie sah mich an.
»Sagst du mir, was los ist? Warum du Kosten sparen musst?«
»Ich hatte gestern ein Telefonat mit der Bank. Nichts Weltbewegendes. Aber ich möchte mich erst einmal nicht weiter vergrößern.«
Julies stahlblaue Augen suchten Blickkontakt. Sie hatte ein interessantes Gesicht, ihre Wangenknochen traten leicht hervor, das Gebiss wirkte etwas zu groß für ihren Mund. Die blonden Haare waren kurz geschnitten – etwas zu kurz für meinen Geschmack.
»Du würdest dir ein Gehalt und die Hälfte der Kosten sparen, wenn ich nicht als Angestellte hier arbeiten würde.«
»Ich weiß. Aber dann müsste ich auch den Gewinn mit dir teilen, oder?«
Julie grinste.
»Lass uns irgendwann darüber reden, nicht jetzt. Es gibt gerade Wichtigeres. Werner Löbig, was haben wir?«
Sie sah in ihre Kopien. »Bei dem Unfall auf der Baustelle geht es um fahrlässige Tötung. Nicht Löbig ist der Beschuldigte, sondern der Polier. Ein Fall allerdings betrifft Werner Löbig direkt, und dieser Fall bewegt sich im Bereich organisierte Kriminalität.«
Ich sah Julie ungläubig an. »Ein OK-Fall?«
Sie nickte. »Bedrohung, schwere Nötigung, vielleicht sogar Erpressung. Der Mieter eines Wohnhauses, das eine von Löbigs Firmen gekauft hatte, um es zu sanieren, wurde aus der Wohnung vertrieben. Das behauptete der Mieter zumindest.«
»Was heißt vertrieben?«, hakte ich nach.

»Angeblich sei er von Schlägern massiv bedroht worden. Die Polizei ist bei ihren Ermittlungen auf ein Dutzend weitere Vorfälle dieser Art gestoßen. Bezahlte Schläger, die bei der Räumung von Wohnungen behilflich sind.«

Ich spürte einen Krampf im Magen, der zum Glück wieder nachließ. Von organisierter Kriminalität sprach man, wenn Verbrechen unter Anwendung von Gewalt oder anderer zur Einschüchterung geeigneter Mittel von mehreren Tätern begangen wurden und klare Strukturen, wie in einem Unternehmen, zu erkennen waren. Außerdem mussten die Verbrechen mit einer gewissen Regelmäßigkeit geschehen. Bezahlte Schläger, die Mieter systematisch aus ihren Wohnungen vertrieben, konnten einen Fall organisierter Kriminalität darstellen. Solche Typen würden auch eine Scheune anzünden, wenn man es ihnen befahl. Diese Methoden passten perfekt zu dem Bild, das ich seit Rongens Besuch gestern von Werner Löbig hatte.

»Hat er eine Aussage gemacht?«

Julie schüttelte den Kopf. »Nein. Keine Einlassung, nichts.«

»Also bleibt im Moment nur abzuwarten?«

Sie nickte.

Da piepte das Telefon. Ich stand auf und ging zu meinem Schreibtisch, hob den Hörer ab.

Zollinger war dran. »Ein Anruf für Sie. Oberkommissar Sendlinger aus dem Polizeipräsidium.«

»Stellen Sie ihn durch.«

Es klickte in der Leitung.

»Nicholas Meller.«

»Polizeigewahrsamsdienst Köln, Sendlinger. Hier ist ein Mandant von Ihnen. Können Sie bitte ins Präsidium kommen?«

»Und um wen geht es?«

»Berlinghausen, Stefan.«
Der Mann von der Zwangsversteigerung.
»Was wird ihm denn vorgeworfen?«
»Vergewaltigung in Tateinheit mit gefährlicher Körperverletzung.«
»Ich bin in fünfzehn Minuten bei Ihnen.«

33

Nina war beeindruckt von der Schönberger-Villa. Der moderne Betonbau hatte von außen nur klobig und gedrungen gewirkt, innen hingegen war alles geräumig und licht. Der untere Wohnbereich bestand aus einem großen quadratischen Raum, dessen Abgrenzung nach außen fast ausschließlich Glasfronten waren. Nach Süden ging der Blick auf den lang gestreckten Garten mit Swimmingpool, der abgedeckt war. Eine Treppe, die aus Gründen der Optik kein Geländer hatte, führte in die obere Etage.

Da man von allen Seiten ins Erdgeschoss sehen konnte, umgab, wie sich das für Luxusvillen gehörte, eine hohe, von Efeu bewachsene Mauer das Grundstück. Der Efeu sollte den kalten Beton verdecken. Er verdeckte aber auch zwei Kameras, die ihre hochauflösenden Bilder an einen Tablet-Computer sendeten, dessen Besitzer sich in diesem Moment in einem Audi A6 älteren Baujahrs befand, der keine fünfzig Meter von der Villa entfernt in der Straße parkte.

Tarek hörte jedes Wort, das die beiden Frauen sprachen, und sah auf dem Bildschirm, wie Veronika die Besucherin nach oben führte, um ihr das Haus zu zeigen. Sie verschwanden aus seinem Sichtfeld. Die Mikrofone zu installieren war ein Leichtes gewesen, da heutzutage in jedem Haus Rauchmelder Pflicht waren. In denen konnte man eine Wanze gut verstecken.

Jetzt saß er in seinem Wagen und wartete darauf, dass die beiden wieder runter ins Wohnzimmer kamen. Tarek kannte die Besucherin. Nina Vonhoegen. Die Lebensgefährtin des Anwalts.

Endlich war es so weit, die Frauen kamen zurück ins Erdgeschoss. Zum Glück verzichtete Veronika auf Musik, wodurch das Gespräch der beiden deutlich zu verstehen war. Veronika bereitete sich in der Küche einen Latte macchiato zu, Nina Vonhoegen trank Tee. Sie nahmen auf der Couch Platz ...

Nina nippte an ihrem Tee und kam auf das Thema zu sprechen, weswegen sie hier war.

»Hat Martin sich inzwischen bei dir gemeldet?«

Veronika schüttelte den Kopf. »Nein. Und er kann mir auch gestohlen bleiben. Es war eine reine Sexbeziehung.«

Nina zweifelte daran. Veronikas Gleichgültigkeit wirkte gespielt, sie hatte mehr an der Trennung zu knacken, als sie zugeben wollte. »Hast du etwa schon einen Neuen bei Tinder gefunden?«

»Vielleicht«, sagte Veronika mit einem Grinsen. »Warum fragst du?«

»Nur so.«

»Und was ist mit dir?«

Nina verstand nicht. »Was meinst du?«

Veronika legte wieder dieses Grinsen auf, als ob sie mehr über Nina wüsste als sie selbst. »Du musst mir nichts vormachen. Ich spüre, dass es bei euch auch nicht mehr das Gelbe vom Ei ist. Nicholas schielt nur auf seine Karriere. Und wenn ich dich am Samstag richtig verstanden habe, macht Jura dir gar keinen Spaß, oder?«

Entweder verfügte Veronika über gute Menschenkenntnisse, oder Nina hatte am Wochenende deutlich zu viel geredet. Es wäre nicht das erste Mal, nachdem sie zu viel Champagner getrunken hatte.

»Nun sag schon«, bohrte Veronika.

Nina überlegte. Sollte sie mit ihr darüber reden? Deshalb war sie nicht hergekommen, aber es schien eine gute Möglichkeit, um Vertrauen aufzubauen.

»Es gibt da jemanden. Aber nicht wie bei dir. Keine Affäre.«

»Du planst also was Längerfristiges?«

»Er ist anders als Nicholas. Er hat, ganz nebenbei erwähnt, auch eine Behinderung. Seine rechte Hand ist missgebildet. Aber das ist nicht der Grund, weshalb wir uns verstehen.«

»Aber eine gute Basis«, erwiderte Veronika. »Ihr habt die gleichen Probleme im Alltag. Wir Nichtbehinderten können wahrscheinlich gar nicht nachvollziehen, wie das ist. Habt ihr schon miteinander geschlafen?«

Nina reagierte empört. »Nein.«

»Wie alt ist er?«

»Neunundzwanzig.«

»Auch Jurist?«

Sie nickte. »Ja, aber kein Anwalt, kein typischer Rechtsverdreher.«

»Was heißt das?«

»So ein Studium prägt einen, und ich habe mich nie wirklich wohlgefühlt an der Uni. Auch wegen der Leute da. Eigentlich hätte ich lieber was ganz anderes gemacht.«

»Was denn?«

»Chirurgin. Wie mein Vater. Chemie hat mich in der Schule auch interessiert.« Sie hob ihren Stumpf. »Aber da hat nach dem Abi jeder gesagt, das geht nicht. Also blieb am Ende nicht mehr so viel.«

Veronika sah ihr in die Augen. »Ahnt Nicholas schon was?«

Daran hatte Nina noch keinen Gedanken verschwendet. Aber es würde sein seltsames Verhalten in den letzten Tagen erklären. Nicholas wirkte angespannt. Bisher glaubte Nina, dass seine Stimmungsschwankungen mit dem Mord oder Werner Löbig zu tun hatten. Sie schüttelte den Kopf. »Ich glaube nicht. Lass uns das Thema wechseln.«

»Ist Nicholas ein guter Anwalt?«

»Ja. Ein exzellenter Strafverteidiger. Es gibt sicher viele, die mehr Ahnung von Jura haben als er, aber Nicholas kann Dinge erfassen, die anderen verborgen bleiben, weil er sich voll und ganz auf seine Mandanten einlässt.«

Veronika sah vor sich auf den Boden. Nina spürte, dass sie auf dem richtigen Weg war. »Wieso? Hast du ein Problem?«

»Ich? Nein.« Veronika stand auf und ging zur Küchenzeile, um sich noch einen Latte macchiato zu machen. Nina folgte ihr.

»Was ist mit Werner Löbig?«, fragte Veronika. »Ist er jetzt ein Mandant von Nic?«

»Eigentlich darf ich nicht über so was reden. Aber wie kommst du darauf?«

»Ich habe die beiden am Wochenende gesehen. Sie haben sich gut verstanden.«

»Ja, das stimmt.«

»Werner ist ein etwas schwieriger Mensch. Ich bin nie richtig mit ihm warm geworden.«

»Hat Lutz auch einen Fonds bei ihm gezeichnet?«

Veronika nickte. »Ja, aber da verstehe ich nichts von. Ist mir zu kompliziert.«

Die Kaffeemaschine unterbrach die Unterhaltung. »Noch einen Tee?«

Nina schüttelte den Kopf. »Du hast also keine Probleme mit dem Gesetz. Wer dann?«

»Wie kommst du darauf, dass jemand ...«

Nina schnitt ihr das Wort ab. »Weil ich nicht blöd bin. Ich spüre, wenn mir jemand was vormacht.«

»Quatsch. Ich habe einfach nur so gefragt.«

Nina sah nur eine Möglichkeit, herauszufinden, ob sie log. »Geht es zufällig um einen Unfall – mit Fahrerflucht?«

Veronikas Blick sprach Bände. Trotzdem wich sie aus. »Ich weiß wirklich nicht, wovon du redest.« Sie ging mit ihrer Tasse zur Couch zurück und machte mit einer Fernbedienung Musik an. Nina folgte ihr. »Du hast Kontakt mit Martin. Er hat sich bei dir gemeldet, oder?«

»Nein. Wie kommst du darauf?«

»Er hat einen Menschen überfahren und versteckt sich. Aber es ist noch viel mehr passiert, worüber ich nicht reden kann. Nur so viel: Sein Leben könnte davon abhängen, dass er sich bei Nicholas meldet.«

»Sein Leben?« Ihre Verblüffung wirkte nicht gespielt.

Nina nickte. »Es geht da um viel mehr, als du dir vorstellen kannst. Du solltest wirklich mit niemandem darüber reden. Nicholas ist ein guter Anwalt. Er kann Martin helfen. Sag ihm das. Er soll sich bei Nicholas melden, zu jeder Tages- oder Nachtzeit.«

Nina reichte ihr eine Visitenkarte, auf der alle wichtigen Nummern standen, auch die des Notfallhandys. Veronika nahm die Visitenkarte etwas widerwillig entgegen, schaute drauf, dann zu Nina. »Woher weißt du von dem Unfall?«

»Ich habe einen Freund bei der Polizei. Hauptkommissar Thomas Rongen. Er und Nicholas stehen in Kontakt. Martins Fingerabdrücke waren in dem Unfallfahrzeug.«

»Weißt du auch, wer überfahren wurde?«

Nina schüttelte den Kopf ...

Obwohl die Musik im Hintergrund lief, konnte Tarek jedes Wort gut verstehen. Was er gehört hatte, reichte ihm als Bestätigung. Veronika war der Schlüssel. Sie würde ihn zu dem miesen Schwein führen, der für den Tod seines Freundes verantwortlich war.

Tarek sehnte sich schon nach dem Tag der Vergeltung.

34

Stefan Berlinghausen stand unter Schock. Er reagierte kaum, als ich den Raum betrat. Vergitterte Fenster, kahle Wände, und die triste Neonbeleuchtung waren ein kleiner Vorgeschmack auf das, was die meisten, die hier saßen, in Zukunft erwartete. Erst als ich ihm gegenüber Platz nahm, blickte er auf. Berlinghausen hatte seine getönte Brille abgesetzt, die neben ihm auf dem kleinen Tisch lag.

Ich lächelte ihn aufmunternd an. »Als ich Ihnen meine Karte gegeben habe, hatte ich nicht erwartet, dass Sie so schnell Ernst machen.«

Er wirkte wie versteinert.

Ich unternahm noch einen Versuch. »Was ist passiert?«

»Ich bin in eine Falle getappt.« Jetzt sah er mich verschämt an. »Ich bin so ein Idiot.«

»Was für eine Falle?«

»Vor zwei Tagen, am Sonntag, bin ich mit einer jungen Studentin in ein Hotel gegangen. Das Übliche, nichts Besonderes.«

»Das Übliche heißt, Sie machen so etwas öfter?«

Er nickte. »Am Sonntagabend hat sie sich überraschend bei mir gemeldet. Sie sagte mir, dass sie einen Sugardaddy suche. So drückte sie sich aus. Ich sei ein netter Kunde, der netteste Kunde, den sie bisher hatte, und sie fragte, ob ich mir das vorstellen könnte.«

»Was genau?«

»Dass man sich trifft, ohne die Agentur. Eine Art bezahlte Affäre. Bei ihr. In ihrer Wohnung.«

»Und Sie sind darauf eingegangen?«

Er nickte erneut.

»Erzählen Sie weiter.«

»Sie nennt sich Janina. Ihren richtigen Namen kenne ich nicht. Sie studiert in Köln. Ich sollte sie finanzieren, eben wie ein Sugardaddy. Für tausend Euro im Monat könnte ich jede Woche ein Mal bei ihr vorbeischauen.« Er pausierte. Schloss die Augen. Offensichtlich kamen wir jetzt zum unangenehmen Part.

»Weiter.«

Er schilderte mir den Ablauf, wie er in die Wohnung gekommen war, einen Sekt getrunken hatte und Janina leblos in ihrem Schlafzimmer fand. Mit gespreizten Beinen und einem Dildo im Anus.

»Wer hat die Polizei gerufen?«

»Ich, das war ich.«

»Und das Geräusch aus dem Treppenhaus?«

»Das war eine Nachbarin, die eine Etage drüber wohnt. Sie hat gesehen, dass die Tür offen stand und ...«

Ich unterbrach ihn. »Was haben Sie den Beamten erzählt?«

»Ungefähr dasselbe wie Ihnen.«

Verdammt. Ich fluchte innerlich. Das war der schlimmste Fehler überhaupt. Man redete nicht mit der Polizei, wenn alle Verdachtsmomente gegen einen sprachen. Niemals.

Ich ließ mir meinen Ärger nicht anmerken. »Und dann?«

»Die Polizisten haben mich hierhergebracht. Ich dachte, dass sie nur meine Aussage zu Protokoll nehmen wollten. Wenn ich Janina etwas getan hätte, hätte ich doch nicht den Notarzt gerufen, oder?«

Ich nickte, obwohl sein Argument falsch war. Manche Täter bekamen kalte Füße und riefen deshalb den Notarzt. Außerdem hatte die Nachbarin ihn gesehen. »Sie sind ganz offensichtlich in eine Falle getappt.«

Er sah mich geradezu flehentlich an. »Was werden Sie jetzt unternehmen?«

»Zuerst muss ich dafür sorgen, dass wir Ihre Aussage wieder eingefangen kriegen.«

»Eingefangen?«

»Sie widerrufen. Ihre Geschichte kann man so sehen, dass Sie in eine Falle getappt sind. Man kann es aber auch so deuten, dass Sie der Frau K.-o.-Tropfen ins Glas getan haben, um sie danach zu vergewaltigen. Als sie plötzlich wie tot dalag, bekamen Sie es mit der Angst zu tun und haben den Notarzt gerufen.«

»Aber wenn Janina, oder wie immer sie heißt, aufwacht, wird sie doch die Wahrheit sagen. Dann klärt sich das doch.«

Ich schüttelte den Kopf. »K.-o.-Tropfen hinterlassen oft eine Amnesie. Wer weiß schon, an was sich die Frau noch erinnert? Außerdem – wenn es eine Falle war, vielleicht hat die junge Frau das inszeniert, um Sie zu erpressen.«

Seine Stimme war schwach. »Mit anderen Worten, ich sitze bis zum Hals in der Scheiße.«

Ich schlug die dünne Akte auf, die mir der Polizist auf dem Weg hierher überreicht hatte, und blätterte sie durch. »Die Zeugin ist noch nicht vernehmungsfähig. Der Tatbestand einer Vergewaltigung in Verbindung mit gefährlicher Körperverletzung steht im Raum. Es wurde U-Haft beantragt. Wegen der Höhe des Strafmaßes besteht in so einem Fall durchaus Fluchtgefahr. Der Richter wird dem Antrag mit hoher Wahrscheinlichkeit zustimmen. Ich beantrage so schnell wie möglich einen Haftprüfungstermin. Darüber wird aber frühestens in einigen Tagen entschieden.«

»Das heißt, ich muss ins Gefängnis?«

»Für ein paar Tage zumindest, ja.«

Berlinghausen sah mich fassungslos an.

»Haben Sie Vermögen?«

»Ja. Das Haus, in dem ich mit meiner Frau wohne, das ist abbezahlt.«

»Ich werde beantragen, dass Sie auf Kaution freikommen.«

Bevor ich weiterredete und falsche Versprechungen machte, blätterte ich noch mal in der Akte. Als ich einen bekannten Namen las, musste ich unwillkürlich grinsen. Berlinghausen hatte mich beobachtet. »Was haben Sie?«

»Die Staatsanwältin, die den Fall übernehmen wird, ist eine gute Bekannte von mir. Mit ihr kann ich reden, aber versprechen möchte ich deshalb nichts.«

Für Berlinghausen brach eine Welt zusammen. Gefängnis. So etwas hätte er sich in seinen kühnsten Träumen nicht ausmalen können. Wenn ein Normalbürger in Haft musste, war dies der blanke Horror, und die erste Glanzleistung eines Strafverteidigers bestand darin, den Status quo wiederherzustellen und ihn freizubekommen.

»Machen Sie sich keine allzu großen Sorgen. Die Wahrheit findet in der Regel immer ihren Weg ans Licht.«

Solche Phrasen halfen mitunter, aber nicht in diesem Fall. Berlinghausens Hände zitterten, er war den Tränen nahe.

Ich warf noch einen Blick in die Akte. »Was genau machen Sie beruflich?«

»Projektentwicklung. Immobilien. Ich bin Bauingenieur und als Berater tätig.«

»Haben Sie eine Idee, weshalb Ihnen jemand eine Falle stellen sollte?«

Er sah mich an. »Sie haben es doch selbst gesagt – die Frau will mich erpressen.«

»Das wäre eine Möglichkeit«, sagte ich, sah aber noch eine andere. »Warum waren Sie bei der Zwangsversteigerung?«

Berlinghausen öffnete wie in Zeitlupe den Mund. So weit hatte er noch nicht gedacht. In seinem Kopf fing es an zu arbeiten.

Ich beschleunigte den Denkprozess ein wenig. »Was hat es mit diesem Acker auf sich?«

Berlinghausen blickte auf die Tischplatte vor sich. »Ich weiß nicht, ob ich Ihnen davon erzählen soll.«

»Warum nicht?«

»Wenn Sie mit Ihrer Vermutung richtig liegen, und diese Sexfalle hat mit der Versteigerung zu tun, dann ...« Er dachte nach.

»Was dann?« Ich wurde ungeduldig.

»Dann wäre es besser für mich zu schweigen.«

Er dachte dasselbe wie ich. Die Sexfalle hatte nur einen Grund: ihn zum Schweigen zu bringen.

»Kennen Sie einen Martin Steinke?«

Berlinghausen sah mich verblüfft an. »Wie kommen Sie jetzt auf den?«

»Werner Löbig. Baron von Westendorff.« Ich schlug die Akte zu, machte Anstalten aufzustehen. »Entweder Sie reden mit mir wie mit Ihrem Anwalt, oder Sie suchen sich besser einen anderen.«

Berlinghausen seufzte, dann fing er an zu erzählen. In der

Vergangenheit waren er und Löbig bei einigen Projekten Geschäftspartner gewesen. Durch ihn hatte er auch Baron von Westendorff kennengelernt, und vor zwei Jahren gehörte Berlinghausen ebenfalls zu den Gästen auf dem Schloss in der Eifel. Dort war er Martin Steinke begegnet. Daher kannten sie sich.

»Wann haben Sie ihn das letzte Mal gesehen?«, fragte ich.

Berlinghausen holte tief Luft. »Vor etwa zwei Wochen. Martin kam zu mir, weil er meinen Rat brauchte.«

»In welcher Angelegenheit?«

Berlinghausen erzählte von seinem Zerwürfnis mit Löbig und wie es dazu gekommen war. Werner Löbig hatte bei einem Projekt die Dienste von Berlinghausen in Anspruch genommen und ihn dann ausgebootet. Er sah damals keine Chance, etwas gegen Löbig zu unternehmen, und musste die bittere Niederlage einstecken.

»Ich hasse diesen Kerl. Löbig. An dem Tag, als Martin zu mir kam, bot sich mir endlich die Gelegenheit, mich zu revanchieren.«

Ich sah ihn eindringlich an. »Wie das?«

»Steinke fragte mich nach diesem Acker, der versteigert werden sollte. Ich habe mir das im Internet angesehen und erklärte ihm, dass der Verkehrswert, den der Gutachter ermittelt hatte, eher zu hoch als zu niedrig angesetzt sei.«

»Zu hoch?« Ich verstand nicht. »Das Grundstück ist zum fünffachen Preis weggegangen.«

Er nickte und erzählte mir, dass Martin Steinke auch mit dem Landwirt gesprochen hatte und von der abgebrannten Scheune wusste. Berlinghausen sah mir in die Augen. »Martin behauptete, einen Beweis zu haben, dass Werner Löbig die Scheune dieses Bauern abgefackelt hat.«

Ich begriff.»Um an das Grundstück zu gelangen? Und was für einen Beweis?«

»Ein Mitschnitt von einem Gespräch. Steinke und Löbig, wie sie sich darüber unterhalten.«

»Haben Sie diesen Mitschnitt?«

»Nein. Leider nicht.«

»Haben Sie ihn sich angehört?«

Berlinghausen zögerte einen Moment zu lange mit der Antwort.

»Also ja«, sagte ich.

Berlinghausen nickte. »Martin hat Löbig in dem Gespräch provoziert, und der hat sich verplappert. Löbig hat die Brandstiftung in Auftrag gegeben.«

Ich musste einen Moment nachdenken, machte mir Notizen auf einem Block.

»Warum haben Sie bei der Versteigerung mitgeboten?«

»Weil ich herausfinden wollte, ob Martin recht hat. Wenn Löbig das Grundstück so wichtig ist, er es um jeden Preis haben muss, dann hat das was zu bedeuten.«

»Aber Reinicken hat nicht für Löbig gesteigert, sondern für die EKZO GmbH.«

»Ein Strohmanngeschäft. Der Firmeninhaber macht, was Löbig ihm sagt. Genauso wie Reinicken. Ihr Kollege ist ein sehr renommierter Anwalt, aber auch nur ein Handlanger.«

»Und was, wenn Sie bei der Auktion den Zuschlag aus Versehen bekommen hätten?«

Berlinghausen grinste. Zum ersten Mal. »Das wäre lustig geworden.« Dann wurde er wieder ernst. »Aber so weit kam es nicht, weil ich einen Anruf erhielt. Die Versteigerung wurde kurz unterbrochen, erinnern Sie sich?«

Allerdings. Reinicken hatte um eine Pause gebeten und war rausgegangen. Berlinghausen telefonierte ebenfalls in der Zeit. »Löbig hat mich angerufen und gesagt, ich solle aufhören mit solchen Spielchen. Sofort! Daraufhin habe ich aufgehört.«

»Sie haben nicht mit Reinicken telefoniert?«

Berlinghausen schüttelte den Kopf. »Nein. Reinicken hat bei der EKZO angerufen, die bei Löbig und Löbig bei mir.«

Ich nickte. Alles, was er sagte, klang stimmig und deckte sich mit unseren Recherchen. »Haben Sie in letzter Zeit noch mal was von Martin Steinke gehört?«

Berlinghausen schüttelte den Kopf.

»Hat er versucht, Löbig mit dieser Aufnahme zu erpressen?«

»Davon gehe ich aus. Und Löbig weiß, dass ich die Aufnahme gehört habe. Das erklärt, warum ich jetzt hier bin. Wie viele Jahre blühen mir? Fünf? Sechs?«

»Noch sind Sie nicht verurteilt.«

Berlinghausens Augen zuckten nervös, seine Stimme war zittrig, als er weitersprach. »Sie dürfen mit niemandem reden über das, was ich gesagt habe. Kein Wort zur Staatsanwaltschaft, kein Wort darüber in der Akte ... Nehmen Sie Kontakt mit Löbig auf.« Er holte tief Luft. »Sagen Sie ihm, dass ich seine Warnung verstanden habe, ich werde die Schnauze halten. Ich werde tun, was er will. Er sieht mich nie wieder. Ich habe verstanden. Richten Sie Werner Löbig das aus. Richten Sie es ihm genau so aus.«

Er wirkte verzweifelt. Deshalb nickte ich nur und erwiderte nichts darauf.

35

Als ich am frühen Abend nach Hause kam, brachte ich Essen vom Chinesen mit. Nina erzählte mir von ihrem Besuch bei Veronika. Die Frage nach dem Unfall mit Fahrerflucht hatte die gewünschte Wirkung gezeigt. Auch wenn Veronika nicht zugegeben hatte, dass sie mit Steinke in Kontakt stand, ging Nina fest davon aus. »Ich habe ihr deine Visitenkarte gegeben und auf sie eingeredet, dass er sich bei dir melden soll.«

Ich hob das Weinglas. »Ohne dich wäre ich aufgeschmissen.« Nina aß weiter, ohne auf das Kompliment einzugehen. Ich wusste, warum. Das Thema, was sie nach ihrem Staatsexamen machen würde, lag mal wieder in der Luft. Ich erzählte ihr von meinem Besuch bei Berlinghausen.

Nina hörte auf, in ihren Nudeln zu stochern, und legte die Gabel weg. »So eine Sexfalle zu inszenieren beweist ein hohes Maß an krimineller Energie.«

»Allerdings.«

»Du solltest den Fall Rongen überlassen.« Sie sprach mit großem Nachdruck. »Leg die Mandate nieder und kümmere dich wieder ums Tagesgeschäft.«

»Wenn das so einfach wäre. Ich kann Berlinghausen nicht hängen lassen.«

»Nicholas!« Nina wurde laut. »Werner Löbig ist ein brutales Dreckschwein. Ohne Skrupel. Er hat dich nur als Anwalt genommen, damit du nichts gegen ihn unternehmen kannst. Der Baron, das Wochenende in der Eifel, dieser Immobilienfonds ... das alles dient nur dem Zweck, dich gefügig zu machen.«

Ich sah Nina fragend an. »Was soll ich Rongen sagen? Wie stellst du dir das vor? Ein falsches Wort, und ich werde verklagt, wegen Parteiverrat. Verstoß gegen die Schweigepflicht. Das könnte mich meine Existenz kosten.«

Nina seufzte. »Als Strafverteidiger hat man wirklich nur mit ausgemachten Arschlöchern zu tun.«

Sie stand auf und ging mit ihrem Teller in die Küche, ließ das Essen im Mülleimer verschwinden. Den Teller beförderte sie scheppernd in die Spüle. Dann kam sie zurück. »Wenn ich mein zweites Staatsexamen habe, werde ich meinen eigenen Weg gehen. Beruflich.«

Beruflich. Zum Glück hatte sie das noch hinterhergeschoben, sonst hätte ich annehmen müssen, sie wollte unsere Beziehung beenden. Zumindest wirkte ihre Stimmung danach.

»Ich werde jedenfalls nicht Anwältin. Auf keinen Fall.«

»Gehst du in die freie Wirtschaft?«

»Nein.« Sie zögerte. »Ich bewerbe mich bei der Polizei.«

Ich glaubte, mich verhört zu haben. »Polizei?«

»Ja. Die Polizei ist eine Behörde, und die beschäftigen auch Volljuristen.«

»Ich weiß. Aber ... du hast nur einen Arm.«

»Ach, echt? Hatte ich ganz vergessen«, erwiderte sie. »Ich werde auch nicht im Polizeivollzugsdienst anfangen.«

»Und wie kommst du auf diese Idee?«

»Ich habe mich mit Rongen unterhalten. Er hat sich für mich umgehört und mir einen Kontakt hergestellt zu jemandem, der auch eine Behinderung hat. Mit ihm habe ich mich getroffen.«

Ich starrte sie an, als hätte sie mir von der Begegnung mit einem Alien erzählt. Nina hatte sich mit jemandem von der Polizei getroffen! Um über ihre Zukunft zu reden! Mir fiel ein tonnenschwerer Stein vom Herzen. »Das erklärt natürlich einiges«, murmelte ich, ohne zu überlegen.

Nina verstand nicht. »Was erklärt *was*?«

Ich zuckte zusammen. »Ach, nichts.«

»Wie hast du das gemeint – *das erklärt einiges?*« Der Unmut in ihrer Stimme war nicht zu überhören.

Mir blieb keine Wahl, ich musste es ihr beichten. Wenn Nina auf anderem Weg von der heimlichen Observation erfahren hätte, hätte das alles nur noch schlimmer gemacht.

»Nach dem Mord an dem Paketboten habe ich mir ernsthaft Sorgen gemacht, um dich, um uns. Der Täter könnte noch mal zuschlagen, dachte ich.«

»Und?«

»Ich habe Aleksandr gebeten, uns drei Tage lang beschatten zu lassen. Um zu sehen, ob uns jemand folgt. Er meinte, dass ich dir nichts sagen soll, weil wir uns normal ...«

»Beschatten?«, fiel sie mir ins Wort. »Du hast mich drei Tage lang beobachten lassen?«

»Uns! Es ging um unsere Sicherheit.«

»Aber du wusstest davon. Ich nicht.«

»Aleksandr hat gesagt ...«

»Ist mir scheißegal, was Aleksandr sagt.« Sie kochte jetzt vor Wut. »Du weißt also von Oliver?«

»Dass er Oliver heißt, wusste ich nicht. Nur, dass er auch eine Behinderung hat.«

»Hast du Fotos von uns beiden?«

Ich nickte.

Einen Moment lang sah Nina mich mit einem vernichtenden Blick an. Dann ging sie zur Wendeltreppe und verschwand nach oben. Das bedeutete nichts Gutes. Ich hörte Türen schlagen und Schranktüren klappern. Zuerst dachte ich, es sei keine gute Idee, ihr hinterherzugehen, aber dann entschied ich mich anders. Als ich ins Schlafzimmer kam, lagen einige Kleidungsstücke auf dem Bett verteilt. Und eine Sporttasche.

»Findest du das nicht etwas übertrieben?«

»Nein.« Ihr Tonfall war unerbittlich.

»Wo willst du denn hin?«

»Zu einer Freundin. In ihrer WG ist ein Zimmer frei.«

Mir wurde schwindlig. Sie meinte es ernst. Noch schlimmer, es hatte fast den Anschein, als ob sie nur auf eine Gelegenheit gewartet hatte, ihre Koffer zu packen.

»Hast du das etwa ... geplant?«

Sie hörte auf, ihre Sachen zu sortieren, und sah mich an.

»Wann hattest du vor, mich auf Oliver anzusprechen?«

»Ich hatte gehofft, dass *du* mir von ihm erzählst.«

»Ich habe dir nicht von ihm erzählt, weil ich mir noch unschlüssig war, ob ich zur Polizei gehen will. Und hätte ich dir gesagt, was ich vorhabe, hättest du wieder versucht, mich zu beeinflussen.«

»Wieder versucht? Wann habe ich dich jemals bei deiner Entscheidung beeinflusst?«

»Das ist es ja. Du merkst es noch nicht mal.« Sie äffte mich nach. »*Wenn du dein Staatsexamen hast, kommst du in meine Kanzlei. Was soll ich nur ohne dich anfangen?*« Sie funkelte mich an. »Es geht immer nur um *dich* und deine scheiß *Kanzlei*. *Deine* Karriere. *Dein* Auto. *Dein* Erfolg.«

Ich starrte Nina fassungslos an.

»Du bist blind, Nicholas. Deine Mandanten sind die größten Verbrecher. Du lässt dich mit Leuten ein, die gefährlich sind, die dir schaden, und du willst es anscheinend nicht wahrhaben. Du bist so leicht zu manipulieren, wenn es um deine scheiß Karriere geht. Du hast dich verändert, Nicholas.«

Sie fuhr fort, ihre Sachen in die Tasche zu stopfen.

Endlich fand ich die Sprache wieder. »Aber was hast du denn vor? Du willst doch nicht wirklich ausziehen! Ich meine, wie lange willst du bei dieser Freundin ...«

Nina zog den Reißverschluss der Sporttasche zu und schulterte sie. »Um ehrlich zu sein: Ich weiß es noch nicht.«

Ich blieb in der Tür stehen und versperrte Nina den Weg.

»Wage es nicht, mich aufzuhalten.« Sie wartete darauf, dass ich zur Seite trat.

»Das mit der Observation tut mir leid. Ehrlich. Ich hätte es dir nicht verschweigen dürfen. Das war ein Fehler.«

»Ein Vertrauensbruch. Aber das allein ist es nicht. Und jetzt lass mich bitte gehen.«

Ich trat zur Seite, ging nicht hinter ihr her, hörte nur, wie kurz darauf die Wohnungstür ins Schloss fiel.

Es war auf einmal furchtbar still in der Wohnung. Ich hielt es nicht lange aus, zog mir Schuhe an, nahm meine Jacke und trat vor die Haustür. Ich wusste nicht, wo ich hingehen sollte. Obwohl wir schon seit drei Monaten in der Südstadt wohnten, kannten wir kaum ein Lokal. Wir waren oft essen, mal hier, mal da, aber ich hatte keine Stammkneipe wie früher. Nirgendwo würde mich der Wirt mit Handschlag und einem Lächeln begrüßen. Ich stieg in ein Taxi und ließ mich in meine alte Heimat, nach Ehrenfeld, fahren.

Seit ich im Alter von neun Jahren aus Westsibirien nach

Köln kam, hatte ich immer in Ehrenfeld gewohnt. Warum es mich in den Süden Kölns verschlagen hatte, wusste ich selbst nicht so genau. Dahinter steckte wohl das Bedürfnis, einen Schnitt im Leben zu machen und eine neue Zukunft zu gestalten, wozu auch eine lokale Veränderung gehörte.

Ich bezahlte den Taxifahrer, stieg aus und ging auf meine ehemalige Stammkneipe, das *Shooters*, zu. Ich betrat die Kneipe und freute mich, bekannte Gesichter zu sehen. Früher war ich Mittelstürmer im »*Team Shooters*« gewesen, einer Kneipenfußballmannschaft. Nach dem letzten Turnier vor einem Jahr hatte sich das Team leider aufgelöst, und ich war nicht ganz unschuldig daran. Sven, der Wirt, kam hinter dem Tresen hervor.

»Ja, was ist das denn? Der verlorene Sohn kehrt zurück.« Sven hatte ein paar Semester Theologie studiert, bevor er seine erste Kneipe eröffnete. Er benutzte daher gerne Metaphern aus der Bibel.

Ich zog meine Jacke aus, legte sie über einen Barhocker.

»Wo hast du Nina gelassen?«, fragte Andreas, der genau so zum Inventar der Kneipe gehörte wie der Zapfhahn. »Seid ihr noch zusammen?«

»Ja. Sie ist mit einer Freundin verabredet.« Ich hatte keine Lust, mit irgendwem über meine Beziehungskrise zu reden. Obwohl Freunde und Barkeeper eigentlich dazu da waren.

»Setz dich«, sagte ein Gast, den ich noch nicht kannte. Er stellte sich als Gabor vor, war ungarischer Abstammung. Wir saßen im Halbkreis um die Theke herum. Sven zapfte ein Kölsch, stellte es vor mir hin. »Warum kommst du nicht mehr vorbei? Ist die Südstadt so weit weg, oder gibt es da bessere Läden?«

»Ganz ehrlich, ich weiß es nicht. Gehe kaum noch aus. Tut mir leid, dass ich mich rar gemacht habe, aber in der Kanzlei gibt es sehr viel zu tun.«

Da kam Hasbi aus der Küche. Er war Türke, kochte aber amerikanisch. Hamburger anstatt Döner. Jetzt hatte er Feierabend und gesellte sich zu uns.

»Siehst nicht gut aus«, sagte er. »Ein bisschen Höhensonne würde dir guttun.« Hasbi sah immer braun gebrannt aus.

»Ich kann dir billig 'ne Zehnerkarte für das Studio gegenüber besorgen«, sagte Sven.

»Welches von den Mädels vögelst du denn?«, fragte ich.

»Alle«, sagte Hasbi, bevor Sven etwas erwidern konnte, und wir lachten. Sven stellte mir schon das nächste Kölschglas hin, ich erhob es, und wir stießen an.

»Der Deckel ab jetzt geht auf mich«, sagte ich.

Sofort bestellten alle nach.

»Und bei dir? Du verdienst jetzt richtig gut Kohle?«, fragte Andreas.

Ich zuckte mit den Schultern. »Ja, aber ich habe dafür auch höhere Ausgaben.«

»Und Nina? Arbeitet sie bei dir?«

»Als Referendarin. Wie damals. Sie muss noch ihr zweites Staatsexamen machen.«

Zum Glück wurden bald andere Themen angeschnitten, und ich musste feststellen, dass ich den Geschichten meiner Freunde von damals nur schwer folgen konnte. Sie redeten über Leute, die ich nicht kannte, über Fußballspiele, die ich nicht gesehen hatte, über geplante Aktionen, an denen ich nicht teilnehmen würde. Zwischendurch schaute ein weiterer Stammgast vorbei, Ivan, ein Kroate, dessen Markenzeichen rote Jogginganzüge von Adidas waren. Ivan konnte nicht gut Fußball spielen, aber er hatte vor einem Jahr unsere Mannschaft als Fan unterstützt. Trotz seiner Frohnatur wurde meine Laune auch nicht besser. Ich trank mein viertes Kölsch aus, stand auf und wollte bezahlen.

»Hey!« Andreas protestierte. »Früher hast du nicht so schnell schlappgemacht.«

»Früher war er auch noch kein *Star-Anwalt*«, frotzelte Ivan.

»Sondern ein ganz normaler Loser wie wir«, ergänzte Sven.

Alle grölten. Ich lachte mit.

Was sollte ich zu Hause? In der leeren Wohnung. Ich bestellte noch eine Runde für alle und blieb. Um der alten Zeiten willen.

36

Erst gegen vier Uhr in der Früh hatte ich den Absprung geschafft. Mir brummte der Schädel. Auf dem Bierdeckel waren über sechzig Striche gewesen, und mindestens zwanzig Biere davon waren meine. Das Besäufnis hatte mich auf andere Gedanken gebracht. Meine Freunde von damals machten mir keine Vorwürfe, dass ich einige Zeit abgetaucht war, aber sie verschonten mich auch nicht mit Kritik. Hasbi war der Meinung, dass ich mich sehr verändert hätte – und das nicht im positiven Sinne. Sie gönnten mir meinen beruflichen Erfolg, aber je länger wir darüber redeten, desto größer wurden meine Zweifel, ob ich vor einem Jahr die richtige Entscheidung getroffen hatte. Die Kanzlei, zwei Angestellte, der Aston Martin, die neue Wohnung. Es fühlte sich auf einmal an, als ob das Leben an mir vorbeirauschte und ich nichts mehr mitbekam. Nach dem Aufstehen und der zweiten Tasse Kaffee rief ich Nina an, aber ihr Handy war ausgeschaltet. Ich sah auf die Uhr. Ich musste mich beeilen, denn ich hatte einen wichtigen Termin.

Jedes Mal, wenn ich durch die Korridore der Staatsanwaltschaft ging, war ich froh, hier nicht arbeiten zu müssen. Dass Justitia blind war, sah man an grünbraunen Bodenfliesen, die sich mit braunrotem Teppichboden abwechselten. Die Wand in einem hellen Braun gestrichen. Dunkle Holzleisten in Hüfthöhe sollten verhindern, dass die wertvolle Raufasertapete Schaden nahm – durch die analoge Kommunikationstechnik in Form von Aktenwagen, die durch die Korridore geschoben wurden.

Franka Naumann war mit ihrem Büro inzwischen vom fünften in den dritten Stock gezogen, was mir entgegenkam, da ich Fahrstühle wie immer mied. Vor ihrem Zimmer angekommen, klopfte ich an den dunkelbraunen Türrahmen und trat ein. Die Tür stand wie immer offen.

Franka lächelte zur Begrüßung. Sie saß an ihrem Schreibtisch umgeben von Aktenbergen.

»So schnell sieht man sich wieder.« Sie stand auf und reichte mir die Hand. In ihrem Reich beließen wir es bei einer förmlichen Begrüßung. Ich nahm auf dem Besucherstuhl Platz.

»Du siehst schlecht aus«, sagte sie unumwunden. »Was ist los?«

Ich überlegte, ob ich meinen Zustand mit den Kopfschmerzen erklären sollte, aber dann war es auch schon raus: »Nina ist gestern ausgezogen.«

»Ausgezogen?«

Ich nickte. »Auf unbestimmte Zeit.«

Franka schien ehrlich schockiert. »Das tut mir leid.«

»Im Moment geht einiges drunter und drüber. Lass uns über den Fall reden.«

»Ja.« Sie kramte die Akte von Berlinghausen hervor, die noch ziemlich dünn war. Die Ermittlungen hatten gerade erst begonnen.

»Ich beantrage einen Haftprüfungstermin. Mein Mandant ist ganz offensichtlich in eine Falle getappt.«

»Eine Falle?«

»Die Frau, die sich als Opfer darstellt, hat meinen Mandanten zwei Tage zuvor in einem Hotelzimmer bedient. Am Abend desselben Tages hat sie bei ihm angerufen und ihm ein Angebot gemacht. Eine Art Langzeitaffäre, ohne Beteiligung der Agentur.«

»Und er hat keinen Verdacht geschöpft?«

»Nein. Er hat offensichtlich regelmäßig Kontakt zu Prostituierten.«

Franka nickte und sah dann wieder in die Akte. »Wie auch immer. Die junge Frau kann sich bis jetzt nicht erinnern, nur dass sie mit Bellinghausen verabredet war und ihn in die Wohnung gelassen hat. Sie ist erst im Krankenhaus wieder zu sich gekommen. Was wäre deiner Meinung nach ihr Motiv: Erpressung?«

»Ja. Womöglich hat sie auch im Auftrag von jemandem gearbeitet, der meinen Mandanten erpressen will.«

»Im Auftrag? Du weißt also mehr darüber?«

»Dazu möchte ich im Moment noch nicht Stellung beziehen. Wenn wir die Fakten aktenkundig machen, hat mein Mandant keinen Spielraum mehr.«

»Was für einen Spielraum meinst du?«

Ich senkte unwillkürlich meine Stimme. »Vielleicht ist es besser für ihn zu schweigen und darauf zu hoffen, dass die junge Frau das Gedächtnis wiedererlangt und sie sich plötzlich an einvernehmlichen Sex erinnert. Und das mit den K.-o.-Tropfen, das war ein Unfall oder so.«

»Ein Unfall?«

»Ich kann dir nur sagen, dass es nicht so gelaufen ist, wie es scheint.«

»Das ist zu vage. Hier geht es um einen schweren Fall von

Vergewaltigung in Verbindung mit gefährlicher Körperverletzung.« Franka klappte die Akte zu, schob sie demonstrativ zur Seite. Sie sah mich ernst an. »Und jetzt mal unter uns. Um was geht es hier wirklich?«

Ich holte tief Luft. »Mein Mandant ist Leuten zu nahe gekommen, die mit solchen Methoden arbeiten.«

Franka nickte bedächtig. »Was macht er beruflich?«

»Immobilienberater. Projektentwickler.«

»Dass in der Immobilienbranche mit so harten Bandagen gekämpft wird, ist mir neu. Hat er dir gesagt, ob er im Besitz von irgendwelchen Geheimnissen ist?«

Berlinghausen hatte ausdrücklich von mir verlangt, nichts darüber zu sagen, und als sein Anwalt musste ich mich daran halten. Aber ich wollte ihn aus der U-Haft holen. Es kam auf die richtige Dosierung an. »Hast du von der Brandstiftung in Godorf gehört? Stand vor ein paar Monaten in der Zeitung.«

Sie schüttelte den Kopf.

»Eine Scheune. Täter unbekannt. Versicherung zahlt nicht.«

»Und was ist damit?«

»Brandstiftung halt.« Ich zuckte mit den Schultern und signalisierte ihr damit, dass ich nicht mehr sagen wollte.

Franka nahm den *Schönfelder* zur Hand, die Bibel der Juristen. Sie blätterte im Gesetzestext und fand den entsprechenden Paragrafen. Nachdem sie gelesen hatte, sah sie wieder zu mir auf. »Brandstiftung zählt zu den gemeingefährlichen Straftaten. Das Strafmaß geht von sechs Monaten bis zehn Jahre. Ist jemand bei dem Feuer ums Leben gekommen oder wurden Menschenleben gefährdet?«

Ich schüttelte den Kopf.

»Du willst mir also weismachen, dass wegen einer simplen

Brandstiftung, bei der es um eine Strafe von vielleicht sechs Monaten geht, jemand eine Sexfalle inszeniert, um deinen Mandanten zum Schweigen zu bringen?«

Natürlich hatte sie recht. Das kam mir aber erst jetzt in den Sinn. Es musste um ein größeres Geheimnis gehen. Etwas, wovor Werner Löbig richtig Angst hatte. Die Brandstiftung war eindeutig kein Grund für ein so hohes Maß an krimineller Energie. Die Erfahrung hatte mich gelehrt, dass ein Täter immer zur Tat passen musste, und hier passte das eine nicht zum anderen. Damit stellte sich eine andere Frage: Hatte Berlinghausen mir einen Teil der Wahrheit verschwiegen oder wusste er nicht mehr?

Franka schob den *Schönfelder* beiseite, schüttelte den Kopf.

»Tut mir leid. Das ist alles zu vage. Die Fakten dagegen sind eindeutig.«

»Wie wäre es mit einer hohen Kaution?«, schlug ich vor. »Berlinghausen hat Vermögen, du nennst eine Zahl.«

»Klingt nach einem Vorschlag.« Sie nickte. »Du stellst den Antrag, und wir sehen uns dann beim Haftprüfungstermin.«

Ich stand auf, um mich zu verabschieden. Wir hielten unsere Hände einen Moment länger als nötig, sahen uns in die Augen. Mein Herz fing an zu pochen. Ich wandte mich rasch ab.

»Bleibt es bei Freitag?«

»Der Haftprüfungstermin?«

»Nein. Ich meinte, dass wir essen gehen.«

Ich lächelte. »Ja. Das natürlich auch.«

»Du hast es vergessen, stimmt's?«

»Nein. Dein Mann heiratet am Freitag.«

»Mein Exmann, bitteschön.« Sie machte eine gequälte Miene.

Ich lächelte sie aufmunternd an. »Wir sehen uns Freitag. Du sagst mir, wo ich hinkommen soll.«

Ich war schon fast draußen, als sie mir nachrief: »Danke, Nicholas. Ich weiß das sehr zu schätzen.«

37

»Im Konferenzraum ist Besuch für Sie.« Zollinger stand hinter ihrem Tresen und sah mich ganz aufgeregt an.

»Rongen schon wieder?«

Sie schüttelte den Kopf und sprach leise. »Er wollte seinen Namen nicht nennen. Ein etwas unangenehmer Typ.«

»Was heißt unangenehm, riecht er schlecht?«

»Nein, das nicht. So ein Türstehertyp. Er hat mir einen richtigen Schrecken eingejagt. Ich dachte im ersten Moment, es ist der Paket-Mörder.«

»Haben Sie ihm einen Kaffee angeboten?«

»Nein. Ich hab ihn in den Konferenzraum geschickt und gesagt, er solle warten.«

Ich ließ meinen Aktenkoffer bei Zollinger stehen und ging in den Konferenzraum. Am Kopfende des Tisches saß ein Muskelpaket mit kahl rasiertem Schädel und einem Teint, der nach einer Überdosis Sonnenbank aussah. Er trug Jeans, ein schwarzweißes Camouflage-Shirt und eine Designer-Lederjacke mit einem weißen Logo auf dem rechten Ärmel: *Balenciaga*. Ich kannte die Marke, weil ich auch schon mal mit so einer Jacke geliebäugelt hatte, aber dreieinhalbtausend Euro waren mir dann doch zu viel. Er sah mich regungslos an, als ich die Tür hinter mir schloss und näher kam.

»Guten Tag, Nicholas Meller. Was kann ich für Sie tun?«

Er griff in die Innentasche seiner sündhaft teuren Lederjacke und holte einen zusammengefalteten, weißen Briefumschlag heraus, legte ihn auf den Tisch und schob ihn rüber. Ich nahm den Umschlag, schaute hinein. Darin war eine SD-Speicherkarte.

»Udo Boltkamp schickt mich. Er sagt, ich solle Ihnen das bringen und so lange bleiben, bis Sie es sich angesehen haben.«

»Dann muss ich einen Laptop holen.«

Er nickte nur.

Ich verließ den Raum, zog meinen Mantel aus und holte den Laptop aus meinem Büro. Dann kehrte ich zurück, stellte den Rechner auf den Tisch und schob die Karte in den SD-Slot. Automatisch öffnete sich das Programm zum Abspielen von Videos.

»Spulen Sie vor bis Minute achtundvierzig«, sagte mein Gast.

Ich verschob den Cursor auf der Timeline und fand die richtige Stelle. Auf dem Bild war ein Teil der Bar zu sehen, in der Udo Boltkamp die Schlägerei gehabt hatte. Die Bildqualität war mäßig, die Lichtverhältnisse schlecht. Die Theke war zu grell, der Raum dahinter lag im Dunkeln. Aber Boltkamp und sein Gegner waren deutlich zu erkennen. Sie standen sich drohend gegenüber. Offenbar hatte die Stimmung den Siedepunkt überschritten, denn jetzt ging alles sehr schnell. Für einen kurzen Moment war das Aufblitzen einer Klinge zu sehen. Ich stoppte, schob den Cursor ein Stück zurück und drückte in dem Moment auf Pause, als die Klinge aufblitzte. Der Fall war eindeutig. Der andere, Boltkamps Gegner, hielt das Messer in der Hand. Er trug Lederhandschuhe, weshalb keine Fingerabdrücke auf dem Messer zurückblieben. Ich ließ das Video weiterlaufen. Boltkamp hob drohend den Zeigefinger, sagte wahrscheinlich etwas wie: *Steck das Messer wieder ein.* Leider gab es keinen Ton. Der Gegner fuchtelte mit der Waffe herum. Ein schwerer Fehler. Boltkamp machte einen Schritt zurück, griff nach dem Barhocker. Im nächsten Moment krachte das Möbel gegen den Arm seines Gegners. Boltkamp holte erneut aus und traf ihn an der Schulter. Der Mann ging zu Boden. Man konnte jetzt nicht mehr viel sehen. Mein Mandant war im nächsten Moment über ihm und schlug erneut mit dem Barhocker zu, nochmal und nochmal. Schließlich merkte Boltkamp, dass er nur noch das eine Bein des Barhockers in der Hand hielt. Er sah auf seinen Gegner herab.

Jetzt kam der entscheidende Moment. Ich rückte etwas näher an den Bildschirm. Was würde Boltkamp machen? Noch mal zuschlagen? Nachtreten? Nein, er warf zum Glück das Stuhlbein hinter sich, ließ von dem Kerl am Boden ab und verschwand aus dem Bild. Ich stoppte das Video.

»Und?«, fragte der Mann, dessen Namen ich nicht kannte.

»Wo haben Sie die Aufnahme her?«

»Ist das wichtig?«

»Der Staatsanwalt wird es wissen wollen.«

»Die Freundin von dem Kneipenwirt, mittlerweile seine Ex, hat sich das Video unter den Nagel gerissen. Dachte, sie könnte damit ein bisschen Kohle machen. Aber dann hat sie Schiss gekriegt und die Wahrheit gebeichtet.«

»Lebt die Frau noch?«

Er nickte.

»Kann sie selbstständig essen? Hat sie noch alle Zähne im Mund?«

»Ich bin nicht ihr Zahnarzt, was weiß ich. Sie hat eine kleine

Abreibung verdient, ist doch klar, die dumme Fotze. Aber ihr geht's gut. Was soll ich Udo sagen?«

»Das Video zeigt, dass der andere das Messer hatte. Aber es zeigt auch, dass Boltkamp zugeschlagen hat, als der andere schon am Boden lag. Zum Glück kann man nicht genau sehen, ob der Gegner das Messer die ganze Zeit in der Hand hielt.«

»Was macht das für einen Unterschied?«

»Mitunter einen erheblichen. Notwehr ist erlaubt, solange die Gefahr noch nicht gebannt ist. Wenn er das Messer in der Hand hielt, bestand Gefahr und es war Notwehr. Aber das muss ich mit dem Staatsanwalt aushandeln.«

»Was soll ich Udo sagen?«

»Ich mache grundsätzlich keine Versprechungen. Aber das Video ist ein Joker. Ich glaube, dass Boltkamp nicht mehr lange in U-Haft sein wird.«

»Das klingt doch nach was.« Der Mann erhob sich von seinem Stuhl, zog den Reißverschluss der Lederjacke zu. Ich stand auch auf.

»Schöne Jacke«, sagte ich.

Er grinste selbstzufrieden. Dann schritt er an mir vorbei zur Tür.

»Moment noch.«

Er blieb stehen und drehte sich um.

»Sie haben der Frau wirklich nichts angetan?«

Sein Blick verriet, wie sehr ich ihn mit dieser Frage nervte. »Nein. Wie oft denn noch?«

»Kennen Sie einen Werner Löbig?«

Er sagte nichts, starrte mich nur an. Sein Blick wirkte bedrohlich, als wollte er sagen: *Geh nicht zu weit, Freundchen.* Auch wenn ich der Anwalt seines Bosses war, durfte ich mir nicht alles erlauben. Er antwortete mit einer Gegenfrage. »Wer soll das sein?«

»Jemand, der hin und wieder Leute wie Sie braucht, um Probleme aus der Welt zu schaffen. Er ist mein Mandant. Wenn Sie ihn kennen, dürfen Sie das ruhig sagen.«

Er machte einen Schritt auf mich zu und zischte. »Was ich sagen darf und was nicht, bestimmen nicht Sie. Ist das klar?«

Ich nickte. Es wäre besser, den Mund zu halten, dachte ich, aber meine Neugier war stärker. »Kennen Sie ihn, Werner Löbig?«

»Nein. Aber ich weiß, wen Sie meinen.« In seiner Stimme schwang so etwas wie Ablehnung mit. »Wir haben nichts mit ihm zu tun.«

»Warum nicht?«

»Es reicht«, blaffte er mich an. »Sie haben eine ziemlich große Klappe, Herr Anwalt. Sie sollten auf sich achtgeben. Vor allem im Umgang mit Werner Löbig. Er ist nicht vergleichbar mit Leuten wie Udo oder mir. Wollen Sie wissen, warum?«

Ich nickte.

»*Wir* haben einen Ehrenkodex.«

Er wendete sich ab und verschwand.

Julie übernahm dankenswerterweise den Fall Boltkamp, weil ich Werner Löbig in einer halben Stunde in meinem Büro erwartete. Sie würde sich mit dem Staatsanwalt in Verbindung setzen und ihm das Video zeigen. Ich ging davon aus, dass Udo Boltkamp spätestens morgen wieder ein freier Mann sein würde.

Während ich hinter meinem Schreibtisch saß und wie so oft aus dem Fenster starrte, dachte ich über den heutigen Tag nach. Franka hatte recht. Die Brandstiftung reichte nicht als Motiv, um eine Sexfalle zu rechtfertigen. Und was der Rocker zum Abschied gesagt hatte, beunruhigte mich umso mehr. Im Moment sah ich nur die Spitze eines Eisbergs. Neun Zehntel der Wahrheit befanden sich unter der Wasserlinie.

Ein weiterer Versuch, Nina zu erreichen, scheiterte. Ich hinterließ ihr eine Nachricht auf der Mailbox, dann legte ich das Handy weg.

Nina hatte in letzter Zeit mehrmals angedeutet, in ihrem Leben etwas Grundlegendes ändern zu wollen. Ich hatte meist nicht darauf reagiert. Außerdem war ich ein Teil ihrer traumatischen Vergangenheit. Erneut beschlich mich das Gefühl, ihre Psychologin könnte sie gegen mich aufgehetzt haben. Oder ich war genau der Egoist, den sie beschrieben hatte, der nur an seine Karriere dachte, in der Nina im Grunde keinen Platz hatte.

Das Piepen des Telefons riss mich aus meinen trüben Gedanken. Es war Zollinger, die mir mitteilte, dass Werner Löbig eingetroffen sei.

38

Löbig war in aufgeräumter Stimmung und plauderte drauflos. Wir setzten uns, er auf die Zweisitzer-Couch, ich ihm gegenüber in den Sessel. Zollinger brachte Kaffee und ein paar Kaltgetränke. Löbig musterte mein Büro, und sein Blick verharrte auf dem Bild an der Wand: Die vier »Droogs« – Alex, Piet, Georgie und Dim – aus *A Clockwork Orange,* wie sie nebeneinander an einem künstlichen See entlangmarschierten.

»Wir haben wohl einen ähnlichen Filmgeschmack«, sagte Löbig. »Ungewöhnlich, so ein Bild in einer Kanzlei.«

»Finde ich nicht. In dem Film fällt der Satz: ›Wenn der Mensch aufhört, sich zwischen Gut und Böse entscheiden zu können, hört er auf, ein Mensch zu sein.‹ Ich finde, das hat was mit meinem Beruf als Strafverteidiger zu tun.«

»Sehr passend.« Löbig nickte zustimmend. »Sehr gut, das gefällt mir.«

Der weitere Gesprächsverlauf würde ihm weniger gefallen. Ich stand auf, ging zum Schreibtisch und holte den Vertrag zu dem Immobilienfonds.

»Ich muss Ihr Angebot leider ablehnen. Danke, dass Sie an mich gedacht haben, und vielen Dank für das Vertrauen, aber ich sehe mich im Moment nicht an dem Punkt, bei so etwas mitzumachen.«

Er nahm den Vertrag und zerriss ihn in zwei Hälften.

»Noch nicht. Aber der Tag wird kommen, das garantiere ich Ihnen.«

Er schien kein bisschen enttäuscht zu sein, was mich vermuten ließ, dass dieses Angebot womöglich nur ein Test war.

Ich setzte mich wieder, und wir tranken Kaffee. Löbig erzählte mir von aktuellen Projekten. In seiner Branche war er als Generalunternehmer tätig, was bedeutete, dass er alle Bereiche eines Projektes abdecken konnte und an jeder einzelnen Phase mitverdiente. Er verriet mir das Geheimnis seines Erfolgs.

»Wissen Sie«, fing er an, »die einfachen Leute glauben, dass jemand wie ich, der ein ordentliches Vermögen erwirtschaftet hat, irgendwann an den Punkt kommen müsste, genug zu haben und aufzuhören.« Er schüttelte den Kopf. »Aber die Wahrheit ist, dass Leute wie ich nie an diesen Punkt kommen. Und wissen Sie, warum?«

Es war klar, dass er keine Antwort von mir erwartete, deshalb sah ich ihn nur fragend an.

»Ich wäre überhaupt nie an diesen Punkt gekommen, wenn ich so denken würde. Ich kann nicht aufhören, ich will es auch nicht. Und so ist es mit allen, die ein großes Vermögen aus eigener Kraft erwirtschaftet haben.« Er holte tief Luft. »Reichtum ermöglicht vieles, was einem vorher unmöglich schien, und es ergeben sich stets neue Herausforderungen. Einer Herausforderung kann ich schlecht widerstehen. Das hält mich jung, hält mich fit.« Er sah mir in die Augen. »Sie sind auch jemand, der keine Herausforderung scheut, oder?«

Eigentlich hätte ich widersprechen müssen. Im Grunde war ich ein fauler Sack, daran hatte sich durch meinen beruflichen Aufstieg nicht viel geändert. Ich genoss die paar Luxusgüter, die ich mir zurzeit leisten konnte. Aber wenn ich so viel Kohle hätte wie er, würde ich vermutlich nur noch am Strand liegen. An meinem Privatstrand, versteht sich.

Aber ich lächelte. Sollte er doch in mir sehen, wen oder was er wollte.

Löbig grinste.»Mein Vermögen reicht bis weit an mein Lebensende und darüber hinaus. Das, worum es geht, ist die Macht. Geld erzeugt Macht. Die Macht, große Projekte stemmen zu können. Dinge zu tun, von denen andere nicht einmal träumen. Die Macht, sich von niemandem reinreden zu lassen. Wir sind keine Mitläufer, Meller, keine Schafe, die dem Leithammel hinterherlaufen. Wir sind die Leittiere.«

Ich nickte nur, als würde ich zustimmen. Je mehr ich über ihn erfuhr, desto leichter würde es mir fallen, das Mandat niederzulegen.

»Ich glaube, dass Sie nicht zur Herde gehören wollen, Herr Meller. Ich glaube, dass sie den nötigen Ehrgeiz besitzen, um sich neuen Herausforderungen zu stellen. Aber alles hängt vom ersten Schritt ab. Man muss den einen großen Schritt nach vorne wagen. Nur dann steht einem die Zukunft offen.«

Jetzt klang er wie ein Motivationstrainer.»Was glauben Sie, worum ging es all den Leuten, die am Samstag in der Eifel waren?«

»Um Status.«

»Exakt. Anwälte, Unternehmer, Chefärzte, sie sind im Grunde alle gleich. Der Baron erzeugt Exklusivität, auf die ganz bestimmte Leute abfahren.« Er sah mich verschmitzt an.»Lächerlich«, fuhr er fort.»Für diese Leute ist Status alles. Nehmen wir Dr. Lutz Schönberger. Gesellschaftlich eine Nullnummer.

Dann wurde er in die Kreise des Barons eingeführt. Seither betreibt er eine Spezialklinik vom Feinsten. Wir haben ihn mit den richtigen Leuten zusammengebracht, und er unterschreibt bei mir jeden Vertrag. Eine Hand wäscht die andere.« Er sah mich an. »Und jetzt geht es um Sie, Herr Meller.«
»Ich unterschreibe den Vertrag nicht«, sagte ich gelassen.
»Deswegen habe ich den Vertrag zerrissen. Hören Sie mir zu.« Er sah mich durchdringend an. »Ich möchte gewährleisten, dass der Anwalt, der für mich tätig ist, weiß, was ich von ihm erwarte.«
Er schien geradezu auf eine Frage meinerseits zu warten. Ich tat ihm den Gefallen. »Was erwarten Sie von mir?«
»Hören Sie auf, die falschen Fragen zu stellen. Machen Sie nur Ihren Job, und Sie werden Erfolg haben. Ich meine damit: Sie werden mehr Zeit auf dem Golfplatz verbringen als im Büro. Oder spielen Sie lieber Tennis? Sie werden sich auch ein Boot leisten können. Die Arbeit erledigen andere. Es geht um Sie, Meller. Um Ihre Zukunft. Vor einem Jahr haben Sie einen Volltreffer gelandet, einen Psychopathen zur Strecke gebracht. Aber dieser Fall allein macht aus Ihnen noch keinen großen Anwalt. Publicity allein reicht nicht aus.« Er sah mich eindringlich an. »Sie haben den ersten Schritt aus eigener Kraft geschafft. Jetzt folgt Phase zwei. Sie werden Chef einer Sozietät sein, die in ganz Deutschland Topmandanten vertritt. Der Name Meller könnte zu einer Marke werden. Sogar international. Haben Sie Interesse?«

Ich nickte und sagte ohne jeden Anflug von Ironie: »Und wen muss ich dafür umbringen?«

Löbig reagierte mit einem eiskalten Blick. Er schien zu ahnen, dass ich mehr wusste, als ihm lieb sein konnte. Er sah vor

sich auf den Boden.»Niemanden. Es reicht, wenn Sie aufhören, in den Rückspiegel zu schauen. Sehen Sie nur noch nach vorne, in die Zukunft. Die Rennstrecke gehört Ihnen.«
»Was genau meinen Sie damit? Werden Sie endlich konkret.«
»Hören Sie auf, nach Martin Steinke zu suchen.«
Mir wurde flau im Magen.»Wie kommen Sie darauf, dass ich nach ihm suche?«
»Ihre Freundin war bei Veronika Schönberger. Haben die beiden vielleicht Kochrezepte ausgetauscht?«
Ich bekam feuchte Hände. Er wusste alles. Womöglich war Veronikas Haus verwanzt. Wie konnte ich nur so dumm sein? Ich hatte Nina in Gefahr gebracht. Wieder einmal.

Löbig genoss mein Schweigen. Schließlich sagte er:»Mich würde auch interessieren, was Sie mit Hauptkommissar Rongen zu schaffen haben?«

Woher wusste er von Rongen? Hatte Nina den Namen gegenüber Veronika erwähnt? Ich versuchte, selbstsicher zu klingen.»Ich kenne ihn von früher.«

Löbig seufzte theatralisch.»Was soll ich davon halten? Kann ich einem Anwalt vertrauen, der mit der Polizei zusammenarbeitet?«

»Keine Sorge. Sie genießen wie jeder Mandant den Schutz der Schweigepflicht.«

»Davon gehe ich aus. Sie genießen im Gegenzug den Schutz des Barons und meiner Wenigkeit, doch sollten Sie bei uns in Ungnade fallen, wäre das Ihr Ende, Meller. Dessen sind Sie sich hoffentlich bewusst.«

Seine gute Laune schien zurückzukehren. Mir war gar nicht nach Lachen zumute.

»Sollte Steinke sich bei Ihnen melden, rufen Sie mich an.

Wenn Hauptkommissar Rongen etwas von Ihnen will, legen Sie auf. Zeugnisverweigerungsrecht.« Er sah mich an, als wollte er überprüfen, ob ich mir alles gemerkt hatte. »Ich möchte, dass Sie *für* mich arbeiten, nicht gegen mich. Wer gegen mich arbeitet, wird seines Lebens nicht mehr froh.« Er lachte, als hätte er einen Spitzenwitz gerissen. »Denken Sie an Ihren Mandanten Berlinghausen.«

Ich starrte ihn an.

Löbig fuhr fort. »Ich kann dafür sorgen, dass alles wieder gut wird. Die Studentin hat noch nicht ausgesagt. Ihr Gedächtnis könnte jeden Tag zurückkehren, und dann erinnert sie sich vielleicht, dass es da noch einen anderen Freier gab.«

Seine Worte schnürten mir den Hals zu. Hätte mich das Paket vor zehn Tagen erreicht, hätte ich Beweise erlangt, die Löbig und dem Baron gefährlich werden konnten. Was wäre wohl mit mir passiert? Wahrscheinlich säße ich jetzt in Untersuchungshaft.

Meine Kehle fühlte sich staubtrocken an. Ich wagte nicht, ihn anzusehen. »Wenn ich für Sie arbeiten soll, sagen Sie mir, was in dem Paket war.«

»Was für ein Paket?«, fragte er irritiert. Löbig war ein schlechter Schauspieler. »Ich weiß nicht, von was Sie reden.«

Ich schloss die Augen und rang um Fassung. Dann öffnete ich sie wieder und sah ihn an. Mit leiser Stimme sagte ich: »Ich muss das Mandat leider niederlegen.«

»Wie bitte?«

»Sie haben mich verstanden. Ich vertrete Stefan Berlinghausen. Wie mir in diesem Gespräch gerade bekannt geworden ist, besteht da ein unüberbrückbarer Interessenkonflikt. Wenn ein Anwalt erkennt, dass ein Interessenkonflikt vorliegt, muss er seine Mandanten darauf hinweisen und sofort eins der Mandate niederlegen. Dies tue ich hiermit.«

Er blieb ganz ruhig. »Haben Sie mich etwa nicht verstanden?«

»Jedes Wort«, erwiderte ich.

»Kündigen Sie Berlinghausen. Und ich garantiere Ihnen, dass ihm damit mehr geholfen ist, als wenn Sie ihn weiterhin vertreten.«

»Nein.« Ich schluckte trocken. »Ich kann Sie auch aus einem anderen Grund nicht länger vertreten.«

Jetzt war er wirklich verdutzt.

»Ich werde mich nicht wegen Begünstigung strafbar machen, und ich werde nicht aktiv lügen. Wegen Begünstigung macht sich strafbar, wer nach Begehen einer Straftat dem Täter wissentlich Beistand leistet, um denselben vor der Bestrafung zu entziehen.«

»Dann sind Sie im falschen Beruf.«

»Keineswegs«, erwiderte ich. »Als Strafverteidiger bin ich Anwalt des Verbrechers, nicht des Verbrechens. Da ich nicht mehr an Ihre Unschuld glauben kann und auch nicht daran, dass Sie keine weiteren Straftaten mehr begehen werden, bin ich raus. Die Schweigepflicht bleibt davon natürlich unberührt.«

Er hob die Augenbrauen, presste die Lippen zusammen und schaute auf die halb volle Tasse vor sich. Seine Halsschlagader trat unter dem Hemdkragen hervor. Es fiel ihm sichtlich schwer, die Contenance zu bewahren. »Mein letztes Angebot, Herr Meller. Ich kann so tun, als ob dieses Gespräch nie stattgefunden hat.« Er lächelte milde. »Zugegeben, es ging alles etwas schnell mit uns beiden, wir kennen uns ja erst seit Samstag.«

»Ich brauche keine Bedenkzeit, mein Entschluss steht fest.«

»Hören Sie mir zu.« Er blieb unbeirrt von meinen Worten. »Sie haben einen Kontokorrentkredit in Höhe von zweihunderttausend Euro. Ihr Schuldenstand beträgt zum heutigen Tag einhundertneunundsechzigtausenddreihundert.«

Ich erstarrte, die Zahl stimmte.

Löbig genoss meine Reaktion. »Sie werden diesen Betrag niemals zurückzahlen können. Ohne mich.« Er grinste. »Ich weiß alles über die Leute, mit denen ich Geschäfte mache. Also – wenn die Bank von Ihnen fordert, den Kredit auszugleichen, und Sie können das nicht, folgt die Privatinsolvenz. Sieben Jahre. Aber nur, wenn Sie sich die sieben Jahre lang zu hundert Prozent an alle Vorgaben halten. Sollte das nicht so sein, dann hat die Bank einen Titel gegen Sie. Neunundzwanzig Jahre lang könnten die bei Ihnen pfänden. Wie alt sind Sie jetzt? Mitte dreißig? Als Rentner könnten Sie dann Zeitungen austragen oder Flaschen sammeln, wenn es bis dahin überhaupt noch Zeitungen oder Pfandflaschen gibt.«

Löbig erhob sich von der Couch, machte den zweitobersten Knopf seines Jacketts zu. »Auch auf die Gefahr hin, dass ich mich wiederhole. Schauen Sie nicht in den Rückspiegel, sondern nach vorne. Lassen Sie die Vergangenheit ruhen und sehen Sie in die Zukunft. Mein Angebot steht. Dieses Gespräch hat nie stattgefunden. Wir sehen uns morgen, rauchen eine Zigarre und trinken Whiskey. Dann reden wir weiter.«

Ich saß wie gelähmt in meinem Sessel. Das Rennen auf der Nordschleife hatte ich überstanden. Ob ich diese Sache heil überstehen würde, schien fraglich. Löbig verzichtete darauf, mir die Hand zu geben, er ging zur Tür.

»Lebt Steinke noch? Oder haben Sie ihn umgebracht?«

Löbig hatte die Türklinke bereits in der Hand, drehte sich nicht noch mal zu mir um. »Trauen Sie mir allen Ernstes einen Mord zu?« Löbig verschwand und schloss die Tür leise von außen.

Ich sah auf die Uhr. Keine vierundzwanzig Stunden. So lange blieb mir Zeit, meine Entscheidung zu überdenken.

Traute ich ihm einen Mord zu?

Nicht, wenn Löbig es selbst tun müsste. Nicht, wenn er selbst Hand anlegen und einem den Kehlkopf zerquetschen müsste. Dann nicht. Aber genau solche Typen waren die Schlimmsten.

39

Ich war auf dem Weg in die JVA, musste aber vorher noch etwas Dringendes erledigen. Wenn Werner Löbig es wollte, könnte er mein Leben ruinieren. Trotzdem gab es keine Alternative zu meiner Entscheidung. Ich würde einem Mörder nicht die Hand reichen und war mir mittlerweile sicher, dass Löbig und der Baron hinter den Verbrechen der letzten Tage steckten. Darüber hinaus stand ich in der Verantwortung gegenüber meinem Mandanten Stefan Berlinghausen. Löbig hatte angedeutet, dass er für Berlinghausens Freilassung sorgen könnte, aber das wäre ein Pakt mit dem Teufel gewesen. Berlinghausen wäre auf Gedeih und Verderben von Löbigs Gnade abhängig, und mir ginge es genauso. Es gab überhaupt nur eine Möglichkeit, den Fangarmen dieser Krake zu entkommen. Ich musste Löbig dort treffen, wo er verwundbar war, ihm die Macht rauben, seinen Einfluss schmälern. Auch er stand nicht über dem Gesetz. Löbig ging davon aus, dass jeder Mensch seinen Preis hatte, und oft genug war das wohl auch der Fall. Bis zu einem gewissen Punkt. Bei jedem lag die Schmerzgrenze woanders. Meine war deutlich überschritten.

Ich musste etwas finden, eine Geheimwaffe, mit der ich zum Gegenangriff übergehen konnte. Etwas, wie in dem Paket, das Martin Steinke versucht hatte, mir zu schicken. Etwas, wie die Tonaufzeichnung des Gesprächs. Etwas, womit ich Löbig in

Schach halten konnte, denn dann hätte er andere Dinge zu tun, als sich um mich zu kümmern.

Ich beschleunigte auf der Vogelsanger Straße und fuhr bei Aleksandr Sokolow auf den Hof, rollte langsam durch das geöffnete Werkstatttor und hupte mehrmals. Sokolow kam aus seinem Büro, als ich ausstieg, und sah mich fragend an.

»Was? Ist die Scheißkarre etwa kaputt?«

»Nein. Läuft tadellos. Ich möchte, dass du den Wagen auf GPS-Sender, Wanzen und was es sonst noch gibt, untersuchst.«

»Wirst du von der Polizei observiert?«

»Nein. Das dürfen die bei mir nicht.«

»Sei froh. Die verstecken ihre Sender so gut, dass noch nicht mal ich sie finde.«

Aleksandr beförderte den Aston Martin auf die Hebebühne, um ihn von unten mit einer Taschenlampe auszuleuchten. Er sah in jeden Winkel. Ich wartete gespannt, dann schaltete Sokolow die Taschenlampe aus und kam unter dem Wagen hervor.

»Nichts. Die Karre ist sauber.«

Er betätigte einen Schalter und stellte den Wagen wieder auf seine Reifen.

»Wer zum Teufel sollte dir eine Wanze oder einen Tracker verpassen?«

»Die Mörder des Paketboten. Jetzt haben sie mich ins Visier genommen.«

Aleksandr hob die Augenbrauen. »Kann ich dir helfen?«

»Hat Michail gerade viel zu tun?«

»Er hat Zeit.«

»Michail soll ein Auge auf Nina haben. Diesmal mit ihrem Einverständnis.« Ich erzählte ihm, dass sie die heimliche Observation als Vertrauensbruch empfunden hatte. Danach rief ich sie an und fragte, ob sie mit einer erneuten Überwachung einverstanden wäre. Das war sie, aber Michail sollte sich bei ihr vorstellen. Keine Geheimnisse mehr. Nina gab mir die Adresse ihrer Freundin, und ich war beruhigt. Ein wenig zumindest.

Sokolow sah mich fragend an. »Wer sind diese Mandanten?« Ich erzählte ihm von Werner Löbig.

Aleksandr nickte. »Schon mal gehört von ihm. Er hat viel Kohle, und Geld regiert die Welt. Ihn sollte man nicht zum Feind haben, mein Freund.«

Ich erwiderte nichts darauf, denn das wusste ich selbst.

»Es gibt aber Leute, die könnten auch so einem Typen vors Schienbein treten. So, dass es wehtut.«

»Dieselben Leute, die diese Prostituierte, Ivana, auf dem Gewissen haben?«

Aleksandr reagierte mit einem vielsagenden Schweigen. Ich schüttelte den Kopf. »Nein, danke. Ich regele meine Probleme selbst. Michail ist okay, ein guter Junge. Aber – mehr nicht.«

Ich setzte mich wieder hinters Steuer und startete den Motor, nickte Aleksandr zu und fuhr vom Hof.

Berlinghausen wurde in den Besuchsraum der JVA gebracht. Ich deutete zu dem Tisch mit den zwei Stühlen. Er blieb stehen, sah mich erwartungsvoll an. »Haben Sie mit ihm gesprochen?«

»Mit Löbig? Ja. Aber nicht über Sie.« Ich setzte mich auf einen der Stühle an den Tisch.

Berlinghausen sah mich erbost an. »Wieso haben Sie nicht getan, was ich Ihnen aufgetragen hatte?«

»Weil wir beide von nun an im selben Boot sitzen. Und ich habe keine Lust unterzugehen.«

»Wie meinen Sie das?« Berlinghaus setzte sich ebenfalls.

Ich zuckte mit den Schultern.»Löbig hat mir eine glänzende Karriere angeboten, aber dann hätte ich über alles hinwegsehen müssen. Was er mit Ihnen gemacht hat, mit Steinke, dem Paketboten. Und für so etwas bin ich nicht zu haben. Niemals.« Berlinghausen reagierte unerwartet schroff.»Sie hätten ihm ausrichten sollen, dass ich bereit bin, alles zu vergessen, und für immer schweigen werde.« Er sah seine Hoffnung schwinden, bald hier rauszukommen.

Ich blieb betont ruhig.»Es steht Ihnen frei, sich einen anderen Anwalt zu suchen, der mit Löbig verhandelt. Aber davon rate ich Ihnen ab.«

»Wieso? Wir lautet denn Ihr Plan?«

Ich sah ihn ernst an.»Ich habe keinen Plan. Noch nicht. So lange nicht, bis Sie mir die ganze Wahrheit gesagt haben. Und kommen Sie mir nicht mit der Brandstiftung. Deswegen veranstaltet Löbig nicht so eine Party.«

Berlinghausen schluckte.

»Wovor hat Löbig Angst? Ich glaube, Sie wissen es.« Als er meinem Blick auswich, schlug ich mit der Hand auf den Tisch. »Das Strafmaß für das Abfackeln einer Scheune wäre sechs Monate, und Löbig könnte alles abstreiten. Es geht hier um mehr. Viel, viel mehr! Was haben Sie und Steinke veranstaltet? Was war in dem Paket?«

Berlinghausen erhob sich. Er ging zum Fenster, sah hinaus.

»Entweder Sie erzählen mir jetzt alles, oder Sie richten sich hier besser häuslich ein.«

»Ich habe keine Beweise«, sagte er schließlich und wandte sich zu mir um.»Ich habe eine Vermutung. Mehr nicht. Nur eine Theorie.«

Ich deutete auf den Stuhl.»Bitte.«

Berlinghausen setzte sich erneut.

Ich sah ihn aufmunternd an. »Also, schießen Sie los. Dann werden wir sehen, ob sich Ihre Vermutung am Ende beweisen lässt.«

Berlinghausen sammelte sich einen Moment. Als er schließlich spach, klang er sehr gefasst. »Sie haben recht, die Brandstiftung ist es nicht. Es geht um ein Projekt in der Größenordnung von rund fünfhundert Millionen. Minimum.« Er zögerte. »Eine Brücke über den Rhein.«

»Die Leverkusener Brücke?«

»Nein. Eine ganz neue Brücke. Im Süden Kölns. Die Zeitungen haben darüber berichtet, vielleicht haben Sie es gelesen.«

»Nein. Klären Sie mich auf. Und fangen Sie bei Adam und Eva an. Wir haben Zeit.«

»Also. Die Verkehrsinfrastruktur rund um Köln ist an ihrer Belastungsgrenze. Mit der Erweiterung des Godorfer Hafens würde der Lkw- und Schienenverkehr noch mehr anwachsen. Es braucht daher eine weitere Brücke. Unbedingt. Und mehr als das. Es geht darum, die Autobahnen A555 linksrheinisch und die A59 rechtsrheinisch zu verbinden. Dann wären Sie von Niederkassel oder dem Flughafen in einer Viertelstunde mit dem Auto in der Innenstadt. Das Planfeststellungsverfahren läuft schon seit etlichen Jahren. Fünfhundert Millionen sind das Mindeste. Sie wissen ja, wie das bei so Großprojekten läuft, es wird immer teurer.«

»Und Löbig will diese Brücke bauen?«

Berlinghausen nickte. »Aber da gibt es viele Hürden. So ein Projekt muss europaweit ausgeschrieben werden. Darum versucht Löbig, alle Trümpfe in die Hand zu bekommen, und ich glaube, das hat er geschafft.«

»Wie denn? Bestechung?«

»Klar. Das auch, aber Bestechung kann jeder. Wenn Löbig sich etwas vornimmt, dann macht er es richtig, das muss man ihm lassen. Wenn er das Projekt kriegt, würden gut und gerne fünfzig, sechzig Millionen bei ihm hängen bleiben. Darum geht es.«

»Und wo ist jetzt der Haken?«

»Stellen Sie sich vor, da kommt so ein kleiner Schmarotzer wie Martin Steinke daher und droht, dieses Projekt platzen zu lassen. Das würde wohl erklären, warum Löbig so aggressiv reagiert, oder?«

Ich schüttelte ungläubig den Kopf. »Wie sollte Steinke so ein Mammutprojekt platzen lassen?«

»Nicht das Projekt. Aber Löbig steht vor dem Risiko, dass ihm die Felle davonschwimmen und er alles verliert. Das Projekt, sein Renommee, ein Teil seines Vermögens. Vielleicht ginge er sogar wegen Bestechung in den Knast.«

»Langsam«, warf ich ein. »Lassen Sie uns von den Informationen ausgehen, die ich habe. Welche Rolle spielt dieser Acker, der versteigert wurde?«

Berlinghausen stand wieder auf. Er ging unruhig auf und ab, während er weitersprach. »Sie müssen sich das so vorstellen – der hässliche Acker ist in Wirklichkeit die edelste Perle einer wunderschönen Halskette. Als Martin Steinke mir von der Brandstiftung und der Versteigerung erzählt hat, habe ich angefangen zu recherchieren. Ich kenne jemanden beim Katasteramt in Siegburg. Und jetzt halten Sie sich fest: Löbig hat nicht nur diesen Acker gekauft, über einen Strohmann, sondern eine ganze Reihe von Grundstücken. Wiesen, Felder, Acker, Bauland. Im Laufe der letzten zwölf Monate. Und all diese Grundstücke grenzen aneinander und bilden quasi eine Verbindungslinie zwischen den beiden Autobahnen. Doch eine Sache ist sonderbar. Schließlich weiß doch noch niemand, wo die Brücke entstehen soll. Verstehen Sie?«

Ich fing an zu begreifen.»Löbig weiß es. Er hat die Informationen gekauft.«

»Ja. Er hat die richtigen Leute bestochen, keine Frage. Aber das ist noch nicht alles. Die Verantwortlichen in der Landesregierung und beim Bundesverkehrsministerium profitieren in ganz besonderer Weise davon. Nicht nur finanziell.« Er rieb seinen Daumen und Zeigefinger aneinander.

»Wie meinen Sie das?«

Er holte tief Luft.»Werner Löbig steckt mitten in den Vorbereitungen zu einem Projekt, das es noch gar nicht gibt.«

»Ja, und?«

»Wenn die bisherigen Eigentümer der Grundstücke gewusst hätten, dass über ihr Land eine Brücke und eine Verbindungsstraße gebaut werden sollen, dann wären die Grundstückspreise längst explodiert. Mancher würde auch gar nicht verkaufen wollen. In so einem Fall könnte die Kommune ein Grundstück enteignen.«

Jetzt machte es bei mir klick.»So ein Verfahren dauert locker zwei, drei Jahre.«

Berlinghausen nickte.»Ja. Aber man kann so ein Enteignungsverfahren erst einleiten, wenn das Planfeststellungsverfahren abgeschlossen ist und der endgültige Beschluss vorliegt. Die Beschaffung der Grundstücke würde dann noch mal mindestens zwei Jahre dauern. In der Zwischenzeit werden die Verkehrsstaus rund um Köln immer länger und länger. Und jetzt kommt Löbig daher, mit einem Angebot, das man nicht ablehnen kann. Wenn er die Grundstücke organisiert und am Ende er das beste Angebot einreicht – dafür kann man ja sorgen –, dann erhält er den Zuschlag, Brücke und Straßen zu bauen, und die Realisierung des Projektes verkürzt sich um Jahre. Es darf natürlich nie einer was davon mitkriegen. Die Geheimhaltung ist das Wichtigste.«

»Und da kam Martin Steinke ins Spiel. Was genau hat er gemacht?«

Berlinghausen straffte sich. Seine Miene hellte sich auf. »Er hat Löbig erpresst. Mit einer Tonaufzeichnung, die beweist, dass Löbig die Scheune abfackeln ließ.«

Ich verstand. »Wenn die Polizei wegen der Scheune ermittelt hätte, würde man die Frage stellen, wieso Löbig so versessen auf diesen Acker ist.«

Berlinghausen nickte. »Dann würde über kurz oder lang alles auffliegen. Davor hat Löbig Angst. Deshalb hat er die Beweise und Martin Steinke beseitigen wollen. Nur leider hat dieser Vollidiot Ihnen ein Paket geschickt und Sie da mit reingezogen.«

Ich war mir auf einmal sicher, dass diese Geschichte der Wahrheit entsprach. Die Wahrheit war immer einfach und schnörkellos, ohne Ecken und Kanten. Löbig steckte mitten in den Vorbereitungen zu einem gigantischen Projekt. Martin Steinke hatte offensichtlich keine Ahnung gehabt, in was für ein Wespennest er stach. Und zwischen diesen Fronten stand ich, unfreiwillig zum Mitwisser geworden – nur weil der kleine Erpresser mir dieses verdammte Paket geschickt hatte.

Ich sah Berlinghausen fragend an. »Und dieser Acker, ist der wirklich so wichtig?«

Mein Gegenüber nickte. »Sie müssen sich nur die Landkarte

der Region anschauen. Wenn die Brücke bei Rheinkilometer 673 über den Fluss geht, würde man genau dort einen Pfeiler errichten. Für einen Brückenpfeiler bekäme man auch eine Baugenehmigung. Der kann bei Hochwasser ruhig überschwemmt werden.«

Mir kam ein Gedanke. »Glauben Sie, dass in dem Paket auch ein Beweis war für das, was Sie mir gerade erzählt haben?«

»Schwer vorstellbar, dass Steinke so viel wusste und dann noch aussagekräftige Dokumente darüber hatte. Er hat mir nur von der Tonaufzeichnung erzählt. Wenn Sie diesen Mitschnitt in die Hände bekommen, hätten wir was, das wir gegen Löbig verwenden können, oder?«

Ich sah noch eine andere Möglichkeit. »Was ist mit den anderen Grundstücken? Haben Sie vom Katasteramt eine Liste der neuen Eigentümer erhalten?«

Berlinghausen nickte und schüttelte sofort darauf den Kopf. »Wenn Sie mit diesen halbgaren Fakten zur Staatsanwaltschaft gehen, kann ich mich hier wirklich häuslich einrichten.«

Es erforderte etwas Überredungskunst, ihn von meinem Plan zu überzeugen. Die Liste der Grundstücke und deren Eigentümer könnte ein wichtiges Indiz sein, um Berlinghausens Theorie zu untermauern. Es war mehr als darauf zu hoffen, dass Steinke aus der Versenkung auftauchte oder die Tonaufzeichnung wieder zum Vorschein kam.

»Ich verstehe, dass Sie Angst haben«, sagte ich. »Aber es gibt nur diesen einen Weg, sich gegen Löbig zu stellen. Wir beide wissen bereits viel zu viel.«

Berlinghausen sah mich eine Weile an, dann nickte er schließlich. Er teilte mir den Dateinamen und den Verschlüsselungscode mit. Ich würde nur seine Sekretärin anrufen müssen, um mir den USB-Stick mit der entsprechenden Datei zu holen.

Zum Abschied gaben wir uns die Hand.

»Passen Sie gut auf sich auf«, sagte er. »Sie sind meine letzte Hoffnung.«

»Und Sie meine.«

Ich ging zur Tür und klopfte.

40

Berlinghausens Sekretärin hatte mir die Dateien auf einen USB-Stick kopiert. Das dazugehörige Passwort, um sie zu öffnen, hatte ich von ihm erhalten. Ich fuhr schneller als erlaubt durch die Innenstadt und schob mich wie ein Rennfahrer vorbei an beweglichen Hindernissen. Zwei, drei Ampeln nahm ich bei Hellrot, als mein Telefon klingelte und die Polizei dran war.

Rongen verzichtete auf Höflichkeitsfloskeln. »Meller. Wo sind Sie gerade?«

»Im Auto. Auf dem Weg ins Büro.«

»Können Sie ins Präsidium kommen?«

»Wieso? Was ist passiert?«

»Ich fühle mich genötigt, Ihnen etwas zu zeigen.«

»Sie fühlen sich genötigt?« Ich bremste ab und kam vor einer roten Ampel zum Stehen. »Wie habe ich das zu verstehen?«

»Mich würde mein schlechtes Gewissen plagen, wenn ich es nicht täte. Für den Fall, dass Ihnen etwas zustößt.«

»Wollen Sie damit sagen, ich bin in Gefahr?« Mein Blick ging instinktiv zum Rückspiegel.

»So kann man es ausdrücken, aber das sollten Sie selbst beurteilen. Kommen Sie sofort her.«

»Ich bin in zehn Minuten bei Ihnen.«

Ich schaffte es in acht.

Rongen stand hinter seinem Schreibtisch auf, als ich sein Büro betrat. Der Platz, wo seine Kollegin normalerweise saß, war leer. Wir gaben uns zur Begrüßung die Hand.

»Was wollen Sie mir zeigen?«

Er nahm den Stuhl für Besucher, stellte ihn neben seinen, sodass ich auf den Bildschirm sehen konnte.

»Wir haben das Opfer von dem Verkehrsunfall in der Eifel identifiziert.«

Rongen tippte auf eine Taste, und auf dem Monitor erschien ein Gesicht. Darunter stand ein Name: *Berisha, Kushtrim*. Der Mann sah verwegen aus, niemand, mit dem man Streit suchen sollte. Oben rechts stand das Kürzel der Behörde, von der die Datei stammte: BND.

Ich war verblüfft. »Bundesnachrichtendienst?«

»Ja. Ich habe beim BKA nachgefragt, die haben ein Amtshilfeersuchen gestellt, immerhin geht es um einen Mordfall. Die Nachrichtendienste hatten Kushtrim Berisha in den Akten, weil er früher zur UCK gehörte, die Befreiungsarmee des Kosovo. Später, nach 1999, trat er in die Nachfolgeorganisation ein, das Kosovo-Schutzkorps. Irgendwann verliert sich seine Spur, und es deutet vieles darauf hin, dass er sich mittlerweile als Söldner verdingt. Verdingt hat, jetzt ist er tot.«

»Und was hat das mit mir zu tun?«

Rongen schüttelte den Kopf. Er schien ernsthaft besorgt. »Ich weiß nicht, in was für einen Schlamassel Sie da reingeraten sind, aber Leute wie diesen Kushtrim findet man nicht an jeder Straßenecke. Den heuert man nur an, wenn es wirklich um etwas geht.«

»Sie wollen mir wieder Angst machen. Bravo, ist Ihnen gelungen. Das ändert nichts daran, dass ich nicht mehr sagen kann, als ich bisher getan habe.«

Rongen nickte. »Ja, das scheint Ihr Dilemma zu sein. Aber denken Sie vielleicht mal an sich und Ihre Gesundheit. Oder an Ihre Freundin. In so einem Fall ist man als Anwalt nicht mehr an die Schweigepflicht gebunden.«

»Das können Sie nicht beurteilen.«

»Stimmt. Kann ich nicht. Sie aber!«

Ich musste das Für und Wider abwägen, war mir unsicher, was ich ihm sagen könnte.

»Wo rekrutiert man solche Typen?«

»Angeblich gibt es in Brüssel einschlägige Etablissements, wo man solche Leute findet. Allerdings muss man für einen Kushtrim tief in die Tasche greifen. Tausend Euro Tagesgage sind das Minimum. Auf ein Nummernkonto in der Schweiz. Für einen Mord kommt eine Extraprämie dazu.«

»Wenn man so jemanden anheuert, wie wird man ihn wieder los?«

»Genau wie einen Anwalt. Man kündigt den Vertrag, zahlt die letzte Rate, und das war's. Das sind Profis. Es ist sehr schwer, solche Leute dingfest zu machen, die verstehen was von Telekommunikation. Sie benutzen Satellitentelefone und Rufumleitung, da haben selbst unsere Experten kaum eine Chance.« Er sah mir in die Augen. »Quid pro quo, Meller. Jetzt sind Sie dran. Was wissen Sie über Martin Steinke und den Inhalt des Pakets?«

»Genau so viel wie Sie. Und das entspricht leider der Wahrheit.«

Ich stand auf, Rongen blieb sitzen. »Danke, dass Sie mir von

Kushtrim erzählt haben. Ich werde mich revanchieren, so bald ich kann.«

Er sah mich fast mitleidig an.»Ich hoffe sehr, dass Ihnen nichts zustößt.«

Um kurz nach sechs betrat ich die Kanzlei. Frau Zollinger war schon nach Hause gegangen. Ich überlegte, ob ich sie anrufen sollte, um ihr den Rest der Woche freizugeben. Seit meinem Besuch bei Rongen hatte ich Angst. Diese Angst lähmte mich. Ich konnte keinen klaren Gedanken fassen.

Da ging Julies Bürotür auf, und meine Kollegin überfiel mich mit der freudigen Nachricht, dass morgen die Entlassung unseres Mandanten Udo Boltkamp bevorstand. Der Staatsanwalt hatte sich das Video angesehen und den Haftgrund aufgehoben. Julie sah mich skeptisch an, als ich keine Reaktion zeigte.

»Was ist los? Gibt es Probleme?«

Es war dringend an der Zeit, sie einzuweihen. Ich gab ihr ein Zeichen, mir in den Konferenzraum zu folgen. Wir setzten uns an den großen Tisch, und ich eröffnete das Gespräch mit einem Angebot.»Könntest du dir vorstellen, auch allein weiterzumachen?«

Sie brauchte einen Moment, um zu realisieren, was ich gesagt hatte.»Ohne dich? Wieso? Was ist passiert?«

»Ich kann es dir nicht erklären. Noch nicht. Aber ich wäre sehr beruhigt, wenn ich diese Sorge weniger hätte. Wenn ich wüsste, dass ich dich nicht mit in meinen Schlamassel hineinziehe.«

Julie machte ein klägliches Gesicht.»So schlimm?«

»Ich habe bis morgen Mittag Zeit, mir zu überlegen, ob ich das Mandat von Löbig niederlege. Wenn ich es tue, habe ich einen Feind fürs Leben. Und was das bedeutet, weiß ich inzwischen. Er hat Söldner rekrutiert, eiskalte Killer. Die haben den Paketboten ermordet und den Absender des Pakets verschwinden lassen.«

Julies Stimme war nur ein heiseres Flüstern. »Was redest du da?«

»Ich weiß nicht mehr, was ich machen soll! Morgen Mittag bin ich geliefert, wie es scheint. Morgen ist High Noon. Ich fühle mich wie Gary Cooper. Allein gegen eine Horde Gangster, die alle Maßanzüge tragen.«

Julie sah mich entsetzt an. »Scheiße. Scheiße.«

»Halt dich am besten fern von mir.«

»Aber wie konnte es denn dazu kommen?«

»Ganz einfach. Löbig hat mir sein wahres Gesicht gezeigt. Darum kann ich ihn nicht mehr vertreten. Mit dir hatte er nie Kontakt, er kennt dich nicht. Nur ich bin das Problem. Sollte mein Plan scheitern, schmeiße ich hin.«

Julie stand auf. Sie hatte das Bedürfnis, mich zu umarmen. Wir hielten uns fest, ich spürte ihren Herzschlag.

»Mach dir keine Sorgen um mich«, sagte sie. »Ich bin ein großes Mädchen. Aber überlege dir genau, was du tust.«

Ich löste mich von ihr. »Vielleicht wendet sich alles zum Guten, aber ich möchte dich da nicht mit reinziehen.«

Julie nickte. »Ich komme schon klar. Was hast du denn jetzt vor?«

»Wenn ich das wüsste … Morgen ab Mittag hat die Kanzlei auf jeden Fall Betriebsferien.«

Ich wendete mich ab, ging in mein Büro und setzte mich an den Schreibtisch. Ich steckte den USB-Stick in meinen Laptop. Ich öffnete die verschlüsselte Datei. Vor mir auf dem Bildschirm erschien die Liste der Grundstückseigentümer. Ein Name fiel mir sofort ins Auge: Dr. Lutz Schönberger.

Er hatte ein Grundstück in der Nähe der A59 erworben. Auch er war ein Strohmann. Berlinghausens Theorie schien sich zu bewahrheiten.

Meine Schonfrist endete morgen Mittag im Hotel Excelsior. Mir stand eine lange Nacht bevor.

41

»Guten Morgen.« Zollingers Stimme, in weiter Ferne. Ich versuchte vergeblich, meine Büroleiterin irgendwie in meinen Traum einzubauen. Dann fragte ich mich, was sie an meinem Bett zu suchen haben könnte. Schließlich blinzelte ich und öffnete die Augen. Zollinger stand leibhaftig vor mir, ich lag zusammengekrümmt auf der Zweisitzercouch.

Sie sah verwundert auf mich herab. »Was ist denn mit Ihnen los?«

Ich richtete mich auf. »Na ja, ich wollte wenigstens einmal vor Ihnen im Büro sein.«

Sie lachte. »Soll ich Ihnen einen Kaffee bringen?«

»Das wäre sehr nett.«

Zollinger verschwand. Ich kam auf die Beine und brachte mit ein wenig Morgengymnastik meine Lendenwirbel in die richtige Position. Auf meinem Schreibtisch lag ein auseinandergefalteter Stadtplan von Köln, den ich mir gestern Abend am Kiosk nebenan gekauft hatte. Die Grundstücke, die auf Berlinghausens Liste standen, waren rot schraffiert. Im Internet hatte ich einen Zeitungsartikel gefunden, in dem mögliche Optionen über den Verlauf der geplanten Brücke und der Verbindung zwischen den beiden Autobahnen beschrieben waren. Ein Streckenverlauf führte exakt über die Grundstücke, die Löbig über Strohmänner erworben hatte. Das konnte kein Zufall sein. Löbig wusste mehr als alle anderen, die sich für das Projekt interessierten. Ein weiteres Indiz dafür, dass Berlinghausen mit seiner Vermutung richtig lag. Das reichte aber höchstens, um Löbig auf den kleinen Zeh zu treten. Ich würde mich heute Mittag in der Hanse-Stube einfinden und ihn mit der Wahrheit konfrontieren. Ich hatte keine Ahnung, wie er reagieren würde, und mir war übel vor Angst.

Als Zollinger mir eine große Tasse schwarzen Kaffee brachte, lächelte ich sie an, um mir nichts anmerken zu lassen.

»Extrastark«, betonte sie.

»Vielen Dank.«

»Gern geschehen.« Sie musterte mich kritisch. »Bevor Sie Ihren ersten Termin haben, sollten Sie vielleicht noch mal nach Hause fahren und sich umziehen.«

»Sagen Sie alle Termine ab. Für den Rest der Woche. Begründung: Ich bin krank.«

»Muss ich lügen, oder geht es Ihnen wirklich nicht gut?«

»Verschreibt Ihr Mann auch Aufputschmittel?«

Zollinger sah mich über den Rand ihrer Brille hinweg an.

»Nein. Aber wenn Sie mal eine Nacht durchschlafen wollen, da hätte ich was.«

»Vielleicht komme ich darauf zurück. Wenn Sie alle Termine abgesagt haben, auch die von Frau Tewes, ist die Kanzlei bis Montag geschlossen. Julie weiß schon Bescheid.«

Sie sah mich ungläubig an.

»Fragen Sie nicht weiter. Es ist, wie es ist. Ich bin hier der Boss.«

Zollinger verschwand. Sie würde sich ihren Teil denken. Ich setzte mich in meinen Bürostuhl, legte die Füße auf den Schreibtisch und genoss die erste Tasse Kaffee am Morgen. Nicht lange.

Das Telefon piepte, ich hob ab. Zollinger war dran. »Ein Anrufer für Sie, der seinen Namen nicht nennen will.«

»Stellen Sie durch.«

Es klickte in der Leitung. »Nicholas Meller.«

»Guten Tag. Sind Sie der Anwalt von Werner Löbig?«

»Wer will das wissen?«

»Ist die Frage so schwer zu beantworten?«

Ich zögerte. War das ein fingierter Anruf von Löbig, um herauszufinden, wie ich mich entschieden hatte?

»Sind Sie es, ja oder nein?« Der Mann wirkte gehetzt, nervös.

»Nein. Ich habe das Mandat niedergelegt.«

»Warum?«

»Aus Gründen, über die ich als Anwalt nicht reden darf ... Herr Steinke.«

Am anderen Ende der Leitung trat Stille ein. Ich nahm die Füße vom Schreibtisch und stand auf. »Wo sind Sie?«

»An einem sicheren Ort.«

»Das ist gut. Bleiben Sie da. Ich komme zu Ihnen.«

»Nein.« Seine Stimme klang verängstigt. »Nennen Sie einen Ort, wo wir uns treffen können. Irgendwo, wo Menschen sind, aber keine Polizei und keine Kameras. Nicht am Bahnhof oder so.«

Ich überlegte. »Kennen Sie den Music Store? Das große Musikgeschäft in Kalk.«

»Wo man vorbeifährt, wenn man über die Zoobrücke kommt?«

»Genau. Es gibt da einen Wartebereich direkt neben der Warenausgabe. Ich werde dort sein, in einer halben Stunde. Wissen Sie, wie ich aussehe?«

»Ja. Ich erkenne Sie. Sollte da irgendjemand rumhängen, der

aussieht wie ein Polizist oder einer von Löbigs Leuten, werden Sie mich nie finden, das garantiere ich Ihnen. Und ich habe Ihnen was Wichtiges zu erzählen.«

»Ich komme allein. Versprochen.«

Das Gespräch war beendet. Bedächtig legte ich den Hörer auf, sah auf die Uhr. Es war kurz vor zehn. Der Music Store würde gleich öffnen. Der Treffpunkt lag nur fünfhundert Meter vom Polizeipräsidium entfernt. Wenn es die Situation erforderte, könnte ich Rongen schnell hinzuziehen.

42

Es gab einen Kaffeeautomaten. Ich warf 50 Cent ein und drückte auf die Taste für Kaffee ohne Milch und ohne Zucker. In mehreren Sitzreihen standen zwei Dutzend Ledersessel für die Kunden des Music Store, die hier ihre bezahlten Einkäufe abholten. Linker Hand warteten mehrere Leute in einer Schlange, um ihre Instrumente zur Reparatur zu bringen. Es waren ausschließlich Männer, und sie versuchten, so cool zu wirken wie echte Rockmusiker. An der Wand gegenüber befand sich ein großer Flachbildschirm, auf dem die Wartenummern angezeigt wurden. Jedes Mal, wenn eine neue Nummer aufblinkte, stand ein Kunde auf, ging zu einem Tresen, wo man bedient wurde. Ich setzte mich mit meinem Becher Kaffee in die erste Reihe und starrte auf den Bildschirm, wo gerade eine siebenstellige Nummer blinkte.

Mein zerknittertes Jackett legte ich auf den leeren Platz neben mir und trank meinen Kaffee. Von Zeit zu Zeit drehte ich mich um. Ich hatte Bilder von Martin Steinke im Internet gefunden, aber würde ich ihn auch erkennen, wenn er eine Mütze oder eine Brille trug? Ich sah auf die Uhr, es war mittlerweile kurz nach elf. Hatte er es sich anders überlegt?

Mein Handy vibrierte, ein anonymer Anrufer. »Meller.«
»Ich bin im Laden, bei den Bassgitarren.«
Ich stand auf, warf den leeren Kaffeebecher in den Müll-

eimer und betrat den Verkaufsraum im Erdgeschoss. Ich ging hinauf in die erste Etage. Die Gitarrenabteilung nahm die größte Fläche ein. Weiter hinten befanden sich die Bässe. Ich sah mich um, ein Verkäufer kam auf mich zu. »Kann ich Ihnen helfen?«

»Nein, danke. Ich schau nur.«

Er ging wieder. Ich drehte mich um. Ein Mann stand direkt hinter mir. Brille, Stirnband, eine grüne Armeejacke – wie Robert DeNiro in *Taxi Driver*.

Steinke warf nervöse Blicke nach rechts und links. »Ich wollte sichergehen, dass Sie allein kommen. Deshalb habe ich auf dem Parkplatz gewartet.«

Wir gaben uns die Hand. »Nicholas Meller. Ich habe Sie aus der Haft in Moskau geholt.«

Er sah mich verwundert an. »Wirklich?«

»Baron von Westendorff hat mich beauftragt.«

Steinke trat erschrocken einen Schritt zurück und sah sich nervös um.

»Keine Sorge. Wir sind allein.«

Steinke wirkte sichtlich nervös. »Wieso hat der Baron Sie beauftragt?«

»Ich hatte den Eindruck aus Freundschaft.«

Er schüttelte den Kopf. »Nein. Wir sind keine Freunde mehr. Die haben mich zurück nach Deutschland geholt, um mich zu foltern, um die Wahrheit aus mir herauszuholen, und dann hätten sie mich beinahe ermordet.«

»Wer?«

»Löbig und der Baron. Die haben zwei Typen angeheuert.«

Ich nickte. »Der eine von ihnen hieß Kushtrim, richtig?«

»Woher wissen Sie das?«

»Weil ich recherchiert habe. Ich gehe davon aus, dass Sie ihn nicht absichtlich überfahren haben. Und die Polizei glaubt das auch nicht. Das Beste wäre, wir steigen jetzt in meinen Wagen und fahren ins Präsidium zu Hauptkommissar Rongen. Er ist im Bilde, und er ist auf unserer Seite.«

»Woher weiß ich, auf wessen Seite Sie stehen?« Wieder sah er sich verängstigt um. Aber außer dem Verkäufer, der gelangweilt herumschlenderte, war da niemand.

»Ich bin außerdem auch der Anwalt von Stefan Berlinghausen. Er hat mir einiges erzählt. Er sitzt in Haft, weil er eine Frau vergewaltigt haben soll, aber ich glaube, er soll nur zum Schweigen gebracht werden. Glauben Sie mir, ich bin auf Ihrer Seite.«

Meine Worte zeigten Wirkung. Steinke schien sich zu beruhigen. Ich sprach weiter. »Was war in dem Paket, das sie mir geschickt haben?«

»Ein USB-Stick.«

»Und was noch?«

»Zeitungsausschnitte zu dem Scheunenbrand, ein Exposé des Grundstücks, das versteigert werden sollte, und die Ankündigung zu der Versteigerung. Ich habe den Namen Kubatschek benutzt, weil ich gehofft hatte, dass Ihre Sekretärin sich an unser Telefonat erinnert.«

»Warum sind Sie nach Moskau geflogen?«

»Ich hatte Angst, weil ich verfolgt wurde. Und die sind auch in meine Wohnung eingebrochen. Ich wollte mich verstecken und hatte ein gültiges Visum für Russland, meine Verfolger nicht. Am Flughafen in Wien bin ich auf die Idee gekommen, die Informationen, die ich gesammelt hatte, in Sicherheit zu bringen. Darum habe ich das Paket verschickt. Wenn mir etwas zugestoßen wäre, hätten Sie die Informationen gehabt.«

In mir stieg Wut auf, die ich unterdrückte. Ich hatte es also einem kleinen Erpresser zu verdanken, dass ich mit in diese Sache hineingezogen wurde. »Haben Sie noch eine Kopie von der Datei?«

Er sah sich wieder um. Der Verkäufer blickte in unsere Richtung.

»Das ist nur ein Verkäufer«, beruhigte ich ihn. »Haben Sie die Tondatei? Das Gespräch mit Löbig?«

»Woher wissen Sie davon?«

»Von Berlinghausen natürlich. Er hat es mir erzählt.«

Steinke holte kleine Kopfhörer aus der Jackentasche, stöpselte sie in sein Smartphone ein und reichte sie mir. Ich steckte sie mir ins Ohr, Steinke startete die Aufnahme. Zuerst vernahm ich das Geräusch einer Tür, die auf- und wieder zuging. Es folgten Schritte auf einem Steinboden, begleitet von Rascheln. Dann erklang Vogelgezwitscher.

Ich sah zu Steinke. »In Lindlar?«

Er nickte. »Auf der Terrasse.«

Dann ertönte Löbigs Stimme. »*Was willst du?*«

»*Mit dir reden.*«

»*Ich wüsste nicht, was wir beide miteinander zu bereden hätten.*«

»*In Godorf ist eine Scheune abgebrannt. Nicht ungefährlich, so ein Feuer, so nah an einer Raffinerie.*«

Dann war nur Vogelgezwitscher zu hören.

»*Ich weiß nicht, wovon du redest, und jetzt verzieh dich.*« Löbigs Stimme klang für einen Moment nicht mehr ganz so selbstsicher, wie ich sie kannte. Steinke hatte ins Schwarze getroffen.

»*Ich habe mit dem Landwirt gesprochen, dem die Scheune*

gehörte. Seine Versicherung zahlt nicht. Und deshalb soll jetzt ein Grundstück von ihm versteigert werden.«

Löbigs Schweigen sagte mehr als tausend Worte.

Steinke ließ nicht locker. »*Eine Brandstiftung gehört zu den gemeingefährlichen Straftaten. Dafür kann man bis zu zehn Jahre kriegen.*«

»*Jetzt hör mir mal zu, du Arschficker. Du gehst mir schon lange auf den Sack. Du verziehst dich besser. Aber pronto.*«

So ausfallend hatte ich Löbig noch nie reden gehört, er verlor offensichtlich die Kontrolle.

»*Ich habe gehört, wie du den Befehl dazu gegeben hast, diesem ›scheiß Godorfer Bauern die Scheune abzufackeln‹. Nein, du hast wörtlich gesagt: ›Dann fackelt diesem scheiß Arschloch die Scheune ab. Um den Rest kümmere ich mich.‹ Genau das hast du ins Telefon gebrüllt, hier auf dieser Terrasse. Ich weiß noch das Datum und die Uhrzeit, und die Polizei kann Telefondaten noch Monate später zurückverfolgen.*«

Jetzt war die Katze aus dem Sack. Der Tatbestand einer Erpressung war beinahe erfüllt, es fehlte nur noch eine konkrete Forderung.

»*Willst du mich erpressen, du mieser Scheißer?*«

Im Gegensatz zu Löbig blieb Steinke ziemlich cool. »*Sagen wir so: Meine Freundschaft mit dem Baron hängt an einem seidenen Faden.*«

»*Ich weiß auch warum. Du hast ihn gefragt, ob er dich adoptiert, damit du seinen Titel erbst.*« Löbig lachte. »*Du bist so ein verdammter Schmarotzer. Damit hast du den Bogen überspannt.*«

»*Und deshalb suche ich einen neuen Mäzen, der meine Kunst fördert. Du könntest mich in deiner Firma anstellen oder mir ein paar Kunstwerke abkaufen. Irgendwas. Und ich vergesse das mit der Brandstiftung.«*

Jetzt war der Tatbestand erfüllt. Eine handfeste Erpressung. Wenn es nur um die Brandstiftung gegangen wäre, hätte Löbig ihn anzeigen können, und Steinke hätte eine höhere Strafe zu erwarten gehabt als Löbig. Aber er konnte nicht zur Polizei gehen, weil Berlinghausens Theorie der Wahrheit entsprach. Löbig musste um jeden Preis verhindern, dass die Polizei wegen der Brandstiftung ermittelte. Ich wähnte mich kurz vor dem Ziel. Noch ein falsches Wort, eine Drohung, irgendwas, und ich würde den alles entscheidenden Trumpf in der Hand halten.

Aber Löbig schwieg.

Ich hörte wieder leise Schritte auf dem Steinboden, dann wurde die Tür zur Terrasse geschlossen. Löbig wollte sichergehen, dass niemand das Gespräch belauschte. Er kam zurück, die Schritte wurden lauter.

Löbig flüsterte und war kaum noch zu verstehen. *»Weißt du, wie der nächste Befehl lautet, den ich ins Telefon brülle?«*

Jetzt klang Steinke auf einmal gar nicht mehr selbstsicher. *»Wenn mir etwas zustößt, ich habe Beweise. Du hast die Scheune angezündet, weil du das Grundstück haben willst und der Bauer es nicht verkaufen wollte. Das ist seltsam, denn auf diesem Grundstück darf nicht gebaut werden, weil es sich um Überschwemmungsgebiet handelt. Was willst du damit?«*

»Ein Spekulationsobjekt«, sagte Löbig.

»Das glaubst du doch selbst nicht. Du hast Millionen auf dem Konto, und wegen einer Spekulation begehst du keine Straftat. Niemals.«

»Dann sag du mir, was ich wirklich mit dem Grundstück will. Na los, sprich es aus.«

Es wurde still. Ich hörte einen Vogel zwitschern, der einer Vogeldame imponieren wollte. Steinke schwieg. Schließlich sagte er mit unsicherer Stimme: »*Das kannst du alles dem Staatsanwalt erklären.*«

Es ertönte Rascheln, als ob Steinke sich in Bewegung setzte. Plötzlich war ein Rumpeln zu hören und dann wieder Löbigs Stimme: »*Wie viel willst du?*«

Löbig knickte ein.

»*Zuerst lässt du mich los*«, sagte Steinke. Es trat eine Pause ein, dann: »*Eine Million. In bar.*«

»*Eine Million? Du kleiner Pisser. Was willst du mit einer Million?*«

»*Die tut dir doch nicht weh.*«

Wieder Stille, dann wieder Löbig: »*Der Baron darf nichts davon wissen.*«

Steinke kicherte. »*Natürlich nicht. Das ist eine Sache nur zwischen uns. Unter guten Freunden.*«

»*Ich brauche ein bisschen Zeit, so viel Geld in cash zu besorgen. Es soll ja nicht auffallen, oder? Eine Woche.*«

»*Eine Woche geht klar. Kein Problem.*«

»*Und jetzt verzieh dich*«, zischte Löbig.

Man hörte Schritte, dann wie die Terrassentür aufging, dann nur noch Rascheln, bis die Aufnahme zu Ende war. Ich nahm die Knöpfe aus dem Ohr.

»Haben Sie Löbig diese Aufnahme vorgespielt?«

Er schüttelte den Kopf. »Nein. Ich habe ihm nur gesagt, dass ich sie habe. Am Tag darauf wurde in meine Wohnung eingebrochen. Aber ich hatte eine Kopie in der Cloud.«

»Das heißt, es gibt noch mehr Kopien?«

»Nur die eine hier. Tarek und Kushtrim haben mich gezwungen, dass ich meine Cloud lösche und alle E-Mail-Accounts, die ich hatte.«

»Tarek hieß der andere? Und wie weiter?«

»Das weiß ich nicht.«

»Tarek und Kushtrim haben Sie also verfolgt, bis nach Wien?«

»Nein. Das waren andere. So Stiernacken, Türstehertypen. Diese Folterknechte tauchten erst auf, als ich aus Moskau zurückkam.«

Ich überlegte. Die Geschichte enthielt einige Ungereimtheiten. Wieder schlenderte ein Kunde an uns vorbei, der Steinkes Aufmerksamkeit auf sich zog.

»Keine Angst, wir sind allein«, beruhigte ich ihn. »Woher stammt die Aufnahme auf Ihrem Handy, wenn Sie alles gelöscht haben?«

»Ich hatte auf Veronikas Cloud heimlich eine Kopie hochgeladen. Die habe ich mir zurücküberspielt. Veronika hat mit der Sache nichts zu tun, ich wollte sie nicht in Gefahr bringen. Sie weiß nichts von alldem.«

»Senden Sie mir die Datei.«

Wir vernetzten unsere Handys über Bluetooth, und die Daten wurden übertragen.

»Veronika weiß nicht, dass sie die Aufnahme hatte?«, fragte ich noch mal nach.

Steinke schüttelte den Kopf. »Sie weiß es nicht.«

Ich musste nachdenken. Im Eifer des Gefechts durfte ich jetzt keinen Fehler machen. Ich konnte Rongen diese Aufnahme nicht vorspielen, denn ich war immer noch, was Löbig betraf, an die Schweigepflicht gebunden. Aber Steinke könnte zur Polizei gehen.

»Ich bringe Sie zu Hauptkommissar Rongen und dem spielen Sie das vor.«

»Nein. Vergessen Sie es. Die Polizei sucht nach mir, ich gehe nicht in den Knast.« Steinke wendete sich ab und wollte gehen. Ich hielt ihn zurück, sah auf meine Armbanduhr. In zehn Minuten war ich mit Löbig verabredet. Ein Satz, den Löbig in dem Gespräch geäußert hatte, hallte in mir nach: *Der Baron darf nichts davon wissen ...*

Ich sah Steinke an. »Haben Sie, seit Sie aus Moskau zurück sind, mit dem Baron gesprochen?«

Steinke schüttelte den Kopf. »Nein. Natürlich nicht. Er steckt da auch mit drin.«

»Woher wissen Sie das?«

»Das hat Tarek gesagt.«

»Der Mann, der Sie gefoltert hat und der Sie umbringen wollte? Sie glauben ihm?«

Steinke sah mich verdutzt an.

»In der Aufnahme sagt Löbig ausdrücklich, dass der Baron nichts mitkriegen soll. Wenn von Westendorff Sie loswerden wollte, wieso hat er das nicht in Moskau erledigt?«

Steinke zuckte die Schultern. »Ich weiß nicht.«

»Wenn ich Sie verschwinden lassen wollte, hätte ich Sie nicht nach Deutschland zurückgeholt. In Moskau wäre das viel einfacher gewesen. Wenn der Baron von alldem nichts weiß, könnte er unsere Rettung sein.«

»Unsere Rettung?«

»Ja. Dank Ihnen steckt auch mein Kopf in der Schlinge. Der Baron muss davon erfahren, was sein Geschäftspartner sonst noch so treibt. Wir fahren jetzt nach Lindlar.«

»Was, wenn Sie sich irren? Fahren Sie allein dahin!«

»Sie kommen mit. Wir spielen Westendorff die Datei vor. Und Sie erzählen ihm, was passiert ist.«

Steinke zweifelte noch immer, aber ich war nicht in der Stimmung, auf seine Befindlichkeiten Rücksicht zu nehmen. Ich packte ihn am Arm und zog ihn hinter mir her, bis er sich losriss und mir freiwillig hinaus auf den Parkplatz folgte.

43

Als wir uns dem Landhaus des Barons näherten, hatte die Sonne fast ihren Zenit erreicht. Es war warm geworden, und ich hatte das Verdeck geöffnet. Mein Handy hatte mehrmals während der Fahrt vibriert. Löbig. Ich stellte mir vor, wie er allein an einem großen Tisch in der Hanse-Stube saß, seinen Riesling trank und vor Wut langsam zu kochen begann. Sollte ich diese Wut jemals zu spüren bekommen, wäre es vorbei mit mir. Dann könnte ich nur noch auswandern.

Das Tor zur Einfahrt stand offen. Ich hielt direkt vor der Freitreppe und machte den Motor aus. Dann nahm ich mein Handy ans Ohr, wählte die erste Nummer auf meiner Telefonliste. Rongen nahm ab.

»Meller hier. Ich bin bei einem Mandanten in Lindlar, Baron von Westendorff, und werde Ihnen gleich meinen Standort senden. Sollte ich Sie noch mal anrufen und nichts sagen, handelt es sich um einen akuten Notfall.«

Stille am anderen Ende der Leitung. Dann: »Und wenn Sie nicht anrufen?«

»Ich hoffe, dass ich Ihnen bald neue Erkenntnisse liefern kann.«

»Viel Erfolg.«

»Danke.«

Ich sendete ihm meinen Standort per SMS. Dann stiegen wir

aus, gingen die Freitreppe hinauf zur Haustür. Bei meinem ersten Besuch war der Hausangestellte mir entgegengekommen, um mein Auto auf den Parkplatz zu fahren. Diesmal erschien niemand. Es war still, abgesehen von den Geräuschen der Natur. Das Haus wirkte verlassen.

Ich klingelte, und wir warteten. Es dauerte ein paar Minuten. Ich überlegte, was wir machen sollten, da öffnete sich die Tür, und Baron von Westendorff stand vor uns. Er sah Steinke und war sichtlich verblüfft. »Martin? Das nenne ich mal eine Überraschung.«

»Wo sind Ihre Hausangestellten?«, fragte ich.

»Maike hat heute ihren freien Tag. Sandor musste weg, weil Eberhard auf dem Weg hierher mit seinem Wagen liegen geblieben ist. Er fährt einen Oldtimer.« Von Westendorff sah zu Steinke. »Du siehst schrecklich aus.«

Er nickte. »Ich weiß. Es ist viel passiert.«

»Deshalb sind wir hier«, sagte ich. »Wir müssen dringend mit Ihnen reden. Dürfen wir reinkommen?«

Der Baron trat einen Schritt zurück und schloss die Tür, nachdem wir eingetreten waren. Er deutete zum Salon, und wir gingen vor.

»Bist du aus der Klinik abgehauen?«, fragte von Westendorff, als wir den Salon betraten.

»Ich war nie in einer Klinik. Wer hat dir so einen Quatsch erzählt?«

»Löbig. Ich habe ihm mitgeteilt, dass du entlassen wurdest. Für mich war die Sache ab dem Moment erledigt, als du in Moskau ins Flugzeug gestiegen bist. Du weißt warum.«

»Aber ich weiß es nicht«, sagte ich.

Der Baron sah mich an. »Ich bin ein toleranter Mensch.

Toleranz bedeutet, andere Meinungen, Auffassungen und Einstellungen zu dulden. Man muss sie deshalb nicht gutheißen. Martin hat meine Toleranzgrenze überschritten, als er mich bat, ich solle ihn adoptieren. Das war das Ende unserer Freundschaft.«

»Und warum haben Sie mich engagiert, ihn aus Moskau zu holen?«

»Darf ich Sie zitieren, Herr Meller? Sexuelle Neigungen sind kein Grund, irgendwo auf der Welt in Haft zu sitzen. Das hatte er nicht verdient, deshalb habe ich ihm geholfen.«

Es klang zu schön, um wahr zu sein. Ich war mir nicht sicher, ob er uns etwas vormachte. Darum stellte ich ihm noch eine Frage, die mir am Herzen lag. »Warum haben Sie mich auf der Rennstrecke überholt? An einer Stelle, die zum Überholen ungeeignet ist.«

Von Westendorff schaute mich verwundert an. Ich musste es einfach wissen.

»Ich habe Sie für einen Sportsmann gehalten, Herr Meller. Sollte ich mich getäuscht haben?«

Er sah mich eindringlich an, und ich hatte das Gefühl, dass er es ehrlich meinte. Der Baron mochte von Leichtsinn oder sportlichem Ehrgeiz getrieben worden sein, ich wusste es nicht, aber ihm ein kriminelles Motiv zu unterstellen schien abwegig. Er hatte offensichtlich keine Ahnung, was um ihn herum geschehen war.

»Wieso hast du Löbig geglaubt, dass ich in einer Klinik war?«, fragte Steinke.

»Er hat gesagt, dass er dir einen Chauffeur nach Frankfurt geschickt hat. Du sollst stockbesoffen und vollgepumpt mit Drogen gewesen sein. Und jetzt? Ist die Therapie schon vorbei?«

»Herr Löbig hat Sie angelogen«, schaltete ich mich ein. Mein Blick ging zu Steinke. »Glauben Sie mir endlich, dass er nichts damit zu tun hat.«

Steinke schüttelte den Kopf. »Die Geschichte ist mir zu glatt. Sie kennen ihn nicht so wie ich.« Steinke ging los, zielstrebig auf den großen Barockschrank zu, in dem eine Schrotflinte stand. Er nahm sie heraus, sah nach, ob Patronen im Lauf waren, ließ den Lauf mit einem satten Klack einrasten.

»Stell sofort das Gewehr wieder hin.« Der Baron drehte sich wutentbrannt zu mir. »Was wollen Sie von mir? Wieso haben Sie ihn hierher gebracht?«

Ich stellte mich zwischen die beiden. Steinke hob den Lauf. »Gehen Sie zur Seite, Meller. Wir werden jetzt die Wahrheit erfahren. Die ganze Wahrheit.«

Steinke stand fünf Meter von dem Baron und mir entfernt. Wenn er schoss, würde die Schrotladung uns beide zerfetzen. »Ganz ruhig.« Ich hob meine Hände in beide Richtungen, mein Blick ging zum Baron. »Wir sind hier, um Klarheit zu schaffen. In unser aller Interesse.«

»Gehen Sie zur Seite, Meller«, fuhr Steinke mich an. »Es hat einen Grund, weshalb der Hausangestellte nicht hier ist. Das ist eine Falle. Tarek ist hier oder er kommt jeden Moment.«

»Wer ist denn nun schon wieder Tarek?« Der Baron schüttelte den Kopf. »Allmählich verliere ich wirklich den Überblick.« Obwohl ein Gewehrlauf auf ihn gerichtet war, strahlte der Baron eine Souveränität aus, als würde allein seine noble Herkunft ihn vor Schrotkugeln schützen.

Ich sah zu Steinke. »Lassen Sie mich die Polizei rufen. Wir klären das.« Ich griff in die Innentasche meines Jacketts.

»Nein!« Seine Stimme klang fast hysterisch. »Geben Sie mir Ihr Handy! Ganz langsam.«

Sein Zeigefinger befand sich am Abzug. Ich sah den Schweiß, der ihm auf die Stirn getreten war. Ich hatte meine Chance, Rongen zu alarmieren, vertan. Ganz langsam nahm ich das Telefon aus der Innentasche, legte es auf den Boden.

»Schieben Sie es mit dem Fuß rüber zu mir.«

Ich tat, was er von mir verlangte. Steinke hob das Telefon auf, ließ es in seiner Tasche verschwinden.

Der Baron sah mich an. »Was wird hier gespielt, Meller? Erklären Sie es mir, verdammt noch mal.«

Ich wendete mich wieder zu Steinke. »Spielen Sie ihm das Gespräch vor.«

»Was für ein Gespräch?«, wollte der Baron wissen.

»Martin hat versucht, Herrn Löbig zu erpressen. Das Gespräch sollten Sie sich anhören.«

»Aber vorher soll er den Gewehrlauf auf den Boden richten.«

Steinke nickte, nahm das Gewehr in die Armbeuge und holte sein Smartphone aus der Jackentasche und hielt es hoch, sodass die Tonaufzeichnung von uns allen gut zu hören war. Steinke spielte die Datei ab. Mit jeder Minute, die verrann, verfinsterten sich die Gesichtszüge des Barons mehr.

»Der Baron darf nichts davon wissen ...«

Nach diesem Satz stoppte Steinke die Aufnahme. Einen Moment herrschte Stille. Ich spürte meinen Herzschlag. Von draußen drang das Vogelgezwitscher herein, das auch auf der Aufnahme zu hören gewesen war.

Steinke ließ sein Handy in die Jackentasche gleiten und nahm das Gewehr wieder in beide Hände. Ich gab ihm mit einer

Handbewegung zu verstehen, dass er es herunternehmen sollte, und er senkte den Lauf in Richtung Fußboden.

Der Baron sah mich an. »Halten Sie die Aufnahme für echt?«

»Natürlich ist sie echt«, brüllte Steinke ihn an und hob erneut den Lauf.

Von Westendorff achtete gar nicht auf ihn. »Heutzutage lässt sich so etwas leicht fälschen. Glauben Sie, Herr Meller, dass die Aufnahme echt ist?«

»Ja. Ich habe recherchiert. Die Brandstiftung, der Landwirt, die Zwangsversteigerung. Das alles ist so passiert. Löbig hatte ein Motiv. Es geht um ein großes Bauprojekt und um einen Bestechungsskandal.«

»Und mich wollten sie umbringen.« Steinkes Stimme zitterte. »Löbig hat mir keinen Chauffeur geschickt, sondern zwei Killer. Die haben mich zu einem einsamen Haus in der Eifel gelockt. Dort wurde ich ...«

»Es reicht«, fiel der Baron ihm ins Wort. »Ich will nichts hören, solange du eine Waffe auf mich richtest.«

Steinke machte ein trotziges Gesicht, wie ein Kind, und hielt die Waffe weiter auf den Baron gerichtet.

»Ich habe das mit der Erpressung doch nur gemacht, weil du mich fallen gelassen hast.«

»Hör auf zu jammern.« Von Westendorff funkelte ihn wütend an. »Ich habe dich unterstützt, obwohl ich deine Kunst nicht sonderlich mag. Ich hatte das Gefühl ...« Er schüttelte verächtlich den Kopf. »Ich weiß selbst nicht mehr, warum ich es gemacht habe. Es ist auch egal. Verschwinde aus meinem Haus, aus meinem Leben.« Die Worte waren äußerst unpassend, wenn man bedachte, dass Steinke ein Gewehr in der Hand hielt. Ich wich vorsichtig ein paar Schritte zurück. Wenn der Baron meinte, sein Gegenüber provozieren zu müssen, war das sein Problem.

Von Westendorff sah zu mir. »Nun, Herr Meller. Als mein Anwalt, was raten Sie mir? Werner Löbig und ich sind Geschäftspartner. Aber mit dem, worum es in der Aufnahme zu gehen scheint, habe ich nichts zu tun. Rein gar nichts.«

»Mein Ratschlag lautet, wir sollten die Polizei hinzuziehen.«

Der Baron nickte bedächtig.

Ich sah zu Steinke. »Lassen Sie uns die Polizei rufen«, sagte ich energisch zu ihm. Eine Weile schien er zu überlegen. Dann – endlich – ließ er den Lauf der Schrotflinte sinken und nahm den Finger vom Abzug. Ich atmete auf. Da hörte ich hinter mir eine leise Verpuffung, begleitet von einem metallischen Geräusch, und spürte einen Luftzug an meinem Ohr. Im selben Moment zuckte Steinke zusammen, dann schoss ein Nebel aus fein verteilten Blutstropfen aus seinem Hinterkopf. Polternd fiel das Gewehr auf den Boden. Bevor ich realisierte, was geschah, lag Steinke auf dem Steinfußboden. Blut rann ihm aus einer Wunde im Hinterkopf.

Ich fuhr entsetzt herum, der Baron ebenso. Vor uns stand ein Mann. Er trug eine dunkelgraue Arbeitshose und eine schwarze Jacke. Sein dunkles Haar wies graue Strähnen auf, er hatte einen Dreitagebart. In der Hand hielt er eine Pistole mit Schalldämpfer, die er in diesem Moment auf mich gerichtet hatte. War ich in eine Falle getappt?

Ich sah zu Baron von Westendorff. Ich erwartete, dass er auf den Killer zugehen würde und ihn als seinen Verbündeten begrüßte. Doch der Baron war ebenso schockiert wie ich.

»Treten Sie näher zusammen«, sagte der Mann in diesem Moment. Ich vernahm seinen deutlich hörbaren osteuropäischen Akzent. Der Baron und ich machten jeder einen Schritt auf den anderen zu.

Ich sah den Schützen an. »Sind Sie Tarek?«, fragte ich in der Hoffnung, ihn in ein Gespräch verwickeln zu können.

Doch er ging nicht darauf ein.

»Jeder bleibt, wo er ist«, sagte er in ruhigem Tonfall und näherte sich Steinkes Leiche, darauf bedacht, nicht in die Blutlache zu treten, die sich neben dem Kopf gebildet hatte. Dann ging er neben der Leiche in die Hocke. Er musste die Pistole ablegen, um die Schrotflinte zu nehmen und in die Hand des Toten zu legen. Ich begriff, was er vorhatte. Schmauchspuren an Steinkes Kleidung würden zu der Annahme führen, dass er die Schrotflinte abgefeuert hatte. Danach musste der Killer nur noch für Schmauchspuren an der Hand des Barons sorgen ... Es würde so aussehen, als sei Tarek nie hier gewesen.

Ich sah zum Baron, er zu mir, und auch er schien zu begreifen, worauf das Ganze hinauslief.

Der Baron stürmte zuerst los zur Terrassentür, ich in die andere Richtung. Tarek würde sich für einen von uns entscheiden müssen. Hinter mir ließ die Schrotflinte den Raum erbeben. Ich warf einen Blick zurück und sah, wie der Körper des Barons herumwirbelte und zu Boden ging.

Ich stieß die Flügeltür auf, rannte durch das Treppenhaus nach draußen, die Stufen der Freitreppe hinunter. Es blieb nicht die Zeit, in den Wagen einzusteigen und den Motor zu starten. Ich rannte weiter. Vor mir lag der Wald, die Bäume boten Schutz. Äste schlugen mir ins Gesicht, meine Füße rutschten weg auf dem feuchten, bemoosten Waldboden. Ich drehte mich nicht um, und es waren weder Schüsse noch Einschläge von Kugeln zu hören. Ich hatte keine Ahnung, ob Tarek hinter mir war und wenn ja, wie weit entfernt. Ich lief weiter, den Blick nur nach vorne gerichtet. Mit den Händen schlug ich Äste zur Seite. Dann sah ich es vor mir – das Tor. Es stand zum Glück offen, aber ich würde den schützenden Wald verlassen müssen. Wahrscheinlich wartete Tarek nur darauf, dass ich mich auf ein freies Schussfeld begab. Vielleicht hatte er mich schon im Visier – wie ein Jäger das Wild.

Ich blieb stehen, außer Atem, schaute mich nach allen Seiten um. Da war niemand. Vielleicht nahm Tarek an, ich würde tiefer in den Wald rennen. Mir blieb keine Wahl, ich musste es riskieren. Ich lief auf den Weg und dann durch das Tor, immer weiter. Auf dem Weg. Da hörte ich Motorengeräusche. Bis zur Hauptstraße, wo der Privatweg endete, waren es noch mehrere Hundert Meter. Zu weit. Tarek würde mich einholen, ich musste in den Wald zurück. Das Motorengeräusch wurde lauter. Ich begriff, dass es von vorne kam. Der Hausangestellte. Er kam zurück. Meine Rettung. Ich musste ihn stoppen, er durfte nicht zum Haus fahren.

Ein dunkelblauer Mercedes, ein Oldtimer, kam langsam auf mich zu, die Scheinwerfer waren an. Ich wedelte mit den Armen, ohne zu erkennen, wer am Steuer saß. Die Bäume spiegelten sich in der Windschutzscheibe. Der Mercedes wurde langsamer, kam zum Stehen. Ich lief zur Beifahrertür, riss sie auf. Es war nicht der Hausangestellte. Eberhard Reinicken saß am Steuer und sah mich verdutzt an.

»Herr Meller, was machen Sie denn hier?«

Ich stieg ein, knallte die Tür zu. »Fahren Sie rückwärts, schnell. Fahren Sie! Los!«

»Was ist denn passiert?« Reinicken hatte die Ruhe weg.

»Der Baron ist tot.«

»Tot?«

Meine Stimme überschlug sich. »Er wurde erschossen. Sein Mörder ist hier. Fahren Sie, verdammt noch mal!«

Reinicken begriff den Ernst der Lage noch immer nicht, aber meine Hysterie führte wenigstens dazu, dass er keine dummen Fragen mehr stellte. Begleitet von einem hässlichen Knirschen legte Reinicken den Gang ein und trat aufs Gaspedal. Wir fuhren rückwärts. Nach etwa hundert Metern kam eine Stelle, wo wir wenden konnten. Reinicken legte den ersten Gang ein, fuhr vorwärts, da sah ich, wie neben uns die Rinde eines Baumes von einer Kugel zerfetzt wurde.

»Fahren Sie!«, schrie ich.

Reinicken gab Vollgas, die Reifen drehten kurz durch, dann beschleunigten wir. Ich wagte einen Blick nach hinten, sah niemanden. Tarek hatte sich im Wald versteckt. Wir erreichten die Hauptstraße, Reinicken bog ab und beschleunigte. Gleichzeitig kramte er sein Handy aus seinem Jackett. Er drückte eine Taste, nahm das Gerät ans Ohr.

»Hallo? Hier ist Eberhard Reinicken.« Er sprach mit lauter Stimme. »Ich befinde mich in Lindlar. Auf dem Landsitz von Baron von Westendorff gab es eine Schießerei, ein Toter.«

»Zwei«, sagte ich. »Geben Sie mir das Telefon.«

Ich riss ihm das Telefon aus der Hand, nahm es ans Ohr.

»Hören Sie, verständigen Sie Hauptkommissar Thomas Rongen von der Kölner Mordkommission. Sofort! Sagen Sie ihm meinen Namen, Nicholas Meller. Nicholas Meller«, wiederholte ich. »Sagen Sie ihm, es handelt sich um den besagten Notfall, er weiß Bescheid.«

Ich hörte am anderen Ende niemanden.

»Hallo? Haben Sie mich verstanden?«

»Ja«, antwortete eine Männerstimme. Die Verbindung war sehr schlecht.

»Sagen Sie ihm, er kann mich unter dieser Nummer erreichen. Mein Handy ist tot.«

»Bleiben Sie in der Leitung«, sagte der Polizist. Eine elektronische Frauenstimme ertönte: »*Polizeinotruf. Bitte warten. Legen Sie nicht auf.*«

Reinicken stand die Angst ins Gesicht geschrieben. Seine Hände krallten sich so fest um das Lenkrad, dass die Knöchel weiß wurden. Ich drehte mich um und sah keinen Wagen, der uns folgte.

»Biegen Sie rechts ab. Jetzt!«

Reinicken bog von der Landstraße ab in einen Weg, der an Häusern vorbeiführte. Wir fuhren bis ans Ende einer Wohnsiedlung. Ich sah mich erneut um. Kein Verfolger. Aus dem Handy ertönte immer noch die elektronische Frauenstimme.

»Ich glaube, wir sollten anhalten«, sagte ich. Reinicken wurde langsamer und hielt nach hundert Metern in einer Parkbucht. »Warten wir hier auf die Polizei?«

»Ja«, sagte ich, nahm das Handy ans Ohr. Immer noch die elektronische Frauenstimme. Ich brach die Verbindung ab. Auf dem Display stand *Polizeinotruf* und die Zeit, wie lange wir telefoniert hatten. Es waren gerade mal vier Minuten vergangen, seit wir dem Killer entkommen waren.

»Die werden sich melden«, sagte Reinicken. »Die haben ja unsere Nummer. Erzählen Sie, was ist passiert?«

Ich wollte gerade anfangen zu reden, als mir eine Idee kam. Mit einem Mal wusste ich, was zu tun war. Einen Moment überlegte ich, dann schaltete ich das Handy ab.

»Was tun Sie?«, fragte Reinicken. »Wir müssen mit der Polizei in Verbindung bleiben.«

»Nein.« Ich sah ihn eindringlich an. »Wir fahren zu Veronika Schönberger.«

»Veronika? Wieso das denn?«

»Wissen Sie, wo sie wohnt?«

Er nickte. »Ja. Aber warum?«

»Sie hat einen Beweis, den der Täter noch nicht vernichtet hat. Veronika weiß nicht, dass sie ihn besitzt. Und ihr Haus wird überwacht. Sobald wir bei ihr sind, verständigen wir die Polizei.«

Reinicken startete den Motor. »Und warum haben Sie das Handy ausgeschaltet?«

Ich schwieg. Reinicken fuhr los. Ich behielt meine Gedanken vorerst für mich. Es gab nur zwei Möglichkeiten, woher Tarek wusste, dass wir nach Lindlar gefahren waren. Er könnte mir gefolgt sein, von der Kanzlei aus bis zum Music Store, und ich hatte ihn nicht bemerkt. Aber das war unwahrscheinlich, denn ich hatte mich die ganze Zeit umgesehen und niemanden entdeckt, der Tarek auch nur halbwegs ähnlich sah. Außerdem hatte ich den Aston Martin auf GPS-Sender untersuchen lassen. Viel wahrscheinlicher war es, dass mein Handy mich verraten hatte. Rongen sagte, dass diese Typen Experten seien und sich mit Kommunikationstechnik auskannten.

Tarek hatte Reinickens Kennzeichen gesehen, also würde er den Halter ermitteln können, zu einem Namen gelangen, und wenn mein Handy geortet wurde, dann auch bald seins.

Jetzt nicht mehr. Ich fühlte mich etwas sicherer.

44

Reinicken stoppte den Mercedes vor dem Rolltor. Dann kurbelte er das Seitenfenster hinunter und betätigte die Klingel. Er nahm Blickkontakt mit der kleinen Kameralinse neben dem Lautsprecher auf. Im nächsten Moment setzte sich das Tor in Bewegung und glitt zur Seite. Wir fuhren auf das Haus zu, hinter uns schloss sich das Tor wieder. Nina hatte mir von der Villa erzählt. Durch die große Fensterfront im Erdgeschoss wirkte es beinahe so, als ob die obere Etage schwebte.

In der Dreiviertelstunde, die wir für die Fahrt gebraucht hatten, hatte ich Reinicken im Detail berichtet, was geschehen war. Der Tod des Barons ging ihm sehr nahe, ebenso die Tatsache, dass Werner Löbig an all dem schuld war. Ich erzählte ihm alles, was ich wusste, und meine persönliche Einschätzung.

Jetzt parkte Reinicken den Mercedes vor der Garage. Wir stiegen aus und gingen zur Haustür, die nur angelehnt war. Ich ging durch den Korridor bis ins Wohnzimmer. Veronika Schönberger saß auf der Couch. Sie trug einen weißen Bademantel und sah uns an. Sie wirkte verängstigt. Hinter mir fiel die Haustür ins Schloss.

Veronika sagte kein Wort. Sie wandte nur den Kopf. Ich folgte ihrem Blick und sah zur Treppe hinauf, die kein Geländer hatte. Auf der fünften Stufe stand Tarek und richtete eine Pistole mit Schalldämpfer auf mich. Ein kalter Schauder erfasste mich. Es war nicht dieselbe Waffe, mit der Steinke erschossen wurde, die musste er am Tatort zurücklassen, um den Eindruck zu erwecken, die beiden Toten hätten sich gegenseitig erschossen. Ich sah mich zu Reinicken um. Er wich meinem Blick aus. Ich fluchte innerlich. Keinen Gedanken hatte ich daran verschwendet, wieso Reinicken wie ein Retter in der Not plötzlich aufgetaucht war – obwohl sein Wagen angeblich eine Panne hatte, wie der Baron uns erzählt hatte. Und auch der Anruf bei der Polizei war fingiert gewesen, auch wenn auf dem Display *Polizeinotruf* gestanden hatte. Rongen war nicht verständigt worden, kein Polizeiwagen in Lindlar hatte sich auf den Weg zu dem Landhaus gemacht. Der Hausangestellte, wenn er irgendwann zurückkehrte, würde die Leichen finden. Mein Aston Martin stand vor der Tür, man würde mich verdächtigen, nach mir suchen ...

»Warum haben Sie das getan?«, stieß ich heiser hervor.

Reinicken sah mich kühl an. »Ersparen Sie uns langes Gerede, Herr Meller. Sagen Sie uns einfach, wo wir den letzten Beweis finden.«

Er war einen kleinen Umweg gefahren. Ich hatte mir nichts dabei gedacht. Aber so war Tarek genug Zeit geblieben, um vor uns hier zu sein. Aber wie hatte Reinicken ihn informiert? Wahrscheinlich hatte er noch ein zweites Handy in Betrieb gehabt.

Reinickens Stimme wurde energischer. »Wo ist die Tonaufzeichnung?«

Ich schwieg. Tarek kam die Stufen herunter, steckte die Pistole in den Hosenbund. Ehe ich begriff, was er vorhatte, traf mich seine Faust. Ein Leberhaken, meine Knie gaben nach, und ich spürte, wie mein Kopf auf den harten Boden aufschlug.

Veronika schrie auf. Benommen lag ich auf der Seite und rang nach Luft. Tarek schaute auf mich herab. Er würde mir mit seinen schweren Stiefeln das Gesicht zertrampeln, wenn Reinicken den Befehl dazu gab.

»Wo ist die Tondatei?«, wiederholte er seine Frage.

»In der Cloud von ihrem Handy«, stöhnte ich. Es hatte keinen Zweck, Tarek weiter zu provozieren. Er packte mich mit beiden Händen am Jackett, hob mich wieder auf die Beine, um mich neben Veronika auf die Couch zu setzen. Mein ganzer Körper bestand nur noch aus Schmerzen. Ich rang nach Atem.

Reinicken nahm Veronikas Handy vom Küchentisch und suchte nach der Datei. Tarek behielt uns beide im Auge.

»Wann kommt dein Mann zurück?«, flüsterte ich.

»Heute gar nicht.«

»Schnauze«, blaffte Tarek uns an. Er packte Veronika grob am Arm und zerrte sie ein Stück von mir weg. Aus irgendeinem Grund war sie unter dem Bademantel offensichtlich nackt. Eine dunkle Vorahnung überkam mich. Wurde hier die nächste Sexfalle inszeniert?

Eine ausweglose Situation. Und ich war selbst schuld. Ich hatte Tarek und seinen Boss hierhergeführt. Die Show, die Reinicken im Auto abgezogen hatte, war perfekt gewesen. Ich hatte ihm den schockierten und erschütterten Freund wirklich abgenommen.

Reinicken fand die Datei auf Veronikas Handy. »Ich habe sie.« Steinkes Stimme war aus dem kleinen Lautsprecher zu hören, dann Löbigs Reaktion … Reinicken hatte, wonach er suchte. Er löschte die Datei. Jetzt bestand für ihn kein Grund mehr, zwei Mitwisser am Leben zu lassen. Selbst wenn Martin Steinke weitere Kopien gemacht haben sollte, war er der Einzige, der davon wusste, und er hatte dieses Geheimnis mit ins Grab genommen. Reinicken war über alles informiert, was geschehen war – durch mich. Aber ich gab die Hoffnung nicht auf. Vielleicht hatte der Hausangestellte des Barons die Leichen in Lindlar gefunden, und mein Wagen stand noch vor der Tür. Oder nicht? Wenn, dann würde Rongen vielleicht von allem erfahren. Und wenn er mich nicht erreichen konnte, rief er bestimmt bei Nina an. Sie wusste nicht, wo ich war, aber vielleicht würde sie ihm von Veronika erzählen ...

Ich musste Zeit gewinnen. Es war meine einzige Chance.

»Es ist noch nicht vorbei«, sagte ich. »Es gibt noch eine Kopie. Steinke hat mir die Datei per Mail geschickt. Die Datei ist auch auf dem Server meiner Kanzlei.«

»Ach ja?« Reinickens Gesichtsausdruck verriet, dass er mir nicht glaubte. »Warum sind wir dann nicht zu Ihrer Kanzlei gefahren?« Er sah zu Tarek. »Haben Sie sein Telefon?«

Er zauberte mein Handy aus seiner Jackentasche, das er Steinke abgenommen haben musste, und gab es Reinicken. Er schaute in meinem E-Mail-Ordner nach. »Keine Mail von Steinke. Kein Anhang mit einer Audiodatei. Sie haben gelogen, Herr Meller.«

Tarek kam mit zwei Schritten auf mich zu, holte zum Schlag aus. Ich hob meine Arme schützend vors Gesicht.

»Stopp«, rief Reinicken.

Tarek ließ seine Faust wieder sinken.

»Es reicht.« Reinickens Stimme klang angewidert. »Wir haben, was wir wollten.«

Seine Reaktion überraschte mich. Offensichtlich wollte Reinicken unnötige Gewaltanwendung vermeiden. Aber wie konnte er dann mit einem Mann wie Tarek zusammenarbeiten? Es gab für mich nur eine Erklärung: Reinicken war selbst nie dabei, wenn Blut vergossen wurde. Für ihn waren die Toten ein notwendiges Übel. Doch er selbst war kein gewissenloser, eiskalter Mörder. Vielleicht war das meine Chance.

»Was jetzt?«, sagte ich aufmüpfig. »Wie viele Menschen wollen Sie noch umbringen? Ich meine – umbringen lassen. Sie selbst sind dazu ja nicht in der Lage, oder?«

Reinicken wich meinem Blick aus.

»Der Baron war Ihr Freund«, setzte ich nach. »Und Sie haben ihn diesem Killer ausgeliefert? Die Ladung Schrot hat seinen Körper zerfetzt. Ich war dabei. Die Gedärme sind herausgequollen. Haben Sie so etwas schon mal gesehen?«

Reinicken funkelte mich an. »Hören Sie auf!«, schrie er. Für einen Moment hatte er die Fassung verloren. Doch er riss sich sofort wieder zusammen. Sein Verstand sagte ihm, dass kein Weg daran vorbeiführte, zwei weitere Morde geschehen zu lassen. Ich wollte, dass er sich vor Augen führte, was das bedeutete. Reinicken durfte nicht gehen, er durfte diesen Raum nicht verlassen. Ich musste ihn zwingen zu bleiben. »Er war Ihr Freund, oder?«

Reinicken holte tief Luft. Er sah mich mit einem resignierten Gesichtsausdruck an. »Warum sind Sie nicht auf unser Angebot eingegangen?« Seine Stimme wurde energischer. »Warum konnten Sie nicht wegsehen und die Dinge einfach auf sich beruhen lassen? Als Strafverteidiger müssten Sie so etwas doch gewohnt sein.«

Ich schüttelte den Kopf. »Wollen Sie mir jetzt die Schuld in die Schuhe schieben? Nein, das funktioniert nicht. Worum geht es Ihnen? Nur ums Geld? Oder um die Macht, tun zu können, was Sie wollen?«

Er sah versonnen vor sich hin. »All das war nicht so geplant.« Er sagte es mehr für sich.

»Der Fluch der bösen Tat«, sagte ich. »Sie kommen aus der Sache nicht mehr raus, Reinicken. Ihre einzige Chance ist, einen Schlussstrich zu ziehen. Richten Sie nicht noch mehr Unheil an ...«

Tarek zog die Pistole und zielte auf mich. »Halt dein verdammtes Maul.«

Doch Reinicken hob die Hand und brachte den Killer zum Schweigen. Er sah mich an. »Wenn ich Ihr Mandant wäre, was würden Sie mir denn raten?«

Ich wollte gerade etwas sagen, als die Türglocke ertönte. Reinicken und Tarek sahen sich überrascht an. Der Killer lief zur Haustür und sah auf den kleinen Monitor.

»Es ist Nina Vonhoegen«, sagte Tarek.

Mein Herz setzte für einen Schlag aus. Ich sprang auf. Mein Bauch schmerzte immer noch von dem Leberhaken. »Bitte! Nina weiß von nichts. Sie arbeitet nicht mehr bei mir. Wir wohnen nicht mehr zusammen. Halten Sie sie da raus.«

Die Türglocke ertönte wieder.

»Was will sie hier?«, fragte Reinicken.

»Wir waren verabredet«, sagte Veronika kleinlaut.

Wieder das Läuten. Keiner rührte sich. Mein Herz schlug bis zum Hals. Tarek behielt den Monitor im Blick. »Jetzt telefoniert sie.«

Kurz darauf vibrierte Veronikas Handy. Reinicken hatte es auf den Tisch vor uns gelegt, jetzt nahm er es in die Hand und stellte sich neben Veronika.

»Wenn du deiner Freundin das Leben retten willst, sag kein

falsches Wort. Wimmel sie ab. Wenn dir das nicht gelingt, lässt Tarek sie rein.«

Veronika sah zu mir, ich nickte. »Mach, was er sagt. Sie muss verschwinden. Sofort!«

Reinicken hielt ihr das Handy so hin, dass alle mithören konnten. Veronika holte tief Luft, dann kam die Verbindung zustande. »Nina, hi. Stehst du etwa bei mir vor der Tür?«

»Ja. Und wo bist du?«, ertönte ihre Stimme aus dem Telefon.

»Ich bin nicht zu Hause, tut mir leid. Ich habe unseren Termin völlig vergessen.« Ihre Stimme klang ziemlich überzeugend.

»Wo bist du?«

»Bei Martin. In seinem Hotelzimmer.«

»Ist er bei dir?«

Reinicken schüttelte den Kopf. Er hielt das Mikro des Telefons mit der Hand zu und flüsterte: »Er wollte sich mit Meller treffen.«

Reinicken hielt Veronika das Telefon wieder hin, Ninas Stimme ertönte: »Hallo? Bist du noch dran?«

»Ja«, sagte sie. »Die Verbindung war kurz weg. Martin ist nicht hier, nein. Er wollte sich mit Nicholas treffen.«

»Du sitzt allein in seinem Hotelzimmer und wartest?«, fragte Nina.

»Ja. Ich habe dich total vergessen. Es tut mir leid.«

Einen Moment lang schwiegen beide.

»Okay. Dann fahre ich wieder in die Stadt zurück.«

»Ja. Tut mir ehrlich leid. Ich melde mich. Ciao.«

Reinicken drückte das Gespräch weg.

Tarek sah auf den Monitor. »Sie ist noch da. Sie scheint noch jemand anzurufen.«

Reinicken ging zur Tür, sah auf den Monitor. »Ist sie allein?«

»Ja. Ich habe niemanden gesehen.«

Ich tippte Veronikas Bein an, sie sah mich an. Ich flüsterte. »Hilf mir, Zeit zu gewinnen.«

Veronika sah mich einen Moment ratlos an. Dann nickte sie.

Reinicken und Tarek kamen von der Tür zurück ins Wohnzimmer. Tarek öffnete die Terrassentür und trat in den Garten. Er war misstrauisch geworden, sein Blick schweifte umher, ob sich was am Tor oder an der Mauer rührte.

»Sie wollten meinen Rat als Kollege«, sagte ich, bemüht, möglichst entschlossen zu klingen. »Bis jetzt ist noch keine Straftat passiert, an der Sie persönlich beteiligt waren. Der Mord an dem Paketboten, an Steinke, dem Baron – das war dieser Typ da draußen, hab ich recht?« Ich zeigte mit dem Finger auf Tarek, der sich im Garten gerade eine Zigarette anzündete. »Und es war Löbig, der ihn angeheuert hat, oder?«

Reinicken schluckte. »Ich kann Ihnen nicht helfen, Meller. Es ist zu spät. Sie hätten das Angebot annehmen sollen.«

»Warum tust du so was?«, fragte Veronika. »Hat es mit Henriette zu tun?«

Ich wusste nicht, wer Henriette war, aber Veronikas Frage zeigte Wirkung. Reinicken wandte sich ab. Sein Blick ging ins Leere.

Ich gab Veronika durch ein Nicken zu verstehen, dass sie weiterreden sollte.

»Das war eine schlimme Sache damals. Hat dich sehr verändert.«

»Was ist passiert?«, fragte ich.

»Seine Frau hatte einen Hirnschlag.« Veronika sprach laut, in Reinickens Richtung. »Nachdem sie bei einem Handtaschenraub von einem Dieb verletzt worden war. Die Ärzte hatten ein Blutgerinnsel in ihrem Kopf einfach übersehen. War doch so, oder?«

Er reagierte nicht.

»Er hat die Ärzte verklagt«, fuhr Veronika fort. »Aber die halten ja zusammen wie Pech und Schwefel. Gegen die Mauer des Schweigens kommt man nicht an. Und dann wurde auch noch der Täter gefasst und kam mit einer sehr milden Strafe davon.«

Eine Weile herrschte Schweigen.

Schließlich wandte ich mich erneut an Reinicken. »Löbig hat Sie in einem schwachen Moment dazu verleitet mitzumachen. War es so? Es geht um Bestechung, richtig? Berlinghausen hat es mir erklärt.«

Jetzt drehte Reinicken sich wieder zu uns um. Wenn ich erwartet hatte, dass er Reue zeigen würde, so sah ich mich getäuscht. Sein Blick war eiskalt. »Nein, Herr Kollege. Es war *mein* Plan. *Ich* hatte die Idee. *Ich* habe Löbig den Vorschlag gemacht, durch einen Schachzug für das Projekt unverzichtbar zu werden. Es sind meine Kontakte. Staatssekretäre und Ministerialdirektoren reden nicht mit einem wie Löbig. Aber als ich denen den Vorschlag gemacht habe, waren sie ganz Ohr.« Ein verächtliches Grinsen umspielte seine Lippen. »Und nun zu Ihrer Frage, Herr Kollege. Es ging mir nicht ums Geld. Das System hat mich verraten, also verrate ich das System. Ein System, an das ich jahrzehntelang geglaubt habe, das mich aber im Stich gelassen hat.«

Ich warf einen Blick auf Tarek. Er drückte gerade seine Zigarette aus, ließ den Stummel in seiner Hosentasche verschwinden.

»Hauptkommissar Rongen wird nicht lockerlassen«, sagte ich. »Wollen Sie ihn auch umbringen lassen?«

Reinicken ging nicht darauf ein. Tarek kam zurück ins Wohnzimmer. Reinicken sah ihn an.

»Draußen ist alles ruhig«, sagte Tarek. »Sie können fahren, ich erledige das hier.«

Ich sprang auf. »Das können Sie nicht zulassen, Reinicken. Sie feiges Schwein!«

Tarek zielte mit der Pistole auf meinen Kopf.

Reinicken schrie: »Nein! Stopp!«

»Schießen Sie, na los«, sagte ich zu Tarek. »Er soll sehen, was die Kugel anrichtet. Er soll zusehen, wie mir der Kopf wegfliegt.«

Tarek ließ sich von mir keine Befehle geben, der Schalldämpfer senkte sich, zielte auf meine Beine.

»Gehen Sie«, sagte Tarek. »Ich komme allein klar.«

»Auch wenn Sie jetzt abhauen, das ändert nichts«, sagte ich zu Reinicken. »Sie werden unsere Gesichter niemals vergessen. Spätestens jetzt sind Sie ein Mörder!«

Reinicken stand wie angewurzelt da.

Tarek wurde laut. »Verschwinden Sie!«

Reinicken verharrte. Er war verunsichert. »Gibt es wirklich keinen anderen Ausweg?«

Tarek hob die Pistole und richtete den Lauf auf Reinicken. »Sie haben mich angeheuert, weil Sie erpresst wurden. Von einer kleinen Schmeißfliege. Und diese Schmeißfliege ist schuld, dass mein Freund tot ist.«

Tarek richtete den Lauf der Waffe wieder auf mich. »Hier ist noch so eine Schmeißfliege. Eine sehr dumme dazu. Sie haben ihm eine Chance gegeben, und er hat sie versaut.«

Ich sah Reinicken an. »Das ändert nichts, und das wissen Sie«, sagte ich. »Wir sind keine Schmeißfliegen. Wir sind Menschen.«

Reinicken zögerte noch immer.

Tarek schien die Geduld zu verlieren. »Verschwinden Sie endlich! Jetzt!«

Er machte Anstalten abzudrücken, und Reinicken wandte sich dem Ausgang zu.

In diesem Moment geschah es. Ein scharfer Knall ließ uns alle zusammenfahren. Die Glasfront wurde undurchsichtig. Ein Projektil hinterließ ein kleines Loch in der Scheibe und schlug neben Tarek in der Wand ein. Der Killer riss die Waffe herum, aber durch die gesprungene Scheibe konnte er nicht sehen, wo der Schütze stand. Veronika und ich warfen uns auf den Boden, ein zweiter und dritter Knall folgten. Reinicken wurde in den Arm getroffen und brach vor uns zusammen. Tarek erwiderte das Feuer mit seiner schallgedämpften Pistole. Wir hörten das Husten der Waffe und das Klimpern der Hülsen, die auf den Boden fielen. Jetzt zerbarst die Scheibe vollständig, Tausende kleine Glasscherben regneten auf uns herab. Ich sah aus dem Augenwinkel Michail, der neben dem abgedeckten Swimminpool stand. Kurz hintereinander ertönten schallgedämpfte Schüsse aus Tareks Pistole. Michail erwiderte das Feuer nicht mehr, ich sah ihn nicht. Tareks Bewegungen wirkten routiniert. Mit vorgehaltener Waffe, den Blick nach allen Seiten gerichtet, schlich er in gebückter Haltung hinaus in den Garten.

Ich sah zu Veronika. »Bist du okay?«

Sie nickte.

Reinicken lag mit blutendem Arm auf dem Boden und

schnappte nach Luft. Dann vernahm ich Sirenengeheul. Ich erhob mich vom Boden und lief zur Haustür, um den Knopf für das Rolltor zu betätigen.

Das Geräusch, als das Tor zur Seite rollte, lenkte Tarek einen Moment ab. Michail, der am Boden lag, richtete sich noch einmal auf und gab einen letzten Schuss ab, mit dem er seinem Gegner das Kniegelenk zerfetzte. Tarek verlor das Gleichgewicht und stolperte in den Pool, er fiel auf die Plane, die unter seinem Gewicht nachgab.

Ich kam in den Garten und sah, wie Tarek versuchte, sich aus der Plane zu befreien, sie riss aus der Halterung, und Tarek tauchte unter Wasser. Je kräftiger er mit Händen und Füßen arbeitete, um nicht unterzugehen, desto mehr wickelte er sich in die Plane ein.

Michail stöhnte, ich kniete mich neben ihn. Die Kugel hatte ihn in den Bauch getroffen, sein T-Shirt war blutgetränkt. Ich sprach ihn auf Russisch an. »Durchhalten, Junge. Der Krankenwagen ist unterwegs.«

Neben mir hörte ich, wie Tarek weiterhin versuchte, sich aus der Plane zu befreien. Die ersten Blaulichter flackerten auf. Ein Streifenwagen kam die Auffahrt hoch, blieb stehen, zwei uniformierte Beamte stiegen aus, zogen ihre Waffen und rannten zu uns.

»Wir brauchen einen Notarzt.« Ich zeigte zu Michail.

»Ist unterwegs. Wer hat geschossen?«

Ich zeigte zum Pool. Die Geräusche waren mittlerweile verstummt. »Der Schütze ist reingefallen. Er hat aber noch seine Waffe.«

Die Polizisten sahen sich an. Der eine legte schließlich seine Dienstwaffe an den Rand des Beckens, zog Jacke und Schuhe aus. Dann sprang er ins Wasser, während der andere die Waffe im Anschlag hielt. Nach und nach kamen weitere Kollegen hinzu. Sie zerrten die Plane weg und halfen ihrem Kollegen, der den bewusstlosen Tarek im Schlepptau hatte. Er gab kein Lebenszeichen von sich. Rettungssanitäter und Notärzte kamen angerannt und kümmerten sich um die Verletzten.

Da sah ich Nina am Tor stehen, ich lief zu ihr. An Reinickens Mercedes blieb ich einen kurzen Moment stehen, betätigte den Türöffner, der Wagen war nicht abgeschlossen. Ich ließ die Tür offen stehen und rannte weiter zum Rolltor.

Nina und ich fielen uns in die Arme. Ich drückte sie an mich.

»Geht es dir gut?«, fragte sie und sah mich an.

»Ja. Du hast Veronika und mir das Leben gerettet. Reinicken wollte den letzten Beweis haben und uns dann als Mitwisser beseitigen.«

»Reinicken?«

»Ja. Ihn hatte ich nicht auf dem Schirm.« Ich löste mich von Nina. »Woher wusstest du, dass etwas nicht stimmte?«

»Veronika hatte mich vor zwei Stunden angerufen, weil sie mich unbedingt sehen wollte. Und dann war sie angeblich nicht zu Hause? Das kam mir sonderbar vor.«

»Hat Michail dich hergebracht?«

Sie nickte. »Ja. Er ist über die Mauer geklettert, um nachzusehen. Zu dem Zeitpunkt hatte ich schon die Polizei gerufen, dann fielen die Schüsse. Wie geht es ihm?«

»Bauchverletzung. Ich hoffe, es wird wieder.«

Ein Zivilfahrzeug der Polizei, mit Blaulicht auf dem Dach, hielt auf der Straße. Rongen und seine Kollegin Sandra Ferber stiegen aus. Er kam auf zu uns, Ferber ging weiter zu den Kollegen im Garten.

»Wie geht es Ihnen?«, fragte Rongen mich.
»Es muss.«
»Sicher, dass Sie keinen Arzt brauchen?«
»Ja, ja, später vielleicht.«
»Dann können Sie mich ja begleiten.«
Ich sah ihn fragend an.
»In Lindlar wurden zwei Leichen gefunden.«

45

Wir waren gerade von der Autobahn abgefahren, als Rongens Telefon klingelte.

»Sandra, was gibt's?«, meldete er sich. Er hörte ein Weile zu, dann sagte er: »Meller sitzt neben mir. Ich schalte auf laut.«

Ferber fuhr fort: »Dr. Eberhard Reinicken ist nur leicht verletzt, er hat einen Durchschuss im rechten Arm. Der mutmaßliche Killer ist tot.«

»Sein Name ist Tarek«, sagte ich. »Und was ist mit Michail Kusnezow?«

»Bauchschuss. Sie bringen ihn gerade ins Krankenhaus, sein Zustand ist stabil. Können Sie uns sagen, woher er den Revolver hat?«

Rongen warf mir einen fragenden Blick zu.

»Ich gehe davon aus«, sagte ich, »dass er in Reinickens Mercedes lag.« Aus diesem Grund hatte ich die Tür des Mercedes geöffnet. Ich formulierte es als eine Vermutung, daher war es keine Lüge.

»Das glauben Sie doch selbst nicht«, erwiderte Ferber.

Rongen warf mir einen ernsten Blick zu. »Das ist jetzt Nebensache«, sagte er ins Telefon. Offensichtlich wollte er die Sache nicht unnötig kompliziert machen. »Was ist mit dem Anwalt, Dr. Reinicken?«

»Er verweigert die Aussage, behauptet aber, dass er wegen Herrn Meller am Tatort war. Der habe ihn dorthin gelotst.«

Mir wurde klar, was das bedeutete. Meine Aussage stand ab sofort gegen seine. Reinicken kannte die Spielregeln und wusste, wie er sich zu verhalten hatte. Die Sache war noch nicht überstanden. Löbig würde das Großprojekt, die Brücke über den Rhein, mit Sicherheit verlieren, aber wie tief er fallen würde und ob man ihm die Verantwortung für drei Morde und den doppelten Mordversuch nachweisen könnte, war nicht sicher.

»Was ist mit der Zeugin Veronika Schönberger?«, fragte ich.

»Sie steht unter Schock. Ihre Aussage ist etwas wirr. Sie sagt, dass sie nicht verstanden habe, worüber Sie und Dr. Reinicken sich unterhalten hätten.«

Ich fluchte innerlich.

»Okay. Bis später«, sagte Rongen und drückte das Gespräch weg. Er schaltete das Blaulicht auf dem Dach ein, nahm eine Ampel bei Rot und erhöhte das Tempo.

Rongen schüttelte den Kopf. »Ich kann es einfach nicht glauben, dass ein renommierter Anwalt wie Dr. Reinicken sich an einem Mordkomplott beteiligt.«

Ich nickte. »Das ist das Problem. Niemand traut ihm so etwas zu.«

»Und Sie sagen, er ist der Initiator der ganzen Sache?«

»Ja.« Dass Löbig sein Komplize war, musste ich Rongen leider immer noch verschweigen. Im Moment zumindest.

»Vor Gericht zählen nur Fakten. Und das weiß Reinicken. Auf diese Weise schaffen es solche Leute immer wieder davonzukommen.«

Rongen nickte. »Dann hoffe ich mal, Sie haben etwas daraus gelernt.«

Ich sah ihn fragend an.

»Wenn Sie das nächste Mal in so einen Schlamassel geraten, sollten Sie früher mit uns reden.«

Ich nickte. »Beim nächsten Mal.«

Wir kamen zu der Abzweigung, die zu dem Landhaus des Barons führte. »Hier links.«

Rongen bog ab, und kurz darauf fuhren wir durch das schmiedeeiserne Tor, auf dem das Familienwappen der von Westendorffs zu sehen war. Ich erinnerte mich daran, wie ich das erste Mal diese Auffahrt entlanggefahren war. Es war gerade mal elf Tage her und kam mir vor wie eine Ewigkeit.

Vor dem Haus standen jede Menge Streifenwagen und Zivilfahrzeuge. Als wir ausstiegen, sah ich den Hausangestellten, der auf der Freitreppe saß. Ich ging auf ihn zu. Er wirkte aufgelöst, hatte offensichtlich geweint. Als ich die Stufen hochging, stand er auf und nahm wie gewohnt Haltung an.

»Es tut mir sehr leid«, sagte ich. »Der Baron ist das Opfer eines abscheulichen Verbrechens geworden. Aber er hat bis zuletzt seine Würde gewahrt. Er war eben ein vornehmer Mensch.«

Der Hausangestellte nickte. »Danke, dass Sie das sagen.«

Für die ersten Polizisten, die am Tatort eingetroffen waren, hatte sich ein scheinbar klares Bild ergeben: Zwei Männer, die sich gegenseitig erschossen hatten. Durch meine Aussage kam nun Licht ins Dunkel.

Wir standen im Salon. Einer der anwesenden Polizisten schlug das Leichentuch zurück, das den Baron bedeckte. Von Westendorff lag auf dem Rücken, das Gesicht zur Seite gedreht. Die Ladung Schrot hatte ihn knapp oberhalb des linken Rippenbogens in die Brust getroffen. In seiner rechten Hand lag die Pistole, mit der Tarek auf Steinke geschossen hatte. Der Schalldämpfer war entfernt worden. Es sah aus, als ob die Waffe dem Baron gehörte.

Steinkes Leiche befand sich etwa fünf Meter entfernt. Auch er lag auf dem Rücken, das Schrotgewehr neben sich.

Ich schilderte Rongen den Tatablauf. Es war mir wichtig, klarzustellen, dass der Baron unschuldig war.

Rongen nickte, als ich mit meinem Bericht fertig war. Dann wies er auf Steinke.

»Hatten der Baron und Steinke ein Verhältnis?«

»Nein. Von Westendorff umgab sich einfach gerne mit extravaganten Leuten. Rennfahrern, Künstlern und so.«

»Verstehe. Ein Leben in so einer Butze kann ja auch verdammt langweilig werden. Wie standen Sie zu ihm?«

»Wir kannten uns nicht lange. Trotzdem, auch ich habe mich vereinnahmen lassen von seiner Welt. Zum Glück konnte ich widerstehen. Sonst wären wir jetzt nicht hier.«

»Wie meinen Sie das?«

»Mir wurde ein sehr lukratives Angebot gemacht. Meine Karriere betreffend. Dafür hätte ich nur wegschauen müssen.«

»Wer hat Ihnen das Angebot gemacht, der Baron?«

Ich sah ihn einen Moment lang schweigend an, bevor ich weiterredete. »Man wollte mich zu einem jener Anwälte machen, zu denen Sie mich ohnehin schon die ganze Zeit rechnen. Aber ich habe Nein gesagt.«

Rongen verstand die Kritik. Er grinste. »Ich schließe mittlerweile nicht mehr aus, dass ich mich in Ihnen ein klein wenig geirrt haben könnte.«

Ich reichte ihm die Hand. »Dann begraben wir doch die Sache von vor einem Jahr und tun so, als wäre es nie passiert.«
»Wenn Sie mir garantieren, dass es nie wieder passiert.«
Ich nickte. Rongen schlug ein.

46

Der Haftprüfungstermin am Freitag dauerte gerade mal zehn Minuten. Ausschlaggebend war die Aussage des Opfers. Janina konnte sich zwar immer noch nicht an den Tag ihrer Vergewaltigung erinnern, aber die Ermittler hatten ihr ein Foto von Tarek vorgelegt. Janina erkannte ihn sofort. Er hatte ihr am Sonntag im Hotel Geld dafür geboten, privat Kontakt zu Stefan Berlinghausen aufzunehmen. Das reichte dem Richter. Berlinghausen kam ohne Kaution und mit geringen Auflagen frei. Er durfte wieder nach Hause. Das Verfahren war damit noch nicht abgeschlossen, aber in meinen Augen nur noch eine reine Formsache. Franka Naumann würde unter diesen Umständen keine Anklage erheben.

Nach dem Termin im Gericht fuhr ich mit Berlinghausen ins Polizeipräsidium, wo er eine umfassende Aussage machte. Neben Rongen war noch sein Kollege anwesend, der im Fall der Vergewaltigung ermittelte. Berlinghausen schilderte alles, was er wusste, was er vermutete und glaubte. Ich schwieg die ganze Zeit. Jedes kleine Detail war den Ermittlern wichtig. Und Berlinghausen ließ mehrmals den Namen seines Widersachers Werner Löbig fallen. Danach verließ Berlinghausen zusammen mit dem anderen Kommissar das Büro. Ich wollte noch ein paar Worte unter vier Augen mit Rongen wechseln.

»Wie weit sind Sie mit den Ermittlungen?«, fragte ich.

»Reinicken sitzt in U-Haft wegen Verdunklungsgefahr. Er redet nicht mit uns und hat sich zwei renommierte Strafverteidiger genommen. Die drei Morde und der doppelte Mordversuch gehen eindeutig aufs Konto von Tarek Hoxha beziehungsweise dem verstorbenen Kushtrim Berisha. Aber im Moment ist noch nicht sicher, wer die Auftraggeber waren. Reinicken weist diese Anschuldigung von sich. Und Werner Löbig, den Berlinghausen gerade schwer belastet hat, gegen den haben wir noch nicht ermittelt.« Rongen machte eine Pause und sah mich an.

»Es wäre wichtig, dass wir weitere Zeugen finden, die das untermauern, was Ihr Mandant gerade gesagt hat, um eine Verbindung zu Werner Löbig herstellen zu können.«

Ich sah ihn fragend an. »Was ist mit Veronika Schönberger?«

»Sie belastet Reinicken. Sie sagt, er hätte zugelassen, dass der Killer sie beide beinahe umgebracht hätte. Sie sagt aber auch, Tarek habe Reinicken ebenfalls mit der Waffe bedroht. Stimmt das?«

Ich nickte. »Ja. Das war leider so.«

»Was Werner Löbig damit zu tun haben könnte, weiß Veronika Schönberger nicht.« Rongen seufzte. »Wie gesagt. Es fehlt noch das entscheidende Bindeglied. Die Aussage Ihres Mandanten Berlinghausen basiert nur auf Vermutungen.«

Dieses Bindeglied, von dem Rongen sprach, war ich. Aber ich war nach wie vor zum Schweigen verurteilt.

47

Die Schweigepflicht. Ein hohes Rechtsgut, das nur in Ausnahmefällen gebrochen werden durfte – wenn sich ein Mord oder eine andere Straftat dadurch verhindern ließ, aber nicht, um einen Mörder dingfest zu machen. Laxheit im Umgang mit diesen Regeln würde den Rechtsstaat empfindlich schwächen. Jeder Tatverdächtige musste die Gewissheit haben, dass sein Anwalt nicht mit den Behörden zusammenarbeitete. Manchmal allerdings litt die Gerechtigkeit darunter. Ich durfte nicht gegen Löbig aussagen, und das wusste Löbig, darauf hatte er von Anfang an spekuliert. Ich war auf seine Taktik hereingefallen. Mein einziger Trost war, dass auch er Schaden nehmen würde. Die Medien stürzten sich auf den Generalunternehmer. Er würde niemals diese Brücke bauen. Das stand fest. Dieses Projekt und einen Gewinn von sechzig Millionen Euro konnte er abhaken. Aber Löbig würde an den Grundstücken verdienen. Eine Immobilienspekulation, die nicht verboten war. Was den Vorwurf der Korruption anbelangte, würde er die Verantwortung ganz auf seinen Freund Dr. Reinicken abwälzen. Nur die Brandstiftung bliebe an ihm hängen, aber da käme er wahrscheinlich mit einer Bewährungsstrafe davon.

Ich saß in meinem Wagen, hatte mental auf Autopilot geschaltet. Vom Kölner Feierabendverkehr bekam ich kaum etwas mit. Meine Gedanken gingen unaufhörlich im Kreis herum. Ich konnte es nicht fassen. Sollte es das wirklich gewesen sein? Würde der Mord an dem Paketboten, an Baron von Westendorff und Martin Steinke ungesühnt bleiben, weil die wahren Drahtzieher, die Hintermänner, den Kopf aus der Schlinge ziehen konnten und nur Tarek Hoxha für alles verantwortlich gemacht werden würde?

In der Kanzlei wartete Julie Tewes auf mich. Wir gingen in mein Büro, und ich berichtete ihr, was seit dem Anruf von Martin Steinke geschehen war.

»Ist die Sache damit für uns ausgestanden?«, fragte Julie.

»Was die Bedrohung angeht, ja. Wir können ab Montag wieder normal arbeiten. Löbig wäre verrückt, wenn er in der momentanen Situation etwas gegen mich unternimmt. Es sei denn, dass ich gegen die Schweigepflicht verstoße, dann würde ich alles verlieren. Meinen Job, die Kanzlei, meine ...« Ich verstummte plötzlich.

»Was ist?«

Ich griff nach meinem Handy, das vor mir lag. Mir war eine Idee gekommen. Ich wählte Pjotrs Nummer. Er hob nach dem zweiten Freizeichen ab.

»Towarischtsch, was höre ich da? Der rote Baron ist tot?«

»Ja. Deshalb rufe ich an. Kannst du noch mal mit deinen Leuten in Moskau Kontakt aufnehmen? Sie sollen was für mich herausfinden.«

»Schieß los.«

»Ich will wissen, wo unser Freund Martin Steinke in Moskau gewohnt hat und ob er seine Rechnungen bar bezahlt hat. Sie sollen alle Stationen, wo er war, abklappern.«

»Kein Problem. Und es soll schnell gehen, nehme ich an.«

»Rufe mich an, sobald du was weißt.«

Julie sah mich fragend an, während ich das Telefon wieder auf den Tisch legte.

»Nur so eine Idee.«

Wir schwiegen eine Weile. Dann sagte ich: »Mein Angebot steht noch.«

»Was meinst du?«

»Ich will die Kanzlei nicht mehr allein weiterführen. Lass uns gleichberechtigte Partner werden. Geteiltes Risiko, geteilte Kosten. Wir brauchen dann natürlich auch ein neues Türschild. Aber das zahlst du.«

Julie lachte.

Als sie gegangen war, saß ich noch eine Weile einfach so da und genoss die Stille in meinem Büro. Schließlich trat Nina ein, ohne anzuklopfen. Sie hatte sich per SMS angekündigt, wollte mich sprechen.

Offensichtlich hatte es zu regnen begonnen. Ihre Haare waren nass, und sie schüttelte den Kopf, dass es nur so spritzte. Den Mantel hatte sie an der Garderobe gelassen. Sie trug Jeans, Stiefel und eine weiße, dünne Bluse. Ich glaubte, mich erinnern zu können, dass es das gleiche Outfit war wie an dem Tag, als wir uns kennengelernt hatten. Damals, bei ihrem Vorstellungsgespräch in meiner alten Kanzlei.

Ich stand auf und trat zu ihr. Wir umarmten uns. Ich bekam aber keinen Kuss. Nina setzte sich in den Sessel, ich mich auf die Couch. Eine unbehagliche Stille entstand.

»Alles in Ordnung?«, fragte Nina schließlich besorgt.

Ich nickte. »Ja, ja. Ich bin nur noch ziemlich durcheinander. Ich verstehe es einfach nicht. Diese Sache mit Veronika ...«

Nina sah mich fragend an. »Die Sache mit Veronika?«

Ich sah Nina eindringlich an. »Bitte, sag mir noch mal, wieso du gestern zu Veronika gefahren bist.«

Nina zuckte die Schultern. »Sie hat mich angerufen und wollte sich unbedingt mit mir treffen. Weil sie mir etwas zeigen wollte.«

»Hast du ihr gesagt, dass das Haus verwanzt war?«

»Nein! Nicht am Telefon. Aber ich habe vorgeschlagen, dass wir uns in der Stadt treffen. Sie wollte das nicht. Sie bestand darauf, dass ich zu ihr nach Hause komme.«

»Das war riskant.«

»Deshalb habe ich mich ja von Michail fahren lassen. Er wäre auch über die Mauer geklettert, wenn Veronika die Tür geöffnet hätte. Warum fragst du danach? Stimmt irgendwas nicht?«

»Veronika tut so, als ob sie sich an nichts erinnern kann, und hat meine Aussage nicht bestätigt, obwohl sie bei dem Gespräch mit Reinicken dabei war.«

»Und was bedeutet das?«

»Könnte es sein, dass sie von den Mikrofonen im Haus wusste?«

Nina sah mich überrascht an. Sie brauchte einen Moment, um zu verstehen, was ich damit sagen wollte. »Du meinst, ich sollte bei ihr vorbeikommen, damit wir uns unterhalten und jemand mithört?«

Ich nickte. Genau so stellte ich mir das vor.

»Gut möglich«, sagte Nina. »Frag sie selbst.« Sie machte eine Pause, bevor sie seufzend fortfuhr. »Ich bin eigentlich aus einem anderen Grund hier.«

»Ich weiß. Du willst über uns reden.«

Nina wurde unsicher. »Ich war nicht ganz ehrlich zu dir.«

Ich verstand nicht. »Was meinst du?«

»Es gab einen guten Grund, weshalb ich mich über die Observation so aufgeregt habe.«

»Ich ...«

Sie hob die Hand. »Bitte lass mich ausreden. Ich habe mich deshalb aufgeregt, weil ...« Sie zögerte. »Weil Michail Fotos gemacht hat. Und ich wusste nicht, was darauf zu sehen war.«

»Gab es denn etwas zu sehen?«

Sie nickte. »Oliver und ich haben uns geküsst. Diese Fotos hat Michail dir nicht gezeigt.«

Es steckte also mehr dahinter, als ich gedacht hatte. Mein Kehle war plötzlich staubtrocken. »Eine Affäre?«

»Nein. Aber ich habe mehr für ihn empfunden, als ich zugegeben habe.«

»Du *hast* mehr empfunden? Jetzt nicht mehr?«

Nina schüttelte den Kopf. »Ich habe das beendet, den Kontakt zu ihm abgebrochen.«

Ein Hoffnungsschimmer.

Nina entdeckte ein blondes Haar auf ihrem Hosenbein und zupfte es weg. »Aber das ändert nichts für uns. Ich werde bei meiner Freundin einziehen. Ich weiß noch nicht, was ich mit meiner Zukunft anfange. Ich weiß nur eins: Ich werde nicht Strafverteidigerin.«

»Wir wollen unsere Rechtsgebiete erweitern, ich habe gerade ...«

»Nic!«, fiel Nina mir ins Wort. »Verstehe es endlich. Ich werde nicht hier arbeiten. Ich muss meinen eigenen Weg gehen.« Sie rieb sich die Tränen aus den Augen. »Unser größter Fehler war, dass wir so schnell zusammengezogen sind.«

»Nicht nur das«, erwiderte ich. Ich sah mich in meinem Büro um. »Ich glaube mittlerweile, dass der schnelle Aufstieg ein Fehler war.«

»Meinst du das ernst?«

Ich nickte. In diesem Moment wünschte ich mir mein altes Leben zurück. Mein altes Leben mit Nina.

»Und was heißt das? Willst du hinschmeißen?«

»Ich mache Julie zur Partnerin. Ich trete ein bisschen kürzer.«

Nina lächelte. Das gefiel ihr. »Ich bewundere dich, Nicholas. Das habe ich vom ersten Tag an getan. Du warst ein Vorbild für mich. Deshalb wollte ich dir nah sein. Aber das ist nicht Liebe, nicht die Liebe, nach der ich suche.«

»Du hast mich bewundert?« Ich hielt es für einen Scherz. »Du hast dich nur bei mir beworben, weil du bei mir eine ruhige Kugel schieben wolltest.«

Nina lächelte kurz, wurde aber gleich wieder ernst. »Was mir überhaupt nicht an dir gefällt, ist, dass du dich immer kleiner machst, als du bist. Das ist auch der Grund, weshalb du auf so Typen wie Löbig hereinfällst.«

So etwas hörte niemand gern, ich am allerwenigsten. Mir schnürte es den Hals zu. »Wie meinst du das?«

»Du bist gut in deinem Job. Du bist ein guter Anwalt. Du brauchst so Arschlöcher nicht, um weiterzukommen. Und ja, ich habe dich bewundert. Du bist anders als die meisten Juristen. Und du gehörst zu den wenigen, die mich vom ersten Tag an normal behandelt haben. Dafür danke ich dir.«

Sie erhob sich und kam zu mir. Ehe ich wusste, wie mir geschah, beugte sie sich zu mir herunter und gab mir einen Kuss auf den Mund.

»Ich melde mich bei dir«, sagte sie. Damit nahm sie ihre Handtasche und verschwand.

Ich saß wie versteinert da. Erst das Klingeln des Handys riss mich aus meinen Gedanken. Es war Pjotr.

48

Die Barhocker mit Rückenlehnen waren aus dunklem Holz, passend zur Wandvertäfelung. Die Sitzflächen mit hellbraunem Leder überzogen. Vereinzelte Strahler und Lampen mit goldenen Schirmen tauchten den Raum in ein warmes, gelbes Licht. Es war eine exquisite Lounge. Rauchen durfte man hier nicht, dafür gab es einen Extraraum. Ich war der einzige Gast an der Bar im Hotel Excelsior. Die Uhr an der Wand zeigte Viertel nach vier. Meine Verabredung ließ auf sich warten. Die Bardame stand an der Kasse, um irgendwas einzutippen.

Schließlich hörte ich hinter mir Schritte auf dem Parkettboden. Ich drehte mich um. Veronika kam auf mich zu, und wir gaben uns die Hand. Sie nahm neben mir auf dem Barhocker Platz und bestellte einen Gin Tonic. Ich blieb beim Wasser.

»Schön, dass wir noch leben«, sagte sie mit einem gequälten Lächeln. Der gestrige Tag hatte Spuren hinterlassen, sie wirkte erschöpft, hatte offensichtlich – wie ich – wenig Schlaf gefunden.

»Hauptkommissar Rongen hat mich unterrichtet, dass du meine Aussage nicht bestätigt hast. Wieso?«

»Ich habe wirklich große Erinnerungslücken. Ich hatte Todesangst, ich habe kein Wort von dem verstanden, was ihr da geredet habt, Eberhard und du. Ich habe die ganze Zeit nur auf diesen Typen geachtet, der uns umbringen wollte.«

Ich sah ihr in die Augen. »Veronika, hat man dir ein Angebot gemacht?«

Sie schüttelte den Kopf und fing an, wehleidig zu schluchzen. »Nein. Nein, wirklich nicht. Ich möchte mit dieser Sache einfach nichts mehr zu tun haben.«

Die Bardame brachte ein Glas Gin mit Eiswürfeln und stellte die Flasche Tonic daneben. Veronika schenkte sich ein.

»Wusstest du, dass dein Haus verwanzt ist?«

Veronika sah mich verblüfft an. »Nein!«

Sie war eine miserable Schauspielerin.

»Was wolltest du Nina so Wichtiges zeigen, dass sie zu dir nach Hause kommen sollte?«

Veronika schüttelte abwehrend den Kopf. »Ich wollte ihr nichts zeigen, nur mit ihr reden.« Sie bemühte sich um ein Lächeln. »Wir können doch froh sein, dass sie gekommen ist. Sonst wären wir jetzt tot.«

»Veronika, ich will verstehen, was wirklich gelaufen ist.«

»Da fragst du die Falsche. Ich kann dir nicht helfen. Ich weiß nichts.«

Ich ließ ein bisschen Zeit verstreichen, während wir beide an unseren Getränken nippten.

»Warum wolltest du mich unbedingt sehen?«, fragte sie.

»Nachdem Martin verschwunden war, wann hat er sich bei dir gemeldet?«

»Das erste Mal am Montag. Da hat er mir von dem Autounfall in der Eifel erzählt, dass er jemanden überfahren hat und die Polizei nach ihm sucht. Ich habe ihm geraten, dass er sich bei dir meldet. Er hat mich gefragt, ob Löbig dein Mandant ist.«

»Hat er dir von seiner Reise nach Moskau erzählt?«

Sie zögerte einen Moment zu lange mit der Antwort. »Ja ... aber erst am Montag. Nicht vorher. Er hat gesagt, dass man ihn dort festgenommen hat und dass er zwei Tage im Gefängnis gesessen hat.«

Ich nickte und trank einen Schluck. Wir schwiegen einen Moment.

»Vor seiner Festnahme hat er eine Suite im Hotel Baltschug Kempinski bezogen. Direkt am Kreml.«

Sie sah mich fragend an.

Ich fuhr fort. »Das ist der Kardinalfehler, den die meisten Kriminellen machen. Kaum dass sie zu Geld gekommen sind, lassen sie es richtig krachen. Martin hat in seiner Suite eine kleine Party veranstaltet mit ein paar Freunden, zwei Prostituierten, mit Champagner und Kaviar, das volle Programm. Danach sind sie noch in einen Szene-Club gefahren, dort wurde er verhaftet.«

Veronika tat noch immer so, als ob sie nicht wüsste, wovon ich redete. »Was willst du von mir?«

»Martin hat Werner Löbig erpresst, und ich gehe davon aus, dass Löbig zum Schein darauf eingegangen ist. Er hat bezahlt, sonst hätte Steinke sich nicht so ein Hotel leisten können. Er ist nach Moskau geflogen, weil er Schiss bekommen hat, er wollte untertauchen. Als er nach Frankfurt zurückkam, hat er ein Auto gemietet und ist zu einem Haus gefahren. Dort wurde er gefoltert. So hat er es mir erzählt.«

Veronika tat entsetzt, als ob sie die Geschichte zum ersten Mal hörte. »O mein Gott.«

Ich rückte ein Stück näher an Veronika heran. »Wenn sich jemand bedroht fühlt und das Gefühl hat, verfolgt zu werden, ist so ein verlassenes Haus vielleicht ein guter Unterschlupf. Aber wer hat das organisiert? Er wäre nur dahin gefahren, wenn ein Komplize ihn dahin bestellt hätte. Oder eine Komplizin.«

Veronika trank einen Schluck aus ihrem Glas. Ich sah, dass ihre Hand leicht zitterte.

Ich fuhr fort. »Als wir uns das erste Mal begegnet sind, in der Eifel, da hatte ich den Eindruck, du taxierst mich. Zuerst dachte ich, du hättest ein Auge auf mich geworfen. Obwohl Nina neben mir stand.«

Sie sah mich fragend an. »Ja ... und?«

»Erst jetzt ist mir klar geworden, was dein Blick wirklich zu bedeuten hatte. Du wusstest sehr genau, wer ich war, und da standest du mir zum ersten Mal gegenüber.«

»So einen Quatsch muss ich mir nicht länger anhören.« Veronika nahm ihre Tasche und wollte gehen. Ich hielt sie am Arm fest. »Ich weiß, warum du Nina gestern zu dir eingeladen hast. Du hast das mit den Mikrofonen rausgekriegt und wusstest nicht, wie viel sie schon über dich wussten. Darum wolltest du ein Statement abgeben, noch mal fürs Protokoll die Ahnungslose spielen.«

»Ja, genau«, fauchte sie mich an. »Und der Anschlag aufs World-Trade-Center geht auch auf mein Konto. Lass mich sofort los!«

»Wenn *ich* die Wahrheit herausgefunden habe, wird Werner Löbig es auch irgendwann kapieren.« Ich ließ ihren Arm los. »Und dann macht er dir ein Angebot. Eins, das du nicht ablehnen kannst.«

Veronika sah sich hektisch um, wir waren allein.

»Das mit der Erpressung war deine Idee, stimmt's? Und ihr wusstet von der Brücke, was Löbig vorhatte, und wie wichtig ihm dieses Projekt war. Ihr beide wolltet ihn bluten lassen. So richtig. Wessen Idee war es, mir das Paket zu schicken?«

Sie schloss die Augen. Veronika schien den Tränen nahe zu sein. Ich hatte keinerlei Mitleid mit ihr.

»Ihr habt mich da mit reingezogen. Und Nina auch!«

Veronika war kreidebleich. »Was willst du, Nicholas?« Ihre Stimme war nur ein Flüstern. Sie sah mich an. »Willst du Rache?«

»Nein.« Ich schüttelte den Kopf. »Ich gebe dir die Chance, ein klein wenig von deiner Schuld wiedergutzumachen. Immerhin sind fünf Menschen wegen dieser Erpressung ums Leben gekommen.«

Veronika sah mich überrascht an. Sie schien ein wenig Hoffnung zu schöpfen.

Ich machte der Bardame ein Zeichen, uns noch einmal dasselbe zu bringen.

»Wann hast du die Mikrofone entdeckt?«, fragte ich dann.

»Am Mittwoch. Bei einem der Rauchmelder hat so ein rotes Lämpchen geblinkt. Da dachte ich, die Batterie muss gewechselt werden.«

»Du hast das Mikro drin gelassen?«

Veronika nickte. »Ja, es war, wie du gesagt hast. Ich wollte mit Nina reden, um Löbig, oder wer dahintersteckte, auf eine falsche Spur zu lenken.«

Die Bardame stellte die Getränke vor uns. Ich nahm einen großen Schluck.

Ich schüttelte den Kopf. »Warum hast du das gemacht? Dir ging es finanziell gut, es hat dir an nichts gefehlt.«

»Nur so lange ich mit Lutz verheiratet bin. Wir haben einen Ehevertrag. Den hat Reinicken aufgesetzt, und ich habe unterschrieben. Unser Vermögen und unsere Schulden sind in etwa ausgewogen. Wenn ich mich scheiden ließe, bliebe nichts für mich übrig, das haben die so gedeichselt.« Sie wandte den Blick ab. Tränen rannen ihr über die Wangen. Sie holte ein Taschentuch aus ihrer Tasche, tupfte die Tränen weg. Sie sah mich erneut an. »Du wirst mir das vielleicht nicht glauben, aber ... ich habe es aus Liebe getan. Martin und ich, wir haben uns wirklich geliebt.«

Ich blieb eiskalt. »Aber da man von Luft und Liebe allein nicht leben kann, musste irgendwo das Geld herkommen. Für den Lebensunterhalt arbeiten wollte keiner von euch beiden.«

Ich schüttelte verächtlich den Kopf. »So weit ging die Liebe dann doch nicht.«

Sie sah mich erbost an. Ihr war klar, dass sie kein Verständnis von meiner Seite zu erwarten hatte.

»Was weißt du über Löbigs Pläne?«, fragte ich weiter.

»Genug, um ihn in Schwierigkeiten zu bringen. Ich habe mitgekriegt, wie er meinem Mann erklärt hat, warum Lutz das Grundstück als Strohmann kaufen sollte. Löbig sagte, es ginge um eine Brücke. Ein Koffer voll Geld sei auf dem Weg von Berlin nach Köln, hat er gesagt, der würde sie alle reich machen.« Sie sah mich an. »Du hast gesagt, du gibst mir eine Chance ...«

Ich nickte. »Leg ein Geständnis ab!«

Sie wollte protestieren, aber ich ließ sie nicht zu Wort kommen. »Wenn du dich selbst belasten wirst wegen der Erpressung, wird man deinen übrigen Aussagen umso mehr Gewicht beimessen.«

»Und dann? Muss ich in den Knast?«

»Bist du vorbestraft?«

Sie schüttelte den Kopf.

»Dann wirst du wegen der Erpressung noch mal mit einem blauen Auge davonkommen. Vor allem, wenn dank deiner Hilfe die Mordfälle gelöst werden.«

Sie überlegte fieberhaft. »Mein Mann würde sich scheiden lassen, und ich krieg keinen müden Euro von ihm, habe ich recht?«

»Vermutlich. Die Alternative ist, weiterhin die Ahnungslose zu spielen. Aber sobald Löbig dahinterkommt, welche Rolle du in dem Spiel hattest, stellst du für ihn eine Bedrohung dar.«

»Und wenn ich aussage?«

»Löbig ist nicht die Mafia. Wenn er verurteilt wird, kann er dir nichts mehr anhaben.«

Wieder rannen Tränen über Veronikas Wangen, doch sie fasste sich schnell. Sie sah mich an. »Wirst du mich verteidigen?«

Ich hob beide Hände. »Das geht nicht. Da besteht ein Interessenkonflikt, Löbig war mein Mandant. Aber ich kann dir einen guten Kollegen empfehlen. Er würde deine Verteidigung übernehmen.«

Veronika folgte meinem Blick, ich sah zum Eingang der Bar, wo sich ein junger Mann an einen Zweiertisch gesetzt hatte und Zeitung las. Er stand auf und kam zu uns. Herr Probst trug einen feinen, dunklen Anzug, wahrscheinlich der beste, den er im Schrank hatte. Probst war schlank und hatte eine Brille, die an Harry Potter erinnerte. Wir begegneten uns heute zum ersten Mal.

»Darf ich vorstellen, Herr Probst. Ein junger Kollege von mir. Frau Schönberger.« Die beiden gaben sich die Hand.

»Er wird dich zur Polizei begleiten, und ich melde euch bei Hauptkommissar Rongen an.«

Veronika nickte. Ich stand auf, gab ihr die Hand und sah zu, dass ich fortkam. Herr Probst und ich führten noch ein kurzes Gespräch unter vier Augen. Wenn er Fragen hätte, dürfte er sich jederzeit melden, und ich warnte ihn schon mal vor, dass dieser Fall einiges Aufsehen erregen würde. Das war mein Geschenk an den Kollegen, weil ich ihn so oft versetzt hatte. Wir verabschiedeten uns, und ich wünschte ihm viel Erfolg.

Draußen schien mir die Sonne ins Gesicht. Ich sah zu den Domspitzen hinauf. Die Kathedrale war für mich ein Sinnbild, eine ewige Baustelle, wie das Leben.

Ich schaute auf die Uhr, es war kurz vor fünf. Vor zwei Stunden hatte Frankas Exmann seiner neuen Frau das Jawort gegeben. Der Page am Eingang wünschte mir noch einen schönen Abend. Ich lächelte und machte mich auf den Weg, wollte nicht zu spät kommen. Ich würde Franka heute Abend nicht im Stich lassen.

Nachwort

Diese Geschichte ist fiktiv. Jede Ähnlichkeit mit Personen aus dem wirklichen Leben wäre rein zufällig und ist nicht beabsichtigt. Inspiriert wurde sie aber von real existierenden Ereignissen. Es war vor allem eine Versteigerung, die im September 2016 im Kölner Amtsgericht am Reichenspergerplatz stattgefunden hat, die meine Fantasie angeregt hat. Ein Acker an der Sürther Aue, der zum Überschwemmungsgebiet bei Hochwasser gehört und sich in Sicht- und Geruchsweite einer Raffinerie befindet, hatte einen geschätzten Verkehrswert von 184 000 Euro. Der Acker kam für 900 000 Euro unter den Hammer. Ein Zeitungsartikel dazu endete mit den Worten: »*So bleibt es vorerst das Geheimnis der Bieter, warum ein Acker fast eine Million Euro wert sein soll.*« Dieses Geheimnis ist noch immer nicht gelüftet, aber ich habe mir auf dreihundert Seiten selbst eine Antwort gegeben.

Der Godorfer Hafen könnte eines Tages erweitert werden, und die geplante Rheinbrücke in Niederkassel beziehungsweise Godorf habe ich mir auch nicht ausgedacht. Ob und wo diese Brücke jemals entstehen wird, ist nicht sicher, und natürlich gibt es keinen Generalunternehmer wie Werner Löbig, der davon schon etwas wissen könnte. Vorbild für diese Brücke soll die *Ponte 25 de Abril* sein, eine über zwei Kilometer lange Hängebrücke über den Tejo in Lissabon. Wer sich für Hintergründe zu der Geschichte interessiert, muss nur die Schlagwörter in eine Suchmaschine eingeben. Meine persönliche Theorie, die ich der Figur Stefan Berlinghausen in den Mund gelegt habe, basiert auf gesundem Menschenverstand und einigen Recherchen. Zwischen der Realität und der Fiktion gibt es einen markanten Unterschied: der Faktor Zeit. Die Planungen bei Großprojekten dieser Art dauern Jahrzehnte, die Geschichte spielt in zwölf Tagen, deshalb musste ich öfter mal eine Abkürzung nehmen, auch was das juristische Geplänkel zwischen Anwälten angeht. Detaillierte Beschreibungen von »Zwangsenteignung« oder eines »Planfeststellungsverfahrens« habe ich bewusst weggelassen, denn das würde einen eigenen Roman füllen. Einen Roman, den sicher niemand lesen möchte.

Der in diesem Buch erwähnte Rennfahrer »Achim Belleck« ist im Übrigen ebenso frei erfunden wie der »Kaiser« von der Nordschleife des Nürburgrings. (Es wurde allerhöchstens mal jemand zum »König« gekrönt.) Für alle Rennsportexperten: Der Familienname »Bellek« setzt sich aus den Rennfahrerlegenden Stefan Bellof und Bob Wollek zusammen. Bob Wollek starb in Florida – als er mit dem Fahrrad von der Rennstrecke zu seinem Hotel fuhr.

Danksagung

Ein Buch schreibt sich weder von allein – noch allein. Ich bin zahlreichen Personen zu Dank verpflichtet, die ich nicht alle hier aufführen kann. Darum an dieser Stelle ganz allgemein: Danke. Alle Fehler in diesem Buch haben nichts mit der Qualität meiner Fachberater zu tun, sondern fallen auf mich zurück oder sind der künstlerischen Freiheit geschuldet.

Auf Platz eins meiner Liste steht Hubertus Erfurt, der aufgrund seiner Tätigkeit als Kunsthändler einer Vielzahl interessanter Persönlichkeiten begegnet und deren Gepflogenheiten kennt. Ich danke »meinen Leuten« bei Heyne, allen voran Tim Müller, der mich durch sein unermüdliches Nachhaken zum Kern der Geschichte getrieben hat. Heiko Arntz hatte auch diesmal die Redaktion übernommen, und er hat mal wieder mehr als nur einen Fehler entdeckt.

Weiterer Dank gebührt der Strafverteidigerin Harriet Krüger, Heiner »Flaps 35« Rodenbücher, Prof. Jens Dargel, Tom Lysak, Dr. Lars Dreschke und dem Immobilienexperten Georg Bröcker.

Lars Schultze-Kossack, meinem Agenten, und natürlich meiner Familie: Tanja und Malin, die wie beim letzten Mal meine Launen während des Schreibens aushalten mussten. Und wie immer zu guter Letzt: Micky Maus.

Susanne Saygin

Kenne deine Feinde, kämpfe für dich selbst

978-3-453-43889-7

Leseprobe unter **www.heyne.de**

HEYNE